Christa Canetta

Die Kakaohändlerin

Christa Canetta studierte Psychologie und Sozialpädagogik und begann ihre journalistische Laufbahn beim SWR in Baden-Baden. Nach einem längeren Aufenthalt in der Schweiz und in Italien lebt sie nun seit vielen Jahren in Hamburg. Sie schrieb zahlreiche erfolgreiche Romane, die im Buchhandel erhältlich sind.

Christa Canetta

Die Kakaohändlerin

Roman

Langen*Müller*

Für Olegaria Lundgren,
denn das ist auch ihre Geschichte.

Besuchen Sie uns im Internet unter
www.langen-mueller-verlag.de

Umschlaggestaltung: Wolfgang Heinzel
Umschlagbild: Bridgeman, London und Shutterstock-Images
Satz: Ina Hesse
Gesetzt aus 10,8/13,8 pt. GaramondBQ-Regular
Druck und Binden: CPI Moravia Books GmbH
Printed in the EU
ISBN 978-3-7844-3249-6

1

Laura Bredenstedt drehte sich unwillig auf die andere Seite. Sie wollte die Hand abschütteln, die sie an ihrer Schulter packte und ihr befahl: »Aufstehen, es wird höchste Zeit.«

Das Leben in der Familie Bredenstedt war nicht mehr schön. Nach dem Großen Brand vor sechs Jahren, bei dem die Familie ihren gut frequentierten Buchladen in der Kleinen Rosenstraße verloren hatte, führte der Vater ein strenges Regiment. Und dazu gehörte, dass die Nächte morgens um vier Uhr für die Familie zu Ende waren.

»Vom Schlafen können wir nicht leben, also ran an die Arbeit«, war sein gebräuchlichstes Wort, wenn er sich selbst zur Arbeit antrieb, denn Heinrich Bredenstedt ging mit bestem Beispiel voran. Er, der den Buchhandel so liebte und auf so tragische Weise sein kleines, von Eltern und Großeltern geerbtes Geschäft verloren hatte, ging jeden Morgen mit einer Handkarre voller alter Bücher in die Hamburger Vororte, um den Menschen dort, die so wenig Gelegenheit hatten, in den Stadtgeschäften nach Büchern zu suchen, Lesestoff an die Haustür zu liefern. Das gleiche Engagement forderte er aber auch von seiner Frau Florine und von seiner Tochter Laura.

Florine, die als junges Mädchen die Kunst der Weißnäherei erlernt hatte, musste nun für eine fremde Schneiderei Herrenhemden nähen, waschen und bügeln, um ihren Lebensunterhalt zu verdienen. Wenn sie spätabends von der Schneiderei nach Hause kam, beladen mit einem Arm voller Hemden, dann mussten diese gewaschen, in der Küche zum Trocknen auf Wäscheleinen gehängt und morgens, bevor sie ihren Dienst antrat, abgenommen und gebügelt werden.

Laura, inzwischen zwanzig Jahre alt, die bis zur Zeit des Unglücks eine gute Schule besucht und eine Ausbildung in Pädagogik gemacht hatte, musste sich ihr Geld als Hauslehrerin verdienen. Aber nicht nur das, sie musste, wie Vater und Mutter, morgens früh aufstehen und zwischen fünf und sieben Uhr die Brötchen vom Bäcker Frontmann aus der Breitenstraße in jene Haushalte bringen, die sich einen solchen Dienst leisten konnten. Sie zog morgens in der Dunkelheit mit einem Karren, voll beladen mit Brötchenkörben, durch die wieder aufgebauten Straßen und füllte, je nach Bestellung, Brötchen in die Leinenbeutel, die an den Haustüren hingen.

Was aber für Laura noch schlimmer war als das frühzeitige Aufstehen und die Verteilung von Brötchen, war die Männerkleidung, die sie tragen musste. Um nicht von Strolchen und Vagabunden belästigt zu werden, musste sie wie ein Bäcker mit einer schwarz-weiß karierten Hose, einer weißen Jacke und einer großen weißen Mütze, in der sie ihre langen Locken verstecken konnte, durch die Straßen ziehen. Erst wenn sie diese Aufgabe erledigt hatte, konnte sie sich zu Hause wieder in Laura Bredenstedt verwandeln und ihre Arbeit als Hauslehrerin antreten.

Es war ein hartes Leben, das die Familie Bredenstedt nach dem Großen Brand führen musste. Und Laura weinte oft, wenn sie von der Brötchenrunde nach Hause kam. »Es ist so kalt«, klagte sie im Winter, wenn sie über dem Küchenherd die klamm gefrorenen Finger wärmte.

Florine, die um diese Zeit die restlichen Kohlestückchen in die Bügeleisen schob, um die letzten Hemden zu bügeln, nahm die Tochter tröstend in die Arme. »Ist schon gut, Laura, der nächste Sommer kommt bestimmt«, flüsterte sie in die dunkle Lockenpracht, die unter der Bäckermütze hervorquoll. »Ich fürchte mich auch vor dem kalten Weg. Ist es wieder glatt auf den Straßen?«

»Es geht, Mama, ein paar Leute haben Asche auf die Bürgersteige gestreut, aber viele schlafen noch.«

»Ich habe so große Angst, hinzufallen und mir die Beine zu brechen, dann kann ich nicht mehr arbeiten und Vater würde sehr ärgerlich sein.«

»Ach, Vater, er bestimmt immer nur, was wir machen sollen, er nimmt so wenig Rücksicht auf uns.«

»Aber Laura, Vater kann doch auch nichts für diese schreckliche Situation. Er selbst nimmt die härteste Arbeit auf sich und schleppt die schweren Bücher bis nach Altona und bis nach Hasselbrook, um ein wenig Geld zu verdienen.«

»Wenn ich doch wenigstens morgens nicht die Brötchen verteilen müsste«, meinte Laura.

»Kind, du weißt doch, welch große Hilfe es für uns ist, dass du zweimal in der Woche die nicht verkauften Brötchen mit nach Hause bringen kannst. Ich koche Suppen daraus und mache Puddings, und ich habe ein Rezept für Brottorten entwickelt, wir leben von diesen Brötchen, jedenfalls dein Vater und ich. Du musst zum Glück nicht hier bei uns essen, aber ich bin sehr froh, diese Reste zu bekommen.«

Florine stellte das letzte Bügeleisen zum Erkalten auf einen Untersetzer, betrachtete die Tochter, die sich umgezogen hatte, und küsste sie zum Abschied. »Einen schönen Tag, mein Liebling, gut siehst du wieder aus.«

»Die alte Hose vom Bäcker hasse ich, sie ist so hart und scheuert zwischen den Beinen. Nur gut, dass es morgens dunkel ist und mich keiner sieht.«

»Umso besser siehst du jetzt aus. Der graue Mantel mit dem breiten Kragen und die Kappe stehen dir. Pass gut auf dich auf, mein Liebling, einen Verehrer können wir nicht gebrauchen.«

Laura lachte und küsste die Mutter zum Abschied. »Bis heute Abend, Mama.« Und lachend lief sie die Treppen hinunter, hin zum Alsterdamm, wo ihre eigentliche Arbeit um acht Uhr begann.

Die Tätigkeit bei der Reederfamilie Merlinius machte ihr Spaß. Sie durfte morgens mit der kleinen Marie zusammen frühstücken und dann das intelligente Mädchen im Schreiben, Lesen und Rechnen unterrichten. Während die älteren Söhne bereits in Lehranstalten lebten, wurde die kleine Marie verwöhnt und durfte zu Hause bleiben. »Söhne gehören in die Hand starker Männer«, sagte der Reeder immer wieder, wenn die Söhne maulten und über das verzogene Schwesterchen lachten, im Grunde aber war Jacobus Merlinius froh, wenigstens seine kleine Marie noch eine Weile in der Familie zu haben.

Von der Großzügigkeit des Vaters seiner Tochter gegenüber profitierte auch Laura. Marie musste schwimmen lernen, Laura durfte sie begleiten und ebenfalls an dem Unterricht teilnehmen. Marie lernte reiten, Laura auch, Marie bekam Tanzunterricht, Laura ebenfalls. Seit vier Wochen musste Marie nun Klavier spielen lernen. Zwei Mal in der Woche kam ein Lehrer ins Haus der Reederfamilie und unterrichtete das Kind. Und weil Laura die Übungsstunden an den anderen Tagen beaufsichtigen musste, lernte sie ebenfalls das Spielen auf dem Klavier. Außerdem war sie bei vielen Veranstaltungen der Stadt für Kinder dabei. So genoss die Tochter des einfachen Buchhändlers und der Hemdennäherin die Vorzüge im Hause wohlhabender Leute. Und wenn sie morgens bei Wind und Wetter unterwegs war, um die Brötchen zu verteilen, tröstete sie sich mit dem Gedanken an diese so angenehme Lebensart und mit der Hoffnung, auch einmal ein leichteres Leben zu haben, sobald sie erwachsen wäre.

Laura lehrte nicht nur, sie lernte auch, und sie lernte für das Leben, das wusste sie genau. Sie konnte natürlich nicht mit dem Reichtum der Damen im Hause Merlinius Schritt halten, aber sie konnte lernen, wie man sich pflegt, wie man sich kleidet, wie man sich unterhält und wie man sich benimmt. Sie nahm dieses Wissen in sich auf und wusste, eines Tages würde sie davon profitieren.

Laura ging die knarrenden Stufen der alten Holztreppe hinunter. Der Vater hatte die kleine Wohnung in dem schmalen Haus, das vom Großen Brand verschont geblieben war, pachten können, als das eigene abgebrannt war.

Wie schön es daheim gewesen ist, dachte Laura, als sie langsam die Stufen in der Dunkelheit ertastete. Dort hatten wir eine breite Treppe und eine Petroleumlampe sorgte immer für Licht. Und überhaupt, niemals musste ich in der Zeit so früh aufstehen. Bevor dieses schreckliche Feuer kam, war unsere Welt noch in Ordnung, schimpfte sie leise vor sich hin. Vater hatte seinen Laden, in dem er glücklich und immer gut gelaunt arbeitete, Mutter kümmerte sich um die Wohnung über dem Laden und um den Haushalt, und ich ging in meine Mädchenschule, traf mich mit Freundinnen und durfte sie zu uns nach Hause einladen. Und dann kam vor sechs Jahren dieses furchtbare Feuer und zerstörte unser ganzes Leben. Gerade einmal einen Arm voller Kleidungsstücke konnten wir retten, dachte sie und verließ den dunklen Hausflur, in dem es schon wieder nach Kohl roch.

Auf der Straße angekommen, zog sie die Kappe tief ins Gesicht, um wenigstens die Ohren vor der Kälte zu schützen. Beklommen schaute sie auf ihre Füße in den nassen Stiefeletten. Jeden Morgen musste sie bei diesem Wetter mit feuchten, halb erfrorenen Füßen den weiten Weg zum Alsterdamm gehen. Aber sie hatte nur das eine Paar Winterschuhe, und erst nach Feierabend konnte sie die Schuhe auf dem Rand von Mutters Küchenherd trocknen.

Laura lief den Schopenstehl entlang, über den Fischmarkt und die Schmiedestraße hinauf bis zur Petrikirche, und dann die Bergstraße hinunter zur Binnenalster. In den Straßen sah man oft noch die Schäden, die das Feuer angerichtet hatte. Viele Ruinen der abgebrannten Häuser waren noch nicht beseitigt und der Straßenbau ging auch nur zögerlich voran.

Erst als sie unten am Wasser ankam, wurde der Anblick der Häuser wieder freundlicher. Die Banken, Hotels und Villen an den Uferstraßen waren in den vergangenen Jahren neu erbaut und prächtig hergerichtet worden, und auch der Jungfernstieg mit seinen Geschäften und Kaffeehäusern war völlig hergestellt, sodass die feinen Damen und Herren wieder auf dem Boulevard flanieren konnten.

Schön muss das sein, dachte Laura, genügend Geld zu haben, ein feines Kleid mit Spitzen und Volants und einen passenden Hut mit Federn und Schleiern auf dem Kopf zu tragen, in denen der Wind spielt – und überhaupt keine kalten Füße. Und dann im Kaffeehaus eine Tasse heiße Schokolade trinken, das würde mir gefallen.

Aber die Wirklichkeit sieht anders aus. Ich werde jetzt mit Marie frühstücken, das ist natürlich auch sehr schön, denn die Köstlichkeiten, die ich da essen darf, habe ich noch niemals vorher probieren können, und irgendwann im Laufe des Vormittags werden dann auch meine Füße wieder warm.

Laura warf einen letzten Blick auf die an diesem frühen Wintermorgen noch vom Nebel bedeckte Alster mit der blanken Eisdecke, über die ein paar Möwen flogen. Dann drehte sie sich um und zog an der Klingelschnur zum Dienstboteneingang der Stadtvilla des Reeders Jacobus Merlinius. Gleich darauf kam eines der Hausmädchen, adrett im schwarzen Kleid mit weißer Schürze und dem Spitzenhäubchen auf dem Kopf, und ließ sie eintreten.

»Das nenne ich eine schicke Uniform«, lächelte Laura, grüßte höflich und dachte an die harten, kratzenden Bäckerhosen, die sie morgens tragen musste. Sie legte ihren Mantel und die Kappe ab, strich Rock und Bluse glatt und folgte dem Mädchen in die obere Etage, wo sich die Zimmer von Marie befanden. »Wir servieren gleich das Frühstück, Fräulein Bredenstedt, und Herr Doktor Merlinius hat angeordnet, dass er heute das Fräulein Marie und Sie zum Reitunterricht begleiten wird. Die Kutsche fährt in einer Stunde vor.«

»Danke, Nelli, wir werden das Essen früh genug beenden.«

Laura betrat Maries kleinen Salon, in dem das Frühstück immer eingenommen wurde, und fand eine weinende Marie vor.

»Hallo, Kleines, was ist denn los?«

»Papa will mit uns zum Reiten fahren und ich wollte doch heute den Puppenspielern vom Gänsemarkt zusehen. Die kommen doch nur einmal im Jahr hierher und heute ist der große Tag.«

Laura nahm sie in die Arme. »Wir schaffen beides, Marie, wir reiten so gut, dass dein Papa zufrieden ist, und am Nachmittag gehen wir zum Puppenspiel.«

»Aber manchmal ist Hannes so störrisch, dass ich nicht mit ihm fertig werde, und dann dauert der Unterricht immer so lange.«

»Ach was, Marie, wir nehmen ihm ein paar Möhren mit, dann wird er gleich zufrieden sein und brav seine Runden drehen.«

Das Frühstück wurde serviert und Laura bestellte gleich noch vier Möhren. Verwundert schaute Emma, das Serviermädchen, von einem zum anderen und Laura verriet: »Wir müssen die Pferde bestechen. Der Herr Doktor will uns zusehen und da müssen sie sich von ihrer besten Seite zeigen.«

Achselzuckend verließ Emma den Salon. Laura goss Kakao in die Tassen und reichte Marie die Platte mit den Honigbrötchen. Sie freute sich auf die Reitstunde, denn der Reitlehrer war ein charmanter junger Mann und lobte seine beiden Schülerinnen, selbst wenn sie Fehler machten.

Marie hingegen war noch immer enttäuscht und versuchte so schnell wie möglich zu essen und zu trinken, um möglichst zeitig fertig zu sein. Dabei verbrannte sie sich den Mund an dem heißen Kakao und spuckte ihn in die Tasse zurück. »Dass der auch immer so heiß sein muss«, jammerte sie und wischte sich den

Mund mit der Serviette ab. Laura erklärte: »Er muss so heiß sein, sonst bilden sich Klumpen und die magst du nicht. Ich bin froh, dass er so heiß ist, ich habe einen kalten Weg hinter mir, da tut er richtig gut.«

»Warum bilden sich denn Klumpen?«

»Das Pulver löst sich nur in heißer Milch richtig auf.«

»Warum ist der Kakao denn ein Pulver?«

Laura lächelte heimlich, Marie konnte sehr intensiv und ausdauernd fragen, da kühlte der Kakao schnell ab. »Der Kakao ist eigentlich eine Bohne, die wird dann zu Pulver gemahlen.«

»Und wo wächst so eine Bohne?«

»Ich glaube, in den heißen Ländern. Die Bohne braucht viel Wärme.«

»Und wie kommt sie hierher?«

»Na, ich denke mal mit den Schiffen von deinem Papa.«

»Das glaube ich nicht, die bringen doch Seide mit und Holz und Pfeffer und Zucker.«

»Du könntest ja deinen Papa fragen.«

»Ja, das will ich jetzt genau wissen. Jeden Morgen trinke ich dieses heiße Pulver, verbrenne mir den Mund und weiß nicht einmal, woher das Zeug kommt.«

»Nein, Marie, heiß ist nur die Milch, ich denke mal, das Pulver in der Dose ist ganz kalt.«

»Ja, du hast recht. Ich habe einmal in der Küche zugeschaut, wie die Friedel einen Kuchen gebacken hat, da hat sie etwas von diesem Pulver in den Teig geschüttet. Ich hab heimlich mit dem Finger von dem braunen Zeug genascht, aber das hat gar nicht geschmeckt, bitter war das und kalt, ja, das stimmt, in der Dose war das Pulver kalt und im Mund war es gleich ein Klumpen.«

»Man muss es eben in heißer Milch aufkochen und Zucker hineintun.«

»Was du alles weißt, Laura, weißt du eigentlich alles?«

»Aber nein, Marie, ich muss auch noch viel lernen.«

»Aber wenn ich dich etwas frage, weißt du immer Bescheid.«

»Nun ja, ich bin schon ein bisschen älter und ich habe viel in meiner Schule lernen müssen. Und ich lese viel.«

»Du bist neugierig.«

»Das muss man sein, wenn man leben lernen will.«

»Ich will das auch, aber ich brauche nicht zu lesen, du kannst mir ja alles sagen.«

»Aber das Lesen ist sehr wichtig, Marie, es gibt so vieles, was man aus Büchern erfährt. Deshalb lernen wir beide ja auch das Lesen.«

»Na ja, ein bisschen kann ich es ja auch schon.«

»Du kannst sehr gut lesen, Marie, und wenn du fleißig übst, kannst du deine Gutenachtgeschichten abends bald allein lesen.«

»Aber das will ich ja gar nicht, es ist viel schöner, wenn du die Geschichten vorliest, du kannst die Stimme so schön verstellen.«

Laura lachte laut und schaute auf die Kuckucksuhr über dem Kamin. »Marie, es wird höchste Zeit, wir müssen uns fertig machen, dein Papa wartet nicht gern.«

»Ich würde lieber hierbleiben und mit dir reden, das macht mehr Spaß als das Reiten.«

»Eine junge Dame muss reiten können«, erklärte Laura sehr ernsthaft, »und nun trink deinen Kakao aus, jetzt ist er sicher abgekühlt.«

»Aber jetzt hat die Milch eine Haut und die mag ich nicht.«

Laura schöpfte mit einem Teelöffel die Haut von dem Kakao und reichte Marie die Tasse. »Komm, trink aus, deine Mama möchte, dass du morgens mit allem Drum und Dran frühstückst.«

»Ja, ja, ich weiß.«

Nelli klopfte an die Tür und kam mit den Mänteln und Mützen. »Die Kutsche ist vorgefahren und der Herr Doktor ist auch schon bereit.«

»Wir sind sofort unten.« Laura half Marie in den Mantel, zog sich selbst rasch an und hoffte, dass ihre Füße in den dünnen Stiefeln endlich etwas wärmer wurden. Aber damit war nicht zu rechnen. Und jetzt die kalte Kutsche und die Fahrt bis zum Schweinemarkt, wo die offene Reithalle ist, dachte sie, da werde ich mit eisigen Füßen aufsitzen müssen und wärmer wird's dann beim Reiten auch nicht.

Unten in der großen Halle wartete Doktor Merlinius. Laura war wie immer überrascht von der Dominanz des Hausherrn. Obwohl er klein, dick, kahlköpfig und kurzsichtig war, strahlte er Würde und Gelassenheit aus, ein Mann, zu dem man aufschauen konnte, obwohl er kleiner war als die schlanke, hochgewachsene Laura. Und wie immer, wenn sie ihm begegnete, was nicht oft geschah, begrüßte sie ihn mit einem tiefen Knicks.

»Na, da seid ihr ja endlich. Los, Marie, raus aus dem Haus und rein in die Kutsche, die Pferde warten nicht gern, wenn es kalt ist.« Nelli öffnete die Haustür, Doktor Merlinius eilte nach draußen, seine Marie an der Hand und Laura hinter sich. Alle drei nahmen Platz in der Kutsche, Laura, wie es sich für Angestellte gehörte, auf der Rückbank und ohne die wärmenden Wolfsfelldecken. Aber Kutscher Hansmann hatte unter die Gummimatten auf dem Boden heiße Backsteine geschoben und die spürte Laura. Sie nahm sich vor, Hansmann zu danken, wenn sie angekommen waren.

Die Fahrt führte am Alsterdamm entlang zum Glockengießerwall und dann über den Steintorwall auf den Schweinemarkt. Zweimal in der Woche wurden hier in der großen offenen Halle Schweine von Bauern aus der Hamburger Umgebung geprüft, geschätzt und gehandelt. An den übrigen Tagen wurde sie als Trainingshalle für Reiter genutzt, aber ihren penetranten Geruch nach Schweinen wurde sie nie los.

Hansmann zügelte seine Pferde vor dem Eingang, stieg vom Kutschbock und half seinen Gästen aus der Kutsche. Auch Laura reichte er die Hand und sah sie lachend an. »Na, war's angenehm, mein Fräulein?«

»Danke, Herr Hansmann, das hat gutgetan.«

»Hab ich mir gedacht«, nickte er und wandte sich an seinen

Dienstherrn. »Wollen Sie die Mäntel in der Kutsche lassen oder wird heute mit Mantel geritten?«

Doktor Merlinius sah seine Tochter fragend an. »Mit oder ohne Mantel?«

»Bitte mit, Papa, es ist ganz schön kalt.« Marie lächelte heimlich, sie wusste genau, mit Mantel konnte der Vater so manchen Haltungsfehler nicht erkennen und sie musste sich nicht so viel Mühe geben, alles richtig zu machen.

»Also gut«, er nickte dem Kutscher zu. »In einer Stunde holen Sie uns wieder ab.« Damit drehte er sich um und ging schnellen Schrittes in die Halle, wo der Reitlehrer mit zwei Pflegern und drei Pferden auf die Kundschaft wartete.

2

Jacobus Merlinius machte wie immer eine gute Figur auf dem Pferd. Trotz der Korpulenz saß er fest im Sattel und Laura beneidete ihn. Er kann mit beiden Beinen die Hilfen geben, während wir Mädchen im Damensattel es viel schwieriger haben, das Pferd zu dirigieren, dachte sie und bemühte sich trotzdem um einen korrekten Sitz in dem unbequemen Sattel. Mit dem steifen Leinenunterkleid, dem weiten Rock und dem dicken Wintermantel hatte sie bereits beim Aufsteigen Mühe, und während der Reitlehrer die leichte Marie beschwingt in den Sattel hob, musste Laura mithilfe einer kleinen Leiter den Sitz erreichen.

Nach einer halben Stunde, in der im Schritt, im Trab und im Galopp die Hallenmitte umrundet worden war, befahl Doktor Merlinius dem Reitlehrer, mit zwei niedrigen Strohballen und einer bunt bemalten Stange darüber ein Hindernis aufzubauen.

Aber Marie protestierte. »Papa, heute will ich nicht springen. Mit dem Mantel und dem dicken Winterkleid kann ich nicht richtig sitzen, und wenn ich runterfalle, steige ich nie wieder auf ein Pferd.«

»Unsinn, Mariechen«, entgegnete der Papa. »Du fällst nicht. Die Stange ist nicht höher als ein größerer Galoppsprung, du wirst ihn gar nicht merken und schon bist du darüber.«

»Aber warum soll ich denn springen?«

Laura lachte heimlich. Wenn Marie mit ihren Fragen begann, würde es noch eine Weile dauern, bis es mit der Reiterei weiterging, und dann war die Zeit ganz schnell vorbei und sie selbst konnte absitzen. Ich habe zwar keine Angst vor dem Sprung, dachte sie, aber ich möchte eine gute Figur vor dem Reitlehrer machen und das ist mit der dicken Winterkleidung einfach unmöglich. Und während der Lehrer den Sprung in der Mitte der

Halle aufbaute, fragte Marie ihren Vater: »Wieso muss ich springen können. Hier in der Halle geht es doch immer nur rechts oder links herum.«

»Irgendwann werden wir draußen im Wald reiten, und wenn dann plötzlich ein Baum im Weg liegt, musst du darüberspringen können.«

»Aber in was für einem Wald denn, Papa?«

»Ich werde im Sommer ein Ferienhaus in der Lüneburger Heide mieten und da gibt es jede Menge Wälder.«

Der Reitlehrer war mit dem Aufbau fertig und nickte dem Doktor zu. Aber Marie fragte unbeirrt weiter. »Papa, wo denn in der Heide?«

»Ich dachte an Luhmühlen. Es ist ein ganz kleines Dorf, dort wohnen beinahe mehr Pferde als Menschen, es gibt feinen Heidesand und viele Wälder und man kann sogar in der Luhe reiten.«

»Was ist das, die Luhe?«

»Ein kleiner Fluss, der da durch die Wiesen und Wälder fließt. Er ist nicht tief und die Pferde brauchen nur selten zu schwimmen.«

»Aber Papa, ich will doch nicht auf einem Pferd schwimmen. Ich kann es selbst und dann die ganzen nassen Kleider.«

»Im Sommer hat man nicht so viele Kleider an.«

»Aber die Mama wird das nicht wollen.«

»Deine Mama ist eine gute Reiterin, sie wird den größten Spaß daran haben.«

»Warum reitet die Mama nicht hier mit uns?«

»Die Damen mögen diese Art von Unterricht nicht. Da schauen so viele Leute zu und das gefällt ihnen nicht.«

Marie sah nach draußen, wo tatsächlich ein paar Männer und Frauen standen und beobachteten, was in der Halle geschah. »Ich mag diese Art von Unterricht auch nicht. Ich will jetzt aufhören.«

»Erst wird das Springen geübt, dann hören wir auf.«

Jacobus Merlinius nickte dem Reitlehrer zu, gab seinem Pferd einen kleinen Hieb mit der Gerte, galoppierte an und sprang mit leichtem Schwung über das Hindernis, das kaum höher war als fünfzig Zentimeter. Der Reitlehrer knallte mit der Peitsche und auch Lauras Pferd sprang nach einem kurzen Anlauf über die Stange. Und ohne dass Marie es verhindern konnte, lief ihr Pferd hinterher und überwand die Stange mit einem kleinen Sprung.

»Na bravo, mein Mädchen«, rief der Vater und klatschte in die Hände.

Auch Laura freute sich, nicht nur dass Marie ihre Angst überwunden hatte, sondern dass sie selbst so zügig darübergesprungen war. Sie wollte das Reiten wirklich lernen. Eines Tages, wenn ich älter bin, will ich es mit den feinen Damen aufnehmen können. Ich werde nicht immer Brötchen austragen und Hauslehrerin sein, ich will, dass man mir selbst eines Tages die Brötchen an die Haustür hängt und ich mit einem eigenen Pferd durch einen Heidewald reiten kann.

Nach mehreren Sprüngen, die sie alle problemlos absolvierten und zu denen zum Schluss die Zuschauer Beifall klatschten, hob Doktor Merlinius die Hand. »Danke, das reicht für heute.« Er stieg ab, hob seine Marie aus dem Sattel, küsste sie dankbar und wandte sich dem Ausgang zu. Laura folgte wie immer als Letzte, aber diesmal leicht errötet, weil der Reitlehrer persönlich ihr aus dem Sattel geholfen hatte. »Sie haben eine Gabe für Pferde«, hatte er ihr zugeflüstert und ganz leicht ihre Hand gedrückt. »Kommen Sie doch mal allein vorbei, ich könnte Ihnen vieles zeigen.«

Laura hatte verlegen geantwortet. »Ja, vielleicht, wenn ich einmal Zeit habe«, und folgte dem Reeder und seiner Marie.

Seltsam, dachte sie, plötzlich habe ich gar keine kalten Füße mehr.

Im Haus am Alsterdamm angekommen, wurde den Mädchen ein zweites Frühstück serviert und Maries Mutter leistete ihnen Gesellschaft. Die gnädige Frau liebte es, morgens etwas länger zu schlafen, dann gemütlich und allein zu frühstücken und dabei die neue Tageszeitung zu lesen, bevor ihr Mann das Blatt in die Hand nahm und dann unsortiert und leicht zerknittert beiseitelegte.

Esther Merlinius war eine schlanke, gut aussehende Frau von vierzig Jahren, die ihren wenig attraktiven Mann um mehrere Zentimeter überragte, aber nie ein Hehl daraus machte, dass sie ihn, so wie er war, liebte.

In den gesellschaftlichen Kreisen, denen die Familie Merlinius angehörte, wurde zwar hin und wieder gemunkelt, dass sie sein Ansehen und seinen Reichtum mehr liebte als ihn, aber Esthers Benehmen und ihre offene Zuneigung zeigten, wie unrecht diese Klatschmäuler hatten.

Obwohl sich beide bereits als Kinder kannten, hatten sie spät geheiratet. Esther war schon fünfundzwanzig Jahre alt, als sie seinem Drängen nachgab. Es war eine prunkvolle Hochzeit, die in der Sankt-Petri-Kirche vollzogen wurde und tagelang das Gesprächsthema in der Stadt war. Doktor Jacobus Merlinius war nicht irgendjemand, sondern einer der anerkanntesten Reeder und Bankiers Hamburgs und in sehr umfangreichem Maße an dem Wohlstand der Stadt beteiligt. Und seine Frau, eine geborene Esther Silberblatt aus Altona, galt in ihren Kreisen als eine der begehrtesten jungen Frauen. Sie war hübsch, sportlich, sehr gebildet und sehr hilfsbereit. Sie spendete Geld für die Bekämpfung der Armut, gründete einen Mittagstisch für Obdachlose im Gängeviertel um Sankt Katharinen herum und teilte selbst das Essen aus, wenn es ihre Zeit erlaubte. Als sie nach dem Großen Brand von dem Verlust der Buchhandlung des Heinrich Bredenstedt hörte, in der sie eine häufige Kundin gewesen war, überlegte sie, wie dem ehemaligen Besitzer und seiner Familie zu helfen sei. Und so kam es, dass sie die gebildete, wohlerzogene Laura als Hauslehrerin für ihre Tochter Marie engagierte. Und mit dem Engagement verband Esther Merlinius nicht nur den Unterricht im Schreiben, Lesen und Rechnen, sondern auch das gemeinsame Essen, die Betreuung tagsüber und die Beteiligung an allen Aktivitäten der eigenen Tochter, und gleichzeitig bekam Laura dadurch einen Einblick in das Leben der besseren Gesellschaft. Und mit Freude erkannte Esther Merlinius, wie begeistert die junge Dame von ihr lernte.

Sie genoss oft, und so auch heute, das gemeinsame kleine zweite Frühstück mit Laura und Marie. Sie erzählte ihnen von den Berichten in der Zeitung, von Begebenheiten in der Stadt und von den großartigen Neuerungen, die der Londoner Ingenieur William Lindley einführte, indem er die Stadt mit einem modernen Kanalisationsnetz ausstattete, eine Gasbeleuchtung in den Straßen installierte und für frisches Trinkwasser aus der Elbe sorgte.

»Was haben die Leute denn vorher getrunken, Mama?«

»Das Wasser aus den Kanälen und das war nicht sauber.«

»Igitt, da fallen doch die Sachen aus den Klosetts rein.«

»Ja, genau, und deshalb war es gefährlich, das Wasser zum Essen und Trinken zu benutzen.«

»Haben wir das etwa auch getrunken?«

»Nein, natürlich nicht, wir haben bis vor wenigen Wochen von dem Brunnenmann das Wasser gekauft. Das war sehr umständlich und man musste immer sparsam damit umgehen.«

»Und woher hatte der das Wasser?«

»Er hat es mit dem Pferdewagen von der Alsterquelle geholt, das war ein weiter Weg und er war die ganze Nacht unterwegs, um morgens die Hamburger zu bedienen. Du kennst doch den Mann mit den beiden Eimern, die er an einer Schulterstange trägt. Wenn man ihn sieht, ruft man ›Hummel-Hummel‹ und er ruft ›Mors-Mors‹ zurück!«

»Ja, den kenne ich. Und jetzt haben wir Wasser aus der Elbe? Aber da fahren die vielen Schiffe, die sind doch auch nicht sauber.«

»Der Ingenieur Lindley baut Ablagerungsbecken für den Schmutz und ein Pumpwerk und einen Wasserturm und dann fließt das Wasser durch viele Kanäle und Rohre bis zu uns in die Küche und in die Badezimmer.«

»Das ist ja toll. Und warum ist der aus London hergekommen?«

»London ist eine sehr moderne Stadt, sie ist ein Vorbild für Hamburg.«

Esther sah Laura an. »In der Kleidung werden wir uns auch immer mehr der englischen Mode annähern.«

»Ich kenne sie nicht, ich bin froh, dass Mutter mit ihrer Nähkunst für mich sorgt. Ich glaube, sie weiß gar nicht, wie englische Mode aussieht.«

Esther, peinlich berührt von ihrer eigenen Dummheit, Laura auf moderne Damenkleidung anzusprechen, korrigierte sich sofort.

»Ich bin auch nicht angetan von diesen modischen Dingen. Ich finde eine Kleidung, wie deine Mutter sie zaubert, viel schöner und attraktiver. Du siehst immer sehr gepflegt aus, Laura.«

»Danke, Frau Merlinius, ich weiß die Nähkunst meiner Mutter sehr zu schätzen.«

Esther lenkte gekonnt von den Modefragen ab. »Ich werde euch heute zum Puppenspieler begleiten.«

»Oh, Mama, das ist ja schön, spendierst du uns heiße Schokolade in ›Sillem's Bazar‹?«

»Vielleicht, ich möchte mir diese erste deutsche Passage zwischen Jungfernstieg und der Königstraße auch einmal ansehen. Sie wird von vielen Hanseaten und auch von vielen Touristen sehr gelobt.«

Esther stand auf. »Wir sehen uns nach der Mittagsruhe, bis dahin wird aber noch fleißig gearbeitet, mein Schatz.« Liebevoll strich sie ihrer Tochter über die dunklen Haare. Sie war so glücklich, dieses Kind noch in den späteren Jahren bekommen zu haben. Zu ihren Söhnen Lennard und Lombard hatte sie nie diesen innigen Kontakt, sie waren ihr fast fremd.

Erst wusste ich nichts mit kleinen Jungen anzufangen. Da haben sich die Kindermädchen um sie gekümmert, dachte sie, bemüht, das schlechte Gewissen zu beruhigen, dann kamen die Erzieher, und dann zogen sie ins Internat. Sie waren nie so niedlich und so anhänglich wie Marie. Zum Glück hat mir Jacobus nie Vorwürfe gemacht. Er ist sehr glücklich mit diesen prächtigen jungen Männern und einmal hat er mir strahlend gesagt: »Esther, unsere Firmen sind gerettet. Die Reederei und das Bankhaus werden vorzügliche Direktoren bekommen. Ich denke, dass Lennard eines Tages die Schifffahrt übernimmt, er ist derjenige, der von fernen Ländern träumt und auch ein größeres Talent für die Sprachen hat, und Lombard wird mit seiner Gründlichkeit und mit der Gewissenhaftigkeit, die ihn jetzt schon auszeichnet, ein guter Bankdirektor werden.«

Und dann hatte er sie dankbar in die Arme genommen, ihr zärtliche Worte gesagt und neun Monate später hatte sie ihm die kleine Marie geschenkt.

Doch Esther Merlinius war zufrieden mit ihrem Leben.

Nur mit der elterlichen Familie klappte es nicht so gut, wie Esther sich das wünschte. Die Silberblatts, anerkannte jüdische Geschäftsleute in Altona, waren nicht begeistert von der Verbindung ihrer einzigen Tochter mit einem protestantischen Hanseaten. Sie hatten andere Pläne und andere Verbindungen vorgesehen und konnten sich gar nicht damit abfinden, dass Esther konsequent ihren eigenen Weg gegangen war.

Aber wahrscheinlich wissen sie auch, dass sie selbst an meiner Entwicklung schuld sind. Sie haben mich sehr großzügig erzogen, mir viel freien Willen gelassen und dafür gesorgt, dass ich ein selbstbewusster Mensch geworden bin. Und dann waren sie entsetzt, als ich mit meiner Selbstständigkeit mir auch meinen eigenen Mann gesucht habe. Esther lächelte still vor sich hin, während sie ihren Salon aufsuchte. Sie haben nicht an meiner Hochzeit teilgenommen und eine wichtige Reise nach Frankreich vorgeschoben und keines meiner Kinder haben sie bei der Taufe auf dem Weg in die christliche Gemeinschaft begleitet.

Sie schüttelte unwillig den Kopf. Aber es ist mein Leben, und so gern ich ihnen Freude bereiten würde, gängeln lass ich mich nicht.

Der Nachmittag wurde ein voller Erfolg. Esther, Marie und Laura gingen zu Fuß über den Jungfernstieg bis zum Gänsemarkt, wo der Puppenspieler sein kleines Theater am hinteren Ende der Schwieger Straße aufgebaut hatte. Eine enge, schmutzige Gasse, in der die alten, schmalen Häuser mit ihren schäbigen Giebeln einen ärmlichen Eindruck hinterließen. Esther war verärgert, hatte doch dieser Puppenspieler seinen Platz auf dem großen Gänsemarkt angekündigt und nicht in dieser schmuddeligen Straße.

»Ich habe keine Erlaubnis für den Gänsemarkt bekommen. Ich musste hierher ausweichen, sonst wäre mein Puppentheater ausgefallen«, entschuldigte er sich und bot den Besuchern wackelige Stühle an, die auf dem schlecht gepflasterten Bürgersteig kaum stehen konnten.

Nun ja, dachte Esther, es ist vielleicht gar nicht so schlimm, wenn meine Tochter auch einmal sieht, wie andere Leute leben. Man sollte ein Kind gar nicht immer vor unliebsamen Eindrücken oder Begebenheiten schützen.

Getröstet wurde sie dann, als das Spiel begann, denn der Puppenspieler und seine Familie waren wirkliche Künstler und zogen die wenigen zahlenden Zuschauer sofort in ihren Bann. Man vergisst den Gestank, den schlechten Platz, die Menschen, die aus den Fenstern schauen, um keinen Eintritt bezahlen zu müssen, und die Kälte, dachte sie zufrieden. Sie spielen wirklich gut und erzählen ihre Geschichten, dass selbst ich mit Spannung das Ende erwarte, freute sich Esther.

Zur Krönung des Nachmittags gingen die drei dann in ›Sillem's Bazar‹ und Esther bezahlte gern die fünf Schilling Eintritt, die von wohlhabenden Passanten entrichtet werden mussten. Die drei Gäste bewunderten die Auslagen der mehr als dreißig Geschäfte, die riesige Glaskuppel, die Oktogon genannt wurde und das Tageslicht spendete. Sie wärmten sich schließlich im Foyer des Hotels ›De Russie‹ mit heißem Kakao auf. Glücklich und zufrieden flanierten sie schließlich über den Jungfernstieg zurückzum Alsterdamm, wo Jacobus seine Frau aufgeregt erwartete.

»Wo wart ihr denn, warum kommt ihr so spät zurück, ich habe mir Sorgen gemacht.«

»Aber weshalb denn?«, fragte Esther erstaunt, denn so aufgeregt erlebte sie ihren Mann nur sehr selten.

»Wir haben unerwarteten Besuch bekommen. Die Familie Baisanson aus Pernambuco ist eingetroffen. Früher als erwartet, aber wohlbehalten und zufrieden mit unserem Personensegler.«

»Wie schön, wo sind sie?«

»Sie haben im großen Salon Platz genommen. Wenn du abgelegt hast, Esther, komm doch bitte gleich und begrüße sie.«

»Selbstverständlich, aber ein paar Minuten musst du mir schon gestatten, ich möchte mich umziehen, denn ich fürchte, der Geruch aus der alten Schwieger Straße haftet noch an unserer Kleidung.«

»Was wolltet ihr denn in dieser Gasse?« Jacobus Merlinius war es zwar gewohnt, seine Frau in den armen Gegenden der Stadt unterwegs zu wissen. Aber er konnte sich nicht vorstellen, dass sie an so einem kalten Tag und dann mit Marie und Laura im Gefolge gerade dort war.

»Aber Papa, wir sind doch beim Puppenspieler gewesen«, erklärte Marie dem Vater, »und der musste vom Gänsemarkt in die kleine Straße umziehen. Aber es war ganz wunderbar und hinterher haben wir ›Sillem's Bazar‹ besucht und heißen Kakao getrunken. Wer sind denn diese Gäste, die wir haben, und wo ist dieses Pernambuco?«

Jacobus lachte. »Mein Gott, Kind, so viele Fragen auf einmal. Pernambuco ist ein Teil von Brasilien und Brasilien ist in Südamerika.«

»Ach, Papa, das von Brasilien weiß ich doch. Und was machen sie da?«

»Sie haben große Zuckerrohr- und Kakaoplantagen.«

»Für richtigen Kakao, solchen, den ich hier trinke?«

»Genau solchen.«

»Ob die mir erzählen, wie das so geht mit dem Kakao?«

»Aber sicher, mein Mädchen. Doch jetzt, denke ich, solltest du dich auch umziehen. Denn besonders fein riecht deine Kleidung nicht.«

Laura sah sich unschlüssig um, sollte sie noch bleiben? Konnte sie schon nach Hause gehen, brauchte man sie noch?

Aber Doktor Merlinius winkte ab. »Laura, ich glaube, Sie können heute einen frühen Feierabend machen. Sie haben einen langen Tag hinter sich und um Marie kann sich Nelli kümmern.«

Die junge Hauslehrerin nickte zufrieden. Sie war müde, die vielen neuen Eindrücke, das Zusammensein mit der Hausherrin, bei der sie sich besondere Mühe gab, um wohlerzogen und gebildet zu erscheinen, und dann die Reitstunden am frühen Morgen, sie war wirklich müde. »Danke«, sagte sie erfreut, ging hinaus auf die dunkle Straße und betrachtete die feuchten Stiefeletten, in denen ihre Füße wirklich den ganzen langen Tag über gefroren hatten, denn nur für einen kurzen Augenblick nach dem Reitunterricht waren sie warm gewesen.

3

Albert Baisanson war ein erfolgreicher Plantagenbesitzer und ein miserabler Geschäftsmann. Er verstand viel vom Klima in der Nähe des Äquators, von Bodenbeschaffenheiten am Rande des Regenwaldes, von Pflanzen und von Anbaumethoden, aber vom Handel verstand er gar nichts. Und das wusste er. Deshalb hatte er in Hamburg einen Prokuristen ernannt, der den Verkauf seiner wertvollen Waren beaufsichtigen sollte. Aber dieser Prokurist lieferte falsche Zahlen, wirtschaftete in seinen eigenen Geldbeutel und betrog den fernen Eigner, wo es nur möglich war. Aus diesem Grunde war Albert Baisanson nach Hamburg gekommen.

Mit Jacobus Merlinius verband ihn eine alte Freundschaft, er nutzte die Frachtschiffe des Reeders, die seine Waren in erstklassigem Zustand über die Meere schifften, bezahlte natürlich auch die hohen Frachtkosten, die aber immer angemessen waren, und war dann entsetzt, wenn der Verkauf der Waren kaum die Unkosten beglich.

Kurz entschlossen hatte er sich auf die Reise gemacht und seine Frau mit den beiden Töchtern und der Gouvernante mitgenommen, denn die Frauen auf der einsam gelegenen Plantage am Rande des Urwaldes allein zu lassen war undenkbar.

Die Familie Baisanson hatte ihren Ursprung in Frankreich. Als in der portugiesischen Kolonie Südamerikas Anfang des 18. Jahrhunderts Gold und Diamanten gefunden wurden, setzte ein ungeheurer Goldrausch ein und viele Europäer wanderten in den fremden Erdteil aus. Dabei waren auch die Brüder Pierre und Louis Baisanson, die in dem fernen Land ihr Glück versuchen wollten. Während Pierre in den Südosten weiterreiste, um in Ouro Preto Gold zu suchen, und dann sehr schnell als verschollen galt, erkannte Louis den Reichtum des Landes in der Landwirtschaft des Nordostens und blieb dort, um die in Europa dringend benötigte Baumwolle anzubauen. Später gründete er Kaffeeplantagen. Seine Söhne setzten diese Arbeit fort und machten ihr Geld zusätzlich mit Zuckerrohr. Sein einziger Enkel Albert Baisanson, inzwischen alleiniger Erbe der Plantagen, stellte dann die Baumwollgewinnung ein und begann mit dem Anbau von Kakaobäumen. Baumwolle war nicht mehr lukrativ, denn die Europäer bezogen sie nun aus den Südstaaten Nordamerikas, Kakao hingegen wurde zu einem heiß umworbenen Produkt der Schokoladenindustrie und ein außerordentlich begehrter Exportartikel.

Aber nur, wenn man ihn auch gewinnbringend verkaufte!

Und das konnte Albert Baisanson eben nicht.

»Ich muss diesem Prokuristen auf die Schliche kommen, aber ich habe keine Ahnung, wie.« Nachdem die Gouvernante mit den Kindern in das Hotel gefahren war und die Damen es sich im Kaminzimmer gemütlich machten, hatten sich die Herren nach dem Abendessen in den Rauchsalon zurückgezogen, genossen den Cognac, den Jacobus servieren ließ, und diskutierten, um eine Lösung zu finden.

»Du bist doch ein Banker, du hast doch Verbindungen, wenn einer hier helfen kann, dann bist du das, Jacobus.«

»Mein lieber Albert, ich bin kein Geschäftsmann. Ich verwalte Gelder und ich gebe sie aus, aber ich habe mit Händlern nicht den kleinsten Kontakt. Du hast ja nicht einmal ein Konto auf meiner Bank, ich habe also nicht die geringsten Einsichten in deine Vermögensverhältnisse.«

»Nimmst du mir übel, dass ich mein Konto nicht bei dir habe, mein lieber Jacobus? Mein Vater und mein Großvater haben immer mit dem Berenberg-Bankhaus zusammengearbeitet, ich bin einfach dabei geblieben, das hatte nichts mit dir zu tun.«

»Das weiß ich doch, aber dann solltest du dich auch an diese Banker halten. Sie müssen die genaue Übersicht haben.«

»Sie haben die genaue Übersicht, ich war schon dort, es war mein erster Weg auf Hamburger Boden, nachdem ich meine Frauen ins Hotel begleitet hatte. Aber es war eine Übersicht, die mir die Sprache verschlug. Die Konten sind fast leer.«

»Dann solltest du dir schnellstens einen Advokaten suchen und mit diesem Rechtsbeistand deinen Prokuristen mal unter die Lupe nehmen.«

»Das will ich ja, aber woher nehme ich einen Advokaten, ich kenne hier doch niemanden.«

»Bei der Suche werde ich dir gern behilflich sein. Aber das besprechen wir morgen in meinem Büro. Erzähle mir lieber, wie es euch in Pernambuco so geht.«

»Im Großen und Ganzen geht es uns gut. Nachdem die portugiesische Kolonialherrschaft beendet ist und auch das Militär sich größtenteils zurückgezogen hat, können wir frei und unbehindert arbeiten. Brasilien ist auf dem Wege zum Wachstum und unser Kaiser ist sehr daran interessiert, das Land zu einer Welthandelsmacht zu gestalten.«

»Das hört sich doch vortrefflich an.«

»Ist es auch, wenn nur meine persönlichen Probleme nicht wären.«

»Wir werden sie lösen.«

Die Damen im Kaminzimmer unterhielten sich prächtig. Bei ihnen standen die Mode, die Emanzipation der Frauen, die Bildung und die Erziehung der Kinder im Mittelpunkt des angeregten Gespräches. Feline Baisanson, eine korpulente Dame Mitte der vierzig, war eine couragierte Person und trotz ihres Lebens in der Abgeschiedenheit am Rande des Regenwaldes nahm sie regen Anteil an den Aufgaben der Frauen in der Welt. Sie ließ sich die neuesten Bücher aus Frankreich schicken, sie las französische Zeitungen, auch wenn sie seit Wochen veraltet waren, und sie verfolgte die Bemühungen der europäischen Damen, Zutritt zu Universitäten und gehobenen Berufen zu bekommen, mit großem Interesse.

Zum Leidwesen ihres Mannes interessierte sie sich mehr für den Freiheitsdrang extrovertierter Frauen als für die Veredelung von Kakaobohnen und die Ungezieferbekämpfung rund um das Haus am Regenwald.

Sie war eine gute Hausfrau und führte die Dienstboten mit fester Hand, aber für die beruflichen Belange ihres Mannes hatte sie nie Zeit. Sie korrespondierte mit Frauen in England und Frankreich, nahm kein Blatt vor den Mund, wenn es um die unerträgliche Vorherrschaft der Männer ging, und seit einiger Zeit schrieb sie sogar Zeitungsartikel, die dann in Portugal veröffentlicht wurden.

Albert Baisanson hätte gern eine ruhige, liebevolle, gütige Gattin an seiner Seite gehabt, die seine Sorgen und Freuden und seine sexuellen Bedürfnisse mit ihm teilte, aber zu spät hatte er bemerkt, dass er mit einer Kämpferin verheiratet war, die nun auch begann, ihre Töchter zu selbstbewussten, eigenständigen Persönlichkeiten zu erziehen.

Esther und Feline hatten großen Spaß an ihren Gesprächen. »Weißt du, wenn ich dich so höre, dann muss ich denken, ich führe hier ein Leben weitab von jeder Aufregung«, lachte Esther. »Hier geht alles einen geregelten, oft sogar langweiligen Gang. Man kümmert sich um die neueste Mode, um ein paar Theateraufführungen, um Klatsch und Tratsch in der Gesellschaft, um arme Leute, weil sich das so gehört – und um das Wohl des Ehemannes und das war es dann auch schon.«

»So könnte ich nicht mehr leben. Als Albert mich nach Brasilien holte, ich war damals zwanzig Jahre alt, hat mich das Abenteuer gelockt, das ist längst vorbei. Heute will ich mitreden.«

»Wobei denn?«

»Na, wenn es um die Freiheit der Frauen geht, dafür, dass wir den Mund aufmachen dürfen, wenn die Männer gegen unseren Willen agieren. Du glaubst nicht, wie wichtig das ist.«

»Aber das Schweigen ist bequemer.«

»Wie dumm! Du musst doch deine Ängstlichkeit und deinen Kleinmut bekämpfen.«

»Anders ist es weniger aufregend und nicht so gefährlich, Feline.«

»Aber so ein Leben ist langweilig und inhaltslos. Mich erhalten diese kleinen Kämpfe am Leben.«

»Du führst ein sehr einsames Leben, meine Liebe.«

»Ich würde es ohne meine kleinen Streitereien nicht ertragen. Zum Glück haben wir häufig Gäste und mit ihnen zu disputieren, in aller Höflichkeit natürlich und wie es sich gehört, ist wunderbar. Eine eigene Meinung haben zu dürfen, der ein Gast natürlich nicht zu widersprechen wagt, ist großartig. Diese kleinen Kämpfe sind mein Lebenselixier, sonst hielte ich es dort draußen nicht aus.«

»Und was machst du, wenn du nicht deinem Lebenselixier frönst?«

Feline lächelte. »Ich reite, ich habe eine kleine Pferdezucht aufgebaut. Ich bewache die Wächter der Arbeiter.«

Esther lachte. »Du bewachst die Wächter?«

»Natürlich, einer muss das doch tun. Dort drüben herrschen andere Arbeitsmethoden als hier im zivilisierten Europa. Ich will nicht sagen, dass wir dort drüben nicht eine fabelhafte und funktionierende Zivilisation haben, aber am Rande der Wildnis herrschen andere Bedingungen und andere Bestimmungen, und mit denen muss man fertig werden.«

Von den afrikanischen Sklaven, die auf ihren Pflanzungen die niedrigsten und die schwersten Arbeiten verrichten mussten, erzählte sie nichts.

»Und was machst du, wenn du auf Schwierigkeiten stößt?«

»Ich versuche es mit Gesprächen, und wenn die nicht ausreichen, dann mit Drohungen. Auf einer Plantage kann nur ein Einziger das Sagen haben, und das ist der Arbeitgeber, der Ernährer, der Versorger, und wenn der keine Zeit hat, und die hat Albert nie, dann bin ich seine Vertreterin. Und dann muss ich auf Ordnung achten. Schließlich hängen wir alle von reichen Ernten, von guten Produkten, vom Fleiß und von der Gewissenhaftigkeit aller ab. Das fängt beim kleinsten Schlangenschläger an und hört beim Kakaobohnentrockner auf.«

»Willst du damit sagen, Kinder werden zur Arbeit eingesetzt?«

»Selbstverständlich. Sie sind begeistert, wenn sie auf Schlangenjagd gehen dürfen. Aber keine Sorge, Esther, ich habe eine gute Schule für sie eingerichtet. Wer jemals unsere Plantage verlässt, kann lesen, schreiben und rechnen, wie es sich gehört.«

»Du hast wirklich viel um die Ohren, Feline.«

»Das muss ich auch, sonst verkomme ich in der Einsamkeit.«

»Ich kann dich verstehen. Aber so eine Reise, wie jetzt, die wird dir doch gefallen.«

»Ja und nein. Ich werde den Luxus einer großen Stadt genießen, aber meine Gedanken sind in Brasilien. Wir haben finanzielle Probleme und die werden mit jedem Tag größer, an dem ich nicht die Arbeiter bewache.«

»Finanzielle Probleme?«

»Ja, aber darüber unterhalten sich unsere Männer nebenan. Sie werden eine Lösung finden. Erzähle du jetzt vom Klatsch und Tratsch in dieser Stadt. Hamburg erholt sich langsam vom Großen Brand?«

»Ja, Gott sei Dank.«

Und Esther berichtete von der ersten neuen Eisenbahnstrecke zwischen Hamburg und Bergedorf, die aber bald bis nach Berlin fortgeführt werden sollte und deren Bau auch der englische Ingenieur William Lindley beaufsichtigte, der zurzeit die Kanalisation und die Trinkwasserversorgung einführte. Sie erzählte von dem neuen Thalia Theater mit 1800 Plätzen und sehr sehenswerten Aufführungen, die sie besucht hatte. Sie empfahl den Besuch von Sillem's Bazar und einen Spaziergang durch die gerade fertiggestellten Alsterarkaden.

»Unsere neue Gasbeleuchtung der Straßen wirst du gleich sehen, wenn ihr ins Hotel fahrt.«

»Na ja«, seufzte Feline, »das alles fehlt mir natürlich in Pernambuco, aber eines kann man nur haben, entweder die Lust auf ein abenteuerliches Leben oder die Eleganz einer Weltstadt.«

»Ach weißt du«, erklärte Esther, »mit der Eleganz ist es gar nicht so weit her. Wir haben viel mehr arme Leute als reiche. Da gibt es ein paar Flaniermeilen mit geschmackvollen Geschäften und viele, viele Gängeviertel, wo die Menschen in armseligen Verhältnissen leben müssen. Und jetzt kommen noch die vielen Auswanderer dazu.«

»Auswanderer?«

»Ja, viele Menschen aus den ärmeren Ländern im Osten und auch viele Deutsche wollen nach Amerika, weil sie hier keine Lebenschancen haben und denken, in Amerika wartet das Paradies auf sie.«

»Na, die werden sich wundern. Die Zeiten mit dem Goldrausch und den Diamantenfunden sind längst Vergangenheit.«

»Sie träumen eben von einem besseren Leben und nun kommen sie hierher, um dann von hier aus die Schiffe zu besteigen. Aber sie überschwemmen die Stadt und sie tragen auch viele Krankheiten hier herein. Früher fuhren sie von Bremen aus, aber jetzt kommen die meisten nach Hamburg.«

Feline lächelte. »Paradiesische Zustände gibt es eben nirgendwo. Man muss sich das Leben so angenehm wie möglich gestalten.«

»Aber du bist eine Kämpfernatur, wie ich nun erfahren habe.«

»Ja, und ich will Erfolge sehen.«

»Und welche Kämpfe stehen jetzt an?«

»Ein Kampf mit meinem Mann. Ich suche eine deutsche Hauslehrerin für meine Töchter, ich will, dass sie europäisch und nicht nur portugiesisch und brasilianisch erzogen werden.«

»Und deshalb kämpfst du mit deinem Mann?« Esther lächelte verhalten, sie wollte die Freundin nicht kompromittieren.

»Na ja, nicht so richtig. Er will die Kinder als echte Brasilianerinnen erziehen, sie sollen sich dort absolut heimisch fühlen und keine Sehnsüchte nach Europa entwickeln.«

»Aber ist das so schlimm, wenn sie sich zu Europa hingezogen fühlen, schließlich seid ihr als Eltern doch französischer Herkunft?«

»Albert will nicht, dass sie sich teilen, halb Brasilien, halb Frankreich, das sei dann weder Fisch noch Fleisch, behauptet er.«

»Also, ich finde das gar nicht schlimm, wenn sie in beiden Erdhälften ihre Wurzeln haben«, Esther dachte an die eingeschränkten Lebensverhältnisse, die ihre Kinder hatten. »Ich wünschte, ich könnte meinen Kindern mehr Freiheiten bieten, aber Jacobus ist so ein eingefleischter Hanseat, für ihn gibt es keine bessere Lebensgrundlage als die in einer Hansestadt.«

»Siehst du, genau so ist es bei uns. Ich will die Freiheit für meine Töchter, er will die Begrenzung. Aber ich gewinne natürlich.«

»Und was willst du machen?«

»Ich engagiere eine deutsche Hauslehrerin, dann können sie gleichzeitig auch noch die deutsche Sprache erlernen und sind eines Tages Weltbürger.«

»Weltbürger, wie sich das anhört!«

»Du, das ist ein Begriff, der bei emanzipierten Frauen schon lange die Runde macht.«

»Und wie willst du hier eine Hauslehrerin finden, die bereit ist, in ein so fernes Land zu reisen?«

»Ehrlich gesagt, Esther, ich hoffe, du hilfst mir bei der Suche. Leicht wird es nicht sein, das weiß ich schon.«

»Für eine junge Hauslehrerin ist so ein Wechsel unter Umständen eine Lebensentscheidung. Wer hat schon das Geld für eine so weite Heimreise, wenn es in der Ferne nicht klappt?«

»Ach, das kann man ja vertraglich regeln. Ich könnte mir denken, dass es auch hier junge Menschen gibt, die gern ein fernes Land kennenlernen möchten.«

»Aber du hast von der Einsamkeit erzählt, die bei euch herrscht. Was kann sie dort kennenlernen?«

»Na ja, das muss man bei der Suche ja nicht gleich verraten. Kennst du vielleicht jemanden?«

»Nein, aber ich könne Laura fragen. Sie ist Maries Lehrerin, vielleicht hat sie eine Freundin, die an so einem Abenteuer interessiert wäre.«

»Ja bitte, frage sie, du würdest mir einen großen Gefallen tun.«

»Gut, versprochen, sie ist morgen wieder bei uns.«

»Danke, Esther, du bist eine wirkliche Freundin.« Sie sah auf die Standuhr in der Ecke. »Es ist Mitternacht, ich glaube, es wird Zeit, dass wir unsere Ehemänner von ihren Gesprächen erlösen. Bei dem guten Cognac fällt ihnen das sicher schwer. Morgen ist auch noch ein Tag, und bis zum Dänischen Hof in Altona ist es ein weiter Weg.«

»Warum seid ihr in Altona abgestiegen?«

»Der Klipper hat im Altonaer Hafen angelegt, es war der kürzeste Weg in ein Hotel und wir waren die engen Kabinen auf dem ständig schwankenden Schiff leid. Weißt du, so eine lange Reise ist wirklich kein Vergnügen.«

»Das glaube ich dir gern Ich werde den Kutscher bestellen und dann holen wir die Herren aus ihrem verrauchten Salon.«

4

»Verdammt noch mal, warum passt diese dämliche Takelage nicht.«

Mikael Lundborg zerrte an der Persenning, dass die Nähte zu platzen drohten.

»Hör auf mit dem Gezerre, du machst alles nur noch schlimmer. Wenn so ein Segel nicht passt, kannst du es mit Gewalt auch nicht ändern.«

»Aber wir haben die genauen Größen angegeben, der Spinner hat uns glatt betrogen.«

»Rede keinen Quatsch, wir haben die genauen Größen selbst nicht gewusst.«

»Wir haben's Segel am Kai ausgelegt und abgemessen.«

»Ja, mit Schritten, aber wie du siehst, reicht das nicht. Wir hätten uns eine Messlatte leihen müssen.«

»Blödsinn. Mein Schritt ist genau einen Meter lang, das musste genügen.«

»Du mit deinen langen Beinen, wenn du was abmisst, machst du noch längere Schritte als gewöhnlich.«

Mikael Lundborg setzte sich auf das Kombüsendach und schob die Schiffermütze aus der Stirn. »Seit einer Woche hängen wir jetzt in diesem wintergrauen Hamburg herum und ich wollte so schnell wie möglich in die indische Sonne. Verdammt noch mal, und unser Schiffer treibt sich an Land umher und lässt uns hier sitzen.«

»Er hat uns eine Aufgabe gegeben und die haben wir vermasselt, und deshalb sitzen wir hier fest.« Max hatte keine Lust, sich das Geschimpfe von diesem reiseverrückten Schweden länger anzuhören. »Ich geh jetzt in die Koje, heute passiert nichts mehr.«

»Wasch dich vorher, sonst schmeiße ich dich raus.«

»Du hast mir gar nichts zu sagen. Du bist hier nur der Junge für die Drecksarbeiten, mach nicht so einen Lärm, wenn du kommst.«

»Ich mache, was ich will, und wenn's stinkt, fliegst du raus.«

Mikael Lundborg starrte auf die anderen Schiffe. Zahllose Masten dümpelten im Hafenbecken am Baumwall. Einige wurden gerade beladen, andere entladen. Überall herrschte Hektik und fremdländisches Leben. Die Matrosen verständigten sich in den unterschiedlichsten Sprachen, genauso unterschiedlich wie die Hautfarben, die sie trugen.

Wenn das hier nicht bald weitergeht, fahre ich mit einem anderen Frachter, dachte Mikael. Ich bin doch nicht vom winterlichen Schweden gestartet, um hier festzuliegen. Ich will in die Sonne, ich will die Welt kennenlernen, Abenteuer erleben, egal wo. Fragt sich nur, wer mich mitnimmt. Ohne Geld ist das so eine Sache mit den Abenteuern. Der Kapitän hier war einverstanden, dass ich die Reise abarbeite, weil er auch ein Schwede ist, aber die meisten Frachter haben ihre Schiffsjungen für die Drecksarbeit längst an Bord. Hier hatte ich gerade Glück, weil der Bursche abgehauen war. Und jetzt dieses Desaster mit der zerrissenen Takelage. Wenn die neu hergestellt werden muss, kann das Wochen dauern, bis es weitergeht. Aber wenn der Käptn morgen wieder an Land herumlungert, schleiche ich mich weg und hör mich mal auf den anderen Frachtern um. Zum Schaden kann's nicht sein, wenn ich mich anbiete.

Mikael Lundborg war ein gewiefter junger Mann. Mit achtzehn hatte er die Schule beendet, in der moderne Sprachen die Hauptfächer waren. Dann hatte er, um festzustellen, was er überhaupt einmal machen wollte, ein halbes Jahr in einem Advokatenbüro gearbeitet, um etwas über die Jurisprudenz zu erfahren, danach ein paar Monate in einem Zollbüro, um den Im- und Export zu studieren und seine Fremdsprachenkenntnisse zu vervollständigen. Zum Schluss war er in einem Geschäft für Schiffsausrüster tätig. Da war ihm die Idee gekommen, sich erst einmal auf der weiten Welt umzusehen, bevor er sich für eine Arbeit entschied. Und nun war er mit einundzwanzig Jahren aufgebrochen, um diese Welt tatsächlich kennenzulernen. Aber seine Reise sollte nicht schon am Hamburger Hafen enden.

Seine Eltern hatten ihn für verrückt erklärt, und sein Vater, ein Erzhändler aus dem hohen Norden, der ihn eigentlich in seinem Geschäft einstellen wollte, hatte sich geweigert, auch nur eine einzige Krone für seine Spinnereien, wie er es nannte, auszugeben. Also wanderte Mikael nach Stockholm, ergatterte eine Stelle als Schiffsjunge auf einem Frachter nach Indien und war in Hamburg gelandet. Er rutschte vom Kombüsendach und suchte die stickige Doppelkoje auf, die er mit diesem Max aus Uppsala teilen musste.

Am nächsten Morgen, die Wolken hingen tief herunter bis zu den Mastspitzen und eisige Hagelschauer hüllten Land und Wasser in graue Schleier, machte sich Mikael Lundborg auf die Suche nach einem startbereiten Schiff. Er schlenderte vom Binnenhafen über die Alstermündung hinweg zum Niederhafen und weiter bis zum Inneren Jonas Hafen. Die Frachter und Skipper, die Fregatten und Vollschiffe, die Barken und Ewer dümpelten eng beieinander in dem aufgerauten Elbewasser, als suchten sie gegenseitigen Schutz vor dem Winterwetter.

Mikael hatte den Kragen seiner Lammfelljacke bis über die Ohren hochgezogen und versuchte, Kinn und Nase ebenfalls mit der Wolle zu schützen. Am Inneren Jonas Hafen herrschte emsiger Passagierbetrieb. Hier lagen ein paar Skipper, die anscheinend Überseereisende erwarteten. Mikael beobachtete das Hin und Her eine Weile, dann ging er über die Gangway auf das Schiff, das dem Kai am nächsten lag. An Bord wurde er von einem Matrosen angebrüllt. »Runter, hier gibt's nichts zu sehen.«

»Ich will ja bloß was fragen.«

»Dann frag mich.«

»Ich such 'ne Stelle auf einem Überseeklipper.«

»Was kannste denn?«

»Ich mach alles, und ich mach's umsonst.«

»Kannste melken?«

»Was?«

»Melken.«

»Machst du Quatsch?«

»Nee, aber wir haben Ziegen an Bord, die müssen gemolken werden. Und Hühnerställe und Karnickelställe, die müssen gereinigt werden. Na, solche Sachen eben.«

»So ein Viehzeug habt ihr an Bord?«

»Wir sind wochenlang unterwegs und wir haben Passagiere, die frische Lebensmittel brauchen. Wir sind sehr fortschrittlich, wir nehmen das lebende Vieh gleich mit.«

»Eine Arche Noah?«

»Kannste so sagen.«

»Also, melken kann ich nicht, aber ich kann's lernen.«

»Dann kannste mit dem Smutje reden, komm mit.«

Der Matrose brachte Mikael in die Kombüse, wo der Schiffskoch an einem kleinen Tisch saß und eine Warenliste zusammenstellte.

»Smutje«, meldete sich der Matrose zurückhaltend von der Tür aus, »ich hätte da jemanden fürs Vieh.«

Der hagere Mann, der so gar nicht nach einem Koch aussah, richtete sich langsam auf und sah zur Tür herüber. »Wen haste da?«

»Einen Jungen fürs Vieh. Und das Melken kann er lernen, hat er gesagt.«

»Hol ihn rein.«

Mikael zwängte sich an dem Matrosen vorbei, der ihm einen

Knuff in die Hüfte versetzte und grinsend zur Seite ging. »Hallo, ich bin Mikael Lundborg und ich würde mich gern um Ihr Vieh kümmern.«

»Was machste sonst und was willste dafür?«

»Ich bin Schiffsjunge, aber unser Viermaster hat Probleme und ich will nicht den ganzen Winter in Hamburg verbringen. Wohin fahren Sie denn?«

»Nach Chile, ist ’ne weite Tour.«

»Würde ich gern mitmachen. Die Reise arbeite ich ab.«

»Darüber können wir reden. Verstehste sonst was vom Vieh?«

»Klar, wir hatten immer Vieh auf dem Hof«, log er unbekümmert, »nur ums Melken musste ich mich nie kümmern.«

»Dann kannste anfangen.« Er besah den jungen Mann, der da ohne Seesack in der Tür stand. »Hol deine Sachen, der Matrose zeigt dir die Koje, wir fahren in zwei Tagen. Bis dahin kannste dich ans Vieh gewöhnen und das Melken musste sofort lernen, ich habe keine Zeit mehr dazu.«

»Sie können es mir gleich zeigen, ich hole meinen Sack später.«

»Dann komm mit.« Der Smutje stand seufzend auf, er war viel zu groß für die kleine Kombüse und musste gebückt darin stehen. »Wenn wir ablegen, arbeite ich in der großen Kombüse, aber hier für den Hafen und die Besatzung reicht die kleine«, erklärte er und ging vor Mikael durch den Rumpf zur hinteren Treppe und dann hinauf auf das Achterdeck. Vor dem Ruderhaus erstreckte sich ein langer, abgedeckter Verschlag, in dem gackernde Hühner den Graupelschauern trotzten. Auf der Rückseite des Verschlages waren die Kaninchen in kleinen Ställen untergebracht. Vor der Nässe von oben wurden die Tiere mit leeren Jutesäcken geschützt. Hinter dem Ruderhaus befand sich der Ziegenstall, ein Verschlag, in dem sechs Tiere angebunden waren. Über dem Verschlag, nur durch einige Bretter geschützt, lagerten die Futtervorräte und zahlreiche Strohbunde.

»Du musst täglich alle Ställe sauber halten, sonst stinkt’s und die Passagiere ekeln sich und wollen hier nicht sitzen.«

»Und der Mist?«

»Geht über Bord.«

»Und wie komme ich ran an die Hühnerställe?«

»Oben sind Deckel, die kannst du hochklappen. Und dann musst du auch gleich die Eier mit einsammeln. Aber pass auf, dass dir die Hühner nicht rausfliegen, die sind verdammt schnell.«

»Ich pass auf.«

»Dann komm mit zum Melken.«

Der lange Mann quetschte sich in einen Verschlag hinter dem Ruderhaus, nahm einen Eimer von der Wand, drängte die Tiere zur Seite und setzte sich auf einen winzigen Schemel. »Die Ziegen stehen so eng, damit sie sich gegenseitig stützen, wenn Seegang ist, sonst torkeln sie durch den Stall und brechen sich die Beine.« Er nahm den Eimer und stellte ihn unter das Euter. »Jetzt fasst du mit Daumen und Zeigefinger ganz oben an der Zitze an und schließt die Finger nacheinander drumrum. Zeigefinger, Mittelfinger, Ringfinger und kleiner Finger. Nicht ziehen, sondern drücken. Dann dasselbe wieder und wieder, und wenn aus der einen Zitze nichts mehr kommt, machst du's mit der nächsten und irgendwann kannste das dann mit beiden Händen gleichzeitig, dann bist du perfekt. Komm, versuch's.«

Die beiden Männer wechselten den Schemel, und da Mikael sich sehr geschickt anstellte, füllte sich der Eimer langsam und der Smutje war zufrieden. »Kannst die Stelle haben. Kannste auch schlachten?«

»Was?«

»Na ja, wenn du von einem Bauernhof kommst, dann haste doch bestimmt das Schlachten mitgemacht.«

»Nein, nein, da kam immer ein Knochenhauer extra, der das gemacht hat«, stotterte Mikael.

»Ja, für die Rinder und Schweine, ich meine aber nur die Kaninchen. Die müssen während der Reise dran glauben. Aber du bist ja geschickt, das lernst du auch noch.«

»Wie viele sind das denn?«

»Na, so um die hundert sind das schon.«

»Himmel, und die soll ich alle …«

»Natürlich nicht auf einmal, immer so nach und nach, wie ich sie gerade brauche. Ich kann den Passagieren nicht immer nur gepökeltes Fleisch vorsetzen, die wollen auch mal was Frisches auf den Tellern sehen.«

»Ja, ja, ich werd's schon machen. So groß wie Schweine sind die ja nicht. Und wo sind die Kaninchen?«

»Ihr Verschlag ist die Rückseite vom Hühnerverschlag. Und denk dran: ausmisten, füttern, tränken, immer reihum, und das bei allen Tieren. Das Fass da drüben neben dem Ziegenstall ist Süßwasser für das Vieh. Immer gut verschließen, damit kein Salzwasser beim Wellengang reinschwappt. Und in jedem Hafen auffüllen. Das ist sehr wichtig.«

»Ich werde an alles denken.«

»Du hast einen Vierundzwanzigstundenjob. Und ich verlass mich auf dich.«

»Das können Sie, Herr Koch.«

»Kannst mich Moritz nennen, tun alle hier.«

»Danke, Moritz.«

»Woher kannste so gut Deutsch reden, wo du doch ein Schwede bist?«

»Hab ich in der Schule gelernt.«

»Sehr praktisch. Nun geh und hol deinen Seesack, damit du gleich anfangen kannst. Die anderen drei Ziegen müssen gemolken und die Ställe müssen für die Nacht abgedeckt werden.«

Es wurde schon dunkel, als Mikael sich auf den Rückweg machte. Jetzt herrschte in den Hafenbecken reger Verkehr. Die Flut kam herein und viele Schiffe machten sich zum Auslaufen fertig. Zweimal lief er an dem schwedischen Frachter vorbei, weil der seinen Liegeplatz im Laufe des Tages ändern musste, dann hatte er ihn endlich erreicht. Mikael wollte still und heimlich seinen Seesack holen und dann verschwinden. Er hatte keine Heuer zu erwarten und wollte auch nicht mehr Rede und Antwort stehen. Aber womöglich ließ ihn der Maat nicht laufen, weil die Takelage noch nicht gerichtet war, so war es wohl am besten, in der Dunkelheit zu verschwinden. Aber es war schwer, unbemerkt an die Doppelkoje heranzukommen, in der sein Seesack am Fußende lag. Er musste das von einigen Petroleumlampen erleuchtete Deck überqueren, dann die Leitern nach ganz unten in den Rumpf hinabklettern und dann nach vorn in den Bug kriechen, wo die Matrosen ihre Kojen hatten. Ein gefährlicher Schlafplatz für die Besatzung, denn wenn ein Schiff strandet oder irgendwo aufläuft, dann ist es immer der Bug, der zerfetzt wird. Und so manches Mal in den vergangenen Nächten hatte Mikael nicht geschlafen, weil er wusste, wie gefährlich die Schiffsrouten durchs Kattegat und Skagerrak waren. Das war jetzt Gott sei Dank vorbei, denn jetzt würde die Reise über das offene, tiefe Meer gehen.

Mit dem Verlassen des alten Frachters hatte er Glück. Die Besatzung war an den Luken im Heck beschäftigt, wo die Schauermänner die Laderäume mit Handelswaren füllten.

Unbemerkt konnte er verschwinden, schulterte den Seesack und machte sich auf den Weg zum Inneren Jonas Hafen.

Er fand den Klipper sofort, denn der Matrose, der die Gangway von oben an der Reling aus bewachte, sah ihn und winkte ihn herbei. »Na, haste es geschafft?«

»Klar doch, wo soll der Sack hin? Ich muss gleich an die Arbeit.«

»Ich bin übrigens Jack. Komm mit, ich zeig dir deine Koje. Und was kriege ich für die Vermittlung?«

»Was meinst du?«

»Na, ich hab dir die Stelle besorgt, dafür musste bezahlen.«

»Aber ich habe kein Geld, ich arbeite immer nur meine Reisekosten ab.«

»Haste was anderes? Was Wertvolles? Lass mich mal in den Seesack schauen.«

»Da ist nichts drin außer Reservewäsche.«

»Kann ich auch brauchen. Zeig mal.«

Widerwillig öffnete Mikael seinen Seesack. In der Dunkelheit stöberte der Fremde in den wenigen Utensilien herum, die Mikael aus Schweden mitgebracht hatte. »Da, die kann ich brauchen«, rief Jack und zog ein paar Winterstiefel aus Rentierfell aus dem Durcheinander.

Mikael wollte protestieren, er liebte die Stiefel, sie erinnerten ihn an Schlittenhundrennen, die er gewonnen hatte, und an Lagerfeuer, wenn er mit dem Vater hoch oben am Polarkreis Winterferien machte. Aber dann dachte er, was soll's, ich will nach Indien, da ist es heiß, da brauche ich die bestimmt nicht, und nickte dem Matrosen zu. »Nimm sie dir, aber dann sind wir quitt.«

»Auf 'ne gute Fahrt.«

»Auf 'ne gute Fahrt. Wie heißt der Klipper eigentlich? In der Dunkelheit ist das nicht zu lesen.«

»Marie-Fortuna.«

»Hm, sehr mädchenhaft.«

»Marie ist die Tochter vom Reeder und Fortuna soll Glück bedeuten.«

»Dann kann ja nichts schiefgehen.«

»Seh ich genauso.«

5

»Heute Abend werde ich ein ernstes Wort mit Laura reden, so geht das nicht weiter.« Heinrich Bredenstedt zog die nassen Stiefel aus und rieb sich die kalten Füße mit den Händen warm. »Wir arbeiten uns halbtot und sie führt ein feines Leben. Sie soll lernen, was es heißt, ums Dasein zu kämpfen«, erklärte er verärgert.

»Aber Heinrich, ich verstehe dich nicht. Was hast du in den letzten Tagen dauernd an Laura auszusetzen?« Florine hielt nichts von damenhafter, hanseatischer Zurückhaltung ihrem Mann gegenüber. Ihr angeborenes, optimistisches Temperament verführte sie immer wieder zu Widersprüchen und zu einem oppositionellen Verhalten, wenn sie sich missverstanden fühlte. Auch heute war es wieder so. Ihr Heinrich kam müde, erfolglos und missmutig von seinen täglichen und wie immer vergeblichen Buchverkäufen zurück und ließ seinen Ärger an Laura aus, die noch nicht zu Hause war und sich nicht wehren konnte.

»Sie kommt mir vom rechten Weg ab«, knurrte er und suchte nach einer Schüssel mit heißem Wasser, in der er seine Füße baden konnte.

»Ich verstehe dich einfach nicht mehr. Sie ist so fleißig, sie versucht, es allen recht zu machen, wie kannst du mit ihr unzufrieden sein«, verteidigte Florine ihre Tochter. »Sie trägt Brötchen in der halben Nacht aus, sie unterrichtet ein fremdes Kind und sie wird gelobt, weil man ihre Arbeit anerkennt und mit ihr zufrieden ist. Und sie gibt uns ihren ganzen Lohn. Und du nörgelst ständig an ihr herum.«

»Laura ist unser einziges Kind, sie soll meine Buchhandlung übernehmen, aber sie hat den Kopf voller Faxen und dummer Gedanken.«

»Buchhandlung, Buchhandlung, wie kannst du deinen Karren und die Bücherkiste eine Buchhandlung nennen.«

»Bin ich vielleicht schuld am Verlust unseres schönen Geschäftes? Hätten diese Händler nicht Schnaps im Lagerhaus von der Deichstraße gelagert, was absolut verboten war, hätte es den Großen Brand nicht gegeben und wir hätten unsere Handlung und unsere Wohnung behalten.«

»Hätten, hätten, hätten. Wir haben aber nun mal alles verloren und wir haben es bis jetzt nicht geschafft, auch nur eine Spur von dem wieder aufzubauen, was wir einmal besessen haben. Such jetzt nicht bei Laura nach einem Grund für deine Misserfolge. Sie kann überhaupt nichts dafür.«

»Sie soll mich unterstützen, sie soll an meiner Seite arbeiten und ihr Handwerk lernen.« Endlich hatte er die Füße in warmes Wasser gestellt und rieb sich die steifen Knie, die, von Gicht geplagt, ihm ständig mehr Schmerzen bereiteten.

»Was kann sie schon lernen, wenn sie mit dir durch die Straßen zieht und Bücher anbietet. Hausieren ist nicht gerade ein erstrebenswerter Beruf, mein lieber Heinrich.«

»Wir müssen eben ganz klein wieder anfangen. Und das ist nicht meine Schuld.«

»Nein, deine Schuld ist es nicht, aber die Tatsache, dass du in all den Jahren noch keinen Schritt weitergekommen bist, lässt mich langsam an deinem Händlertalent zweifeln.«

»Enthalte dich gefälligst deiner Kritik, du sitzt hier in der warmen Stube und nähst Hemden, du weißt gar nicht, wie mühsam es ist, auf der Straße Bücher zu verkaufen.«

»Ich weiß es und es tut mir leid, dass du so unter dem Verlust leiden musst. Aber lass Laura aus deinem Unmut raus, denn du tust ihr unrecht. Sie arbeitet von früh bis spät und macht alles, was du sagst, und vergiss nicht, sie trägt den größten Teil unserer häuslichen Kosten, und das mit ihrem kleinen Lohn, den sie vom Reeder bekommt.«

»Es ist selbstverständlich, dass eine Familie zusammenhält, da muss jeder seinen Beitrag zusteuern. Aber sie entgleitet mir und das will ich nicht.«

»Wie meinst du das? Sie entgleitet dir?«

»Sie interessiert sich für Reitstunden und Theateraufführungen, für Tanzunterricht und dieses unsinnige Klavierspiel. Sie soll sich um Bücher kümmern, und zwar nur um Bücher.«

»Du willst tatsächlich, dass sie mit dir von Haustür zu Haustür läuft und Bücher zum Verkauf anbietet? Das erlaube ich niemals.«

»Es würde ihr nicht schaden, den Buchhandel von der Pieke auf zu erlernen.«

»Das ist doch Unsinn, Heinrich. Du verdienst kaum genug, um davon zu leben, jetzt soll Laura auch noch für einen Hungerlohn arbeiten? Ich bin so froh, dass sie diese Arbeit als Hauslehrerin hat, sie ist wenigstens tagsüber gut versorgt und ich muss nicht noch mehr Wasser in unsere Suppe geben, damit sie für drei Personen reicht.«

Florine war ehrlich empört. Wie konnte ihr Mann Laura die winzige Existenzgrundlage, die sie aufgrund ihrer Intelligenz besaß, entziehen? Ihre Tochter hatte ein besseres Leben verdient. Sie war klug, hübsch, vernünftig und wohlerzogen, sie sollte es einmal besser haben als ihre Eltern. Sie war damals so froh gewesen, als die Reedersfrau sie nach einer geeigneten Hauslehrerin für ihre kleine Tochter gefragt hatte und dann so zufrieden mit Laura war, dass die nun schon seit zwei Jahren die kleine Marie unterrichten durfte. Niemals würde sie erlauben, dass Lauras Zukunft durch irgendetwas oder irgendjemanden, nicht einmal durch den eigenen Vater, zerstört wurde.

Aber Heinrich nörgelte weiter. »Es schadet gar nicht, wenn ein junger Mensch lernt, sich nach der Decke zu strecken, um weiterzukommen.«

»Aber was heißt denn weiterkommen, Heinrich, wohin soll sie denn kommen?« Florine wurde langsam wütend. Sie kannte ihren Mann, und wenn er anfing, an Laura zu nörgeln, dann steckte da so viel eigene Unzufriedenheit in seinen Worten, dass er einfach ein Ventil brauchte, um den eigenen Frust loszuwerden. »Du kannst doch von unserer Tochter nicht erwarten, ein Ziel anzusteuern, das es gar nicht mehr gibt.«

»Was heißt nicht gibt? Wir werden wieder eine Buchhandlung haben, eine große, anerkannte Buchhandlung, die schönste der Stadt, dafür werde ich schon sorgen, und die soll unsere Tochter einmal führen.«

»Heinrich, hör endlich auf zu träumen.« Langsam gewann Florines Temperament die Oberhand und sie beschloss, dem Schimpfen ein Ende zu bereiten. »Wann und wo und wovon willst du eine große Buchhandlung eröffnen. Ich will dich nicht beleidigen und ich will dich auch nicht beurteilen, aber weiter als bis zu dem Karren, in dem du deine Bücherkiste hinter dir herziehst, bist du in den letzten Jahren nicht gekommen.« Florine konnte sehr scharfzüngig und sehr energisch werden, wenn sie Unrecht witterte, und wenn dieses Unrecht ihre geliebte Laura betraf, dann nahm sie keine Rücksicht, nicht einmal auf die Empfindlichkeiten ihres Ehemannes.

»Trotzdem«, Heinrich schlug mit der Hand auf den Tisch, »ich sag dir, so geht das nicht weiter. Das Mädchen gehört hier ins Haus, wo ihr keine Flausen in den Kopf gesetzt werden, sondern wo sie uns mit Tatkraft unterstützt.«

»Welche Flausen meinst du eigentlich?«

»Warum muss unsere Tochter reiten lernen? So ein Blödsinn! Wenn sie hinter dem Buchtresen steht und die Kasse bedient, braucht sie keine Sprünge mit einem Pferd zu können.«

»Was meinst du denn damit?«

»Ich habe neulich den Peter Franz getroffen, den vom Schweinemarkt, und der hat erzählt, wie Laura mit dem feinen Herrn Reeder und seiner Tochter zusammen mit den Pferden über eine Stange springen musste.«

»Na und, was ist daran so schlimm?«

»Das schickt sich nicht für eine angehende Buchhändlerin. Aber mit dieser komischen Reiterei ist jetzt sowieso Schluss.«

»Was meinst du mit Schluss?«

»Die Halle vom Schweinemarkt wird abgerissen, die Stadtverwaltung baut demnächst an dieser Stelle eine Wasch- und Badeanstalt für alle Hamburger. Das ist dann wenigstens eine brauchbare Einrichtung für die ganze Bevölkerung und nicht eine Belustigung für ein paar reiche Pferdenarren.«

»Es gehört zu Lauras Aufgaben, das Kind zu allen Veranstaltungen zu begleiten.«

»Papperlapapp, das Kind soll rechnen und schreiben und lesen lernen, vor allem das Lesen, dann kann sie sich ihr Wissen in aller Zukunft aus Büchern herausholen. Dazu muss man nicht reiten können.«

»Du kannst Lauras Arbeitgeber nicht vorschreiben, was sein Kind lernen muss und was nicht.«

»Genau das ist es. Denn Lauras Wissen wird dadurch nicht gefördert. Wir haben sie nicht auf eine gute Mädchenschule geschickt, haben sie nicht noch eine zusätzliche Ausbildung machen lassen, damit das alles wieder verloren geht. Sie soll ihr Ziel verfolgen und nicht dem Lebensstil der noblen Gesellschaft nacheifern.«

Um ihren erregten Mann von dem ganzen Streit abzulenken, fragte Florine: »Erzähl mir mehr von der Badeanstalt.«

»Na, viel gibt's da noch nicht zu berichten, es sind ja bisher nur Pläne von dem Engländer, der hier für die Kanalisation zuständig ist, denn eine moderne Wasserversorgung in der Stadt ist Voraussetzung.«

»Aber die haben wir doch jetzt.«

»Nur erst in wenigen Stadtteilen. Auf jeden Fall ist geplant, dass dann alle Hamburger, die noch keinen eigenen Wasseranschluss haben, zu niedrigen Eintrittspreisen dort in Wannenbädern baden dürfen. Für die Frauen sind sechzehn Wannen vorgesehen, für die Männer fünfundsechzig.«

Florine lachte laut heraus. »Damit steht fest, dass ihr Männer die schmutzigeren Menschen in unserer Stadt seid.«

»Blödsinn, wir sind diejenigen, die schwerste körperliche Arbeit verrichten und den ganzen Tag im Schweiße unseres Angesichts schuften, wir haben diese Bäder redlich verdient.«

»Ja, ja, schon gut«, kicherte Florine. »Dann brauchen wir die Waschwanne am Samstag wenigstens nicht mehr mit dir zu teilen.«

»Einrichtungen zum Wäschewaschen soll es dann auch dort geben.«

»Wie praktisch, dann brauche ich mich ja bald gar nicht mehr um dich zu kümmern. »Du gehst dort hinein und kommst frisch gewaschen und mit sauberer Kleidung wieder heraus. Einfach wunderbar.«

»Blödsinn, und es ist ja auch alles erst geplant. Wann gibt es eigentlich das Abendessen?«

»Jetzt.« Florine stellte eine Schüssel mit gepellten Kartoffeln, eine Schale mit Leinöl, Salz und einen Topf mit Quark auf den Tisch. Gott sei Dank, ich habe meinen Mann von seinen Nörgeleien über Laura abgelenkt. Obwohl, so ganz unrecht hatte er nicht. Laura entgleitet auch mir, gestand sie sich. Ihre Kleidung, ihre Körperpflege, ihr Aussehen – das Kind richtet sich nicht mehr nach dem, was sie bei uns sieht, sondern sie lässt sich von dem Reichtum der feinen Gesellschaft beeindrucken. Und das ist tatsächlich nicht erstrebenswert. Aber Laura als Buchhändlerin mit dem Vater auf den Straßen unterwegs zu wissen, entspricht nicht meinen Plänen. Sie ist schließlich meine einzige Tochter und sie hat etwas Besseres verdient.

Laura kam nach Hause, als die Eltern ihr Essen gerade beendet hatten. Das Gesicht von der Kälte gerötet und die Hände warm in einem Muff von Esther Merlinius, begrüßte sie gut gelaunt die beiden in der Küche. »Hallo, ihr Lieben, da bin ich wieder.« Sie streifte die Stiefeletten ab, zog den Mantel aus und hängte ihre Wollmütze auf einen Haken an der Tür. »Wie geht es euch?

Wie war der Tag?« Sie küsste die Mutter flüchtig auf die Wange und strich dem Vater mit der Hand über den ergrauten Haarschopf.

Florine nickte ihr liebevoll zu. »Möchtest du noch einen heißen Kamillentee, in der Kanne ist noch etwas übrig. Oder möchtest du noch etwas essen?«

»Danke nein, Mama, ich bin sehr satt. Die Familie hat Besuch bekommen und ich durfte früher gehen.«

Florine freute sich, dass die Tochter froh und zufrieden war. »Besuch? Von wem?« Heinrich Bredenstedt war immer interessiert, wenn es um die feine Gesellschaft ging, man wusste ja nie, ob einem solche Kenntnisse nicht einmal dienlich waren.

»Ach, da kam eine Familie aus Pernambuco ganz unverhofft angereist.«

»Aus Pernambuco? Wo ist denn das?« Florine hatte nicht so eine gute Schulbildung genossen wie ihre Tochter, obwohl sie die allgemeinen Grundbegriffe kannte.

»Pernambuco ist eine Provinz von Brasilien in Südamerika. Sie liegt am nordöstlichen Zipfel des Landes«, knurrte Heinrich und schämte sich, dass seine Frau nicht die Bildung besaß, die er selbst hatte. Aber das kam natürlich davon, dass sie sich nicht für Bücher interessierte. Woher sie die Zeit zum Studieren der Literatur nehmen sollte, interessierte ihn nicht.

»Das ist ja weit weg«, nickte Florine, »und da kommen die Leute einfach hierher und machen einen Besuch?«

»Der Herr Baisanson hat Ärger mit dem Verkauf, da muss er sich nun selbst drum kümmern.«

»Und was verkauft er?«

»Kakaobohnen und Zuckerrohr.«

»Und da kommt gleich die ganze Familie angereist?«

»Ja, die Leute wohnen dort am Rand vom Urwald und der Mann wollte seine Frau und die Kinder und die Gouvernante nicht allein in der Wildnis zurücklassen.«

»Und woher weißt du das alles?«

»Die Köchin hat's mir erzählt, als ich in der Küche das Abendbrot gegessen habe.«

»In der Küche? Ich denke, du isst mit der Familie zusammen?«

»Tagsüber esse ich mit Marie und manchmal kommt auch Frau Merlinius und isst mit uns. Aber abends speist die Familie allein, seit Marie alt genug dazu ist.«

»So ist das also. Ich dachte, du bist den ganzen Tag mit allen zusammen«, murrte Heinrich unzufrieden.

»Also, Vater, Herr Merlinius ist sowieso immer viel unterwegs und seine Frau ist auch oft fort. Ich bin sehr froh, wenn ich mal in der Küche essen kann, die Köchin verwöhnt mich dann immer.«

»Und diese fremden Gäste verkaufen Kakaobohnen?«, fragte Florine interessiert.

»Ja, und irgendwie werden sie beim Verhandeln betrogen.«

»Das kommt davon, wenn man einen Handel von Brasilien aus betreibt, dann passiert natürlich so etwas.«

»Aber wenn niemand in fremde Länder gehen würde, dann hätten wir doch keinen Kakao und keinen Kaffee und auch keinen Zucker«, entgegnete Laura, um den Vater zu beruhigen.

»Wann trinken wir denn Kaffee und Kakao und gebrauchen Zucker?«, knurrte Heinrich.

»Früher, als ich noch klein war, hat Mama mir oft einen Kakao gekocht.«

»Früher, früher, früher, die Zeiten sind vorbei. Vorerst jedenfalls.«

»Aber bei den Merlinius' bekomme ich oft Kakao, wenn Marie welchen trinkt.« Laura sah den Vater prüfend an. So schlecht gelaunt hatte sie ihn lange nicht erlebt.

»Was ist denn los, Papa. Geht's dir nicht gut?«

»Während ich mich mit dem Bücherkarren abplage, sitzt du auf einem Pferd und springst über Hindernisse, das hört jetzt auf.«

»Was?«

»Du wirst mich in Zukunft begleiten. Du musst lernen, Bücher anzubieten, zu empfehlen und zu verkaufen, und damit fängst du jetzt an.«

»Aber ich bin eine Hauslehrerin.«

»Du bist meine Tochter, du wirst das Buchgeschäft übernehmen, und zwar ganz schnell. Dein feines Leben bei den Herrschaften, das ist jetzt vorbei.«

»Aber das geht nicht. Ich habe eine Stelle bei den Merlinius' und da bleibe ich.«

»Du bist meine zwanzigjährige Tochter und ich bestimme, was du machst.«

»Moment einmal, lieber Heinrich, da habe ich auch noch ein Wort mitzureden. Und ich sage ›Nein‹ zu deinen Plänen. Laura bleibt, wo sie ist.«

»Ich habe hier das Sagen und ich sage: Aus und vorbei mit dem, was du bei den reichen Leuten so treibst.«

»Was ist denn bloß los, Papa?«

»Dein Vater mag deine Reiterei nicht. Irgendein Franz, oder wie immer der heißt, hat dich am Schweinemarkt gesehen und nun meint dein Vater, du gehörst nicht auf einen Pferderücken, sondern vor seinen Handkarren.«

»Aber die Reitausbildung gehört zu meinen Pflichten. Wenn wir im Sommer in der Lüneburger Heide sind, muss ich Marie beim Reiten begleiten.«

»Nichts da, Sommer, Lüneburger Heide, Reiterei. Im Sommer verkaufst du Bücher und jetzt zu Ostern ist Schluss bei der Reedersfamilie.«

»Aber das kannst du nicht machen, Papa, ich habe versprochen, mich um Marie zu kümmern, und ich halte mein Versprechen. Ich trage morgens bei Wind und Wetter die Brötchen aus, ich bringe euch meinen Lohn, ich bin gehorsam und tue alles, was du willst, aber ich werde nicht mit Büchern hausieren gehen.«

»Du bist meine Tochter und du wirst eine Buchhändlerin. Dafür haben wir dich auf eine teure Schule geschickt, dafür schufte ich bei Wind und Wetter und dafür verdirbt sich deine Mutter mit der Hemdennäherei ihre Augen. Das ist die Familienplanung und dabei bleibt es.«

Fassungslos sah Laura von einem zum anderen. »Mama, was sagst du denn dazu?«

»Das mit der Buchhändlerin stimmt, das haben wir so geplant, aber damals gab es noch das Haus mit dem eigenen Laden und die angenehme Wohnung darüber. Das hat sich nun alles geändert und ich denke, erst wenn wir jemals wieder ein Geschäft haben, dann sollten wir darüber nachdenken.«

»Und wann haben wir wieder ein Geschäft, Mama?«

»Ich fürchte, niemals mehr. Dein Vater ist ein Träumer. Während er mit dem Bücherkarren durch die Gassen zieht, werden überall breite Straßen, neue Häuser und vornehmste Geschäfte gebaut. Wer jetzt nicht investieren kann, den vergessen die Leute.«

Sprachlos sah Laura von einem zum anderen. Noch nie hatte die Mutter dem Vater gegenüber so energisch reagiert. Hatten die beiden einen Streit miteinander? Hatten sie sich gezankt? Das war doch noch niemals vorgekommen, obwohl – Laura wusste, dass die Mutter sehr energisch werden konnte, dass sie kein Blatt vor den Mund nahm, wenn sie glaubte, im Recht zu sein. Genau im Gegensatz zu Esther Merlinius, die ihrem Ehemann in allem recht gab und mit hanseatischer Zurückhaltung den Hausherrn bestimmen ließ. Jedenfalls in der Öffentlichkeit.

Laura war vollkommen verwirrt. Erst der Ärger mit dem Vater, dem sie mit ihren zwanzig Jahren natürlich gehorchen musste, dann der Streit zwischen den Eltern und nun auch noch die Angst um ihre Zukunft. Sie wollte überhaupt keine Bücher verkaufen, sie wollte das erleben, von dem die Bücher erzählten. Sie wollte mit anderen Leuten zusammen sein, sie wollte wissen, wie das Leben so ist, wenn man erwachsen wird, und auf gar keinen Fall wollte sie hinter einem Ladentisch stehen und Bücher verkaufen – oder, wie der Vater jetzt, mit Büchern von Haus zu Haus ziehen. Und wenn der Vater sie zwingen würde, das zu tun, was er wollte, dann würde sie das Elternhaus verlassen.

6

Der Winter zeigte sich auch in Hamburg noch einmal von seiner schönsten Seite, bevor er dem Frühling seinen Platz einräumte. Nach tagelangem Frost war der große Alstersee zugefroren und die Menschen nutzten ihn als Eisbahn, als Ausflugsziel, als Spielplatz für Alt und Jung. Pärchen flanierten in Schlittschuhen über das gefrorene Wasser, Budenbesitzer verkauften heißen Rotspon und warme Hamburger, Pfannkuchenbäcker priesen ihre süßen Fladen an und ein paar Geiger spielten muntere Melodien.

Auch Marie und Laura hatten sich Schlittschuhe unter die Stiefeletten geschraubt und wagten wieder die ersten Schritte in diesem Jahr auf dem Eis. Lachend glitten sie über die große Fläche. Wenn sie hinfielen, halfen sie sich gegenseitig wieder auf die Beine. Zuerst waren sie vorsichtig am Alsterdamm hinunter auf die kleine Eisfläche der Binnenalster geklettert, dann aber beherzt unter der Lombardsbrücke hindurchgelaufen, um danach endlich über die kilometerweite Fläche der äußeren Alster zu gleiten.

Als es dunkel wurde, kehrten sie zurück. An den Ufern waren Fackeln aufgestellt, damit die lachenden, tanzenden, gut gelaunten Menschen auch die Abendstunden für ihr Eisvergnügen nutzen konnten. Laura konnte sich kaum sattsehen an der farbenfrohen Gesellschaft, die so glücklich und unbekümmert dieses seltene Winterspektakel genoss. Sie wusste, es war das letzte Mal, dass sie so unbeschwert auf den Kufen über das Eis geschwebt war.

Jeden Abend erklärte der Vater ihr, dass er am ersten regnerischen Tag, an dem er mit seinem Karren nicht losziehen könne, die Familie Merlinius aufsuchen würde, um ihnen mitzuteilen, dass Lauras Arbeit als Hauslehrerin zu Ostern beendet sein würde. Dass sie auch keine Brötchen mehr am Morgen verteilen sollte, davon sprach er nie. Ihr einziger Trost in diesen letzten Tagen war die häufige Anwesenheit der Gäste aus Südamerika. Laura war sehr angetan von dem Besuch aus Brasilien. Manchmal kam Madame Baisanson mit ihren Töchtern Nicole und Denise, die nicht viel älter waren als Marie, zu ihnen in die Unterrichtsstunde, um zu erfahren, wie eine deutsche Lehrerin arbeitete, denn, das wusste Laura inzwischen, die Baisansons suchten eine Hauslehrerin für ihre Kinder. Sie war stolz, dass sie eine solche Vorbildfunktion hatte, und gleichzeitig begierig, etwas über das Leben im fernen Südamerika zu erfahren, denn Madame Baisanson wurde nicht müde, von der Heimat in Pernambuco zu erzählen.

Aber es dauerte dann doch mehr als zwei Wochen, bis sich Laura entschloss, selbst um diese Stelle zu bitten, denn der Vater nörgelte täglich mehr an ihrer Arbeit herum, und seine Äußerungen, spätestens ab Ostern müsse sie ihn bei seinen Bücherverkäufen unterstützen, wurden immer bedrohlicher. Eines Tages nahm sie allen Mut zusammen und vertraute sich Esther Merlinius an.

»Gnädige Frau«, begann sie zögerlich, »ich habe ein sehr großes Problem mit meinem Vater.«

»Aber Laura, was ist passiert?«, fragte Esther erschrocken und sah Laura eindringlich an. Man hörte oft so schreckliche Sachen über die Beziehungen von Vätern zu ihren Töchtern. »Du kannst mit mir über alles sprechen, was dich bedrückt.«

»Mein Vater verbietet mir, ab Ostern weiter bei Ihnen zu arbeiten.«

»Warum denn, es läuft doch alles so hervorragend und wir sind sehr zufrieden mit dir.«

»Er möchte, dass ich ihm beim Bücherverkaufen helfe und mit dem Karren durch die Straßen ziehe.«

»Aber Kindchen, das ist ja schrecklich. Willst du das wirklich?«

»Nein, nein, ich finde es auch ganz schrecklich, aber er meint, wenn wir zu zweit die Bücher verkaufen, dann verdienen wir mehr und er kann bald wieder ein Geschäft eröffnen.«

»Verdient er denn wirklich viel Geld, wenn er da so Tag für Tag unterwegs ist?«

»Nein, ganz bestimmt nicht, und es wird nie zu einem neuen Laden reichen.«

»Als ihr euer Geschäft verloren habt, hat denn die ›Hamburger General-Feuercassa‹ nicht eine Versicherungssumme bezahlt?«

»Doch, eine kleine, aber die haben die Eltern gebraucht, um unsere jetzige Wohnung zu kaufen. Wir wussten doch nicht, wo wir wohnen sollten.«

»Ja, das war wichtiger, das ist richtig gewesen. Und nun will der Vater wieder ein Geschäft einrichten.«

»Aber das schafft er nie, meine Mutter sagt, er träumt nur davon.«

»Nun wünscht er, mit deiner Hilfe diesen Traum wahr zu machen.«

»Ja, aber er verkauft doch kaum Bücher. Die Leute gehen in die schönen neuen Geschäfte, wo sie große Regale voller Bücher zur Auswahl haben, und nicht nur eine Kiste voller alter Werke, die ständig unter dem Wetter leiden und längst unaktuell sind.«

»Ach, liebe Laura, wie kann ich dir denn helfen?« Sie reichte Laura ein feines Spitzentaschentuch, denn die kämpfte mit den Tränen.

»Ich möchte überhaupt keine Buchhändlerin werden. Immer nur Bücher, Bücher, Bücher, ich möchte viel lieber unterrichten und den Kindern die schönen Dinge nahebringen, von denen die Folianten so viel erzählen.«

»Bücher sind etwas Wunderschönes, Laura, und unser Leben wäre sehr arm, wenn wir sie nicht hätten.«

»Das weiß ich doch, aber ich möchte nicht ein Leben lang hinter dem Ladentisch stehen und mir Vaters Vorwürfe anhören, wenn nicht genug verkauft wurde.«

»Dein Vater ist sehr streng?«

»Ja, alles muss so gemacht werden, wie er es will.«

»Er ist dein Vater, Laura.«

»Aber darf er denn immer über mein Leben bestimmen?«

»Bald vielleicht nicht mehr, aber jetzt darf er noch entscheiden, welchen Weg du gehen sollst.«

»Aber meine Mutter hält zu mir, sie möchte auch nicht, dass ich mit ihm und seinem Bücherkarren bei Wind und Wetter durch die Straßen ziehe.«

»Dann kann sie doch ein gutes Wort für dich einlegen.«

»Das versucht sie ja, aber Vater setzt seinen Kopf durch.«

»Soll ich vielleicht einmal mit ihm reden?«

»Nein, bitte nicht, dann wüsste er, dass ich mit Ihnen über meine Probleme gesprochen habe, das würde ihn sehr ärgern. Familiäre Probleme dürfen nicht nach außen getragen werden, sagt er immer wieder.«

»Damit hat er natürlich recht.«

»Ja, ich weiß.«

»Aber damit ist dir nicht geholfen.«

»Nein.«

»Hast du denn irgendwelche Pläne für die Zukunft, irgendetwas, was du gern machen würdest, wenn du hier aufhörst?«

»Ja, ich möchte schon noch ein paar Jahre unterrichten, weil ich selbst so viel dabei lerne, aber später möchte ich eine eigene Familie haben mit eigenen Kindern, denen ich dann alles vermitteln kann.«

»Das sind doch wunderschöne Pläne.«

»Ja, Pläne, aber wann würden die in Erfüllung gehen?«

»Du bist noch jung, Laura.«

»Aber meine Zukunft fängt jetzt an, in die Brüche zu gehen.«

»Ja, meine Liebe, du hast recht, eigentlich musst du jetzt etwas ändern, wenn deine Pläne nicht den Vorstellungen deines Vaters entsprechen.«

»Ich wüsste auch, wie«, flüsterte Laura aufgeregt.

Esther streichelte ganz vertraulich Lauras Hand. »Dann verrate es mir, vielleicht kann ich etwas nachhelfen.«

»Ihre Freunde, die Baisansons, reisen doch in den nächsten Tagen zurück nach Brasilien. Sie suchen nach einer Hauslehrerin, könnte ich die Familie nicht begleiten?«

Esther lächelte und nickte. »Darüber hat Madame Baisanson sogar schon mit mir gesprochen.«

»Aber?«

»Ich wollte dich nicht hergeben, Marie mag dich, wir alle sind sehr zufrieden mit dir, ich wollte dich unbedingt behalten.«

»Ich muss zu Ostern auf jeden Fall meine Arbeit beenden.«

»Ja, das weiß ich aber erst jetzt. Wir könnten mit deinen Eltern sprechen, vielleicht sind sie einverstanden?«

»Mein Vater braucht das Geld, das ich verdiene oder durch den Verkauf von Büchern heimbringe. Er lässt mich bestimmt nicht in ein fernes Land reisen.«

»Musst du ihm immer deinen ganzen Lohn geben?«

»Ja, er selbst verdient doch kaum etwas.«

»Die Baisansons könnten einen Teil deines Lohnes im Voraus bezahlen und ihm übergeben. Dort, wo sie ihre Plantage haben, kannst du sowieso kein Geld ausgeben, und dein Lebensunterhalt ist ja gesichert.«

»Dann würde er mit dem Geld ein Geschäft einrichten und ich müsste sofort in diesem Laden für ihn arbeiten.«

»Ohne deine Arbeit als Hauslehrerin bekäme er aber auch keinen Lohn und ohne Lohn keinen Laden.«

»Ja, das stimmt, das ist aber sehr kompliziert, gnädige Frau.«

»Es gibt Advokaten, die könnten das genau zu Papier bringen«, lächelte Esther.

»Und Sie würden mich gehen lassen?«

»Wir würden dich ja auf jeden Fall verlieren, Laura.«

»Ja, das stimmt, und Sie würden hier sicher schneller eine neue Hauslehrerin für Marie finden als die Herrschaften in Brasilien.«

»Hm, letzten Endes wäre dann allen geholfen.«

»Meine Mutter würde diese Pläne unterstützen, da bin ich ganz sicher.«

»Auch wenn sie sich für lange Zeit, vielleicht sogar für immer von dir trennen muss?«

»Meine Mutter will immer nur das Beste für mich. Und so weit fort bin ich dann doch gar nicht, es gibt Schiffe und in ein paar Wochen hat man das Meer überquert.«

»Ach, Laura, natürlich nur, wenn man das nötige Geld für so eine weite Reise hat.«

»Ja, aber so weit will ich noch gar nicht denken. Ich glaube, die Arbeit mit Nicole und Denise würde mir gefallen.«

»Du wirst dort sehr allein sein. Keine Freunde, keine Nachbarn, keine Klavierkonzerte oder Puppenspiele. Keine Geschäfte mit schönen Sachen, kein Besuch in einem Café und, vor allem, kein vertrauter Mensch.«

»Ich weiß, aber ich habe hier auch keine Freunde und kein Geld für die schönen Sachen und keine Zeit für Theaterbesuche, wenn Sie mich nicht mitnehmen. Aber in Brasilien sitze ich dann nicht vor einer Tasse Kakao im Café, ich sitze dann unter einem ganzen großen Kakaobaum.« Sie strahlte Esther an: »Ist das kein guter Tausch?«

»Doch, mein Kind, du hast recht, alles wird anders sein, aber bestimmt nicht schlechter, man muss eben nach den guten Sachen im Leben ein bisschen suchen.«

Esther stand auf. »Ich werde jetzt erst einmal mit meiner Freundin sprechen. Schließlich hängt alles von ihrer Reaktion ab.«

Das Gespräch fand noch am gleichen Abend statt. Esther Merlinius wusste, dass die Zeit drängte, denn die Freunde wollten zurückreisen. Die Probleme mit dem unehrlichen Prokuristen waren gelöst. Ein neuer Mann, ein Vertrauter von Jacobus Merlinius, wurde mit dem Kakaohandel betraut, weil der alte Prokurist spurlos verschwunden war, als er erfahren hatte, dass sein Patron in Hamburg nach dem Rechten sehen wollte. Das war kein herber Verlust für den Plantagenbesitzer, denn ein ehrlicher Nachfolger war ja bereits gefunden.

Die Baisansons waren abreisefertig, wenn nur die Suche nach einer deutschen Hauslehrerin erfolgreicher verlaufen wäre. Aber Albert wollte nicht noch länger warten. Er musste zurück auf seine Plantagen, der Herbst war dort angebrochen, die Zeit der großen Ernte kam, da musste er an Ort und Stelle sein. Und außerdem lag die ›Marie-Fortuna‹ abfahrbereit im Hafen und er wollte unbedingt mit dem Schiff seines Freundes zurückreisen.

So musste an diesem Abend alles besprochen werden, damit man zu einer schnellen Entscheidung kommen konnte. Esther hatte die Freunde zu einem letzten Essen eingeladen und danach begann sie sogleich mit den Worten: »Ich habe eine gute Nachricht für euch, ich habe eine deutsche Hauslehrerin für Nicole und Denise.«

»Woher? Und wer ist es?«, fragte Feline Baisanson. »Kennen wir sie schon?«

»Ja, Laura würde gern mit euch nach Brasilien reisen.«

»Laura? Aber hör mal, Esther, Laura arbeitet doch für uns«, mischte sich Jacobus ein.

»Laura darf nicht weiter für uns arbeiten. Der Vater verbietet es, sie soll ihm ab Ostern bei seinem Buchverkauf helfen und das möchte Laura auf gar keinen Fall.«

»Aber was wird mit Marie, Esther, du kannst Laura doch nicht einfach so weitergeben?«

»Laura müsste auf jeden Fall bei uns aufhören. Sie würde aber gern als Lehrerin weiterarbeiten, und wenn das hier nicht möglich ist, dann eben in Brasilien, wenn es euch recht ist.«

»Natürlich ist es uns recht, sehr sogar«, schaltete sich Albert in überraschender Weise ein. »Ich möchte, dass meine Kinder Deutsch lernen. Portugiesisch, die Landessprache, und Französisch, unsere Heimatsprache, sprechen sie, aber da unser Handel auch in Zukunft ganz konsequent über Deutschland abgewickelt werden soll, ist es wichtig, diese Sprache zu beherrschen, denn eines Tages werden beide meine Geschäfte übernehmen müssen. Feline hat mich überzeugt.«

Alle sahen Albert überrascht an, eine so lange Rede war bei ihm selten und sie spürten, wie wichtig es ihm war, diese zukünftigen Pläne klar zu äußern.

»Du denkst aber weit voraus«, lachte Jacobus.

»Das ist bei so einem Unternehmen nötig. Die Kinder müssen heute auf die Zukunft vorbereitet werden. Also, geht das klar mit der Lehrerin?«

»Und was wird aus Marie?«, mischte sich Jacobus ein.

Esther nickte ihrem Mann zu. »Ich denke wie Albert. Wir müssen auch an die Zukunft denken, und ich möchte, dass Marie von einer englischen Hauslehrerin unterrichtet wird. Hamburg und London, die Städte verbindet ein wirtschaftlicher Aufschwung, der für uns Hamburger sehr wichtig ist. Wenn ich allein an diese Modernisierungsmaßnahmen denke, die nach dem Großen Brand von dort hier übernommen wurden, dann braucht unsere Stadt sehr enge Verbindungen mit England und eben auch mit der Sprache.«

»Aber, liebste Esther«, Jacobus sah seine Frau höchst erstaunt an, »ich sprach von unserer Marie, nicht von innereuropäischen Verbindungen.«

Jetzt lachten alle. »Ja«, ereiferte sich Feline, »aber unsere Kinder sind nun einmal die Zukunft, und um sie richtig zu erziehen und zu bilden, müssen wir eben auch nach vorne schauen. Und was ist nun mit eurer Laura? Reist sie mit uns?«

»Es gibt noch Probleme mit dem Vater.«

»Probleme sind dazu da, gelöst zu werden. Also, was soll ich machen?«, fragte Albert und sah alle an. »Hat es etwas mit Geld zu tun?«

»Vermutlich ja. Der Herr Bredenstedt braucht den Lohn von Laura, um zu überleben. Die Frau näht Herrenhemden für eine

Schneiderei und verdient etwas, aber er verkauft kaum Bücher und deshalb braucht er zum Überleben Lauras Lohn.«

»Dummer Mann, wie kann er sich denn vom Lohn des Kindes ernähren.«

»Er hatte einen gut gehenden Bücherladen, den er beim Großen Brand verloren hat. Davon hat er sich bis heute nicht erholt«, erklärte Esther, die den Mann auch bedauerte.

»Und wie soll das mit dem Lohn gehen?«

»Du müsstest ihm einen Teil des Geldes hier und jetzt ausbezahlen, dann hat er einen Grundstock für eine neue Existenz, Laura hätte ihre neue Lehrerinnenstelle und allen wäre geholfen«, versuchte Esther zu vermitteln.

»Und was sagt sie dazu?«

»Sie ist einverstanden. Der Abschied von Marie fällt ihr natürlich schwer, aber sie hat keine Wahl. Entweder Südamerika oder Vaters Bücherkarren.«

»Gut, dann wollen wir morgen mit ihr reden. Bist du damit einverstanden?« Albert sah seine Frau an, und als sie glücklich nickte, erklärte er: »Dann können wir alle übermorgen an Bord gehen.«

»Das wird auch höchste Zeit, die ›Marie-Fortuna‹ legt dann um Mitternacht ab. Sie muss die Tide nutzen und länger könnte ich sie nicht im Hafen festhalten, es gibt noch andere Passagiere und die rechnen seit gestern mit dem Auslaufen.«

Albert sah dennoch etwas unschlüssig von einem zum anderen. »Was mir gar nicht gefällt, ist die Tatsache, dass diese junge Dame ohne Lohn bei uns arbeiten soll. Das ist doch ungerecht.«

»Wir geben ihr ein Taschengeld und«, Feline sah ihren Mann lächelnd an: »Wir schenken ihr ein schönes Pferd. Das braucht sie sowieso und reiten kann sie ja auch.«

»Wunderbar«, freute sich Esther, »dann schenken wir ihr zum Abschied die Reitkleidung.«

»Ja«, lachte Feline, »aber bitte mit Hose und schlangensicheren Stiefeln, ohne die ist es zu gefährlich.«

»Du meine Güte, Männerstiefel?«

»Natürlich, wir leben am Urwald, liebste Esther.«

»Und wie schaffen wir das alles an einem Tag?«

»Zuerst müssen wir mit den Eltern sprechen.«

»Ich schicke gleich den Kutscher mit einem Brief in den Schopenstehl und bitte die Eltern in einer dringenden Angelegenheit um eine Aussprache hier bei uns.«

»Du musst sehr diplomatisch vorgehen, Jacobus, es sind gebildete, wenn auch verarmte Leute.«

»Das weiß ich. Ich werde die angemessene Höflichkeit aufbringen.«

»Dann wird Laura morgen also zum letzten Mal Marie unterrichten?«

»Nein, Jacobus, Laura soll sich morgen in netter Weise von dem Kind verabschieden und dann hat sie frei. Sie muss ihre Sachen packen und ...«

»Und sie muss mindestens die Stiefel anprobieren, bevor ihr sie schenkt. Ja, und die Reithosen auch. Gibt es hier ein Geschäft für Reitbekleidung?«

»Natürlich, am Heuberg, obwohl wir dort noch nie etwas gekauft haben.«

»Es ist ein gutes Fachgeschäft für jeden Sport«, fiel Jacobus ein, »die Kleidung dort soll ausgezeichnet sein, und wenn etwas verändert werden muss, dann machen sie das sehr schnell.«

»Gut. dann gehe ich morgen mit Laura zum Heuberg und Marie nehmen wir mit. Dann könnt ihr in der Zeit mit den Eltern verhandeln.«

Albert räusperte sich. »Wenn ich die Damen einmal unterbrechen darf: Es erscheint mir sehr notwendig, dass die junge Dame auch eine Kiste mit deutschen Lehrbüchern zusammenstellt. Wir haben drüben kaum deutschsprachige Lektüre, da muss also sehr gut vorgesorgt werden.«

»Du hast recht, Albert«, beruhigte ihn Esther, »aber wir werden jederzeit, wenn ihr es wünscht, Bücherkisten mit einem der

Schiffe zu euch schicken, dann seid ihr, die Kinder und die Lehrerin stets auf dem neuesten Stand.«

»Trotzdem, eine umfangreiche Grundlage sollte uns jetzt bereits begleiten. Die Kinder langweilen sich während der langen Schiffsreise, sie können unterwegs schon einmal in die Bücher hineinschauen, das vertreibt ihnen die Zeit und die Anfänge sind dann schon gemacht. Und außerdem, mit dem Schicken ist das so eine Sache. Wir leben sehr weit entfernt von dem Hafen in Recife, wir müssten benachrichtigt werden und dann ein Gespann mit einem Wagen losschicken, um die Sachen vom Hafen abzuholen. In der Erntezeit hätten wir dazu gar keine Möglichkeit, da brauchen wir jeden einzelnen Arbeiter.«

»Ja, Albert, wir werden mit Laura alles besprechen und die notwendigen Bücher besorgen, wahrscheinlich hat sie selbst noch Fibeln, die sie für den Anfang braucht.«

»Gut so«, Albert nickte zufrieden, »ihr müsst verstehen, dass mir diese Anschaffung wichtiger erscheint als der Kauf einer Reitkleidung.«

Jacobus sah lächelnd in die Runde. »Weiß Laura eigentlich etwas von diesen Veränderungen? Wir reden und planen und die Hauptperson hat keine Ahnung von unserem Gespräch?«

»Ich habe ausführlich mit ihr gesprochen und diese Veränderungen angedeutet, sie war sehr froh darüber«, beruhigte Esther ihren Mann.

»Das ist gut, schließlich ist sie bei der ganzen Aktion die Betroffene. Und nun, liebste Esther, nun läute bitte nach dem Butler, ich denke, dieser Abend sollte mit einem gut gekühlten Champagner beendet werden. Es ist schließlich der letzte Abend mit unseren Freunden, wenn er auch beinahe in Arbeit ausgeartet ist.«

7

Laura Bredenstedt hatte noch nie einen so aufregenden Tag erlebt wie den 15. März 1848. Und sie ahnte natürlich nicht, dass dieser Tag ihr ganzes Leben verändern würde.

Es begann damit, dass am späten Abend vor dem ereignisreichen Tag ein Bote der Reederei Merlinius zu den Eltern in den Schopenstehl kam und einen Brief an den Vater überreichte. Verblüfft und unsicher öffnete Heinrich den Umschlag, denn der Bote wartete, weil er eine Antwort mit zurückbringen sollte.

Heinrich las:

»Sehr geehrter Herr Bredenstedt, es ist mir ein herzliches Bedürfnis, Sie und Ihre verehrte Gattin in einer dringenden Angelegenheit zu kontaktieren. Wir, meine Frau und ich, möchten Sie und Ihre Gattin, wenn es Ihnen recht ist, gern zu einem gemeinsamen Frühstück in unser Haus einladen. Mein Kutscher würde Sie morgen früh um neun Uhr abholen, Ihre Billigung vorausgesetzt. Ich bitte nachdrücklich um Ihr Verständnis für diese kurzfristige Planung, aber die Dringlichkeit der zu besprechenden Angelegenheit erfordert mein unübliches Vorgehen.

Ich bitte Sie um eine kurze Antwort.

Ihr ergebener Jacobus Merlinius, Reeder«

Irritiert las Heinrich diese gezierte Einladung, die so gar nichts mit einem patriarchischen Reeder und kühl kalkulierenden Banker zu tun hatte, laut vor. Fragend sah er Frau und Tochter an. »Der Reeder lädt uns zum Frühstück ein, Florine, was hat das zu bedeuten?«

Florine sah genauso verunsichert aus und zuckte mit den Schultern. »Ich habe keine Ahnung, Heinrich.«

»Hat es irgendetwas mit dir zu tun, Laura, hast du dich schlecht benommen, hast du Fehler gemacht oder Schlimmeres?«

»Nein, Vater, ich habe nichts falsch gemacht. Und eine Frühstückseinladung ist doch etwas Nettes und keine Strafe für irgendwelche Fehler.«

»Ja, das stimmt. Sollen wir die Einladung annehmen, Florine?«

»Ich denke schon. Wir würden die Herrschaften beleidigen, wenn wir so eine nette Offerte ablehnen.«

Heinrich wandte sich an den Boten. »Sagen Sie dem Herrn Merlinius bitte, wir bedanken uns für die Einladung und werden seiner Bitte nachkommen.«

Als der Bote die Wohnung verlassen hatte, wurde er ärgerlich. »Ich verstehe das nicht. Was will der Mann von uns? Wir haben mit ihm nichts zu tun, und wenn Laura sagt, sie ist sich keiner Schuld bewusst, dann weiß ich nun wirklich nicht, was das alles soll. Ich muss morgen Bücher verkaufen, ich habe keine Zeit zum Frühstücken in einer herrschaftlichen Stadtvilla am Alsterdamm.«

Laura sah die Mutter heimlich an. Ob sie wusste, was in Wirklichkeit hinter dieser Einladung steckte? Sie selbst ahnte natürlich, um was es ging, aber sie würde schweigen, sie wollte sich nicht Vaters Zorn aufladen. Er würde die ganze Nacht schimpfen und morgen ganz bestimmt nicht zu dem Frühstück fahren.

Aber auch ihr Schweigen änderte nichts an dem Zorn des Vaters. »Morgen soll die Sonne scheinen. Ich muss Bücher verkaufen. Solange ich ohne die Hilfe meiner Tochter auskommen muss, kann ich nicht einen ganzen Tag lang faulenzen.«

»Aber Heinrich, es geht doch nur um ein Frühstück.«

»Egal, der Tag ist angebrochen und verkorkst, wer weiß, wie lange man in diesen Kreisen zum Frühstücken braucht. Wenn ich wenigstens wüsste, was man von uns will, aber davon steht natürlich kein Wort in diesem Brief. Hm, und extra mit Boten geschickt und den feinen Herrn damit hervorgekehrt. Wir sind auch fein, wir sind auch wer, und dass wir unsere Existenz verloren haben, ist schließlich nicht unsere Schuld. Die haben einfach mehr Glück gehabt, da am Alsterdamm.«

Er lamentierte und lamentierte, und schließlich gingen Florine und Laura zu Bett und er merkte es nicht einmal.

Wie an jedem Morgen stand Laura um vier Uhr auf, machte sich fertig und ging zum Bäcker Frontmann in die Breite Straße. »Na, Mädel, endlich da? Wird auch Zeit, die Brötchen werden vom Herumliegen nicht krosser, die Verteilung muss morgens wirklich ruckzuck geschehen, wenn wir keine Kunden verlieren wollen.«

Laura, in der Hoffnung, nicht mehr lange diese schwere Arbeit verrichten zu müssen, antwortete höflich, aber couragiert. »Meister, ich tu mein Bestes und Sie haben gesagt, dass ich um fünf Uhr hier mit der Arbeit beginnen muss. Schauen Sie auf die Uhr, es ist genau fünf.«

»Ja, aber du musst dich noch umziehen, das dauert auch seine Zeit. Die muss mit eingerechnet werden. Ich will, dass du ab morgen um halb fünf anfängst, denk daran.«

Dann war sie fertig umgezogen, hatte die hübschen Locken unter der Bäckermütze versteckt und machte sich mit dem Karren voller Körbe mit Brötchen auf den Weg. Erst der Brötchenkarren, dann der Bücherkarren, was für ein Leben habe ich da vor mir, wenn ich nicht mehr als Hauslehrerin arbeiten darf, dachte sie. Ich hoffe wirklich, es klappt mit der Reise nach Brasilien. Und wenn nicht? Dann suche ich mir eine andere Bleibe und eine andere Arbeit irgendwo. Das Problem ist nur, wer nimmt mich und was müsste ich tun? Vielleicht komme ich vom Regen in die Traufe, und weil ich noch nicht volljährig bin, kann Vater mich natürlich suchen lassen, und wehe, wenn er mich dann findet.«

In der Lilienstraße verstellten ihr ein paar angetrunkene Männer den Weg. »He, Junge, wo willste hin und was haste in dem Karren?«

Laura verstellte die Stimme. »Platz da, sonst kommt ihr unter die Räder.«

»Unter die Räder von deinem Karren? Zeig mal her, was du da hast, du riechst wie 'ne Backstube.«

»Finger weg, sonst gibt's Ärger.«

»Na, das woll'n wir doch mal sehen«, mischte sich ein anderer ein und reichte gleichzeitig eine Rumflasche an die Kumpel weiter.

»Hier, komm, nimm auch 'n Schluck, is verdammt kalt heut Morgen.«

»Ich muss arbeiten, wenn ich nach Alkohol rieche, entlässt mich mein Meister.«

»Quatsch, 'n Schluck bei der Kälte hat noch keinem geschadet.«

Und während Laura mit dem einen Mann verhandelte, räumten die anderen den Brötchenkarren leer. Jeder griff nach einem Korb, und bevor sie sich noch wehren konnte, waren die Männer grölend und lachend in der Dunkelheit verschwunden. Nun war das passiert, was Laura eigentlich an jedem Morgen befürchtet hatte. Immer wieder hatte sie Mutters Streudose mit dem Pfeffer heimlich mitgenommen, um wenigstens etwas für eine Gegenwehr in der Hand zu haben, aber ausgerechnet heute hatte sie die vergessen. Den Tränen der Wut und Verzweiflung war sie verdammt nahe. Sie drehte mit dem leeren Karren um und fuhr zurück in die Breite Straße.

Der Bäcker saß beim Frühstück in der Backstube. »Was willst du denn schon hier? Biste heute auf Rennbahntour?«, fuhr er sie an.

»Man hat mir in der Lilienstraße die Brötchen gestohlen. Ein paar Männer haben mich angehalten und den Karren ausgeleert. Tut mir leid, aber sie waren betrunken und ich konnte sie nicht aufhalten.«

»Blödsinn! Warum haste dich nicht ordentlich gewehrt? Das hat man nun davon, wenn man ein Mädel einstellt.«

»Es ist das erste Mal, dass mir so etwas in den drei Jahren passiert ist, Meister.«

»Trotzdem, einmal ist immer das erste Mal. Beeil dich, mach neue Körbe fertig und dann zieh los, aber mit Tempo. Und die gestohlenen Körbe samt Inhalt musste mir natürlich ersetzen.«

Aber Laura schüttelte energisch den Kopf. »Nein, Meister, ich fahre nicht noch einmal los. Ich bin unschuldig und Sie verlangen auch noch Ersatz von mir. Ich habe das heute hier zum letzten Mal gemacht.« Sie drehte sich um, zog die kratzige Bäckerhose aus, legte die alte Jacke vom Meister ab und knallte die Mütze auf den Tisch. »Herr Frontmann, ich bin nicht Ihr Sklave. Ich mach das nicht mehr mit. Suchen Sie sich doch einen Jungen, der bereit ist, in aller Herrgottsfrühe aufzustehen und Brötchen auszutragen, der sich mit Betrunkenen herumschlägt und der dann hinterher auch noch Ihre schlechte Laune erträgt, ich bin jetzt weg.« Sie drehte sich um und verließ die Backstube.

Im Schopenstehl angekommen, traf sie auf die Eltern, die sich gerade fertig machten, um mit den wenigen Sachen, die sie besaßen, einen guten Eindruck beim Reeder zu machen. Die Mutter schlug die Hände über dem Kopf zusammen, als Laura plötzlich wieder in der Tür stand. »Mein Gott, Mädel, warum bist du schon hier? Gab's Ärger mit dem Meister?«

»Ja, Mutter, betrunkene Männer haben meine Brötchen gestohlen und der Meister wollte, dass ich neue einpacke und austrage, und die gestohlenen soll ich ihm ersetzen. Ich habe Schluss gemacht beim Bäcker. Und ich gehe auch nie wieder hin.«

»Aber Kind, wir brauchen doch die altbackenen Brötchen, die er dir am Wochenende schenkt. Du musst dort weiterarbeiten.«

»Nein, Mutter, lieber hungere ich, als dass ich mich von ihm beleidigen und von fremden Männern belästigen lasse. Ich trage keine Brötchen mehr aus.«

Jetzt mischte sich der Vater ein. »Du tust, was die Mutter dir sagt. Morgen entschuldigst du dich beim Meister und nimmst die Arbeit dort wieder auf. Wir brauchen das Geld und die Brötchen, auf jeden Fall so lange, bis ich wieder ein gut gehendes Geschäft betreibe.«

»Nein, Vater, ich werde mich nicht noch einmal der Gefahr aussetzen, von einer Horde angetrunkener Männer überfallen zu werden. Das war heute das letzte Mal.« Sie ging ohne ein weiteres Wort in ihre Kammer und zog sich für den Unterricht bei Marie Merlinius um. Sie konnte nicht warten, bis die Eltern von der Kutsche abgeholt wurden, ihr Dienst bei Marie begann um acht Uhr und sie wollte pünktlich sein.

Esther Merlinius erwartete sie bereits. »Fein, dass ich dich sehe, bevor Marie dabei ist. Heute fällt der Unterricht aus. Wir haben eine Menge anderer Dinge zu erledigen. Deine Eltern kommen doch?«

»Ja, sie machen sich gerade fertig.« Fragend sah Laura die Dame des Hauses an. »Hat das Frühstück etwas mit meiner Zukunft zu tun?«

»Nun, meine Liebe, ich habe gestern lange mit meinen Freunden gesprochen und sie wären sehr zufrieden, wenn du mit ihnen reisen würdest. Das Schiff läuft morgen aus, wir haben also nicht viel Zeit für die Vorbereitungen – falls deine Eltern zustimmen.«

»Das wird sehr schwer, meinen Vater zu überzeugen, dass ich Hamburg verlasse und ihm nicht mehr zur Seite stehe.«

»Ich denke, die Familie Baisanson hat eine gute Lösung gefunden.«

»Vater kann sehr hartnäckig sein. Meine Mutter ist leichter zu überzeugen.«

»Mütter wollen immer das Beste für ihre Kinder, das ist doch sehr schön.«

»Ja, Mutter steht oft auf meiner Seite, aber bei Vater hat sie es schwer, sich durchzusetzen.«

Esther lachte. »Ja, ja, die Herren, sie wollen eben immer die Herren im Hause sein, so einfach ist das. Aber wir Frauen haben zum Glück ein angeborenes Talent für Diplomatie, am Ende sind wir es dann, die sich durchsetzen.«

»Schön wäre das.«

»Es ist so, Laura, du wirst das auch noch lernen. Meine Freundin zum Beispiel, Madame Baisanson, sie fühlt sich als Weltbürgerin, sie will die Frauen stark machen und sie will, dass ihre Kinder Deutsch lernen, damit sie überall zu Hause sind und überall mitreden können. Nun hat sie es geschafft.«

»Wollte der Herr Baisanson denn nicht, dass seine Töchter Deutsch lernen?«

»Er wollte sie nicht mit dem alten Europa teilen. Sie sollten reine Brasilianerinnen, wenn auch mit französischer Abstammung werden.«

»Dann mag er mich vielleicht gar nicht.«

»Oh doch, ich sagte ja schon, meine Freundin ist eine gute Diplomatin, sie hat sich, wie immer, durchgesetzt.«

Laura sah auf die große Standuhr in der Halle. »Soll ich mich jetzt nicht lieber um Marie kümmern?«

»Ja, natürlich, aber sie weiß noch nichts von unseren Plänen. Sie soll es erst erfahren, wenn alles geklärt ist. Sie wird sehr traurig sein, dich zu verlieren.«

»Der Abschied wird mir auch schwerfallen. Wir hatten eine so schöne Zeit miteinander.«

»Sie hat sehr viel von dir gelernt, dafür wird sie dir ein Leben lang dankbar sein.«

»Und ich danke Ihnen, denn was ich hier lernen durfte, übersteigt alle Vorstellungen.«

»Ach, Laura, das bisschen Reiten und Klavierspielen und die paar Besuche im Theater und bei Konzerten, das zählt doch nicht wirklich.«

»Gnädige Frau, ich habe viel mehr gelernt, ich habe von Ihnen gelernt, wie man sich richtig benimmt, wie man sich kleidet«, sie lachte, »natürlich nur mit den paar Sachen, die ich habe, aber ich weiß nun, worauf es ankommt. Und die Pflege, das Aussehen, von Ihnen durfte ich abgucken, was passend ist und was nicht. Ich habe so viel gelernt und dafür möchte ich Ihnen sehr herzlich danken.«

Esther nahm Laura spontan in die Arme. »Ist schon gut, ich freue mich, dass ich dir wenigstens ein bisschen helfen konnte. Aber zu unseren Aufgaben heute gehören auch ein paar Besorgungen, denn ich möchte dir ein wenig mit auf den neuen Weg geben. In Brasilien wirst du weit ab von Geschäften leben, deshalb sollst du heute noch eine kleine Ausstattung bekommen, Kleidung, die für die Tropen geeignet ist, ein paar Pflegemittel, die du dort nicht bekommst – ein Geschenk von uns für dich, damit du uns nicht vergisst.«

»Ach, gnädige Frau, ich werde Sie nie vergessen, immer wenn ich mein Haar bürste, denke ich an Ihre Frisur, wenn ich mich wasche, denke ich an Ihren wunderschönen Seifenduft, und wenn ich an einem Esstisch sitze, werde ich immer Ihre Hände vor mir sehen, die so elegant mit Messer und Gabel umgehen können, so elegant, wie ich es bestimmt nie erlernen werde.«

Draußen fuhr eine Kutsche vor. »Ich glaube, deine Eltern kommen. Dann geh jetzt zu Marie, aber verrate bitte noch nichts.«

»Wer wird denn Marie unterrichten, wenn ich fort bin?«, fragte Laura hastig.

»Ich habe von meiner Freundin etwas über die Weitsicht in die Zukunft gelernt. Ich werde eine englische Lehrerin einstellen. Marie soll auch einmal eine Weltbürgerin werden und für uns Hamburger fängt die große Welt in London an.« Sie lachte: »So ist das nun einmal.«

Zur gleichen Zeit wie die Bredenstedts trafen die Baisansons aus ihrem Altonaer Hotel am Alsterdamm ein. Jacobus Merlinius stellte die Gäste einander vor und geleitete sie dann in das Speisezimmer, in dem der Frühstückstisch gedeckt war. Heinrich und Florine hielten sich sehr zurück, sie wussten nicht, was man von ihnen erwartete, sie wussten aber, dass sie eigentlich nicht in diese Runde passten, und sie wussten auch, dass sie mit ihrem Aussehen überhaupt nichts in dieser feinen Gesellschaft zu suchen hatten. Das alles verwirrte sie, machte sie unsicher und zurückhaltend. Ziemlich finster blickend dachte Heinrich: Die wollen etwas von uns, was soll's, machen wir das Beste draus und schon sind wir wieder weg.

Aber Esther, die seine Ablehnung spürte, setze sich neben ihn und erklärte fröhlich: »Ich hoffe, wir haben einen netten Vormittag, Herr Bredenstedt, und wenn er vorüber ist, werden wir eine glückliche Gesellschaft sein und mit einem Glas Champagner auf die Zukunft anstoßen.«

8

Albert Baisanson bewunderte Esther. Sie ist eine Frau, wie ein Mann sie sich wünscht. Sie weiß, um was es geht, wenn man sie braucht. Ich habe eine Frau, die sich um die Emanzipation der Frauen in der ganzen Welt kümmert, aber um die eigene Familie nicht. Feline ist mit ihren Gedanken bei Protestaktionen und feministischen Aufrufen, statt sich um die naheliegenden Dinge zu kümmern. Ihre Töchter sollen Weltbürgerinnen werden statt liebende Ehefrauen. Jetzt müssen sie auch noch Deutsch lernen, nur um sie zu vielseitig interessierten jungen Damen zu machen. Na schön, überlegte er, ich habe zugestimmt, weil ich den Frieden in der Familie einer ständigen Zerreißprobe vorziehe, aber so liebevoll, wie Esther ist, und so einfühlsam, wie sie sich mit Lauras Vater unterhält, das wäre eine wünschenswerte Frau an meiner Seite. Der Jacobus hat ein verdammtes Glück und der Bursche weiß das sogar.

Auch Jacobus bewunderte seine Ehefrau. Wie sie sich um diese einfachen Leute bemüht, wie sie versucht, von vornherein eine Mauer der Unsicherheit, der Ablehnung, des Misstrauens zu durchbrechen, das ist einfach wunderbar, freute er sich.

Esther spürte nichts von den Gedanken der beiden Männer an dem Frühstückstisch. Sie konzentrierte sich voll auf ihren Tischnachbarn und versicherte: »Herr Bredenstedt, wir freuen uns sehr, Sie heute hier begrüßen zu können. Sie haben mir sehr oft geholfen, meine Bücherwünsche zu erfüllen, und nun würde ich Ihnen gern helfen, ein neues Geschäft zu eröffnen.«

»Aber gnädige Frau, Sie können mir nicht zu einem neuen Geschäft verhelfen. Meines ist abgebrannt und ich habe zurzeit keine Möglichkeit, den Verlust zu beheben.«

»Mein lieber Herr Bredenstedt, meine Freunde, die Familie

Baisanson aus Brasilien, und wir, mein Mann und ich, hätten da eine Idee, die wir Ihnen und Ihrer Gattin heute präsentieren möchten.« Sie sah ihren Jacobus fragend an, und als er zustimmend nickte, fuhr sie fort: »Es gibt da in unserem Kontorhaus Bei den Mühren einen leer stehenden Geschäftsraum mit zwei gut einsehbaren Fenstern im Parterre, den wir nicht benötigen und den wir Ihnen als Geschäftsraum zur Verfügung stellen könnten. Zahlreiche Menschen sind dort unterwegs, Geschäftsleute, an- und abreisende Schiffspassagiere, Touristen, die den Hafen besichtigen, und viele Passanten auf dem Weg zu ihren Häusern oder zu ihren Arbeitsstellen, also an Besuchern wird es dort niemals fehlen. Der Raum wäre ein attraktiver Standort für ein gutes Buchgeschäft.«

Heinrich Bredenstedt sah die Frau des Reeders irritiert und verständnislos an. »Aber gnädige Frau, Sie wollen mir einen Geschäftsraum anbieten? Ich habe doch gar keine Bücher, die ich verkaufen könnte. Meine kleine Karre mit dieser einen Bücherkiste ist seit Langem alles, was ich anzubieten habe. Wie soll ich ein Geschäft damit füllen? Dennoch, herzlichen Dank für dieses großzügige Angebot.«

Esther nickte. »Ich weiß, aber auch dafür gäbe es eine Lösung, wenn Sie und Ihre Gattin damit einverstanden wären.«

»Ich wüsste nicht, womit wir einverstanden sein könnten. Wir können doch nicht ein Geschenk akzeptieren, nein, das geht ganz bestimmt nicht.«

»Ich bin ganz ehrlich zu Ihnen, Herr Bredenstedt, es handelt sich nicht um ein Geschenk, sondern um ein gegenseitiges Einvernehmen, ich will es Ihnen erklären«, insgeheim holte Esther tief Luft, denn sie wusste, dass es schwer werden würde, die Eltern von den Plänen der Tochter und der Freunde zu überzeugen, sie wusste aber auch, dass nur sie genug Diplomatie hatte, um diese Pläne in die Tat umzusetzen. Und so fuhr sie fort: »Meine Freunde, Herr und Frau Baisanson, suchen für ihre neun und elf Jahre alten Töchter eine deutsche Hauslehrerin, die die Kinder in Brasilien unterrichten soll. Sie haben mit Ihrer Tochter Laura gesprochen und Laura wäre bereit, die Stellung anzunehmen.«

»Was?«, entfuhr es Heinrich. »Meine Laura in Brasilien?«

Esther hob beruhigend die Hand. »Bitte, lassen Sie mich aussprechen. Laura würde sehr gern für eine gewisse Zeit etwas von der Welt kennenlernen. Sie kann natürlich jederzeit auf einem unserer Schiffe kostenlos zurückkehren. Aber sie ist eine sehr vielseitig interessierte, kluge und einfühlsame junge Frau, die gern einmal in einem anderen Land unterrichten würde. Für dieses interessante Abenteuer wäre sie bereit, auf ihren Lohn zu verzichten und diesen dem Vater für die Einrichtung seines Geschäftes zur Verfügung zu stellen.«

Florine und Heinrich starrten den Hausherrn und seine Gäste verständnislos an. »Laura will hier fort?«

»Sie möchte, bevor sie sich endgültig in Hamburg als Buchhändlerin niederlässt, sehr gern ein Stückchen von der Welt kennenlernen, das ist heute bei vielen jungen Menschen so, da ist Ihre Tochter keine Ausnahme.«

Heinrich sah seine Frau an. »Hast du das gewusst?«

»Sie hat nie mit mir über solche Träume gesprochen, aber verstehen könnte ich sie schon.«

»Was soll das heißen? Träume, weite Welt, Abenteuer etwa? Meine Tochter wird hier eine Buchhändlerin, und zwar ab Ostern.«

»Aber mein lieber Bredenstedt«, mischte sich nun Jacobus Merlinius ein, »wo soll sie denn als Buchhändlerin arbeiten? Vor einem Handkarren oder in einem leeren Geschäft. Es wäre doch viel besser, sie eröffnen den Laden, füllen ihn mit wertvollen Folianten, und wenn alles bereit ist, dann kommt Ihre Tochter zurück und unterstützt Sie.«

»Und womit fülle ich das Geschäft? Die Regale? Die Tische?«

»Mit dem guten Lohn, den Laura verdient und Ihnen zur Verfügung stellt, damit Sie alles vorbereiten können.«

Jetzt mischte sich auch Feline ein. »Ich kann verstehen, wenn Sie sich erst mit dem Gedanken an eine Trennung von Ihrer Tochter vertraut machen müssen. Aber Laura wird es bei uns sehr gut haben. Wir sind eine angesehene Familie mit großen Besitzungen, einem harmonischen Familienleben und gut erzogenen Kindern, es wird ihr an nichts fehlen und warum sollte man einer jungen Frau nicht einen Wunsch erfüllen, zumal sie mit ganzem Herzen an dem Wohl ihrer Eltern hängt.«

»Und sie würde einfach so mit Ihnen davonfahren?« Heinrich schüttelte fassungslos den Kopf.

»Nur mit Ihrem Einverständnis, Herr Bredenstedt«, schaltete sich nun Albert Baisanson ein. »Sie weiß, dass auch eine Reise, ein Aufenthalt in fernen Ländern sehr zum Wissen beiträgt, dass sie davon profitiert und die persönliche Bildung ergänzt. Denken Sie nur einmal, wenn sie später in ihrem Geschäft steht und den Kunden aus eigenen Erfahrungen erzählen kann, wie es in anderen Ländern aussieht. Welch einen Eindruck Sie damit bewirken würden.«

»Ja, das stimmt«, fiel Florine ein, »man würde sie zu Vorträgen bitten und zu Vorlesungen, es wäre eine große Bereicherung für unser Buchgeschäft, wenn sie als welterfahrene Frau deine Bücher anpreisen könnte.«

»Und Laura selbst? Was sagt sie dazu? Weiß sie schon etwas von diesen Plänen, die hier ohne ihr Beisein besprochen werden? Und wie lange gibt es diese Pläne schon?« Heinrich sah seine Frau und dann die beiden Ehepaare an.

»Wir haben gestern mit Laura darüber gesprochen, weil wir bis gestern noch gehofft hatten, eine andere Lehrerin zu finden.«

»Dann wusste sie es also gestern Abend schon. Warum hat sie nichts gesagt?« Heinrich wurde wütend. »Warum hat sie Geheimnisse vor uns?«

»Bitte, Herr Bredenstedt, wir haben Laura darum gebeten, diesem Gespräch heute Morgen nicht vorzugreifen. Wir wollten in aller Ruhe mit Ihnen als den Eltern sprechen, bevor Sie es von Ihrer Tochter erfahren, die Ihnen gar keine genauen Auskünfte geben könnte. Sie weiß nichts von dem Geschäftsraum Bei den

Mühren, den wir Ihnen kostenlos zur Verfügung stellen, bis der Umsatz rentabel ist, sie weiß nichts davon, dass das Schiff bereits morgen Nacht Hamburg verlässt, sie weiß nichts davon, dass ...«

»Was, morgen schon?« Entsetzt sah Florine von einem zum anderen. »Aber das geht doch gar nicht, ich muss die Garderobe doch erst nähen, ich muss ...«

»Bitte, liebe Frau Bredenstedt, für die Kleidung sorgen die Baisansons, Laura reist in die Tropen, da ist eine andere Garderobe nötig als in Hamburg«, unterbrach Esther die aufgeregte Mutter. »Es gibt in der Großen Johannisstraße ein Geschäft für tropische Kleidung, Frau Baisanson würde mit Ihnen und mit Laura heute noch alles Notwenige dort einkaufen, wenn es Ihnen recht ist.«

»Also, so geht das nicht«, empörte sich Heinrich. »Ich will jetzt mit meiner Tochter sprechen. Und dann soll sie mir sagen, dass sie fort will, dass sie uns verlassen und um die halbe Welt reisen will, und wenn ich das klipp und klar von ihr höre, dann können wir weitersprechen. Bitte, ich möchte, dass Laura jetzt herkommt.«

»Selbstverständlich«, Esther läutete nach dem Hausmädchen und bat: »Rufen Sie bitte Fräulein Laura, sie ist im Schulzimmer.«

Laura wusste, was auf sie zukam. Sie wusste, dass sie einen schmerzhaften, harten Kampf mit einem Vater vor sich hatte, der nicht einsehen würde, dass sie sich von ihm und seinen Plänen entfernte. Sie wusste aber auch, dass sie nicht allein war. Die Baisansons, die Merlinius' und vor allem auch die Mutter würden hinter ihr stehen und ihr helfen. So nahm sie alle Kraft zusammen und betrat das Speisezimmer in aufrechter Haltung mit dem nötigen Respekt und der notwendigen Courage.

»Guten Morgen«, wünschte sie mit einem Lächeln und mit einem kritischen Blick in die Runde, um festzustellen, wie die Chancen lagen.

»Guten Morgen, Laura«, Jacobus Merlinius stand auf und kam auf sie zu. »Wir würden gern etwas mit dir besprechen und dein Herr Vater wünscht, dass du persönlich befragt wirst.«

»Ja, bitte?«

Jacobus nickte dem Vater zu. »Bitte, Herr Bredenstedt, sprechen Sie in aller Ruhe mit Ihrer Tochter.«

»Ich möchte mit meiner Tochter allein reden. Was wir zu besprechen haben, geht nur Vater und Tochter etwas an.«

Aber Jacobus schüttelte den Kopf. »Nein, mein lieber Bredenstedt, wir möchten an dem Gespräch teilnehmen, denn es betrifft uns alle.«

Heinrich wusste, dass er gegen die Mehrzahl der anderen nicht ankam. »Also gut. Wie ich höre, beabsichtigst du, uns zu verlassen.«

»Ja, Vater.«

»Weshalb?«

»Ich sehe hier im Augenblick keine Chancen, etwas für mein Leben und für die Zukunft zu tun.«

»Blödsinn. Dir stehen alle Wege offen. Wer mit Büchern lebt und arbeitet, hält den Reichtum des Wissens für alle Zukunft in den eigenen Händen.«

»Vater, die Tatsache, mit einem Bücherkarren durch Hamburger Straßen zu ziehen, bedeutet keine Zukunft, keine Chance und keinen Reichtum des Wissens.«

»Man muss sich diesen Weg erkämpfen und ich dachte, wir sind uns in dieser Beziehung einig.«

»Ich bin bereit zu kämpfen, Vater, aber auf meine Weise.«

»Aha, und wie willst du in einem tropischen Land um deine Zukunft in Hamburg kämpfen? Das musst du mir wirklich einmal sehr plausibel erklären.«

»Ich unterstütze deine Bemühungen mit meinem Lohn, und wenn ich genug verdient habe und du dein Geschäft eingerichtet hast, bin ich bereit, mit dir zusammenzuarbeiten. Vorher, Vater, und um das zu erreichen, müssen wir getrennte Wege gehen.«

Alle waren erstaunt und beeindruckt von der Selbstsicherheit und von der Vernunft, die aus den Worten des jungen Mädchens sprachen.

»Mein lieber Bredenstedt, Sie haben eine wundervolle Tochter, ich gratuliere Ihnen, dass Sie einen jungen Menschen in so hervorragender Weise erzogen haben. Sie können stolz auf Ihre Laura sein.«

»Stolz darauf, dass sie mich bei der ersten besten Gelegenheit verlässt? Ich weiß nicht, was das mit einer hervorragenden Erziehung zu tun haben soll.«

»Heinrich«, mischte sich Florine ein, »Laura ist zwanzig Jahre alt, ein beinahe erwachsener Mensch, wir müssen auch darauf hören, was sie sich für die Zukunft wünscht, wir dürfen nicht immer nur an uns und unsere Pläne denken.«

»Unsere Pläne waren bisher die besten, die wir zu bieten hatten. Dass uns der Große Brand die Zukunft geraubt hat, ist nicht unsere Schuld, aber gemeinsam können wir mit der Katastrophe fertig werden. Gemeinsam, nur gemeinsam.«

»Aber Laura schließt sich doch nicht aus. Sie hilft uns, wenn auch auf eine etwas andere Art, als du es wolltest.«

Heinrich sah sich unwillig um. »Ich weiß, dass ich überstimmt bin, ich weiß, dass ich in dieser Umgebung nicht vernünftig mit meiner Tochter sprechen kann. Sie unterliegt dem Einfluss einer für uns fremden, wohlhabenden Gesellschaft, gegen die ich nicht ankämpfen kann. Ich bin schwer enttäuscht vom Verhalten meiner Tochter, aber da ich sie nicht umstimmen kann, soll sie meinetwegen diese irrsinnige Reise antreten. Allerdings mit dem Versprechen, zurückzukommen, sobald ich sie rufe.«

Jacobus Merlinius stand auf und reichte dem Vater die Hand. »Bravo, mein lieber Bredenstedt. Das nenne ich eine tolerante Haltung zum Wohl Ihrer Tochter. Nur mit dem Rückruf müssten Sie etwas Rücksicht auf die Gelder nehmen, die Sie zum Start Ihres neuen Geschäftes im Vorwege erhalten. Es handelt sich um den Lohn, den Laura in Brasilien erarbeitet und den Sie zu einem großen Teil jetzt bereits erhalten, um das Geschäft zu eröffnen.«

»Und wer hilft mir, wenn das Geschäft offen ist? Allein ist das nicht zu schaffen.«

»Aber Heinrich, ich bin doch auch noch da. Ich kündige in der Schneiderei und stehe dir ganz zur Verfügung.«

»Du hast noch nie in deinem Leben Bücher verkauft.«

»Aber ich kann an der Kasse stehen und mit Geld umgehen«, versicherte Florine selbstbewusst und froh über den Verlauf des Gespräches, »wirklich, Heinrich, ich bin eine gute Rechnerin.«

»Dann ist es also abgemacht, dass Fräulein Laura mit uns nach Brasilien reist?«

»Ja.«

Alle standen auf, reichten sich die Hände, lächelten sich an und merkten nicht, dass Laura schnell den Raum wieder verließ. Sie hatte trotz allem Angst, dem Vater allein gegenüberstehen zu müssen. Sie ging zurück in den Schulraum, wo Marie sie mit ängstlichen Augen erwartete. »Und nun gehst du weg?«

»Ja, mein Liebling, aber wir bleiben in Verbindung, und wenn ich zurückkomme, bist du eine wunderschöne junge Dame und dann lachen wir gemeinsam über unsere kleinen Streiche und über unsere große Freundschaft. Und zwischendurch schreiben wir uns Briefe, in denen wir uns alles erzählen, was wir so erleben.«

»Alles?«

»Ich hoffe doch, du hast keine Geheimnisse vor mir. Und Mogelbriefe gibt es nicht.«

»Na, mal sehen«, kicherte Marie, sprang auf und umarmte Laura, »du bist meine liebste Freundin, ich verrate dir alles, was mir passiert.«

»Das hoffe ich, mein Schatz.«

Am Nachmittag begannen Lauras intensive Reisevorbereitungen. Sie fuhr mit der Mutter, Esther und mit Madame Baisanson in die Große Johannisstraße, um eine für die Tropen geeignete Kleidung zu erstehen. Anschließend ging es in das Geschäft für Sportkleidung, in dem Laura unter viel Beifall Stiefel und eine Herrenreithose anprobieren musste, und danach besuchten sie

›Sillem's Bazar‹, wo Esther die junge Frau mit Toilettenutensilien versorgte, was den Damen sichtlichen Spaß machte. Danach fuhren sie alle gemeinsam in die größte Buchhandlung der Stadt in der Ferdinandstraße, um deutsche Schulbücher für die kommenden Jahre zu besorgen. Laura war sehr ernsthaft bei der Auswahl, denn sie wusste, dass von guten Büchern der größte Teil einer zufriedenstellenden Arbeit abhing.

Da es sehr spät geworden war, bot Esther an, bei ihr am Alsterdamm zu übernachten. Laura, die Angst vor einer letzten Nacht mit dem Vater hatte, wollte die Einladung dankbar annehmen, aber Florine schüttelte den Kopf. »Das geht nicht, wir müssen nach Hause fahren. Vater hätte kein Verständnis für unser Ausbleiben.«

»Aber ich habe Angst vor einer neuen Auseinandersetzung.«

»Das kann ich verstehen, Kind, aber es ist die letzte Nacht und du solltest zu Hause schlafen.«

Esther nickte: »Vielleicht ist es wirklich am besten so, Laura. Du bist eine kluge und vernünftige junge Dame, du weißt, was du willst, und du wirst auch deinen Vater überzeugen, dass du auf dem richtigen Wege bist.«

»Na ja«, Laura schaute die Mutter unsicher an, »Vater kann sehr hartnäckig sein.«

»Aber ich bin doch bei dir, und es ist der letzte Abend, er wird auch unter der Trennung leiden, dann ist er vielleicht sanftmütiger.«

»Mutter«, Laura lachte, »Vater und sanftmütig.«

»Er liebt dich, du bist sein Ein und Alles, vergiss das nicht.«

»Nein, ich vergesse das nicht, nur seine Gedanken sind manchmal wirklich schwer zu begreifen.«

Esther amüsierte sich, spürte aber auch, wie viel Liebe in dieser kleinen Familie herrschte. »Ich denke, es wird ein versöhnlicher Abend und ein liebevolles Gespräch. Morgen treffen wir uns dann alle um die Mittagszeit am Inneren Jonas Hafen, wo die ›Marie-Fortuna‹ liegt. Sie wird am Abend auslaufen.«

»Ein schöner Name für ein Schiff«, freute sich Florine, die eigentlich lieber in Tränen ausgebrochen wäre.

»Wir haben es getauft, nachdem Marie geboren war. Unser Kind ist unser großes Glück und wir wollten, dass die ganze Welt davon erfährt.« Dann ließ Esther den Kutscher vorfahren und die Damen Bredenstedt verließen den Alsterdamm kurz vor Mitternacht.

Im Schopenstehl saß Heinrich Bredenstedt im Licht einer Petroleumlampe und trank sein abendliches Bier. »Ich dachte schon, ihr kommt überhaupt nicht mehr«, sagte er leise und Florine spürte sofort, dass er versöhnlich gestimmt war. »Setzt euch zu mir, ich möchte euch sagen, dass ich nach reiflicher Überlegung zu der Einsicht gekommen bin, dass Laura einen guten Weg einschlägt, der uns allen helfen wird.« Er sah seine Tochter liebevoll an. »Es war nicht leicht für mich, das alles einzusehen und zu erkennen, aber ich habe mich bemüht, nur an deine Zukunft zu denken, und da war es dann ziemlich einfach, dich zu verstehen. Ich freue mich für dich und ich hoffe, du vergisst uns nicht, sondern schreibst uns sehr oft und sehr ausführlich, damit wir in den nächsten Jahren ein bisschen von dem, was du erlebst, nachvollziehen können.«

»Ich verspreche es, Vater«, sie nahm die Hand des Mannes, strich über sie und dachte, er ist zwar erst fünfzig Jahre alt, aber doch schon sehr angeschlagen und müde. Ob ich ihn noch einmal wiedersehen werde? Vielleicht ist das morgen ein Abschied für immer? Und die Mutter?

Laura ahnte, wie sehr die Eltern unter dem Abschied leiden würden und wie tapfer sie in diesen letzten Stunden waren. Sie selbst schämte sich fast, dass sie mit so viel Freude und Erwartung an die Zukunft dachte. Aber wenn ich mich nicht auf das neue Leben freuen würde, wäre es verkehrt, von hier fortzugehen.

Und so nahm sie sich zusammen, erzählte den Eltern alles, was sie über die Familie Baisanson wusste, über die Kinder, die sie mochten, die Plantagen, den Kakaoanbau, die Nähe des Regenwaldes und die Arbeit, die sie erwartete.

9

Auf der ›Marie-Fortuna‹ herrschte Aufbruchstimmung. Die letzten Ladungen wurden an Bord genommen: Bier in Fässern für Argentinien, Wollballen für Chile, Kisten mit Fürstenberg-Porzellan für deutsche Auswanderer in Blumenau, Webstühle für Uruguay. Die Verschläge für Hühner und die Kaninchen wurden mit neuen Tieren belegt und Mikael hatte alle Hände voll zu tun, die verängstigten, zappelnden Kreaturen aus den Körben der Händler zu heben und in die neuen Behausungen umzusetzen, ohne dass eines der Tiere flüchtete. Die Lieferanten schrieen herum, weil sie meinten, die Ställe seien zu klein, dem Wetter zu sehr ausgesetzt, die Spreu zu dünn und die Wasservorräte unzureichend.

»Mann«, schrie Mikael zurück, »sehen Sie nicht, dass Ihre Viecher hier ein Luxusleben führen, für das andere Passagiere eine Menge Geld bezahlen müssen?«

»Halt die Klappe«, schrie ein anderer Händler, »die Viecher haben ein Höllenleben. Erst werden sie gemästet, dann gefressen.«

»Na und, wäre das bei euch anders, landen sie da etwa nicht im Kochtopf?«, brüllte Mikael zurück. Blödes Gesindel, dachte er, erst machen sie einen Haufen Geld mit dem Handel und dann reißen sie das Maul auf. Ich werde schon für die Tiere sorgen, bei mir kriegen sie anständiges Futter, immer frisches Stroh und Wasser ist auch ausreichend da. Dafür habe ich in den letzten Tagen gesorgt. Da ist so mancher Heuballen mehr auf dem Klipper gelandet, als der Smutje haben wollte. Und in jedem Hafen werde ich mich um frischen Nachschub kümmern. Bei mir haben die Viecher ein gutes Leben, das steht mal fest. Vielleicht sogar ein besseres als ich.

Mikael hatte festgestellt, dass auf dem Schiff nicht alles beim

Besten war. Das Essen war oft kaum genießbar, weil der Koch an allen Ecken und Enden sparte und immer wieder betonte: »Wenn die Passagiere an Bord kommen, gibt's frische Sachen, jetzt werden die Reste der letzten Reise verbraucht.«

Und auch mit der Unterkunft war das so eine Sache. Die Matrosen hausten auf engstem Raum im Mannschaftslogis vorn im Bug des Schiffes. Jeder hatte zwar eine eigene Koje, was nicht auf allen Schiffen der Fall war, aber es gab Rüpel, die sich breit machten und ihre Fäuste gebrauchten, wenn einer aufmuckte.

Mikael hatte schnell begriffen, dass er auf diesem Schiff ein Niemand war. Ein Stalljunge, der die Drecksarbeit machen musste und den man herumkommandieren konnte, wie man wollte. Er wusste aber auch, dass diese Fahrt einmal zu Ende sein würde, und dann hatte er sein Ziel erreicht, die Sonne, die andere Seite der Erde, die Erfüllung seiner Träume und ein abenteuerliches, freies Leben. Warum sollte er dafür nicht ein paar Wochen schuften und schwitzen und Pöbeleien ertragen?

Für die anderen geht das Leben auf dem Schiff dann weiter, für mich nicht, dachte er. Wenn die hier um Rangordnungen kämpfen, liege ich unter Palmen irgendwo am Strand und genieße mein Leben. Aber das muss ja keiner wissen. Und irgendwann führe ich ein feines Leben, reise wie die Passagiere in eleganten Kabinen und lasse mich bedienen.

Ein einziges Mal war es ihm gelungen, das Schiff heimlich zu besichtigen. Die Männer hatten frei und waren auf St. Pauli unterwegs und der Obermaat, der die Wache hatte, war über einem Humpen Bier eingeschlafen. Da hatte Mikael die Chance genutzt und im Schein einer kleinen Kerze das Schiff erkundet.

Fein haben es die Reisenden, dachte er, Möbel aus Mahagoniholz in den Kabinen, wie Mutter zu Hause in ihrem Salon, und alles festgeschraubt, damit bei schwerem Seegang nichts verrutschen kann. Bettwäsche aus Seide, Bücher gegen die Langeweile, sogar frische Blumen stehen jetzt im Winter auf den Spiegelkommoden der Damen. Auch der elegante Speisesaal war für Mahlzeiten bei unruhiger See eingerichtet. Die Bänke waren an der Wand festgeschraubt und Flaschen und Gläser standen in Gestellen, aus denen sie nicht herausfallen konnten. Tischdecken aus Damast, Bestecke, auf denen die Insignien des Schiffes eingeprägt waren, festgeschraubte Kerzenleuchter und auch hier kleine Blumensträuße, die jetzt im Winter ein Vermögen kosten müssen, dachte Mikael bei seinem heimlichen Rundgang. Überall bedeckten Teppiche die Böden und Bilder und Spiegel die Wände. Vor den Bullaugen hingen elegante kleine Gardinen und selbst die Petroleumlampen waren auf Kommoden und Tischen festgeschraubt. Ja, dachte er, so lässt es sich aushalten.

Die feinen Damen und Herren, die sich eine solche Überseereise leisten können, haben eben genug Geld für diesen Luxus, aber eines Tages gehöre ich auch zu den Passagieren der ersten Klasse, das weiß ich genau. Und bis dahin werde ich eben schwitzen und schuften und die bedienen, die es sich heute schon leisten können. Dann lachte er heimlich. Blödsinn. Mit dem Bedienen habe ich nichts zu tun. Ich hole die Eier aus den Nestern und melke die Ziegen und dann liefere ich alles in der Kombüse ab. Aber sehen werde ich die feinen Leute schon, sie halten sich bei gutem Wetter auf dem Achterdeck auf und da habe ich meinen Arbeitsplatz.

Komisch, dachte er, dass die Passagiere und die Tiere sich den Platz auf dem Achterdeck teilen müssen. Da stehen die Bänke für die Gäste und gleich daneben sind die Verschläge für die Vier- und Zweibeiner. Na ja, erinnerte er sich, der Smutje hat gesagt, es ist wegen der Gerüche, die Tiere stinken und der Gestank zieht dann achtern gleich vom Schiff fort. Und für die Passagiere ist das Achterdeck der am meisten geschützte Platz auf Deck, viel vom Gestank kriegen sie da nicht mit.

Am frühen Nachmittag kamen die ersten Fuhrwerke mit dem Gepäck der Passagiere. Von Schrankkoffern mit schweren Schlössern bis zu spitzenverzierten Hutschachteln war alles dabei, was die Reisenden so mit sich führten. Mikael musste kräftig mit anpacken, um die Koffer und Kisten von den Pferdewagen herunterzuholen und über die Gangway auf das Schiff zu schleppen. An Deck wurden die Gepäckstücke sortiert und in die Kabinen transportiert, aber damit hatte er dann nichts mehr zu tun. Das machten die Matrosen höchstpersönlich, obwohl sie diese Dienstarbeiten hassten. Sie wollten Seeleute sein, keine Diener oder Lakaien. Sie wollen Segel hissen und Ruder führen, aber nicht reiche Reisende bedienen. Überhaupt war den Mannschaften ein Schiff voller Waren in den Laderäumen lieber als ein Schiff voller Passagiere in Kabinen, die nur unnötige Arbeit machten. Lasten äußerten keine Wünsche, Lasten wollten nicht bedient und hofiert und mit Rücksicht behandelt werden. Lasten ruhten still vor sich hin in den Laderäumen, sie verrutschten höchstens einmal, aber Menschen hatten dauernd Bedürfnisse. Aber die ›Marie-Fortuna‹ war nun einmal ein Frachtensegler mit Platz für dreißig Passagiere und damit mussten sich die Seeleute abfinden.

Am späteren Nachmittag fuhren die Kutschen mit den Reisenden vor. Begleitet von Dienstpersonal und Freunden strömten sie an Deck, die einen mit wehmütigen Gesichtern, vom Abschied gezeichnet, die anderen fröhlich gestimmt, mit Lust auf das Abenteuer einer langen Reise.

Mikael hatte sich beim Ziegenverschlag einen Platz gesichert, von dem aus er das Kommen und Gehen beobachten konnte, selbst aber nicht gesehen wurde, um den Befehlen des Obermaats zu entgehen. Er wollte einen Blick auf die Reisenden werfen, um zu sehen, mit wem er das Schiff in den nächsten Wochen teilte.

Da kamen distinguierte Herren in Frack und Zylinder an Bord

und füllige Damen in langen Kleidern und breitrandigen Hüten. Da liefen Kinder über die Gangway, denen überaus ernsthafte Gouvernanten folgten. Zofen schleppten Kosmetikköfferchen und Schmuckschatullen an Deck, die man den Fuhrwerkern nicht anvertrauen wollte. Und gewichtige Geschäftsleute trugen ihre Taschen mit Papieren eigenhändig an Bord. Die Herrschaften lachten und weinten, winkten und warfen sich Kusshände zu, und die Kinder eroberten das Deck und entdeckten Mikael hinter dem Ziegenstall.

»He, wer bist du denn?«, fragten die Mädchen auf Französisch.

Mikael, der zwar von Hauslehrern in Französisch unterrichtet worden war, suchte mühsam nach der Antwort. »Ich bin der, ich bin der ...«, und da ihm das Wort »Stallmeister« nicht einfiel, sagte er nur: »Ich bin Mikael.«

»Und was machst du hier?«

»Ich kümmere mich um die Tiere.«

»Was für Tiere?«

»Na, die Tiere eben, Hühner, die die Eier legen, Ziegen, die die Milch geben, und ...«, aber bevor er das schwere Schicksal der Kaninchen erklären konnte, unterbrach ihn das ältere Mädchen. »Auf dem anderen Schiff, mit dem wir hergekommen sind, gab es eine Kuh, aber bei schlechtem Wetter hatte die schlechte Laune und gab uns keine Milch.«

»Da mussten wir den Kakao mit Wasser trinken, der hat gar nicht geschmeckt.« Die Kleinere verzog den Mund und sah Mikael erwartungsvoll an.

»Na«, lachte er, »ich werde dafür sorgen, dass ihr immer pünktlich eure Milch für den Kakao bekommt. Wohin fahrt ihr denn jetzt?«

»Nach Hause.«

»Und wo ist das?«

»Na, in Pernambuco natürlich.«

Mikael überlegte einen Augenblick, aber einen Ort wie Pernambuco konnte er nicht einordnen. »Wo ist das denn?«

»In Brasilien, wir wohnen unter Schokoladenbäumen.«

»Was? Wo wächst denn Schokolade auf den Bäumen, das gibt's doch nur im Märchen.«

»Nein«, unterbrach das ältere Mädchen die Schwester, »nicht unter Schokoladenbäumen, sondern unter Kakaobäumen.«

»Ihr wollt mich zum Narren halten, Kakao ist ein Pulver in der Tüte und man tut es in die Tasse, und dann kippt man die Milch darüber und fertig ist der Kakao, so was kann doch nicht auf Bäumen wachsen.«

»Doch, genauso wie der Kaffee.«

»Der Kaffee wächst in Büschen und man sammelt die Bohnen ein.«

»Und genauso ist es mit dem Kakao. Der wächst aber auf Bäumen, weil die Früchte riesig groß sind.«

»Welche Früchte?«

»Na die, in denen es dann die Kakaobohnen gibt. Du weißt aber auch gar nichts.«

»Nun, ich wohne schließlich nicht unter solchen Kakaobäumen.«

»Die Früchte sind so groß wie Melonen, wenn du weißt, was das für Früchte sind.«

»Nein, Melonen kenne ich nicht.«

»Kennst du Kürbisse? Die sind so ähnlich wie Melonen.«

»Aber die sind riesig, die können auf einem Baum gar nicht wachsen.«

»Hm, wie kleine Kürbisse eben. Du hast aber auch von nichts eine Ahnung.«

»Ich bin eben noch nie in Pernambuco gewesen. Und da drin sind dann die Kakaobohnen?«

»Ja, die Arbeiter pulen sie raus, und dann werden sie getrocknet und gemahlen und dann hast du dein Kakaopulver in der Tüte.«

»Donnerwetter, was ihr alles wisst.«

Über das Achterdeck kamen zwei junge Damen: die eine, fein

gekleidet, mit einem strammen Fischbeinkorselett, die andere in selbst genähter Garderobe ohne Schnüre und Stäbe. Beide sahen sich nach allen Seiten um.

»Werdet ihr gesucht?«, fragte Mikael die Kinder, die im Stall die Ziegen streichelten.

»Ja, kann schon sein.« Das ältere Mädchen schaute nach draußen und winkte. »Hier sind wir, Mademoiselle.«

»Ach, Kinder, wir suchen euch auf dem ganzen Schiff. Kommt schnell, die Familie Merlinius möchte sich verabschieden.«

»Ist schon gut, wir kommen.« Und schon stürmten die beiden Mädchen über das Deck, liefen an den Frauen vorbei zur Gangway und reichten den wartenden Leuten die Hände, um sich mit tiefem Knicks wohlerzogen zu verabschieden.

Mikael beobachtete aber lieber die jungen Damen. Die Feine mit dem Korselett hielt sich im Hintergrund, anscheinend musste sie niemandem Adieu sagen, die andere mit den langen dunklen Locken und der selbst genähten Garderobe ging zu einem älteren Ehepaar und umarmte zärtlich die Frau und danach den Mann. Da fließen Tränen, dachte Mikael, und dann dachte er an den Abschied von den eigenen Eltern, die so unverständlich reagiert hatten, als er erklärte, dass er die Welt kennenlernen wolle. Aber unter Kakaobäumen zu wohnen, das würde mir auch gefallen, dachte er und nahm sich vor, den Kapitän zu bitten, ihm einen Blick auf den Globus in seiner Kajüte zu erlauben, er wollte wissen, wo dieses Pernambuco war.

Bei Einbruch der Dunkelheit legte das Schiff ab. Freunde und Verwandte, die mit an Bord gekommen waren, hatten die ›Marie-Fortuna‹ verlassen, die Passagiere hatten ihre Kabinen aufgesucht und Mikael begab sich in den Ziegenstall, um für die Milch zu sorgen, die der Smutje abends erwartete. Dann versorgte er alle Tiere mit Futter und Wasser, verschloss die Luken, damit bei den

Kaninchen und den Hühnern Ruhe einkehrte, und stellte sich an das Geländer, um von einem Land Abschied zu nehmen, von dem er nur die Anlegeplätze der Schiffe kennengelernt hatte. An den Ufern des breiter werdenden Flusses kündeten schwache Lichter Dörfer oder kleine Städte an, aber auf dem Wasser herrschte bei auflaufender Flut so ein reger Betrieb, dass von dem Ufer kaum etwas zu erkennen war. Morgen erst werden wir die Nordsee erreichen, dachte Mikael, morgen erst beginnt das große Abenteuer. Er wusste vom Smutje, dass die ›Marie-Fortuna‹ vorbei an den Niederlanden, an Belgien und Frankreich, noch eine lange Strecke an den europäischen Küsten entlangsegeln würde, ja sogar Spanien und Nordafrika würden sie kreuzen, bevor es dann weit hinaus über den Ozean und hinüber an die Küste von Südamerika ging. Wenn sie nicht zu viele Hafenstädte anlaufen mussten und wenn der Wind günstig stand, würden sie acht bis zehn Wochen unterwegs sein. Irgendwo würden sie diesen Äquator kreuzen, aber davon spüre man auf dem Schiff nichts, hatte der Smutje gesagt, und irgendwo tauche dann eine Küste mit Palmen und weißem Sand und kleinen Eingeborenendörfern auf, und wenn man an dieser Küste eine große Hafenstadt erreiche, dann sei man in Recife angekommen.

Voller Erwartungen, voller Träume und voller Wünsche zog sich Mikael in das Mannschaftslogis und in seine Koje zurück. Er träumte von Kakaobohnen, die so groß wie Kürbisse waren, und von Kindern, die Kakaopulver in die Wassertonne seiner Ziegen rührten, und von einem jungen Mädchen mit dunklen Locken, die im Wind wehten wie die Segel am Achterdeck.

10

Der Dienst begann für Mikael sehr früh. Bereits um fünf Uhr musste er damit beginnen, die Planken vom Achterdeck zu schrubben und die Bänke für die Passagiere zu säubern. Anschließend musste er die Spucknäpfe reinigen, eine Arbeit, die er hasste.

»Können die Männer nicht über die Reling spucken?«, hatte er den Maat gefragt, der die Arbeit einteilte. »Ne, min Jong«, hatte der gesagt, »wenn die über die Reling seibern, fliegt ihnen der Rotz ums Gesicht.«

Sobald die Bänke trocken waren, musste Mikael an windstillen Tagen Kissen und Decken darauf verteilen, und war das Wetter stürmisch und rau, musste er Seile über das Deck spannen, an denen sich die Passagiere, die bei Wind und Wetter Sehnsucht nach frischer Luft hatten, hin und her hangeln konnten.

Dann fing die Arbeit mit den Tieren an: Eier einsammeln, Ziegen melken, Vieh füttern und tränken, und dann mussten die Ställe ausgemistet werden, bevor die ersten Gäste sich auf dem Deck trafen. War die Arbeit an Deck beendet, ging es ans Reinigen der Wasserklosetts in den Kabinen, die Feuerlöscheimer mussten kontrolliert und, wenn nötig, nachgefüllt werden und danach begann seine Arbeit in den Kombüsen. Auch hier waren es die niedrigsten Arbeiten, die ihm der Smutje zuteilte. Aber Mikael beschwerte sich nie. Er war auf der Reise in die weite Welt und irgendwann würde er dort angekommen sein.

An der Ausfahrt vom Englischen Kanal in den Atlantischen Ozean erwischte der erste schwere Sturm die ›Marie-Fortuna‹. Der Tag begann mit schönem Wetter und kleinen Brisen. Da die

Brisen aber aus Nordwesten kamen, bereitete der Kapitän das Schiff und die Mannschaft auf einen herannahenden Sturm vor.

In der turmhohen Takelage summte und heulte der Wind. Die Wellen türmten sich zu immer höheren Bergen auf und den Passagieren wurde verboten, an Deck zu gehen. Mikael schloss die Verschläge, zog dicke alte Segeltuchmatten über die Hühner- und Kaninchenställe und zurrte sie mit Seilen fest. Dann verbarrikadierte er den Ziegenstall und den Futterschober, spannte die Halteseile über das Deck, falls doch einer der Passagiere nach oben käme, und schloss sich der Mannschaft an, die auf die Befehle des Kapitäns wartete.

Zwei Männer wurden an die riesigen Speichen des Ruderrades gestellt, damit der massige Rumpf des Klippers nicht von den Brechern herumgeschwenkt wurde. Die Segel wurden gerefft, um dem Sturm keinen Widerstand zu bieten, und der Smutje löschte mit dem Hilfskoch alle Herdfeuer in der Kombüse.

Mikael und ein anderer Schiffsjunge wurden in die Kabinen geschickt, um sämtliche Bullaugen zu schließen und mit bereitliegenden Holzverschalungen zu sichern. Einige der Passagiere hatten sich im Speisesaal versammelt und klammerten sich an den Tischen fest, um nicht von den schwankenden Bänken zu fallen, andere saßen im Leseraum und versuchten das Auf und Ab des Schiffes zu ignorieren. Familie Baisanson war in ihren Kabinen geblieben. Claudine, die Gouvernante, versuchte den Kindern eine Geschichte vorzulesen und Laura hielt Nicole auf dem Schoß, die sich ständig übergeben musste.

Mikael klopfte höflich, aber hörbar an die Kabinentür der Kinder und trat ein, ohne auf eine Antwort zu warten. Schließlich hatte der Oberbootsmann zur Eile gedrängt. Mit einem kurzen »Morning« betrat er die Kajüte und eilte zu den Bullaugen, um sie wasserdicht zu verschließen. Als er Laura mit dem Kind bemerkte, eilte er ins Zwischendeck, holte einen Eimer voller Wasser und ein paar Handtücher aus dem Wäscheschrank der Passagiere und reichte beides der etwas hilflos wirkenden jungen Frau.

»Da, halten Sie dem Kind nasse Tücher vor den Mund, die erfrischen den Atem und die Kleine wird sich besser fühlen.« Es war sein erstes Gespräch mit Laura, die dankbar seine Hilfe annahm.

»Wird der Sturm noch lange anhalten?«, fragte sie ängstlich.

»Das kann man nicht wissen, aber Sie brauchen keine Angst zu haben, unser Kapitän hat alles im Griff.«

»Was machen denn die Ziegen, werden die auch seekrank?«, wollte Denise wissen, der es nicht so schlecht ging wie ihrer jüngeren Schwester.

»Nein«, lachte Mikael, »ich glaube, Tiere werden nicht seekrank.« Er winkte noch einmal mit der Hand und verließ die Kabine. Schade, dachte er, ein kleiner Plausch mit dem dunkel gelockten Fräulein wäre nett gewesen. Aber heute gibt's Wichtigeres zu tun.

An Deck brüllte der Erste Offizier seine Befehle durch die vom Sturm gepeitschte Luft, ließ alle Mann an Deck kommen und ihre Plätze einnehmen. Er wies die Rudergänger an, das schwere Steuerrad herumzuwirbeln und die ›Marie-Fortuna‹ abfallen zu lassen, um keinen Widerstand zu erzeugen, denn den Kampf mit dem Sturm hätte sie verloren. Die Toppgasten kletterten in die Takelage und auf die Rahen hinaus, um losgerissene Seile zu kappen und die letzten kleinen Beisegel zu bergen. Als die ›Marie-Fortuna‹ alle Segel unten hatte, lief sie etwas ruhiger und wurde dann langsam zurück auf ihren alten Kurs gebracht. Am späten Nachmittag ließ der Sturm etwas nach, aber der Klipper hatte viel an Fahrt verloren. Die Mannschaft arbeitete fieberhaft, um die Masten, die Decks und die Aufbauten zu sichern, und als der Nordweststurm auf Westwind drehte, wurden die ersten kleinen Segel mühsam getakelt, damit der Klipper wieder Fahrt aufnehmen konnte. Eine Arbeit, die bei dem schweren Seegang lebensbedrohlich war. Aber die Männer verstanden ihr Handwerk, das Schiff setzte seinen Kurs jetzt in südlicher Richtung langsam fort, und während der Nacht glitt die ›Marie-Fortuna‹, von einer leichten Brise getrieben, um die Kanalinseln herum nach Süden.

Mikael, auch etwas fahl im Gesicht, versorgte seine Tiere und brachte die Milch in die Kombüse. »Was«, fuhr ihn der Smutje an, »mehr Milch hast du nicht?«

»Nein, tut mir leid. Aber bei dem Wellengang ist einiges über Bord gegangen, ich meine, über den Rand des Eimers. Ich bin auf meinem Hocker und mit dem Eimer zwischen den Beinen ständig kreuz und quer durch den Verschlag gerutscht und die Ziegen haben auch nicht gerade still gestanden.«

»Und was ist mit den Eiern?«

Mikael zog sechs Eier aus seinen Jackentaschen. »Die Hühner haben gestreikt.«

Der Smutje grinste: »Na ja, verdenken kann man's ihnen nicht. Aber morgen läuft alles wieder normal.«

»Klar doch, wenn das Wetter mitspielt.«

»Unsere Gäste fragen nicht, wer ist schuld am fehlenden Frühstücksei, die haben bezahlt und wollen genießen.«

»Die waren so grün, ich glaube nicht, dass die morgen Appetit auf Frühstückseier haben.«

»Morgen ist ein neuer Tag.«

»Ja, hoffentlich weiß der Wettergott das auch.«

Kapitän Wolter war ein erfahrener Mann. Er riskierte nichts, aber er wollte so schnell wie möglich ans Ziel kommen. Sobald der ärgste Sturm vorüber war, setzte er jedes kleine, nur mögliche Segel, nutzte auch die leiseste Brise und jede nur brauchbare Strömung und ging mit jeder Bö höher an den Wind. Er hatte ein außerordentlich gutes Fingerspitzengefühl für das Schiff, das Wasser, den Wind und spürte jede kleinste Veränderung. Die ›Marie-

Fortuna‹ zeigte, dass sie bei fast jedem Wetter eine gute Geschwindigkeit halten konnte und selbst bei Wellengang noch verhältnismäßig ruhig im Wasser lag. Als sich die See am nächsten Morgen beruhigt hatte, ließ Kapitän Wolter alle Segel setzen. Der Großmast, gut vierzig Meter hoch, trug ein Großsegel, ein Marssegel, ein Bramsegel, darüber ein Oberbramsegel und oben, in schwindelnder Höhe, ein Skysegel.

Auch der Fockmast und der Besanmast führten jeder an fünf Rahen Segel. Hinzu kamen, je nach Wetterlage, zahlreiche Beisegel. Mit dieser Ausrüstung war die ›Marie-Fortuna‹ das schnellste Schiff der Reederei Merlinius und ihr Kapitän war mit Recht stolz auf seinen Klipper, der bei günstiger Wetterlage am Tage fast zweihundert Seemeilen zurücklegte. Was ihn störte, waren die zahlreichen Häfen, die sie ständig anlaufen mussten, manchmal, um neue Ladung aufzunehmen, das ließ sich nicht vermeiden, oft aber auch nur, um einen oder zwei Passagiere von Bord gehen zu lassen oder den einen oder anderen neuen Passagier aufzunehmen. In dieser Beziehung war er mit seiner Mannschaft einer Meinung, was er aber nie laut aussprach: »Ladung ist gut, Passagiere sind lästig.«

Kapitän Wolter war ein gebildeter Mann, höflich, wo es möglich war, konsequent, wo es nötig war, und erbarmungslos, wenn es wichtig war. Und ein Schiff durch den Orkan zu führen, war lebenswichtig. Aber, obwohl es unter Deck diverse Schäden an der Einrichtung gab, die Mannschaft eine leicht verrutschte Ladung zurückrücken, zwei zerbrochene Rahen erneuert werden und die Passagiere Übelkeit und blaue Flecken hinnehmen mussten, hatte die ›Marie-Fortuna‹ den ersten schweren Sturm bravourös überstanden.

Nicht so die Tiere in ihren Verschlägen. Die Planen hatten die Brecher nicht abhalten können, die Kaninchen ertranken fast in ihren Käfigen und die Hühner gackerten sich die Angst aus den Hälsen, als Mikael endlich die Planen abnehmen und die Verschläge von der Sonne trocknen lassen konnte. Den Hühnern hatte die Nässe nicht viel anhaben können, die waren von den Bauernhöfen und in der Freilandhaltung Regen gewöhnt, aber die Kaninchen saßen verkümmert, nass und frierend in ihren Käfigen und Mikael stand ihrem Elend ziemlich hilflos gegenüber.

Nachdenklich und erschrocken besah er sich den Schaden, als Laura mit Nicole an der Hand auf das Achterdeck kam. »Wir möchten uns für Ihre Hilfe bedanken«, sagte sie leise. »Die feuchten Tücher haben gut geholfen.« Dann erst sah sie das Malheur in den Kaninchenverschlägen. »Mein Gott, die armen Tiere, die vertragen doch gar keine Nässe.«

»Nein, und ich weiß nicht, wie ich sie trocken kriegen soll. Dabei hatte ich die Planen so fest wie möglich um die Verschläge gezogen.«

»Bei dem Seegang war wohl keine Plane dicht genug. Aber jetzt brauchen die Tiere Sonne.«

»Ja, die scheint zum Glück, aber leider nicht in die Käfige.«

Laura sah sich auf dem Deck um. »Man müsste sie laufen lassen können.«

»Ja«, zuckte Mikael mit den Schultern, »und dann sind sie schneller, als wir schauen können, in alle Winde zerstreut.«

»Man könnte Barrikaden aufstellen.«

»Ach, Madame, und woher nehme ich die?«

»Wir könnten aus den Bänken ein Viereck bauen, die Beine nach oben, dann ist das Eck unten geschlossen und die Tiere können nicht entwischen.«

»Hm«, Mikael schüttelte unwillig den Kopf. »Und die Passagiere drehen mir den Hals um.«

»Ach, das lassen Sie nur meine Sorge sein, ich werde denen schon erklären, dass die Kaninchen gerettet werden müssen.«

»Na ja, eine Möglichkeit wäre das.«

»Worauf warten wir dann noch?«

»Sie sind eine patente Frau, Miss, ich hole nur das Werkzeug, um die Schrauben zu lösen, bin gleich wieder da.«

»Dona Laura, werden wir den Kaninchen helfen können?«

»Ich hoffe es, Nicole.«

»Sie sind schlauer als der Mann.«

»Nein, Nicole, er war nur sehr erschrocken, sonst wäre ihm das auch gleich eingefallen.«

»Was macht der auf dem Schiff, ist er ein Matrose?«

»Ich weiß es nicht, aber er hat keine Uniform an, ich denke, er arbeitet hier als Hilfsmann, manche Leute, die das Reisegeld nicht haben, können auf einem Schiff arbeiten und damit ihre Reise verdienen.«

»Ach so. Na gut, dass Papa Geld hat, hier möchte ich nicht arbeiten müssen.«

»Ja, es ist meist eine schwere und schmutzige Arbeit, die diese Leute dann machen müssen.«

Mikael kam zurück, mehrere Schraubenschlüssel in den Händen. »Na, dann wollen wir mal.« Er bückte sich und begann die Schrauben der Bänke an den Stützen zu lösen, und während er auf den Planken hantierte, drehte Laura mit Nicoles Hilfe die abgeschraubten Bänke um und schob sie so zurecht, dass langsam ein großes, geschlossenes Viereck entstand. Aber sie waren noch nicht fertig, als der Bootsmann aufs Deck kam, um zu kontrollieren, dass alles für die Erholung suchenden Passagiere gerichtet war. »Ja, was zum Teufel ist denn hier los?«, brüllte er entsetzt. »Wo sind die Kissen und Decken, die du verteilen solltest. Mann, bist du verrückt?«

»Bitte, Herr Matrose, nicht böse sein, wir müssen die Kaninchen retten«, bat Nicole, »sie sind noch ganz nass und das vertragen sie nicht.«

»Verdammt noch mal, Mikael, dich schmeiß ich über Bord, wenn du nicht sofort die Bänke wieder aufstellst.«

»Bitte beruhigen Sie sich«, unterbrach Laura ihn, »ich werde mit den Passagieren sprechen und ihnen sagen, dass sie für einen halben Tag auf ihre Sitzgelegenheiten verzichten müssen, um den Tieren das Leben zu retten. Ich hatte diese Idee und ich nehme alle Schuld auf mich.«

»Blödsinn, jetzt werden sie gerettet und dann werden sie gefressen. So ein Quatsch.«

Mikael war aufgestanden. »Mann, kannst du nicht vernünftig mit der Dame sprechen. Und wie kannst du vor dem Kind so etwas sagen?«

Nicole nahm Mikaels Hand und drückte sie ganz fest, während sie dem Bootsmann erklärte: »Ich weiß schon, dass die Kaninchen geschlachtet werden, damit wir frisches Fleisch zum Essen haben, aber jetzt sterben sie, wenn sie nicht in die Sonne zum Trocknen kommen. Und dann nützen sie uns gar nichts mehr. Tote Kaninchen kann kein Smutje servieren. Das weiß ich doch schon.«

»Aber Nicole«, beugte sich Laura zu dem Kind hinunter, »was redest du denn da?«

»Ach, Dona Laura, ich weiß doch, warum die Tiere hier gehalten werden. Das ist doch überall so. Wenn man wie wir am Rand vom Dschungel wohnt, dann weiß man so etwas. Bei uns ist Leben und Sterben etwas ganz Normales.« Sie sah die leicht schockierte Laura lächelnd an. »Ich weiß, wie Tiere geboren werden, und ich weiß auch, wie es beim Schlachten zugeht.«

Mikael löste sich von der Kinderhand und fragte: »Also, wie geht's jetzt weiter?«

Laura nickte dem Seemann zu. »Ich spreche mit den Passagieren und erkläre ihnen alles. Sie werden keinen Ärger bekommen.«

»Aber die Leute wollen nach dem gestrigen Tag an die Luft, sie brauchen das Achterdeck und die Bänke.«

»Sie können auf dem Schiff spazieren gehen, das ist sowieso gesünder, als in der prallen Sonne zu sitzen«, rief eine Frauenstimme quer über das Deck.

»Mama, Mama, da bist du ja. Hier müssen Kaninchen gerettet werden und Laura hatte eine prima Idee und der Bootsmann will ihr verbieten, die Kaninchen zu retten.«

»Was ist los, Mann, wie können Sie meiner Tochter und ihrer Lehrerin verbieten, Kaninchen zu retten?« Die Hände in die

Hüften gestützt, was gar nicht damenhaft aussah, kam Madame Baisanson über das Deck. Couragiert sah sie von einem zum anderen. »Also los, packen Sie mit an und ran an die letzten Bänke. Und danach nimmt jeder ein Karnickel und setzt es in das Viereck, Sie auch«, nickte sie dem Bootsmann energisch zu. »Wie viele sind's denn?«

»So um die hundert«, erklärte Mikael, packte die ersten beiden Tiere am Nackenfell und setzte sie auf den trockenen Boden. Die Kaninchen schüttelten sich und hüpften vorsichtig über die glatten Planken, auf denen sie keinen Halt fanden.

»Mama, es ist zu glatt für sie«, jammerte Nicole.

»Das hört gleich auf«, erklärte Mikael. »Wenn alle draußen sind, dann haben sie sowieso keinen Platz mehr zum Hüpfen.«

»Aber dann müssen sie ganz still sitzen?«

»Ja, und deshalb sind sie draußen, sie müssen still sitzen und trocknen.«

»Können sie nicht wenigstens etwas fressen?«

»Ja, kleine Miss, da hast du recht. Ich streue ihnen ihr Heu hier hinein, dann sind sie beschäftigt.«

Als alle Tiere draußen waren, putzte Mikael die leeren Verschläge, schüttete frisches Stroh hinein und verteilte getrocknete Rüben, die den Seegang zum Glück unbeschadet überstanden hatten. Es war ihm peinlich, von den fremden Passagieren bei seiner Arbeit beobachtet zu werden, und im Stillen nahm er sich vor, der jungen Frau, die das Mädchen Dona Laura nannte, irgendwann einmal zu erklären, dass er nicht nur ein Schiffsjunge für die niedrigsten Arbeiten war, sondern dass er unterwegs war, um die Welt zu erobern. Jawohl, dachte er, sie soll keinen schlechten Eindruck von mir behalten. Ich werde ihr erklären, warum ich unterwegs bin und dass ich auch einmal als feiner Herr in den Kabinen reisen werde und nicht in einer Koje im Mannschaftslogis.

Dona Feline machte das kleine Abenteuer ungeheueren Spaß. Sie freute sich über den Mut ihrer jüngsten Tochter, die sogar dem gewichtigen Bootsmann widersprochen und dem Schiffsjungen beigestanden hatte, indem sie einfach seine Hand genommen hatte. Sie kennt keinen Dünkel, sie stellt sich einfach an die Seite des Schwächeren, wie sich das gehört. Ein netter junger Mann, dachte sie. Er sieht gut aus, er weiß sich zu benehmen, er ist höflich und konsequent. Ein Bravo für die Rettungsaktion! Wahrscheinlich kriegt er, wenn wir fort sind, ein gewaltiges Donnerwetter zu hören, aber dann sind die Kaninchen wenigstens wieder trocken.

Das Donnerwetter blieb nicht aus. Der Bootsmann hatte den Obermaat verständigt, der hatte dem Ersten Offizier Bericht erstattet und jeder brüllte ihn an. Und weil die Passagiere auf dem ganzen Schiff herumspazierten, was der Besatzung sehr hinderlich und auch unangenehm war, denn nicht überall herrschte purer Luxus, musste schließlich auch noch der Kapitän unterrichtet werden.

»Käpt'n, einer der Schiffsjungen lässt die nassen Kaninchen auf dem Achterdeck herumlaufen.«

»Was?«

»Ja, Käpt'n, die sind gestern fast ersoffen und nun sollen sie in der Sonne trocknen.«

»Und das könnt ihr nicht verhindern?«

»Nein, Käpt'n, da waren Passagiere, die den Schiffsjungen unterstützt haben, und wir konnten nichts dagegen tun.«

»Schickt mir den Jungen her.«

Als Mikael vor ihm stand, sah er ihn prüfend an. Das ist kein normaler Schiffsjunge, dachte Kapitän Wolter, erstens ist er erwachsen, zweitens ist er gebildet und drittens gehört er ganz bestimmt nicht in die Kojen vom Mannschaftslogis. Und ohne es eigentlich zu bemerken, sprach er ihn mit »Sie« an.

»Wer sind Sie und was machen Sie auf meinem Schiff?«

»Mein Name ist Mikael Lundborg, ich komme aus Schweden und ich möchte nach Südamerika. Man hat mich als Schiffsjunge angeheuert und ich kümmere mich vor allem um die lebenden Tiere, die wir mitführen.«

»Und was wollen Sie in Südamerika? Ein Paradies gibt's da nicht.«

»Ich möchte ein Stück von der Welt kennenlernen, ich möchte wissen, wie es auf der südlichen Halbkugel aussieht, wie die Menschen da leben und wie es um die Natur steht.«

»Ärmlich, das kann ich Ihnen versichern. Die Natur ist natürlich reich, vor allem, wenn man in dem kalten Schweden aufgewachsen ist, aber die meisten Menschen sind arm und das Elend ist groß.«

»Überall?«

»Natürlich gibt es auch die Reichen, aber die werden Sie kaum treffen. Die wohnen hinter ihren eigenen Mauern.«

»Trotzdem reizt es mich, so ein Land kennenzulernen. Es ist ja riesengroß, wie ich auf einer Weltkugel gesehen habe.« Dass es die Weltkugel des Kapitäns war, verriet er wohlweislich nicht.

»Und wohin wollen Sie in Brasilien?«

»Ich weiß es noch nicht.«

»Bleiben Sie im Osten, da leben viele Europäer.«

»Danke für die Ratschläge, Herr Kapitän.«

»Und heute haben Sie Mist auf dem Achterdeck gebaut?«

»Ich habe nasse Kaninchen in die Sonne gesetzt, sie wären sonst krepiert.«

»Und? Haben sie das Wasserbad überlebt?«

»Ich denke, ja.«

»Das ist gut so. Eine Misses Baisanson hat sich bei mir gemeldet, sie will sie alle kaufen und auf ihre Plantage verfrachten.«

»Donnerwetter.«

»Ja, bei der Rettungsaktion war wohl ihre Tochter anwesend und hat sich in die Tiere verliebt.«

Mikael musste grinsen. »Ja, da war eine kleine Miss, die hat dem Bootsmann, der die Trocknungsaktion verbieten wollte, mächtig Bescheid gesagt.«

11

»Ja, seid ihr denn von allen guten Geistern verlassen?« Albert Baisanson sprang auf und schlug mit der Hand auf den Tisch, dass das Geschirr klirrte, nachdem Nicole ihm freudestrahlend vom Kauf der hundert Kaninchen erzählt hatte. »Habt ihr den Verstand verloren?«, schrie er laut durch den Speiseraum und alle Gäste zuckten erschrocken zusammen. Aufgebracht schaute der Plantagenbesitzer in die Runde. »Ich fasse es nicht. Wer denkt sich denn so etwas aus?«

»Aber Albert, beruhige dich doch bitte, was ist denn so schlimm daran, die hundert Kaninchen mit auf die Plantage zu nehmen. Ein paar Kisten, ein zusätzliches Gespann, und schon sind die Tierchen bei uns.«

»Wahnsinn, es ist der reine Wahnsinn«, brüllte Albert unkontrolliert und wischte sich den Schweiß von der Stirn. Die Idee, die hundert Kaninchen vom Schiff zur Plantage zu befördern, hatte ihm den Angstschweiß ins Gesicht getrieben. »Ein Kaninchen kann bis zu dreißig Junge im Jahr bekommen. Das sind dreitausend Kaninchen im Jahr und zehntausend in drei Jahren, das ist der Untergang der gesamten Plantage. Sie fressen uns alles weg, sie untergraben die Felder, die Hütten, die Kakaopflanzungen, sie vernichten unsere Existenz. Ihr habt den Verstand verloren.«

Entsetzt sahen alle Gäste den sonst so ruhigen und freundlichen Senhor Baisanson an und seine Familie wagte nichts zu sagen. So hatten sie den Hausherrn noch nie erlebt. Nicole fing an zu weinen, Denise klammerte sich ängstlich an die Gouvernante, Dona Feline hielt sich erschrocken die Hand vor den Mund und Laura musste an eine Geschichte denken. Sie hatte in einem von Vaters Büchern gelesen, dass mit der ersten britischen Flotte, die 1788 in Australien gelandet war, ein Seemann oder ein

Soldat, das wusste sie nun nicht mehr so genau, eine Kiste Wildkaninchen zu Jagdzwecken mit auf den fremden Erdteil gebracht hatte. Die Auswirkungen waren dann weltbekannt geworden.

»Aber Albert, was redest du denn da?«, flüsterte Feline schließlich peinlich berührt, weil alle Passagiere, die mit ihnen gemeinsam die Abendmahlzeit im Speiseraum einnahmen, aufgehört hatten zu essen und zu ihnen herüberstarrten.

»Zum Donnerwetter«, Albert schlug noch einmal mit der Faust auf den Tisch, »habt ihr vergessen, was in Australien passiert ist, als ein Engländer 1788 eine Handvoll Kaninchen von der Insel mit hinüber auf den Erdteil brachte? Die Viecher haben fast das gesamte Land untergraben und man ist sie nie wieder losgeworden. Sie sind der Staatsfeind Nummer eins. Und ich sage euch, gegen dieses Australien ist unsere Plantage mal gerade so groß wie ein Taschentuch. Und ich sage euch noch etwas: Von diesen Schiffskaninchen wird kein einziges auf meiner Plantage landen.«

Jetzt schluchzte Nicole laut. »Aber Papa, hier werden sie alle geschlachtet. Nun haben sie gerade den Sturm und die Wellen überlebt und sind so froh darüber, man kann sie doch jetzt nicht einfach aufessen.«

Dona Feline nahm die Kleine in den Arm. »Aber Nicole, kein Mensch wird sie aufessen, ich habe sie doch schon gekauft.«

»Aber wenn Papa sie nicht will, was soll denn dann aus ihnen werden?«

Ratlos zuckte die Mutter mit den Schultern. »Ich weiß es noch nicht, aber irgendetwas wird mir schon einfallen.«

Laura mischte sich jetzt ein. »Gnädige Frau, vielleicht gibt es in Pernambuco einen Kaninchenzüchter, der glücklich wäre, so schöne Tiere für seine Zucht zu bekommen, dort könnten sie ein feines Leben haben, kleine Babys bekommen und keiner würde sie essen.«

Feline Baisanson nickte erleichtert. »Das ist eine großartige Idee, Laura, aber jetzt, da wir bald am Ziel der Reise sind, nenne mich bitte nicht mehr gnädige Frau, sondern Dona Feline, wie es bei uns üblich ist.«

»Ja, danke, Dona Feline.«

Aber Nicole war vom Überleben ihrer Kaninchen noch nicht überzeugt. »Mama, wer sucht so einen Züchter und wo findet man ihn? Wir kommen in Recife an und fahren gleich weiter, wer kümmert sich dann um meine Kaninchen?«

Feline, der die ganze Aufregung inmitten der Speisesaalgäste äußerst unangenehm war, sah ratlos zu Laura hinüber, aber die junge Frau nickte zuversichtlich. »Ich werde mit dem Schiffsstallmeister sprechen, der die Tiere während der Reise versorgt. Vielleicht weiß der einen Ausweg.«

»Oh, ja, der weiß bestimmt, wie man den Kaninchen helfen kann«, freute sich Nicole, »darf ich mitkommen, wenn Sie mit ihm reden?«

»Selbstverständlich, wir werden uns gleich morgen früh darum kümmern.«

Denise, der die Diskussion um die Kaninchen genauso peinlich war wie den Eltern, sah ihre kleinere Schwester strafend an. »Einen Zirkus machst du um diese Kaninchen, als ob es sich um Rassehunde handelt.«

»Wir haben sie gerettet«, entgegnete Nicole energisch, »und wenn man jemandem das Leben rettet, ist man für ihn verantwortlich.«

»Na ja, das kannst du vielleicht von den Menschen sagen, aber doch nicht von den Tieren. Wenn ich daran denke, wie du jede Schnecke und jeden Regenwurm vor den Vögeln rettest, dann kämest du aus der Verantwortung überhaupt nicht mehr heraus«, zankte Denise, die sich gern auf die Seite des Vaters stellte, um ihm zu beweisen, wie vernünftig sie im Vergleich zu der jüngeren Schwester war.

»Ich mag eben nicht, wenn diese netten Tiere auf unserem Teller landen.«

»Dann darfst du überhaupt kein Fleisch essen.«

»Na schön, dann tue ich das eben auch nicht mehr.«

»Schluss jetzt«, unterbrach der Vater die Schwestern, »ab in die Kajüte.«

Laura und Claudine standen auf, verabschiedeten sich von den Baisansons und nahmen die Kinder an die Hand, nachdem die den Eltern eine gute Nacht gewünscht hatten.

Zur großen Verwunderung der Familie klatschten alle Gäste in die Hände, als die Kinder den Speiseraum verließen. Ein alter Mann rief sogar ein »Bravo« hinterher. Der Disput um die Kaninchen hatte die steife Atmosphäre aufgelockert und plötzlich sprachen Fremde miteinander, tauschten Erfahrungen aus, lachten und machten sich gegenseitig bekannt, was während der ganzen Reise noch nicht vorgekommen war. Ein Passagier stand sogar auf und kam an den Tisch der Baisansons. »Ich gratuliere Ihnen zu diesen gradlinigen und couragierten Kindern. Wie ich hörte, sind Sie ein Plantagenbesitzer in Pernambuco?«

»Ja, das bin ich«, bestätigte Albert etwas unwirsch, denn er liebte es gar nicht, wenn sich andere Leute in seine Angelegenheiten einmischten.

Aber der Fremde gab nicht so schnell auf, er war froh, auf dem fremden Schiff einen Gesprächspartner gefunden zu haben. »Ich bitte um Verzeihung, aber ich lebe auch in Pernambuco und besitze eine Kaffeeplantage im Hochland. Darf ich fragen, wo Sie zu Hause sind?«

»Wir leben in der Nähe vom Rio São Francisco im Landesinneren.«

»Der Fluss durchquert den Regenwald.«

»So ist es.«

»Und was gedeiht auf Ihrer Plantage?«

»Ich bin Kakaopflanzer«, Albert sah sich um, er hatte keine Lust, seine Existenz hier vor allen Gästen auszubreiten. »Komm,

Feline, wir setzen uns in den Salon, dann können die restlichen Speisen abgetragen werden.« Er stand auf und Feline folgte ihm unzufrieden. Sie hätte gern mit den anderen Gästen geplaudert. Da waren ein paar Damen, die sie gern für ihre Emanzipationsthemen gewonnen hätte. Gut aussehende und sicherlich auch wohlbetuchte und einflussreiche Damen, die sie von der Bedeutung der Gleichberechtigung zwischen Mann und Frau hätte überzeugen können und die ihre Gedanken dann weitertragen könnten. Aber in der Öffentlichkeit wagte sie nicht, ihrem Mann zu widersprechen, und folgte ihm. Aber auch der Fremde kam mit ihnen. »Sie verzeihen bitte meine Aufdringlichkeit, aber ich würde mich sehr gern mit Ihnen unterhalten. Mein Name ist Roberto Barmolini, ich bin in Lissabon zugestiegen und ich kenne niemanden hier auf dem Schiff.«

Albert, der seine schroffe Art inzwischen bedauerte, nickte dem Mann zu. »Mein Name ist Albert Baisanson und das ist meine Frau. Bitte, setzen Sie sich zu uns.«

Die drei nahmen im Salon Platz und Albert bestellte beim Stewart Cognac für die Herren und einen Portwein für Feline. »Sie haben also eine Kaffeeplantage im Hochland?«

»Ja, und sobald ich zurück bin, bin ich wieder allein. So eine Reise ist die einzige Gelegenheit, mich mit netten Menschen zu unterhalten. Die Einsamkeit zu Hause setzt mir sehr zu und ich habe schon oft daran gedacht, Brasilien zu verlassen und in Italien eine neue Existenz zu gründen.«

Aber Feline schüttelte den Kopf. »Mein lieber Herr Barmolini, warum denken Sie nicht daran, eine Familie zu gründen statt einer neuen Existenz in einem fernen Land.«

»Die Plantage liegt sehr einsam und ist auch sehr gefährdet durch die Eingeborenen, die ihr Land zurückhaben wollen.«

»Haben Sie es ihnen denn gestohlen?«, wollte Feline erschrocken wissen.

»Nein, nein, eigentlich nicht. Mein Großvater hat das brachliegende, völlig unkultivierte Land vor sechzig Jahren von der portugiesischen Verwaltung gekauft und urbar gemacht. Dann hat mein Vater das Erbe übernommen und weiter ausgebaut und nun bin ich an der Reihe. Aber ich kann mich mit der Einsamkeit nicht anfreunden. Und ich kann keiner Frau zumuten, dort mit mir zu leben.«

»Und die Plantage?«, unterbrach Albert ihn, »bringt sie Erträge, haben Sie Erfolge?«

»Ich habe gute Arbeiter, freigekaufte Sklaven, die bei mir geblieben sind, als ich sie in die Freiheit entlassen wollte. Doch, die Erträge sind befriedigend und zweimal im Jahr reise ich nach Lissabon, wo mein Händler sein Büro hat, und verkaufe meine Ernte zu guten Preisen. Aber diese Reisen sind dann auch die einzige Abwechslung in meinem Leben. Und nun bin ich wieder auf dem Weg zurück in die Einsamkeit.«

Albert Baisanson schüttelte den Kopf. »Es fällt mir schwer, Ihnen Ratschläge zu geben, Senhor Barmolini, ich fürchte, gegen die Einsamkeit ist noch kein Kraut gewachsen.«

»Doch«, unterbrach Feline das ernste Gespräch, »kommen Sie doch noch für ein Weilchen mit zu uns. Wenn es kein zu großer Umweg ist und wenn Sie noch etwas Zeit vor der nächsten Ernte haben, dann sind Sie uns herzlich willkommen.«

Unschlüssig sah Roberto von einem zum anderen. »Ich weiß nicht, ob ich diese freundliche Einladung annehmen kann. Zeit hätte ich schon. Ob es ein Umweg ist, weiß ich nicht, ich kenne Ihre Ländereien nicht.«

»Wir müssen in die Niederungen von Petrolina. Kakao gedeiht am besten in der Nähe des Regenwaldes.«

»Und ich muss ins Hochland von Serra Talhada.«

»Dann haben Sie nur die halbe Wegstrecke, die wir haben.«

»Ich würde trotzdem die Einladung annehmen, wenn ich damit die Einsamkeit noch eine Weile hinauszögern könnte.«

Feline sah ihren Mann an, und als er heimlich nickte, sagte sie: »Dann sind Sie herzlich eingeladen, zu uns zu kommen.«

Dass sie mit dieser Einladung noch ganz andere Pläne verknüpfte, verriet sie den beiden Herren, die so genussvoll an ihrem Cognac nippten, nicht.

Mikael begann mit seiner Arbeit bereits in der Dunkelheit der frühen Morgenstunde. Der Smutje brauchte die Milch und die Eier für das Frühstück der Gäste, die Ställe mussten ausgemistet sein und die Decken und Kissen mussten auf den Bänken verteilt werden, bevor die ersten Passagiere das Achterdeck betraten. Heute jedoch war das alles mit Schwierigkeiten verbunden, denn ein heftiger Passatwind, wie er in Äquatornähe oft vorkam und den Schiffen das Einhalten ihrer Routen schwer machte, fegte über das Deck, zerrte an den Aufbauten, fegte den Mist, der eigentlich im Meer landen sollte, immer wieder über die Planken, und auch die Decken drohten fortzufliegen, sobald Mikael eine auf einer Bank auszubreiten versuchte. Schließlich brachte er die Kissen und die Decken aufs windgeschützte Zwischendeck und versuchte, mit Schippe und Besen die Ziegenköttel einzufangen, die der Wind über die Planken rollen ließ. Sollte ein Gast darauf treten und ausrutschen, würde man ihn für den Unfall verantwortlich machen. Laut schimpfend rannte er hinter den kleinen schwarzen Kugeln her und meist entkamen sie seinen Bemühungen und rollten einfach weiter.

Laura und Nicole, die dem Treiben eine Weile zugesehen hatten, konnten ein Lachen kaum verbergen. Schließlich tat der Mann Laura leid und sie griff nach einem zweiten Besen und stellte sich, was natürlich überhaupt nicht comme il faut war, den rollenden Kötteln entgegen, um sie aufzuhalten. Als sie alle eingefangen waren und auch der letzte Strohhalm den Weg in den Ozean gefunden hatte, lachten sie gemeinsam über die Situation und Nicole lief zu ihren Kaninchen, um zu sehen, ob sie alle wohlbehalten die Nacht überstanden hatten.

Mikael, freudig überrascht von dem fröhlichen Besuch und

heimlich begeistert von der jungen Dame, die so unkompliziert einen Besen ergriffen hatte und ihm in ihrem eleganten weißen Leinenkleid zu Hilfe geeilt war, versuchte, sie noch einen Augenblick in der Nähe zu behalten, und fragte: »Wie weit fahren Sie noch mit der ›Marie-Fortuna‹?«

»Bis nach Recife. Und dort haben wir ein Problem.«

»Ein Problem? Kann ich helfen?« Er neigte den Kopf zu ihr hinunter, denn Laura war kleiner als der stattliche Mikael und sehr schlank im Vergleich zu ihm.

»Ja Mister Mikael, deshalb sind wir hergekommen.«

»Bitte lassen Sie doch den Mister weg, ich bin einfach nur Mikael.«

»Ja, danke. Unser Problem sind die hundert Kaninchen, die der Senhor Baisanson auf keinen Fall mit auf seine Plantage nehmen wird.«

»Ach, du meine Güte. Was sagt denn das Kind dazu?« Er sah bestürzt zu Nicole hinüber, die ein schwarz-weiß gemustertes Tier auf den Arm genommen hatte und liebevoll streichelte.

»Sie ist schrecklich traurig und hat Angst, die hübschen Tiere würden nun doch geschlachtet und gegessen.«

»Das wäre ihr Schicksal, ja, da hat die Kleine recht.«

»Nun haben wir theoretisch einen Ausweg gefunden, aber mit der Praxis ist das so eine Sache, da wollten wir Sie um Hilfe bitten.«

»Ach ja?« Mikael sah sie erwartungsvoll an. Dieser hübschen Frau mit dem feingeschnittenen Gesicht und den langen braunen Locken würde er gern helfen, aber er wusste nicht, was sie von ihm wollte.

»Wir suchen in Recife einen Kaninchenzüchter, dem wir die Tiere zur Zucht schenken würden. Kennen Sie vielleicht jemanden in der großen Hafenstadt?«

»Oh, Gott«, Mikael sah Laura mit Bedauern an. »Ich war doch noch nie in Recife, ich kenne niemanden dort.«

»Oh, Sie waren unsere einzige Hoffnung.«

»Ich kann mich ja mal umhören, vielleicht finde ich jemanden, der einen Kaninchenzüchter kennt.«

»Würden Sie das für uns tun?«

»Ja, natürlich, der Käpt'n schickt mich sowieso immer mit den unmöglichsten Aufgaben an Land, nur weil ich ein paar fremde Sprachen spreche.«

»Mit unmöglichen Aufgaben?«

»Ja, wenn auf dem Schiff etwas kaputtgeht, muss ich an Land und für Ersatz sorgen. Und das ist fast unmöglich. Niemand gibt ein neues Tau ab, weil er meint, er brauche es selbst, niemand will sich von seinem Segel trennen, nur weil unseres zerrissen ist. Und mit einem neuen Ruderblatt oder mit neuen Planken oder Latten, um Reparaturen auszuführen, ist es genauso. Und mit geteertem Hanf oder Werg, um das Deck wasserdicht zu machen, ist schon gar nicht zu rechnen.«

»Und was machen Sie, wenn Sie kein Glück haben?«

Mikael grinste. »Ich hab noch immer gekriegt, was ich wollte. Aber nach den Einzelheiten dürfen Sie mich nicht fragen.«

Laura lachte, was Mikael besonders gut gefiel. »Aber dann haben wir doch eine Menge Hoffnung.«

»Na ja, ich werde tun, was möglich ist.«

»Wenn Sie Teile für das Schiff brauchen, warum kaufen Sie die nicht einfach?«

»Es gibt keine Geschäfte für Schiffszubehör. Man kann nur tauschen und Glück hat dann der, der die besseren Tauschobjekte hat.«

»Wie umständlich und wie schwierig.«

»Hm, oft müssen die Schiffe im Hafen liegen bleiben, bis ein Heimatschiff mit den entsprechenden Reserven kommt, und das kann viele Wochen dauern. Mir ist das in Hamburg so gegangen. Ich wollte auf einem schwedischen Schiff nach Indien fahren, aber wir haben keine passenden Segel kaufen können und mussten wochenlang stillliegen. Da bin ich auf die ›Marie-Fortuna‹ gewechselt, weil ich endlich in die Sonne wollte.«

Laura sah ihn interessiert an. Hatte sie einen Weltenwanderer vor sich oder einen Abenteurer? »Hat es Ihnen in Schweden nicht mehr gefallen?«

»Doch, schon, aber ich bin jung, ich wollte mich nicht in den Erzgruben meines Vaters vergraben, bevor ich die Welt kennengelernt habe.«

Laura nickte. »Das kann ich gut verstehen. Ich möchte auch ein bisschen von der Welt sehen, bevor ich in Hamburg ansässig werde.«

Mikael sah sie zufrieden an. »Dann verstehen Sie mich?«

»Aber ja, ich lese viele Bücher und ich weiß, wie schön und abwechslungsreich und wie aufregend die Welt ist, davon möchte ich etwas erleben, bevor ich sesshaft werde.«

Strahlend schaute Mikael ihr in die Augen. »Dann sind wir sinnverwandt. Dann haben wir die gleichen Gedanken und Wünsche und Träume.«

»Ja, Träume bestimmt. Aber trotz der weiten Reise wird mein Traum in Pernambuco zu Ende gehen. Ich bin Hauslehrerin und werde bei den Kindern bleiben. So eine Plantage ist sicher sehr interessant, aber irgendwann kenne ich sie dann in- und auswendig und dann fangen neue Träume an.«

»Und dann werden Sie weiterwandern?«

»Nein, dazu fehlen mir die Mittel, dann werde ich nach Hamburg zurückkehren und mein Leben in geordnete Bahnen zwingen.«

»Aber das dürfen Sie nicht. Wenn Sie Sehnsucht nach der weiten Welt haben, werden Sie in Hamburg sehr unglücklich sein.«

»Das werde ich dann ertragen, immerhin habe ich einen kleinen Eindruck von der Schönheit der Erde bekommen, wenn ich dorthin zurückreise.«

»Tun Sie es nicht.« Bestürzt sah er die junge Frau an. Was fiel ihm ein, sie so zu bedrängen. »Bitte verzeihen Sie mir, ich wollte mich nicht in Ihre, in Ihre … Träume einmischen.«

»Sie brauchen sich nicht zu entschuldigen, Sie sprechen nur das aus, was ich empfinde. Aber jetzt wartet das Abenteuer auf mich und ich will nicht undankbar sein. Ich werde das fremde Land mit allen Sinnen genießen und erleben und auskosten – und noch lange nicht an die Zukunft denken.«

Mikael sah sie lange an, dann nickte er. »Sie haben recht, es ist der Augenblick, der zählt.«

»Und wohin wird Sie die Sehnsucht treiben?«

»Vielleicht bleibe ich an der Küste. Ich habe viel gelernt während dieser Reise und ich denke, die fehlenden Möglichkeiten, Schiffe auszurüsten, die unterwegs Schäden davongetragen haben, könnten eine gute Grundlage für eine Existenz werden.« Er griff nach ihrer Hand. »Vielleicht sehen wir uns sogar einmal wieder.«

Laura ließ ihre Hand ganz lange in seiner Hand und sagte leise: »Das würde mich freuen.«

12

Roberto Barmolini war ein guter Geschäftsmann und ein völlig introvertierter Mensch. Es hatte ihn eine große Überwindung gekostet, im Speiseraum aufzustehen und an den Tisch der Baisansons zu treten. Noch viel mehr Überwindung kostete es ihn, ein Gespräch mit den Fremden zu beginnen und dann auch noch so hartnäckig zu sein, dass sie ihn aufforderten, mit ihnen auf die Plantage zu kommen. Aber er hatte buchstäblich Angst vor der Einsamkeit auf seinem Landsitz. Außer ein paar treuen Afrikanern, denen er die Freiheit geschenkt hatte und die bei ihm geblieben waren, weil sie nicht wussten, wohin sie sonst gehen könnten, war da niemand, mit dem er reden konnte. Da gab es Anna, die Köchin, und Berthold, den Verwalter, beide kamen aus dem Senegal und kannten sich seit Jahren. Dann gab es Bruneo, den Häuptling, wie sie ihn nannten, der eigentlich sein Vorarbeiter war, und dann gab es die hundert Männer und Frauen aus dem Dorf, die für die Bearbeitung der Kaffeefelder, das Pflücken, die Trocknung, die Verarbeitung und die Verpackung zuständig waren. Sie alle waren, einst als Sklaven von seinem Großvater gekauft, nun schon in der zweiten und dritten Generation auf seiner Kaffeeplantage, sie war ihr Zuhause und er war ihr Boss.

Er hatte die Verantwortung und sie verließen sich auf ihn. Das war mit ein Grund, weshalb er Pernambuco nicht den Rücken kehrte und sich in Italien ein neues Zuhause suchte. Der zweite Grund war, dass er in Italien genauso einsam gewesen wäre wie auf Jacuma. Nicht das Land, nicht die Mentalität der Menschen, nicht die Abgeschiedenheit der Plantage waren schuld an seiner Einsamkeit, sondern er ganz allein. Und das wusste er. Und mit der gleichen Gewissheit wusste er, dass er etwas in seinem Leben ändern musste, um nicht zugrunde zu gehen.

Aber was konnte er ändern? Und so kam es, dass er all seinen Mut zusammennahm und einfach diese fremde Familie ansprach.

Dona Feline war zufrieden mit der neuen Bekanntschaft. Die Zeit auf dem Schiff wurde langweilig und sie sehnte sich nach Abwechslung. Da kam ihr dieser Passagier gerade recht. Sie interessierte sich für seine Berichte über die Plantage und sein Leben und befahl auch Claudine und Laura, mit den Kindern seine Nähe zu suchen. Einerseits sehr zurückhaltend, konnte er andererseits sehr interessant von seinem Leben und von der Kaffeebearbeitung erzählen. Außerdem war Feline der Meinung, dass die Kinder gar nicht besser lernen konnten, als wenn ein Mensch aus eigenen Erfahrungen berichtete.

Denise und Nicole waren begeistert, denn Roberto Barmolini war ein guter Erzähler. Nachdem sie von eigenen kleinen Ereignissen auf der Kakaoplantage erzählt hatten, baten sie ihn, nun endlich auch zu berichten, wie es bei ihm aussah und wie es so zuging im täglichen Leben.

»Na ja«, lachte Roberto, »so spannend wie bei euch ist es bei mir nicht, ich habe nur ein kleines Haus und nur afrikanische Leute auf der Plantage, aber sie sind dort geboren und es ist ihr Zuhause.«

»Bei uns arbeiten auch Afrikaner, aber sie leben weit fort in ihrem eigenen Dorf und wir sehen sie nie«, erklärte Denise und Nicole fügte hinzu: »Wir dürfen nie allein ausreiten, wir sind eigentlich immer nur in der Nähe des Hauses.«

»Nun«, erklärte Roberto, »ich muss schon viel und weit reiten, um alles unter Kontrolle zu halten. Ich muss darauf achten, dass die Felder mit den Kaffeebäumen gut gepflegt werden, sonst verkümmern die Pflanzen und es gibt keine Ernte.«

Nicole kicherte. »Deine Kaffeebäume werden gepflegt? Meinst du, sie werden gebadet und eingecremt wie wir, wenn wir gepflegt werden?«

»Nein, meine Kleine«, lachte Roberto, »die werden natürlich

nicht gecremt, aber sie werden gegen Schädlinge besprüht und das ist fast wie ein Einbalsamieren für die Pflanzen.«

»Und mögen sie das?«, fragte Nicole, noch immer kichernd.

»Ich denke schon, dass sie zufrieden sind, wenn keine Raupen oder Ameisen oder Würmer und Spinnen an ihnen herumkrabbeln und ihre Blätter fressen.«

»Bei uns werden die Bäume auch gegen Ungeziefer eingesprüht«, unterbrach Denise das, wie sie meinte, alberne Gefrage ihrer Schwester. »Wie sehen denn Ihre Kaffeebäume aus, Senhor Barmolini, sind sie so groß wie unsere Kakaobäume und haben sie auch so dicke und schwere Früchte?«

»Nein, Kaffeebäume sind kleiner, eigentlich sind es große Sträucher mit kleinen weißen Blüten. Dann wachsen aus den Blüten grüne Beeren, und wenn die rot werden, dann sind die Früchte reif.«

»Wie groß sind die denn? Bei uns müssen Männer sie abheben, weil sie riesengroß sind.«

»Die Kaffeefrüchte sind so groß wie Kirschen, man nennt sie deshalb auch Kaffeekirschen, sie können sogar von Kindern geerntet werden.«

»Müssen denn bei Ihnen auch Kinder arbeiten?«, fragte Claudine erschrocken.

»Aber nein, sie gehen nur mit auf die Felder, wenn sie keinen Schulunterricht haben und wenn die Eltern nicht wissen, wohin mit ihnen.«

»Ernten Sie viel Kaffee, Senhor Barmolini?«, wollte Claudine wissen.

»Nur wenn die Felder gut gepflegt werden. Das heißt, meine Arbeiter müssen die Böden regelmäßig hacken, um die Erde aufzulockern und das Unkraut zu beseitigen. Dann haben wir Wagen mit großen Wasserwannen, die werden von Pferden gezogen und sprühen immer wieder Wasser auf den Boden, denn bei uns ist es oft sehr trocken und wir müssen die Felder regelmäßig bewässern.«

»Na, das brauchen wir nicht. Bei uns ist es immer feucht und das lieben unsere Kakaobäume«, erklärte Denise. Sie stellte ihre kleine Schwester gern in den Schatten, wenn es um die Gunst der Erwachsenen ging. Aber Nicole störte das nicht, sie war es nicht anders gewohnt. Sie fragte stattdessen: »Wo kommt denn das Wasser her, wenn es bei euch so trocken ist, Senhor Barmolini.«

»Wie haben ein paar tiefe Brunnen, da holen die Arbeiter das Wasser mit einer Winde und mit Eimern heraus, schütten es in die Wannen auf den Pferdewagen und die Kutscher fahren es dann auf die Felder. Dort öffnen sie die Stöpsel, die die Wannen verschließen, und das Wasser fließt langsam in die Rinnen zwischen den Strauchreihen. Da holen sich dann die Wurzeln ihr Wasser.«

»Ach, das ist aber praktisch«, freute sich Nicole.

»Ja, und wenn wir fleißig gießen, belohnen uns die Sträucher mit guten Ernten zwischen April und Mai.«

»Dann pflücken die Arbeiter diese roten Kirschen.«

»Nein, es ist die Aufgabe der Frauen, die Früchte zu pflücken. Sie binden sich Jutesäcke um den Bauch und da hinein kommen die reifen Früchte. Die Männer tragen dann die schweren Säcke zu den Pferdewagen und kutschieren sie zum Arbeitshof. Eine Frau pflückt zwischen fünfzig und hundert Kilo am Tag.«

»Das ist aber viel! Und dann?« Nicole wollte wirklich alles wissen.

»Dann sind es wieder die Frauen, die die Früchte zum Trocknen auf großen Darren ausbreiten und sie kontrollieren, damit keine schlechten Bohnen dazwischen sind. Die Kaffeekirschen brauchen drei bis vier Wochen, um in der Sonne zu trocknen, und sie müssen immer wieder umgewendet werden, damit die Beeren von allen Seiten trocknen.«

»Und dann?«

»Dann habe ich eine Maschine, die die kleinen grünen Bohnen von dem Fruchtfleisch trennt, und damit haben wir dann die reifen Kaffeebohnen, die per Schiff verschickt werden.«

»Aber Kaffeebohnen sind doch braun«, protestierte Nicole.

»Ja, weil sie später in den Geschäften geröstet werden. Dann erst sind sie fertig.«

»Das ist aber viel Arbeit«, staunte Nicole.

»Ja, und ein langer Weg von einem Kaffeestrauch bis in eine Kaffeetasse«, bestätigte Roberto lachend.

Claudine und Laura hatten das Gespräch nicht unterbrochen. Laura, weil sie mit den Kindern zusammen eine Menge über den Kaffeeanbau lernte, und Claudine, weil ihr der Mann gefiel und sie ihn ungestört beobachten konnte.

Dona Feline war sehr zufrieden mit diesen sogenannten Unterrichtsstunden. Die Kinder waren beschäftigt, sie selbst konnte ungestört Kontakte mit den mitreisenden Damen, die in Richtung Rio de Janeiro und São Paulo zu reisen beabsichtigten, aufnehmen und damit eventuell Beziehungen zu Frauenrechtlerinnen im Süden des großen Landes anknüpfen. Außerdem hegte sie den Wunsch, die Gouvernante bald loszuwerden. Die Kinder brauchten keine Erzieherin mehr, eine Hauslehrerin wie Laura mit einem guten Verstand und einem vorbildhaften Benehmen genügte für die Fortbildung. Andererseits konnte sie Claudine nicht einfach entlassen. Die junge Französin hatte die Kinder seit Jahren betreut und ihre Arbeit zur Zufriedenheit der Eltern gemacht. Albert würde einer profanen Entlassung gewiss nicht zustimmen. Wenn aber Claudine Gefallen an dem Senhor Barmolini finden sollte, wäre das eine Regelung, die allen zusagen würde: Der einsame Senhor bekäme Gesellschaft, Claudine eine angemessene Bleibe und Laura würde eine Rivalin los. Denn dass es zu Rivalitäten zwischen den beiden jungen Damen kommen würde, davon war Dona Feline fest überzeugt. Denise, die ihre Gouvernante über alles liebte, würde schon dafür sorgen.

Feline seufzte. Ja, dachte sie, dann sind alle Missverständnisse mit einem Mal ausgeräumt. Und mein lieber Albert richtet dann sein Augenmerk auch wieder mehr auf mich. Denn dass die hübsche Französin ihrem Ehemann nicht gleichgültig war, hatte Feline schon lange beobachtet.

Mit diesen Gedanken förderte Dona Feline die gemeinsamen Gesprächsstunden mit dem introvertierten Italiener, drängte Claudine zum Genießen abendlicher Sonnenuntergänge auf das einsame Achterdeck, wo sie dann von Senhor Roberto leicht zu finden war, und plante romantische Stunden auf der Plantage, sobald der Gast dort eingezogen war. Wer weiß, dachte sie lächelnd, vielleicht reist er dann bereits mit ihr zurück zu seinen Kaffeesträuchern.

Ja, Feline Baisanson war eine weit vorausblickende, kluge Frau.

Sie hatte nicht nur das Wohl ihrer eigenen Familie, sie hatte auch die Zukunft im Blick.

Mikael war glücklich. Er konnte das Ende der Reise kaum erwarten. Die Sonne schien, es war heiß, er konnte mit freiem Oberkörper und nur mit einer Hose bekleidet seine Arbeit verrichten, und die ersten Möwen tauchten am Horizont auf, was Landnähe bedeutete. Mit Bravour hatte die ›Marie-Fortuna‹ den Ozean, dieses riesige Meer zwischen Afrika und Südamerika, durchkreuzt. Mit voll gehissten Segeln hatte sie wie ein Pfeil das Wasser durchschnitten, sodass die Wellen rechts und links vom Bug hoch aufspritzten. Nur noch wenige Tage und sie würden das ferne Ufer erreichen. Dann war er am Ziel seiner Träume.

Mikael dachte an zu Hause, an die Dunkelheit, die Kälte, den Schnee, diese endlosen Nächte und diese Ungewissheit, wie es weitergehen sollte. Er sah sich um, streckte die Arme in die Sonne und hätte am liebsten die Welt umarmt. Dann riss er sich zusammen. Es war frühmorgens und schon so heiß, dass ihm der Schweiß über Brust und Rücken rann. Als Erstes musste er die

Hühner- und Kaninchenverschläge mit Planen abdecken, um die Tiere vor der prallen Sonne zu schützen.

Diese kleine Nicole kam jeden Morgen schon vor dem Frühstück aufs Achterdeck, um zu sehen, ob es ihren Kaninchen auch wirklich gut ging. Er mochte die Kleine, die war tierlieb und das schätzte er. Dann schaute sie ihm beim Melken zu und half beim Einsammeln der Eier. Ganz allein konnte er sie mit dem Korb in die Kombüse schicken, wo der Smutje mit einem Bonbon auf die Kleine wartete.

Er selbst war dann ein paar Augenblicke mit dieser Erzieherin zusammen, die sie nie allein an Deck gehen ließ. Sie sprachen über das Wetter in Europa, über die Äquatortaufe, der er sich mit zwei anderen Matrosen zusammen unterziehen musste, denn die drei hatten zum ersten Mal den Äquator überquert und waren mit Eimern voller Wasser und ein paar Sprüchen getauft worden. Den Passagieren ersparte man die Taufe. Die meisten hatten den Äquator schon mehrere Male gekreuzt und die, die neu auf dem Schiff waren, wurden verschont. Sie sprachen auch über das neue Land, das sie ansteuerten, und über das Abenteuer, auf das sie sich einließen.

»Ich weiß wenigstens, wohin ich komme«, verriet Laura, »aber wohin werden Sie gehen?«

»Ich bleibe auf jeden Fall an der Küste. Ich will mir eine Arbeit suchen und die finde ich bestimmt nur unter den eingewanderten Europäern. Und sobald ich Fuß gefasst habe, werde ich mich selbstständig machen.«

»Aber womit? Wollen Sie auch eine Plantage kaufen?«

»Nein, ich bin kein Bauer, ich bin eher ein Geschäftsmann. Tauschen, kaufen, verkaufen, das ist mein Metier, das habe ich gelernt und von der Lehre will ich nun profitieren. Außerdem verstehe ich ein bisschen was von Jurisprudenz und jetzt auch von Schiffen, ich denke, das muss reichen, um eigene Geschäfte aufzubauen.«

»Dann wünsche ich Ihnen ganz viel Glück.«

»Danke. Und Sie? Sie gehen mit dieser fremden Familie in das Landesinnere?«

»Herr Baisanson hat eine Kakaoplantage und lebt dort mit seiner Familie in einem großen Haus. Es soll sehr modern sein und sehr komfortabel, hat mir die Madame erzählt. Ich bekomme ein gutes Gehalt, mit dem mein Vater sich seine Buchhandlung wieder aufbauen kann, sonst hätten mich die Eltern nicht mitreisen lassen.«

»Sie bekommen selbst gar kein Geld?«

»Wir haben es so vereinbart und Madame hat mir gesagt, ich könnte es in der Wildnis auch gar nicht ausgeben. Warum soll ich es dann nicht meinem Vater zukommen lassen?«

»Aber was machen Sie, wenn die Kinder erwachsen sind und keine Hauslehrerin mehr brauchen?«

»Darüber habe ich noch nicht nachgedacht. Aber wenn es so weit ist, wird sich schon eine Lösung finden.«

»Na hoffentlich.« Sie beendeten das Gespräch, denn Denise kam mit der Gouvernante über das Deck und sah den jungen Mann keck an. »Sie haben einen Sonnenbrand auf dem Rücken, es ist leichtsinnig, bei dieser Hitze ohne Hemd herumzulaufen.«

»Ein Sonnenbrand macht mir nichts aus, ich ertrage ihn eher als die kalten Füße, die ich in Schweden während des langen Winters immer hatte.«

»Wissen Sie schon, was mit diesen Kaninchen geschieht, wenn wir im Hafen ankommen?«

»Ich kümmere mich darum, wenn wir angelegt haben, jetzt kann ich kaum etwas unternehmen.«

»Wann kommen wir denn an?«

»In zwei Tagen, denke ich.«

»Na, dann viel Glück. Meine Schwester hat wirklich den Verstand verloren, sich so an diese Tiere zu hängen.«

»Sie ist ein tierliebender Mensch, das ist doch etwas Schönes.«

»Ja, wenn es um Hunde und Pferde geht, aber Kaninchen?«

»Haben Sie Hunde und Pferde auf der Plantage?« Mikael sah

Laura fragend an. Aber die schüttelte den Kopf. »Ich weiß es nicht, ich war doch noch nicht da.«

»Ja, richtig, Sie kennen Ihre Zukunft ja gar nicht.« Laura sah ihn fragend an, hörte sie da einen leichten Spott in seinen Worten?

»Natürlich haben wir Hunde und Pferde«, mischte sich Claudine ein. »Die Hunde bewachen das Haus und den weitläufigen Besitz und ohne Pferde könnten wir uns gar nicht bewegen, die braucht man täglich.«

»Man kann bei uns nicht einfach so spazieren gehen«, erklärte Denise. »Bei uns gibt es nämlich Schlangen und Reptilien und hohe Stiefel müssen wir immer tragen. Das ist nun mal so am Regenwaldrand.«

»Wussten Sie das?« Mikael sah Laura forschend an.

»Ja, natürlich, Madame Baisanson hat mir bereits in Hamburg die nötigen Stiefel und Hosen gekauft.«

»Na dann, viel Glück.« Mikael drehte sich um und begann mit dem Ausmisten der Ställe, Nicole kam mit dem leeren Eierkorb zurück und die vier gingen zum Zwischendeck, wo bei der Hitze die Frühstückstische gedeckt waren.

13

Fast auf die Stunde genau nur zwei Tage später meldete der Matrose im Ausguck »Land in Sicht«. Die Passagiere, die den Ausruf hörten, versammelten sich am Bug der ›Marie-Fortuna‹, um persönlich einen ersten Blick auf das Land zu genießen. Bereits in den Abendstunden und während der Nacht hatte der Schiffsverkehr stark zugenommen. Frachter und Fregatten, Klipper und Vollschiffe kreuzten den Seeweg der ›Marie-Fortuna‹ und zahllose Fischerboote drängten zum Hafen von Recife, der Hauptstadt von Pernambuco.

Taubenschwärme verdrängten die Möwen und Mikael hatte alle Hände voll zu tun, um die Deckplanken vom Kot der Vögel zu befreien, bevor die Passagiere darauf ausrutschten. Er wusste, dass er bis zum letzten Augenblick auf der ›Marie-Fortuna‹ arbeiten musste, und hatte seinen Seesack vorsorglich schon in der Nacht gepackt, weil er nach dem Anlegen so schnell wie möglich an Land gehen und einen Käufer für Nicoles Kaninchen finden musste, denn der Klipper würde, sobald die Passagiere das Schiff verlassen und die für Recife bestimmte Fracht gelöscht war, seine Fahrt fortsetzen. Der Kapitän würde sich nach dem Tideverhalten des Meeres richten müssen und nicht nach dem Verkauf von hundert Kaninchen.

Mikael verabschiedete sich kurz vom Kapitän und vom Smutje, bedankte sich für die Reise und verließ nach den letzten Passagieren über die Gangway das Schiff. Auf dem Kai suchte er die Familie Baisanson, die er inmitten eines großen Gepäckberges fand, ließ seinen Seesack bei ihnen und machte sich sofort auf die Suche nach einem Züchter.

Es war nicht schwer, einen zu finden, denn rund um die Anlegestelle gab es zahlreiche Marktstände, die bereit waren, die

Schiffe mit frischen Lebensmitteln, mit Seemannskleidung und allen möglichen Waren zu versorgen. So fand er bald einen Kaninchenhändler, der seinen Stand am Kai hatte, um einerseits die Schiffsköche mit lebenden Kaninchen zu versorgen, und andererseits nicht »Nein« zu dem Angebot sagte, einhundert Kaninchen zu Zuchtzwecken kostenlos aufzunehmen. Mit mehreren Gehilfen und leeren Drahtkörben folgten die Männer Mikael auf das Achterdeck und holten unter den aufmerksamen Blicken der kleinen Nicole alle hundert Kaninchen vom Schiff, verfrachteten die Körbe auf einen Pferdewagen und fuhren mit ihnen davon. Ob die Tiere in den nächsten Tagen wieder zu Verkaufszwecken am Kai landeten, blieb das Geheimnis des Händlers, aber dann war die Familie Baisanson längst auf dem Weg zu ihrer Fazenda am Rio São Francisco und der Händler hatte ein gutes Geschäft gemacht. Schließlich bekam man nicht alle Tage hundert Karnickel geschenkt.

Albert Baisanson blieb seiner Frau zuliebe noch eine Nacht in Recife. »Es ist doch schon Nachmittag, bis wir die Wagen beladen haben, wir kommen sehr schnell in die Dunkelheit. Lass uns doch noch eine Nacht hier im Hotel verbringen, dann könnte ich jetzt noch ein paar Besorgungen machen, die Kutscher können in Ruhe das Gepäck verladen und morgen brechen wir dann in aller Frühe auf«, hatte sie gebeten und ihren Mann mit einem verheißungsvollen Lächeln überzeugt. Nächte in Hotels liebte sie über alles, denn sie waren meist voller intimer Überraschungen.

Albert zuckte mit den Schultern. »Meinetwegen, aber dann geht's wirklich sehr früh los. Ich muss sehen, dass ich so schnell wie möglich auf die Fazenda komme, sonst fängt die Ernte ohne mich an und das geht nicht. Ich habe ein paar Neuerungen vor, da muss ich von Anfang an dabei sein.«

»Selbstverständlich, Albert. Ich erledige jetzt gleich meine Einkäufe, dann bin ich abends pünktlich im Hotel.«

»Was willst du denn noch kaufen? Hattest du nicht in Hamburg genug Gelegenheit für die Einkäufe?«

»Es gibt immer Dinge, die man vor Ort besorgen muss. In Hamburg handelt man nicht mit brasilianischen Gewürzen, die ich unbedingt für die Köchin mitbringen soll, und die mückendichten Gazegardinen, die wir wegen des Ungeziefers brauchen, hätten wir auch nicht in Hamburg bekommen. Außerdem brauchen wir neue Moskitonetze für die Betten und für Laura, die hatten sie in dem Hamburger Tropengeschäft nicht vorrätig.«

»Na schön, aber zum Abendessen treffen wir uns im Hotel.«

Die Baisansons stiegen immer im Hotel ›Explorer‹ ab, wenn sie sich in Recife aufhielten, was drei bis vier Mal im Jahr vorkam. Dann nämlich, wenn die Regierung des Staates zu Empfängen einlud, wenn Wahlen bevorstanden, persönliche Feste gefeiert werden sollten oder wenn Großeinkäufe getätigt werden mussten. Außerdem begleitete Albert die tonnenschwere Kakaoernte gern persönlich bis zur Ladeluke des Schiffes. Er wollte sichergehen, dass seine Ernte wohlbehalten nach Europa gelangte und nicht schon auf dem Weg zur Hafenstadt von Banditen gestohlen wurde, was leider bei unbewachten Karawanen sehr oft passierte.

Nachdem Dona Feline mit den Kindern und den Erzieherinnen zum Hotel abgefahren war, besprach Albert mit seinen Kutschern, die bereits seit einer Woche auf die Ankunft des Schiffes gewartet hatten, die Abfahrt. »Ihr beladet jetzt die beiden Planwagen mit unserem Gepäck. Auf deinem Wagen, Fredo, fahren die beiden Erzieherinnen mit, also sorge dafür, dass sie angenehme Plätze haben. Der Wagen dort drüben«, er zeigte auf einen Kremser mit übergroßem Gepäckfach, »begleitet uns. Er soll hinter unserer Kutsche fahren, damit er nicht den Staub der Planwagen abbekommt. Senhor Barmolini ist unser Gast.«

»Jawohl, Senhor«, nickte Fredo. »Ich kümmere mich um alles. Sobald die Wagen beladen sind, fahren wir sie auf den Hof der Reederei Merlinius, wo sie gut bewacht werden, und morgen sind wir dann mit der Kutsche bei Sonnenaufgang vor dem Hotel, um Sie abzuholen. Wir treffen dann mit den Planwagen am westlichen Ortsausgang von Recife zusammen.«

»Gut, Fredo, ich verlasse mich auf dich.« Albert winkte Roberto zu und ging über den Kai zu dem Italiener, der das Beladen seines Wagens beaufsichtigte.

»Senhor Roberto, wenn es Ihnen recht ist, kann sich Ihr Wagen unserer Kolonne anschließen. Die Fuhrwerke stehen über Nacht auf dem Gelände der Reederei und wir übernachten im Hotel ›Explorer‹. Wollen Sie gleich mitkommen? Oder haben Sie hier noch zu tun?«

»Ich sage nur meinem Kutscher Bescheid, dass er sich Ihren Wagen anschließen soll, dann können wir aufbrechen.«

Da die Kutsche der Baisansons bereits zum Hotel gefahren war, machten sich die beiden Männer zu Fuß auf den Weg. »Ich laufe gern ein paar Meter«, erklärte Albert seinem Begleiter. »Nach der Enge auf dem Schiff muss ich mich erst einmal kräftig bewegen und außerdem besichtige ich gern die Stadt, sie wächst so schnell, dass ich mit meinen Beobachtungen kaum nachkomme.«

»Ja, Recife entwickelt sich zu einer modernen Hafenstadt mit allem, was dazugehört. Saloons, Restaurants, Geschäfte, Banken, schmucke Villen, Theater, man fühlt sich wie in einer europäischen Großstadt.«

Lachend unterbrach Albert die Aufzählungen und erklärte: »Wobei die Fassaden oft das Wichtigste sind, aber wer schaut schon hinter die Fassaden. Dennoch, Sie haben schon recht, das Gerichtsgebäude ist neu und das Rathaus wird anscheinend neu gebaut und die Hafenanlagen haben sich fast um das Doppelte vergrößert.«

»Mir gefallen die breiten Straßen mit der modernen Gasbeleuchtung. Hier wird es niemals eng und die Baumreihen spenden guten Schatten für die wartenden Pferdegespanne«, lobte Roberto.

»Die Herren Oberen planen die Zukunft und das ist gut so.

Wenn ich an die engen Gassen von Hamburg denke, die waren furchtbar und man meinte darin zu ersticken. Aber da hat der Große Brand zum Glück radikal aufgeräumt, wenn es auch für die Menschen schrecklich war, die alles verloren haben.«

»Hier, bei der Hitze würde man in engen Gassen tatsächlich ersticken. Nun ja, die Armenviertel im Hintergrund sieht man kaum noch, aber sie existieren natürlich noch genauso wie vor hundert Jahren.«

»Die gibt es in jeder Stadt«, bestätigte Albert. »Aber Recife ist jetzt mit fünfzigtausend Einwohnern die drittgrößte Stadt Brasiliens, da muss die Verwaltung ihren Bürgern schon etwas bieten.

»Ja, diese Probleme kenne ich. Was glauben Sie, wie es bei uns in Neapel aussieht. Vorn wohnen die Reichen in ihren Luxushäusern und dahinter leben die Menschen in Apfelsinenkisten.«

Die beiden gingen im angenehmen Schatten der Bäume weiter. Es roch zwar nach getrocknetem Pferdemist und nach Urin, aber das Laufen im Schatten war angenehmer als der Fußmarsch auf der staubigen Straße, wo zwischen Hafenanlagen und Zentrum ein reger Verkehr herrschte. Recife war nun einmal der am nächsten gelegene Hafen für alle Schiffe, die aus Europa kamen oder in Richtung Afrika und Europa ausliefen.

Als die beiden Fußgänger das Hotel erreichten, bat Albert seinen Begleiter in die Bar. »Kommen Sie, wir müssen den Staub herunterspülen.«

»Das ist eine gute Idee, aber nur, wenn ich Sie einladen darf.«

Das Foyer des Hotels mit dem Marmorboden und den mit wertvollem Mahagoniholz verkleideten Wänden, mit den großen Spiegeln und den eleganten Sesselgruppen zwischen grünen Pflanzen in Kübeln vermittelte einen exklusiven Eindruck. Livrierte Pagen, Gepäckboys mit messingfarbenen Wagen, Empfangsdamen in eleganten schwarzen Kleidern und uniformierte

Empfangschefs hinter dem großen Tresen bedienten die ein- und ausgehenden Gäste sehr freundlich und in den verschiedensten Sprachen.

Albert nickte. »Hier fühlt man sich sofort gut aufgehoben. Kommen Sie, wir gehen nach hinten zur Bar. Ich freue mich auf ein gutes, gekühltes Bier. Eine europäische Errungenschaft, die die ersten Einwanderer zum Glück ganz schnell hier heimisch gemacht haben.«

»Ja, eine wunderbare Errungenschaft, auf die ich leider auf meiner Plantage verzichten muss. Warmes Bier schmeckt einfach nicht. Wie kühlen es die Restaurants eigentlich?«

»Ich nehme an, sie haben tief liegende Keller, in denen die Fässer gelagert werden.«

»Ja, so könnte es sein.«

Sie hatten die Bar erreicht, einen etwas dunklen, abseits gelegenen Raum mit ein paar Tischen für Pokerspieler und einer langen Theke vor der verspiegelten Wand mit den Regalen voller unzähliger Flaschen. Die beiden Männer setzten sich auf die Barhocker und Roberto bestellte das ersehnte Bier. Der Barkeeper stellte eine Schale mit Nüssen vor sie auf die Theke und dann das schäumende Bier. Nach den ersten Schlucken fragte Albert: »Wie sieht es denn jetzt bei Ihnen auf der Plantage aus? Wann beginnt die Kaffeeernte?«

»Ich denke, in einem Monat. Jetzt haben wir Anfang März, vor April sind die Kaffeekirschen nicht rot genug. Die Bananen müssen allerdings jetzt geerntet werden.«

»Ach, Bananen haben Sie auch?«

»Ja, die Bananenbäume stehen zwischen den Kaffeesträuchern und beschatten sie. Der Kaffee ist sehr empfindlich. Keine Hitze, keine Kälte, Wind mag er auch nicht und für Wasser muss ständig gesorgt werden. Aber ich habe zuverlässige Arbeiter, die kümmern sich darum, denn sie wissen, eine gute Ernte bedeutet ein gutes Zuhause.«

»Na ja, so zuverlässig sind meine Leute nicht. Die Aufseher

haben bei mir alle Hände voll zu tun und auf die Aufseher selbst ist auch nicht immer Verlass.«

»Ich habe Afrikaner, die ich freigekauft habe. Die fühlen sich bei mir wohl.« Roberto trank mit Genuss sein Bier aus und winkte den Barkeeper herbei, um zwei neue Gläser zu bestellen.

»Ich habe auch Afrikaner, aber die habe ich noch nicht freikaufen können. Sie leben in ihrem Dorf sehr separat und man hat wenig Einfluss auf sie.«

»Sklaven also.«

»Nun ja, wir nennen sie nicht so, aber Tatsache ist, dass meine Vorfahren Sklaven gekauft haben, weil sie Arbeiter brauchten und die eingeborenen Indianer nicht zur Arbeit zu bewegen waren. Und wurden sie gezwungen, haben sie die Plantagen abgebrannt. Mein Großvater musste Schwarzafrikaner kaufen. Ohne sie hätte er die Plantagen nicht bewirtschaften können und unter dem Mangel an Baumwolle und Zuckerrohr hätte dann wieder die weiße Bevölkerung gelitten.«

»Ja, ich weiß, das ging den meisten Plantagenbesitzern so.«

»Ich habe ja nicht nur die Kakaoplantage am Rio São Francisco. Ich baue vor allem Zuckerrohr im Nordosten an. Aber die Hitze in der Äquatornähe will ich meiner Familie nicht zumuten.«

»Das kann ich verstehen.« Roberto wurde nachdenklich. Einen Zuckerbaron hatte er also auch noch neben sich. »Wie schaffen Sie das alles?«

»Ich habe beim Zuckerrohr gut ausgebildete Verwalter, auf die ich mich verlassen muss. Freilich, ich bin auch viel unterwegs, um alles zu kontrollieren, deshalb muss ich sicher sein, dass meine Familie gut und auch sicher untergebracht ist. Was man eben hier so unter gut und sicher versteht.«

»Und wie machen Sie das?«

»Mein Haus ist sehr komfortabel gebaut und eingerichtet. Es steht im Schatten, jeder Windhauch dient zur Kühlung. Es ist zusätzlich insektensicher und frei von Reptilien. Ich habe gut dressierte und aus Deutschland importierte Schäferhunde, die frei herumlaufen und das Land unmittelbar um das Haus herum bewachen, und ich habe europäische Angestellte, die absolut zuverlässig sind. Zum Teil aus der eigenen Verwandtschaft, zum Teil aus befreundeten Familien.«

»Dafür sind Sie zu beneiden. Ich stehe da ganz allein.«

»Wie kommt das?«

»Meine Familie ist ausgestorben, und als ich als junger Mann hierherkam, stand ich meinem sogenannten Erbe ganz allein gegenüber.«

»Das ist eine schwere Situation, das kann ich nachfühlen.«

»Fremdes Land, fremde Menschen, fremdes Klima, fremde Sprache, aber ich habe mich durchgeboxt.«

»Dazu gratuliere ich Ihnen. Mir ist das alles mehr oder weniger in den Schoß gefallen, aber auch ich habe geschuftet, um mein Erbe auf den jetzigen Stand zu bringen, geschenkt wird einem nichts.« Albert reichte seinem Begleiter die Hand: »Auf eine gute Freundschaft, lieber Roberto.«

Feline Baisanson hatte die Kinder und die Erzieherinnen bis in ihre Zimmer begleitet. Sie schlug Claudine vor, die Kinder zu baden und die heißen Nachmittagsstunden mit Kartenspielen im kühlen Hotelzimmer zu verbringen. Später konnte sie dann die Mädchen in den Garten begleiten, wo ein kleiner Spielplatz und ein Kricketplatz Abwechslung boten. Dass sich Laura, wie bereits auf dem Schiff, in jeder freien Minute mit dem Erlernen der portugiesischen Sprache beschäftigen würde, wusste sie und unterstützte ihre Bemühungen.

Sie selbst zog sich um und fuhr mit der Kutsche in die Stadt. Sie machte ihre Besorgungen, fuhr dann aber auf dem kürzesten Wege in das von ihr ins Leben gerufene Damenkontor für emanzipierte Frauen. Sie musste die wenigen Stunden, die ihr in Recife blieben, nutzen, um den kleinen Mitgliederkreis der Feministinnen zu ermutigen, weiter nach Gleichgesinnten zu suchen und im Kontor einzuführen. Nur so, das wusste sie, kann der Gedanke von Freiheit für Frauen, von Gleichberechtigung und Mitspracherecht wachsen.

Sie betrat das in einem Hinterhaus gelegene Kontor mit großer Erwartung und überschwänglicher Freude und schloss die einzige Anwesende sogleich in die Arme. »Meine liebste Hermine, wie schön, Sie zu sehen. Wie geht es Ihnen, wie geht es den anderen Damen, hatten Sie Zugänge, Anfragen, Angebote?«

Aber Hermine schüttelte den Kopf. »Bedauerlicherweise nein, liebe Feline. Seit Ihrer Abreise hat sich kein neues Mitglied gemeldet, obwohl wir unsere Zusammenkünfte regelmäßig abgehalten und auch immer Werbung gemacht haben. Ich fürchte, die Damen beugen sich nach wie vor dem männlichen Einfluss.«

»Das ist sehr schade, Hermine. Die Zeiten ändern sich und mit ihnen die Traditionen. Die Frauen müssen lernen, dass sie gleichgestellte Persönlichkeiten sind. Ich bewundere die Damen in London, von ihnen hört man außerordentliche Erfolge. Sie halten öffentliche Reden im Hyde Park und marschieren mit Bannern durch die Straßen, um auf sich aufmerksam zu machen. Ich kann mich im Augenblick leider nicht persönlich darum kümmern, aber Sie müssen mich vertreten. Es ist so wichtig, Überzeugungsarbeit zu leisten. Ich habe Ihnen extra die kleine Wohnung hier im Obergeschoss besorgt, damit Sie ständig vor Ort sind und jeden willkommen heißen können, der unser Kontor zu besuchen wünscht. Bitte, halten Sie sich daran, liebste Hermine.«

Feline wusste, dass sie Druck ausüben musste. Hermine war eine bequeme Frau, die das kostenlose Wohnen in dieser feinen Gegend durchaus zu schätzen wusste, aber wenig bereit war, Propaganda für die Gleichberechtigung der Frauen zu betreiben, sondern lieber mit einem guten Roman am Fenster saß und in Träume versank. »Ich möchte Sie bitten, in Zukunft ein genaues Tagebuch zu führen über die Aktivitäten hier im Kontor. Und wenn kein Besuch eintreffen sollte, dann bitte ich Sie, nach draußen zu gehen und die Damen, die uns gewogen sind, aufzusuchen. Sie wissen doch: Wenn der Prophet nicht zum Berg kommt, muss der Berg zum Propheten gehen. Genauso meine ich das.«

»Aber das ist leichter gesagt als getan, liebe Feline. Ich kann doch die Damen nicht, ohne eine Einladung zu haben, aufsuchen. Die Dienerschaft würde mich an der Tür abweisen, bevor ich ein Wort sagen könnte.«

»Aber liebste Hermine, besuchen Sie die Damen in den Cafés, in denen sie verkehren, beim Coiffeur oder bei der Modistin. Zeigen Sie die gleichen Interessen, freuen Sie sich über die zufälligen Begegnungen und bringen Sie die Gespräche behutsam in die Richtung unserer Anliegen. Ich habe Ihnen englische Zeitungen der dortigen Feministinnen mitgebracht, lesen Sie die Artikel genau, lernen Sie sie am besten auswendig, dann haben Sie einen guten Gesprächsstoff und zeigen sich hochgebildet und bestens informiert. Wir wollen doch, dass unsere Ideen weitergetragen werden, das kann nur geschehen, wenn wir uns regen, liebste Hermine, und nicht erst darauf warten, dass, wie ich schon sagte, der Prophet zum Berge kommt. Haben wir uns verstanden?«

»Ja, natürlich, liebe Feline. Und wo sind diese Zeitungen? Ich bin sehr begierig, sie zu lesen.«

»Hier.« Feline holte aus ihrer Tasche ein Bündel Broschüren. »Sie sind vom letzten Jahr, aber für uns sind sie Zukunftsmusik, und wenn Sie Versammlungen abhalten, was hoffentlich nach wie vor einmal in der Woche geschieht, dann dürfen Sie die Zeitungen zur Ansicht auch vorlegen. Die Versammlungen finden doch regelmäßig statt?«

»Ich bemühe mich darum, aber was kann ich machen, wenn keine der Damen erscheint?«

»Dann sollen Sie sie persönlich einladen, das habe ich Ihnen doch schon gesagt, Hermine.«

»Ich tue, was ich kann.«

»Liebste Hermine, es scheint mir nicht genug zu sein. Sollten Sie dieser Aufgabe entgegen meiner Annahme, in Ihnen die geeignetste Person gefunden zu haben, nicht gewachsen sein, müsste ich eine andere Dame mit dieser Aufgabe betrauen. Dass diese dann auch die kleine Wohnung in der oberen Etage bewohnen muss, wird für Sie verständlich sein, nicht wahr, liebste Hermine?«

»Selbstverständlich.« Aber Hermine hatte etwas gelernt über die Gleichberechtigung und erklärte: »Liebe Feline, sollten Sie in Kürze erneut hierherkommen und dieses Damenkontor, ebenso wie die Wohnung darüber, verwaist vorfinden, dann können Sie davon ausgehen, dass der Berg zum Propheten gegangen und nicht mehr zurückgekommen ist.«

»Was soll das heißen?«

»Ich bin wie Sie der Meinung, die Gleichberechtigung ist unser gutes Recht, und zwar nicht nur den Männern gegenüber, sondern auch den Frauen gegenüber. Dieses Recht nehme ich also auch für mich in Anspruch. Ich tue mein Bestes und mehr ist nicht möglich. Ich wünsche Ihnen eine angenehme Heimreise, guten Tag.« Und bevor Dona Feline noch etwas sagen konnte, drehte sich die liebste Hermine um und ging hinauf in ihre Wohnung.

Zuerst überrascht, dann erschrocken und schließlich wütend und doch hilflos, verließ Feline das Hinterhaus und winkte ihre Kutsche herbei. Wen sollte sie mit dieser Aufgabe betrauen, wenn Hermine ausfiel? Es gab niemanden, der sich diese zusätzliche Arbeit aufbürdete und wie ein Klinkenputzer von Haus zu Haus ging, um die Damen der feinen Gesellschaft zum Beitritt in den Kreis der Feministinnen zu überreden. Mein Gott, wenn die Frauen doch nur einsehen würden, wie dumm, wie arglos, wie unterwürfig sie dahinleben, dachte sie und wischte sich heimlich die Tränen weg, bevor sie den Schleier des Hutes wieder über ihr Gesicht zog.

14

Laura bemühte sich sehr, die portugiesische Sprache so schnell wie möglich zu lernen. Sie nutzte jede freie Minute, um anhand eines Wörterbuches, das sie sich in Hamburg besorgt hatte, zu studieren und andererseits mithilfe der Kinder, denen sie Deutsch beibringen musste, eigene Vorteile aus diesem Unterricht zu ziehen.

So übte sie zunächst die allerwichtigsten Begriffe, wie die Begrüßung anderer Menschen oder ihre Verabschiedung, sie lernte, dass man den Herrn oder die Dame mit Senhor und Dona oder Senhora und mit dem jeweiligen Vornamen ansprach, Arbeiter oder Bedienstete aber nur mit dem Vornamen. Sie lernte, dass die Plantage eine Fazenda war, wie die Zahlen eins bis hundert hießen, sie lernte die Namen der Wochentage und der Monate, und sie wusste sehr schnell, dass der Sommer von November bis März und der Winter von Mai bis August dauerte. Dass der Sommer sehr heiß werden konnte, spürte sie an den Temperaturen, die sie in Recife empfingen, und sie wusste, dass die Hitze, je weiter sie sich vom Meer entfernten, fast unerträglich werden konnte.

Laura hatte gehofft, den netten, hilfsbereiten jungen Mann vom Schiff vor der Abreise zur Fazenda noch einmal zu treffen, aber er hatte nach der Vermittlung des Kaninchenhändlers seinen Seesack genommen, der Familie kurz ein »Auf Wiedersehen« zugerufen und war gegangen.

Der Morgen der Abreise war gekommen. Die Kutsche der Baisansons und der Wagen von Roberto Barmolini waren bereits im Morgengrauen vor dem Hotel ›Explorer‹ vorgefahren, um die

Reisenden abzuholen. Mit den Planwagen würde man sich wenig später am Ortsausgang treffen. Da die Kutsche mit vier Erwachsenen und zwei Kindern überbesetzt war, bot Roberto den Platz an seiner Seite an und Dona Feline sorgte dafür, dass Claudine von dem Angebot Gebrauch machte. So saß Laura mit den Kinder auf der Rückbank hinter dem Kutscher, während Senhor Albert und seine Frau es sich im Fond gemütlich machten.

Albert Baisanson war ein sehr bekannter und geschätzter Mann in Recife. Selbst in dieser frühen Morgenstunde gab es zahlreiche Passanten, die den reichen Fazendeiro im Vorbeifahren grüßten, und Albert genoss es sichtlich, den Leuten jovial zuzuwinken.

Er war nicht nur ein zuverlässiger Arbeitgeber, der durch das Verladen seiner Waren auf die Schiffe vielen Menschen im Hafen Arbeit brachte, sondern er unterhielt in der Stadt eine große Fabrik, in der das Zuckerrohr seiner Fazendas im Norden gewaschen, durch rotierende Messer gehackt, durch Hammermühlen zerfasert und durch Mühlenpressen gemahlen wurde. Eine sehr schwere und gefährliche Handarbeit, die von den Arbeitern volle Kraft und Aufmerksamkeit verlangte. Der Extrakt wurde dann in einer Verdampfstation abgedampft und als Dicksaft in andere Länder verkauft. Auch die Gewinnung dieses Dicksaftes und die Herstellung der entsprechenden Verladefässer gab vielen Arbeitern in der wachsenden Stadt das nötige Geld zum Leben, und die Leute dankten es ihm durch Zuverlässigkeit und Fleiß. Kam er dann einmal persönlich nach Recife, und sei es auch nur während einer Durchreise, sprach sich das in Windeseile herum und man genoss es, ihn persönlich gesehen und ihm zugewinkt zu haben. Der Anblick seiner Kutsche und der Familie war danach noch tagelang das Hauptgespräch in seiner Fabrik.

In einem großen Hof für wartende Karawanen am westlichen Ausgang der Stadt trafen die Reisenden auf die Gespanne der Fazenda und die Kolonne machte sich gemeinsam auf den Weg. Zuerst die Kutsche, dann das Gespann von Roberto Barmolini und dann die Planwagen der Baisansons, beladen mit dem Gepäck der Reisenden, mit Waren für die Fazenda, für den Haushalt, für die Arbeiter und Angestellten und mit Hunderten von neuen Jutesäcken für die Verschiffung der Kakaobohnen der kommenden Ernte. Ein dritter Wagen bildete den Abschluss. Auf ihm befanden sich die für die tagelange Reise notwendigen Dinge: Ein Küchenzelt, mehrere Zelte zum Übernachten, Feldbetten, Tische, Stühle, Kissen und Decken sowie Fässer voller Wasser, Lebensmittel für die Reise und das Futter für die Pferde, denn Albert legte Wert auf Unabhängigkeit. Er wollte nicht die Gastfreundschaft anderer Fazendas in Anspruch nehmen und lieber zügig die Heimfahrt antreten. Er wusste, nächtigte er auf einer Fazenda, wurde aus der Übernachtung oft ein tagelanger Aufenthalt, denn es wäre mehr als unhöflich gewesen, die Gastfreundschaft schon nach wenigen Stunden wieder zu beenden. Diese Aufenthalte wollte er vermeiden, denn auf der eigenen Fazenda wartete die Ernte auf seine Anwesenheit. Vier bewaffnete Leibwächter begleiteten auf ihren Pferden die Kolonne und auch die Kutscher sowie Albert und Roberto hatten vor der Abfahrt Revolvergürtel angelegt.

Und Laura verspürte zum ersten Mal in diesem fremden Land ein Gefühl von Angst.

Aber Feline beruhigte sie. »Es sind nur Vorsichtsmaßnahmen, aber wir kommen durch sehr entlegene und einsame Gebiete und man weiß halt nie, was einem da alles passieren kann. Es leben dort sehr arme Menschen.«

Die Fahrt ging zügig voran. Die Pferde waren ausgeruht und sie spürten, dass sie auf dem Heimweg waren. Auch die Kinder waren fröhlich und guter Dinge und versuchten, ihrer neuen Lehrerin Pflanzen und Tiere, Berge und Bäche zu zeigen und zu erklären. Aber Laura fühlte sich schlecht. Sie vertrug nicht, dass sie gegen die Fahrtrichtung saß, außerdem sorgten die Unebenheiten der Straße dafür, dass ihr noch zusätzlich übel wurde. Als Feline sah, wie blass Laura wurde und wie Schweiß ihr Gesicht überzog, ließ sie anhalten. »Was ist los, Laura, geht es dir nicht gut?«

»Mir ist nur schwindelig«, versuchte Laura abzuwinken. »Es wird bestimmt gleich besser.«

»Aber woran liegt das denn?«

»Ich weiß nicht, aber wenn das Land in umgekehrter Richtung an mir vorbeizieht, dreht sich alles in meinem Kopf.«

»Dann verträgst du das Fahren gegen die Fahrtrichtung nicht. Hast du das schon öfter gehabt?«

Laura schüttelte den Kopf. »Ich weiß es nicht. Wir hatten keine Kutsche in Hamburg.«

»Dann müssen wir etwas ändern. Wäre es dir recht, wenn du zu Joe auf den Kutschbock steigst und mit ihm weiterfährst? Es ist der Planwagen hinter dem Kremser von Senhor Roberto.«

Laura nickte erleichtert. »Ja, das wäre vielleicht gut, dann sehe ich die Landschaft von vorn und mein Kopf spielt nicht verrückt.«

»Gut, dann tausche den Platz.« Feline rief dem Kutscher zu, anzuhalten, und bat Rabo, seinen Beifahrer, Laura zu Joe zu begleiten. »Und sag ihm, er soll der Senhorita einen guten Platz auf seinem Kutschbock anbieten und dafür sorgen, dass sie es bequem hat.«

»Jawohl, Dona Feline, ich sorge persönlich dafür.«

Laura nahm ihren Sonnenschirm, ihre kleine Reisetasche und ihr Sitzkissen und stieg aus.

»Wir sehen uns bei der nächsten Rast, dann geht es dir bestimmt wieder besser«, winkte ihr Feline nach und Nicole quengelte, weil sie auch viel lieber auf dem Kutscherbock von Joe gefahren wäre.

Laura war sehr zufrieden mit dem Wechsel. Der Planwagen war zwar nicht so gut gefedert wie die Kutsche und man saß sehr hoch oben, aber der Wagen vermittelte mit der großen Plane im Rücken ein Gefühl der Geborgenheit. Auch war Joe ein guter Begleiter und Laura fühlte sich nicht so beobachtet und kontrolliert wie in der Kutsche der Baisansons. Außerdem sprach er etwas Englisch und Laura konnte ihm Fragen über die Fazenda stellen, die sie ihren Arbeitgebern nie gestellt hätte.

»Joe, für mich ist alles fremd, darf ich Sie ein bisschen fragen?«

»Ja, nix Problem.«

»Wie weit ist es bis zur Fazenda?«, wollte sie als Erstes wissen.

»Wir werden zehn Tage fahren«, lächelte er.

»So weit?«

»Ja, aber feines Klima für Kakao«, nickte Joe zufrieden.

»Wie viele Menschen leben auf der Fazenda?«

»Einhundert? Zweihundert, weiß nicht genau.«

»Das sind aber viele.«

»Ja, wie kleine Stadt.«

»Und mittendrin steht das Haus der Baisansons?«

»Nein, am Rand. Sehr großes Haus mit vielen Teilen und sehr schön.«

»Hier sind zwölf Pferde unterwegs, gehören sie alle den Baisansons?«

»Ja. Große Pferdeherde. Müssen arbeiten bei dem Kakao, beim Gemüse für die Küche, Wagen ziehen wie hier und viele Pferde für Reiter.«

»Ich werde auch reiten müssen, hat man mir gesagt.«

»Ja, weite Wege, nix ohne Pferde. Alles Schimmel für Reiter.«

»Alles Schimmel, aber warum denn?«

»Besser zu sehen in Wald und Land. Kluge Pferde, finden immer Stall.«

»Das ist gut. Wenn ich mich verirrt habe, gebe ich die Zügel frei und das Pferd bringt mich heim.«

»Ja, Pferde immer zurück in Stall.«

Dann gestand Laura leicht verschämt: »Joe, ich bin noch nie im Gelände geritten, ich bin immer nur in einer Halle gewesen.«

Der Kutscher nickte lächelnd. »Ich suche gutes Pferd für Senhorita.«

»Danke, Joe, das ist sehr nett.«

Laura genoss die Fahrt mit Joe. Sie lernte nicht nur durch seine Beschreibung schon einmal die Fazenda kennen, sondern er zeigte ihr fremde Pflanzen und Vögel, deren Namen er alle wusste.

Die Fahrt wurde alle paar Stunden von einer Ruhepause für die Pferde unterbrochen. Die Tiere wurden getränkt und die Menschen hatten Zeit, sich nach dem langen Sitzen die Füße zu vertreten. Als sich die Karawane gegen Abend einen Platz für die Rast suchte, wusste Laura, dass sie in Joe einen zuverlässigen Freund gefunden hatte. Aber als sie sich bei ihm dafür bedanken wollte, sagte er: »Freundschaft ist nix gut. Zwischen Senhorita und Stallmann ist Freundschaft verboten. Nie sagen laut, nie zeigen, verstanden?«

»Ja, selbstverständlich, trotzdem danke.«

Die Kutscher hielten auf einem Rastplatz, den die Gespanne der Baisansons immer bei ihren Fahrten zum Hafen von Recife oder auf den Rückreisen benutzten. Es war eine Grünfläche mit einer Feuerstelle in der Mitte, einem kleinen Bach, der am Rande vorbeifloss, und einem ebenen Grund, auf dem Zelte aufgebaut werden konnten.

Die Wagen bildeten einen großen Kreis und die Pferde wurden, nachdem sie am Bach getränkt worden waren, an die Wagen gebunden, und zwar rechts und links von der Deichsel, aber mit den Köpfen zu den Vorderrädern hin.

Laura wunderte sich darüber und fragte Joe, warum die Pferde rückwärts vor den Wagen stünden.

Joe nickte bedächtig. »Wenn Schrecken oder Panik kommt, Pferde wollen weglaufen, aber so nicht möglich.«

»Ja«, staunte Laura, »das ist eine gute Idee. Aber was für Schrecken könnten denn kommen?«

Joe zuckte mit den Schultern. »Wildes Tier? Oder Schüsse? Oder Feuer? Hier ist wildes Land, hier viel passieren.«

Erschrocken stellte Laura keine weiteren Fragen. Die Baisansons würden wissen, was sie taten, sie hatten ihre Kinder dabei und ein beachtliches Vermögen auf den Wagen, sie würden keine Risiken eingehen, da war sich Laura ganz sicher.

Der Kutscher Joseph, der zugleich Koch war, und sein Gehilfe holten Brennholz vom Wagen und entfachten ein loderndes Feuer in der Mitte der Grünfläche. Die anderen Kutscher, die ihre Pferde mit Futter versorgt hatten, stellten Tische und Bänke auf und für die Herrschaften einen Tisch mit Stühlen, bauten die Zelte auf und die wachsamen Begleiter ritten in Abständen rund um das Lager herum und kontrollierten die Umgebung und den weiterführenden Weg.

Der Koch hatte eine Feijoada aus Reis, schwarzen Bohnen und gepökeltem Fleisch zubereitet, die jetzt in einem Kessel über dem Feuer erhitzt wurde. Dazu gab es Fladenbrote, Bier für die Erwachsenen und eine Zitronenlimonade für die Kinder. Zum Nachtisch gab es Früchte, die Laura noch nie gesehen hatte. Da gab es Papayas und Ananas und süße Bananen, und Nicole zeigte ihrer Lehrerin, wie man Papayas aß.

Als das Mahl beendet war, war die Nacht hereingebrochen. Ein dunkler Himmel, übersät mit Sternen, die zum Greifen nah erschienen, bedeckte das Land und Laura wusste, dass sie so etwas Schönes noch nie gesehen hatte.

Tausende von Grillen zirpten, Vögel, die in der Nacht wach waren, schrien ununterbrochen und hin und wieder schnaubte ein Pferd. Weniger angenehm waren die vielen Moskitos, die, angelockt vom Feuer, über dem Rastplatz schwärmten.

»Lasst uns in die Zelte zum Schlafen gehen«, forderte Dona Feline ihre Familie auf. »Claudine, du schläfst mit Denise zusammen in einem Zelt, Laura, du kümmerst dich um Nicole, und achtet darauf, dass die Moskitonetze rund um die Feldbetten festgesteckt sind.«

Vor jedem Zelt stand ein Eimer mit frischem Wasser aus dem Bach und Nicole erklärte: »Das ist zum Waschen, Laura. Jeder nimmt sich eine kleine Schüssel voll und wäscht sich damit. Der Rest ist dann für morgen früh. Und wenn du auf die Toilette musst, dann gehen wir hinter einen Pferdewagen und hocken uns dahin.« Sie grinste. »Ist nicht gerade fein, aber das machen wir immer so. Es ist ja dunkel.«

Nun, ganz dunkel war es nicht. Von dem herrlichen Sternenhimmel abgesehen, hatten die Kutscher an ihren Böcken Petroleumlampen aufgehängt, um einerseits die Pferde beobachten zu können und um andererseits noch etwas Licht auf ihren Lagern in den Planwagen zu haben.

Laura wollte Nicole beim Auskleiden helfen, aber die Kleine schüttelte den Kopf: »Alles, was drunter ist, behalten wir an.« Und als sie ihr die Waschschüssel füllte, meinte sie: »Gesicht und Hände genügen, mehr ist nicht nötig, morgen werden wir sowieso wieder schmutzig, also warum erst so eine gründliche Wäsche?«

Aber da war Laura energisch. »Waschen muss sein, Nicole, wenn jeden Tag neuer Schmutz auf den alten kommt, bist du fast nicht mehr zu erkennen, wenn wir auf eurer Fazenda ankommen.«

»Na schön«, gab die Kleine nach, »aber nur ein bisschen, das Wasser ist viel zu kalt.«

»Es kommt aus einem frischen Bach und es wird dir guttun.«

»Aber erst nachschauen, ob keine Fische darin herumschwimmen.«

Laura lächelte und hielt die Schüssel unter die Petroleumlampe, die innen im Zelt aufgehängt war. Fische, dachte sie, als wenn hier Fische herumschwimmen würden. Aber dann wurde sie nachdenklich, immerhin gab es in Brasilien fleischfressende Fische, das hatte sie gelesen, Piranhas hießen die und sollten sehr gefährlich sein. »Sie sind Menschenfresser« hatte da gestanden und sie sah das Wort noch deutlich vor sich. Eine Gänsehaut überzog für einen Augenblick ihren Köper, dann hatte sie sich wieder beruhigt. Die Männer haben bei Tageslicht die Eimer gefüllt, sie werden schon aufpassen, dass da keine Piranhas im Eimer herumschwimmen.

Trotzdem schaute sie das Wasser in der kleinen Schüssel genau an, bevor sie Nicole damit abwusch.

Als das Kind auf dem primitiven Klappbett lag, steckte sie das darüber aufgehängte Moskitonetz sorgfältig rundherum fest und ging dann auch nach draußen hinter einen der Planwagen, um dann in der Nacht nicht mehr ihr Zelt verlassen zu müssen.

Dann nahm sie die eigene kleine Wasserschüssel, kontrollierte auch ihr eigenes Wasser, löschte die Petroleumlampe, zog sich aus und wusch sich. Was hatte Nicole gesagt? »Untenrum bleibt alles an?«, also zog sie sich wieder an, legte nur das Kleid auf einen Hocker und schlüpfte selbst unter ihre Decke. So gut es ging, zog sie das Moskitonetz rund herumfest und war eingeschlafen, bevor sie sich Gedanken darüber machen konnte, was sie in dieser Wildnis wohl noch alles erleben würde.

15

Vier Tage später, die Menschen hatten sich an die langwierige, schwierige, unbequeme Reise gewöhnt, änderte sich von einem Augenblick zum nächsten alles.

Zwei kurz nacheinander durch die Nacht peitschende Schüsse rissen Laura aus dem Schlaf. Pferde wieherten, zerrten an ihren Leinen, Männer schrien. Laura sprang von dem Klappbett, riss Nicole an sich und warf sich mit dem Kind auf die Erde. Nicole wollte schreien, aber Laura hielt ihr den Mund zu. »Leise, leise, Nicole, keinen Ton. Alles wird gut.«

Ein dritter Schuss folgte. Dann erleuchtete eine riesige Feuerwand das kleine Lager. Die Männer riefen wild durcheinander. Die Pferde versuchten auszubrechen, konnten sich aber durch ihre Halterung nicht losreißen. Das Chaos war unbeschreiblich. Zwischendurch hörte Laura, wie Dona Feline nach Nicole und Denise rief. Vorsichtig richtete sie sich auf, die Hand immer noch auf dem Mund der kleinen Nicole. Sie rutschte, das Kind in den Armen, zum Zeltausgang und schaute vorsichtig nach draußen.

Das Feuer, das irgendwo ausgebrochen war, erhellte den Lagerplatz und sie sah, dass Dona Feline Denise in den Armen hielt und Claudine weinend neben ihr stand. Laura richtete sich auf und winkte der Senhora zu. »Wir sind hier, wir sind gesund«, rief sie leise über den Platz.

Feline winkte zurück. »Kommt her, damit wir zusammen sind.«

Laura und Nicole liefen geduckt zu dem anderen Zelt. Dabei sah Laura, dass der Wagen mit den Hunderten von Jutesäcken lichterloh brannte. »Was ist denn passiert?«, fragte sie entsetzt, »wo ist Senhor Baisanson?«

»Ich weiß es nicht, er verfolgt wahrscheinlich die Banditen.«

Die Kutscher versuchten, die aufgebrachten Pferde zu beruhigen, zwei Männer lösten das Gespann von dem brennenden Wagen und führten die Pferde zu dem abseitsstehenden Küchenwagen, um sie dort festzubinden. Die vier Männer von dem Wachpersonal waren in der Nacht verschwunden und Roberto Barmolini kam, einen Revolver in der Hand, zu den Frauen, außer sich vor Entsetzen.

»Mein Gott, was ist denn bloß passiert? Wo ist Ihr Mann, Dona Baisanson, das war ja ein schrecklicher Überfall, so etwas habe ich noch nie erlebt. Ist diese Strecke denn so gefährlich? Man hätte uns alle umbringen können!«

Feline schüttelte den Kopf. »Beruhigen Sie sich. Wir haben es hier auch noch nicht erlebt. Aber mein Mann und die Wächter sind hinter den Banditen her, sie werden es ihnen heimzahlen.«

»Und der Wagen mit all Ihren Säcken brennt restlos nieder.«

»Ja, das ist ein großer Verlust, er stellt unsere gesamte Ernte in Frage.«

»Warum denn das?«

»Wie sollen wir die Kakaobohnen ohne Säcke zum Hafen transportieren?«

»Ach ja, Sie haben recht. Na so ein Pech!«

Feline sah den Mann unfreundlich an. »Die Hauptsache ist doch, dass kein Mensch zu Schaden gekommen ist. Und Ihr Wagen steht ja auch noch, wie ich sehe.«

»Ja, Gott sei Dank, und der Kutscher hat auch die Pferde schnell wieder beruhigt. Aber wo bleibt Ihr Gatte, sollte er nicht besser hier sein und sich um das Lager kümmern?«

»Mein Mann weiß, was er zu tun hat«, erklärte sie unwirsch und sah sich um. »Laura, bitte doch den Koch, uns Kaffee zu kochen, den haben wir jetzt alle nötig.«

Zögernd verließ Laura den kleinen Kreis, der ein wenig Geborgenheit versprach. Aber dann ging sie mutig über den noch immer vom Feuer hell erleuchteten Lagerplatz und bat den Koch: »Die Patroa bittet um Kaffee und heißen Kakao für die Kinder.«

»Bin schon dabei«, nickte der Koch, »aber zuerst sollten sich alle um die Pferde kümmern, so lange das Feuer flackert und der Rauch stinkt, sind die kaum zu halten.«

»Ich verstehe, ich gehe solange zu Ihren Pferden und rede mit ihnen.«

»Tun Sie das, Senhorita, dann kann ich mich um den Kaffee kümmern. Weiß man denn schon, wer uns überfallen hat?«

»Nein, der Senhor und die Wächter sind noch unterwegs.«

»Die sollten uns nicht so lange allein lassen.«

»Aber alle Männer hier sind bewaffnet.«

»Ja, schon, aber wenn's zu einem neuen Überfall kommt, weiß keiner, was zu tun ist.«

Laura wandte sich ab und ging nach vorn zu den Pferden, die sie mit gespitzten Ohren und aufgeblähten Nüstern empfingen. »Ganz ruhig, ihr beiden. Es ist alles wieder in Ordnung.« Sie strich den beiden Braunen über den Nasenrücken, kraulte sie zwischen den Ohren und klopfte ihnen auf die Hälse. »Alles in Ordnung, ihr zwei.« Dann zog sie etwas Heu aus einem Ballen, der auf dem Wagen lagerte, und fütterte sie damit. Und langsam wurden die Tiere ruhig.

Als im Osten die erste Dämmerung über den Horizont kroch, kamen die Reiter zurück. Aber sie kamen nicht auf ihren Pferden, sie gingen zu Fuß, führten die Tiere am Zügel und trugen eine Trage aus Ästen und Palmenblättern zwischen sich.

Feline sah die Gruppe als Erste. Sie erkannte die Männer, aber wer lag auf der Trage? Vor Angst entsetzt, ging sie ihnen entgegen. Laura, die die Gruppe inzwischen auch sah, hielt die verängstigten Kinder zurück. Sie befürchtete einen schlimmen Anblick. »Bleibt hier, es hat einen Unfall gegeben. Eure Mutter kümmert sich darum.« Aber Denise ließ sich nicht halten und rannte hinter der Mutter her. »Was ist passiert, Mama, warum führen die Männer Papas Pferd am Zügel? Wo ist Papa?«

Feline hatte die Gruppe erreicht und schrie erschrocken auf. »Was habt ihr gemacht, was fehlt meinem Mann?« Auf der Trage lag Albert, die Augen geschlossen und den Mund weit geöffnet, um zu atmen.

»Dona Feline, man hat auf ihn geschossen, feige und von hinten. Er bekommt keine Luft.«

»Wir wissen nicht, ob die Lunge verletzt ist oder das Rückgrat«, erklärte ein anderer.

»Um Gottes willen, Albert, hörst du mich?«

Aber Albert reagierte nicht. Denise brach in Tränen aus und schrie: »Papa ist tot, Papa ist tot.«

Laura lief ihr nach und beruhigte sie. »Nicht doch, Denise, dein Papa ist nur verletzt, er ist nicht tot, so etwas darfst du nicht einmal denken. Er hat Schmerzen, deshalb hat er die Augen geschlossen, aber er wird ganz schnell wieder gesund.«

Auch Nicole weinte und Laura hatte alle Hände voll zu tun, die Kinder zu beruhigen. Claudine stand neben ihrem Zelt und starrte auf die näher kommende Trage und Roberto Barmolini kam von seinem Wagen herüber und stützte Feline, die einer Ohnmacht nahe war.

»Was ist passiert?«, fragte er die Reiter, die die Trage vor dem Zelt der Baisansons absetzten.

»Wir haben die Halunken verfolgt, aber sie waren schneller als wir und plötzlich waren sie im Urwald verschwunden. Dann gab der Patráo den Befehl umzudrehen, da traf ihn der Schuss in den Rücken. Er brach sofort zusammen und wir bastelten die Trage und legten ihn vorsichtig darauf. Und jetzt sind wir hier.«

»Legt ihn auf sein Klappbett«, bat Feline und Laura rief: »Lieber nicht unnötig bewegen. Wenn sein Rücken verletzt ist, müssen wir sehr vorsichtig sein.«

»Aber er muss von der provisorischen Trage herunter und auf ein Bett, wir müssen ihn zu einem Arzt bringen.« Feline war verzweifelt.

»Aber wo ist ein Arzt?«, fragte Roberto. »Nach Recife zurückzugehen, das ist unmöglich, die Stadt ist sechs Tage von hier entfernt.«

»Nein«, bestimmte Feline mit tränenerstickter Stimme, »wir müssen zur Fazenda, sie ist näher, und dann muss ein Arzt aus Petrolina geholt werden.«

»Aber bis zur Fazenda ist es noch eine Dreitagereise«, wandte Claudine ein, »wer weiß, ob der Senhor so eine weite Strecke erträgt.«

»Mein Gott, ich weiß doch auch nicht, was ich machen soll«, weinte Feline völlig ratlos und sah Roberto Hilfe suchend an.

Aber der winkte mit beiden Händen ab. »Ich möchte bitte die Verantwortung nicht übernehmen. Ich möchte, wenn die Banditen wieder unterwegs sind, lieber so schnell wie möglich zu meiner Fazenda hinüberfahren, von hier aus ist sie an einem Tag zu erreichen. Kommen Sie doch mit mir.«

»Und wo ist dort ein Arzt zu erreichen?«, schluchzte Feline.

»Er müsste aus Recife geholt werden.«

»Das wäre genauso weit entfernt wie unsere Heimkehr und die Suche nach dem Arzt aus Petrolina. Aber wir wären zu Hause.«

Laura nickte. »Ich denke auch, es ist am besten, auf Ihre Fazenda zu fahren, Dona Feline, und wenn ein Transport sowieso nötig ist, dann lieber in die gewohnte Umgebung.«

Rund um die Trage hatten sich alle Männer eingefunden. Auch die, die vergeblich versucht hatten, den Wagen mit den Jutesäcken zu löschen, waren näher gekommen. Joe, mit dem Laura gefahren war, hob die Hand, um zu zeigen, dass er etwas sagen wollte.

»Ja, Joe?«, fragte Feline.

»Patroa Feline, ich denke, wir sollten nach Hause zur Fazenda ›Pitanga‹ fahren. Wir legen den Patrão mit seinem Bett auf meinen Wagen und ich lenke die Pferde so vorsichtig, wie es möglich ist.«

Laura, die bemerkte, dass Feline total überfordert war und Claudine kaum in der Lage war, sich um die weinenden Kinder zu kümmern, spürte, dass jemand die Verantwortung übernehmen musste. Die Kutscher, die es gewohnt waren, Befehle auszuführen, Roberto Barmolini, den es zu seiner eigenen Fazenda zog, und Claudine, die dem Problem überhaupt nicht gewachsen war, wussten keinen Ausweg. So übernahm sie die Anweisungen und teilte die Männer ein. »Bitte legen Sie Senhor Baisanson behutsam auf sein Feldbett. Joe, packen Sie Ihren Wagen so um, dass Plätze für das Feldbett und für einen Stuhl für Dona Feline entstehen.«

Aber Feline winkte ab. »Ich fahre in der Kutsche, ich will meine Kinder bei mir haben. ich muss mich um Denise und Nicole kümmern. Wer weiß, ob diese Banditen nicht noch einmal zurückkommen. Dann will ich bei meinen Kindern sein. Laura, begleiten Sie meinen Mann.«

Einer der Kutscher meldete sich. »Ich glaube nicht, dass die Halunken noch einmal angreifen, sie haben erreicht, was sie wollten.«

»Was wollten sie denn?«, fragte Roberto.

Der Mann bückte sich und hob ein schmutziges Leinentuch vom Boden an. »Hier, das wollten sie und sie haben es erreicht. Es hing da drüben am Baum.«

Auf dem Tuch stand in schmieriger, fehlerhafter Schrift zu lesen: »Brasilianische Früchte für brasilianische Kinder, brasilianischer Reichtum für brasilianische Menschen. Uns gehören Land und Leben.«

Roberto starrte das Tuch an. »Das sind die Kommunisten, sie sind gegen die Ausfuhr ihrer Früchte. Ich wusste gar nicht, dass diese verrückte Idee aus Frankreich schon hier angekommen ist.«

»Aber was wollen sie denn?«, schluchzte Feline. »Warum müssen die auf meinen Mann schießen, der hat doch gar nichts mit diesen Leuten zu tun.«

»Er ist der Patrão, der Reiche, der ihnen den Reichtum stiehlt«, erklärte Roberto, »deshalb haben sie die Jutesäcke angezündet. Ohne die Säcke können Sie die Kakaobohnen nicht nach Europa verschiffen, ohne die Säcke verdirbt Ihre Ernte. Ohne die Säcke kein Reichtum für die Fazenda ›Pitanga‹. Dona Feline, ich fürchte, ich muss so schnell wie möglich auf meine eigene Fazenda fahren, um persönlich ein ähnliches Schicksal zu vermeiden. Sie müssen das verstehen.«

Feline nickte nur. Sie war gar nicht imstande, den Ernst der Situation zu erfassen. Aber Roberto Barmolini war noch nicht fertig. »Dona Feline, ich habe noch eine Bitte.«

»Ja? Was denn noch?«

»Ich möchte, dass Senhorita Claudine mich begleitet. Wir sind uns auf dieser Reise nähergekommen, wir möchten ein gemeinsames Leben aufbauen. Wir bitten um Ihr Verständnis.« Und Laura bemerkte, wie Claudine ganz rasch neben den Patrão trat, als gehöre sie bereits an seine Seite.

Feline sah die beiden an und nickte. »Bitte, ich habe nichts dagegen.« Und ganz heimlich dachte sie, das ist genau das, was ich gehofft hatte. Wir haben jetzt Laura, wir brauchen keine zusätzliche Gouvernante, und sie nickte noch einmal. Dann begab sie sich zu ihrer Kutsche und nahm Platz. Rechts Denise neben sich und links Nicole. Und sie überließ wie selbstverständlich Laura die Einteilung der Gespanne, das Umbetten ihres noch immer bewusstlosen Mannes und das Auflösen des Lagers.

Aber Laura hatte etwas erfahren, was sie stutzig machte. Ohne die Jutesäcke keine Ernte?, dachte sie und sprach mit Joe, mit dem sie sich mühsam, aber einigermaßen verständigen konnte. »Joe, wir brauchen Säcke für die Ernte, ohne Ernte kein Geld, ohne Geld kein Leben für die Arbeiter auf der Fazenda, kein Essen, kein Trinken, kein Lohn.«

»Ist sehr schlecht.«

»Wo und wie bekommen wir neue Säcke, Hunderte von neuen Jutesäcken?«

»Ein Mann muss reiten nach Recife, kaufen Wagen und Säcke und bringen nach ›Pitanga‹.«

»Aber wer könnte das tun? Auf wen kann man sich verlassen?«

»Mein Bruder Raoul ist ein ehrlicher Mann. Patroa Feline gibt ihm Schein für Bank, er kauft und bringt zur Fazenda.«

»Und wenn er wieder überfallen wird?«

»Einzelner Wagen nicht wichtig für Banditen. Wird gut verstecken die Ladung.«

»Dann müssen wir ihn schicken. Sprichst du mit ihm? Ich rede mit Dona Feline.«

Laura fand Feline in der Kutsche. Sie hatte die Augen geschlossen und drückte die zu Tode erschrockenen und noch immer weinenden Kinder an sich.

»Dona Feline, bitte, wir brauchen Ihre Hilfe.«

»Lassen Sie mich, Laura, Sie sehen doch, es geht mir nicht gut.«

»Bitte, wir brauchen neue Jutesäcke, sonst können wir die Ernte nicht einbringen.« Und da merkte Laura, dass sie das Wort »wir« ganz selbstverständlich aussprach.

»Ach, die Ernte, was interessiert mich die Ernte? Ich habe einen schwerkranken Mann, ich habe andere Sorgen.«

»Bitte, Dona Feline, Ihr Mann würde wollen, dass die Ernte eingebracht wird. Bitte.« Laura bemühte sich nach Kräften, die mutlose Frau zu überzeugen.

»Himmel, nein, ich bin am Ende meiner Kräfte, wie soll ich mich denn jetzt um diese verdammten Kakaobohnen kümmern?«

»Bitte, schreiben Sie einen Scheck für Ihre Bank aus, einer der Männer reitet nach Recife zurück und kauft neue Säcke, bitte, es wäre so wichtig für die Fazenda und für alle Menschen, die dort leben. Ihr Mann würde das wollen.« Die Angst, die Senhora nicht überreden zu können, schnürte ihr fast die Kehle zu.

Denise, die bisher nur leise vor sich hin geweint hatte, sah die Mutter an. »Mama, die Senhorita hat recht. Papa würde wollen, dass der Kakao geerntet wird. Er hat das ganze Jahr lang dafür gearbeitet.«

Feline zögerte noch eine Weile, dann sagte sie erschöpft: »Gib mir meine Tasche, Laura.« Sie nahm einen Schein aus ihrer Brieftasche, unterschrieb ihn und reichte ihn der Angestellten. »Wer reitet nach Recife?«

»Joes Bruder. Joe sagt, er sei ein ehrlicher Mann.«

»Ja«, seufzte Feline, »Joe kann man vertrauen. Sag ihm, wir wollen endlich abfahren.«

»Ja, Dona Feline. Die Wagen sind abfahrbereit.«

Wenige Minuten später setzte sich die Kolonne in Bewegung. Der Wagen von Roberto Barmolini fuhr nur noch ein kurzes Stück mit ihnen. An einer Weggabelung hielt er an. »Madame Baisanson, hier trennen sich unsere Wege. Ich kann Ihnen gar nicht sagen, wie traurig und wie erschüttert ich bin, auf diese Weise Abschied von Ihnen und Ihrer Familie nehmen zu müssen. Ich würde mich sehr viel besser fühlen, wenn Sie mich begleiten würden, aber ich kann verstehen, dass Sie in Ihr eigenes Haus zurückkehren wollen.«

Feline, noch immer fassungslos, entgegnete nur kurz. »Danke für Ihr Mitgefühl. Besuchen Sie uns doch später einmal.«

Und zu Claudine gewandt, die leise vor sich hin weinte, aber mutig den Arm des Mannes umklammerte, mit dem sie nun weiterfahren würde: »Liebste Claudine, der Abschied fällt uns allen schwer, aber ich freue mich, dass Sie einer erfreulichen Zukunft entgegengehen. Wir werden Ihnen Ihre Sachen zuschicken, machen Sie sich deshalb keine Sorgen.«

Dann wandte sie sich wieder ihren Kindern zu, legte ihnen die Arme um die Schultern, schloss ihre Augen und befahl dem Kutscher ziemlich schroff: »Fahren Sie endlich weiter.«

Felines Kutsche fuhr an erster Stelle, dann kam Joe mit dem Patrão, danach der Küchenwagen und den Schluss bildeten die beiden Planwagen mit dem Gepäck der Reisenden und mit den Lebensmittelvorräten für die Fazenda. Zwei der Leibwächter ritten an der Spitze und erkundeten den Weg, der dritte bildete den Schluss der Kolonne und der vierte ritt mit Joes Bruder Raoul zurück nach Recife. Er sollte das Gespann mit dem neuen Wagen und den Jutesäcken auf der Rückfahrt bewachen.

Langsam zog die Landschaft an den Wagen vorbei. Je weiter sich die Kolonne durch das Land quälte, desto üppiger und undurchdringlicher wurde das Grün des Regenwaldes. An den Rändern blühten farbenprächtige Orchideen, hektisch schwirrende Kolibris labten sich an den Blüten, Schmetterlinge und Papageien flatterten wie leuchtend bunte Punkte zwischen den Blättern der riesigen Bäume. Hin und wieder kreuzten sie eine kleine Siedlung. Dann liefen halbnackte braune Kinder neben den Wagen her, Hunde kläfften zwischen den Beinen der Pferde und die Kutscher hatten alle Hände voll zu tun, um die nervösen Tiere am Durchgehen zu hindern.

Laura hatte keine Zeit, die Landschaft zu bewundern oder die Kinder abzuwehren. Sie bemühte sich um die Pflege des bewusstlosen Mannes neben sich. Sie wischte ihm den Schweiß aus dem Gesicht, wehrte die lästigen Fliegen ab, versuchte die Plane des Wagens so zu nutzen, dass er im Schatten liegen konnte, und benetzte die trockenen Lippen mit in Tee getränkten Taschentüchern. Mutters Abschiedsgeschenk für mich, dachte Laura und betrachtete die beiden feinen Batisttücher, die die Mutter eigenhändig mit Spitzen verziert hatte und die sie nun, ohne zu zögern, benutzte, denn sie wagte nicht, dem Bewusstlosen den Tee einzuflößen.

Die Hitze wurde am frühen Nachmittag fast unerträglich. Da die Kutscher beschlossen hatten, keine Nachtlager mehr aufzuschlagen, um den verletzten Patrão so schnell wie möglich zur Fazenda zu bringen, wurden alle zwei Stunden kurze Pausen für die Pferde eingelegt. Die Tiere wurden getränkt, wenn Wasser in der Nähe war, bekamen etwas Futter und mussten nach höchstens fünfzehn Minuten wieder weiterziehen.

Vom Koch verlangte Laura, dass er bei jeder Rast frischen Tee für den Patrão, frischen Kaffee für die Patroa und frischen Kakao für die Kinder zubereitete. Sie wusste aus Lehrbüchern, wie wichtig es war, bei großer Hitze Flüssigkeit zu sich zu nehmen, deshalb verlangte sie ständig frisch gekochte Getränke, denn dem Wasser in den Fässern traute sie schon lange nicht mehr.

Der Koch hingegen verfluchte diese neue Senhora, die ihm da unnötig neue Arbeiten zumutete und dann auch noch penibel zuschaute, dass das Wasser kochte, bevor er es verwendete. Für ihn bedeutete das außerdem, dass er ein ständig brennendes kleines Feuer mitführen musste und während der Rast der Pferde keinen Augenblick für einen eigenen kurzen Schlaf zur Verfügung hatte.

Am Abend des zweiten Tages zog ein schweres Gewitter auf. Schon den ganzen Nachmittag über hatte man das entfernte Donnern gehört. Alle hofften, dass das Wetter in der Ferne vorüberziehen würde, aber die Hoffnung erfüllte sich nicht. Kurz bevor das Unwetter losbrach, hatten die Kutscher entschieden, zu halten und das Wetter abzuwarten. Die Pferde wurden, wie gewohnt, in aller Eile umgespannt, sodass sie keine Chance hatten durchzugehen, und die Planen wurden so weit wie möglich über die Wagen gezogen, um die Menschen, das Gepäck und die Vorräte zu schützen. Jeder verkroch sich in seinem Fuhrwerk so gut es ging, um vor dem erwarteten Wolkenbruch geschützt zu sein.

Und ein Wolkenbruch war es dann wirklich, der auf die Erde niederprasselte. Laura hatte so etwas noch nie erlebt. Das Wasser kam in Bächen senkrecht vom Himmel, nur wenig aufgehalten durch die Regenwaldbäume. Von einem Augenblick zum anderen sah sie nicht einmal mehr den am nächsten stehenden Wagen. Joe war zu ihr unter die Plane gekrochen und untersuchte die Ladung und vor allem das Lager des Patrão, um ihn vor der Nässe zu schützen.

Nach einer unendlich langen Stunde war alles vorbei. Aber der

Weg bestand nun aus knietiefem Schlamm und die Wagen versanken fast bis an die Radnaben im Morast. Aber die schwüle Hitze des Nachmittags war vorbei und alle atmeten auf. Und dann stellte Laura fest, dass Senhor Baisanson bei Bewusstsein war. Sie tupfte mit einem nassen Tuch sein Gesicht und die Hände ab, drückte mit dem Taschentuch ein paar Tropfen Tee in seinen Mund und strich ihm die feuchten Haare aus der Stirn.

Er sah sie mit großen, ängstlichen Augen an, versuchte zu sprechen, bekam aber keinen Ton über die Lippen.

»Es ist alles in Ordnung, Senhor Baisanson. Wir sind auf dem Weg zur Fazenda und morgen sind Sie zu Hause.«

»Was …?«, brachte er leise heraus.

»Sie hatten einen Unfall, Senhor, aber sonst ist alles in Ordnung. Ihre Frau und die Kinder sind vorn in der Kutsche vor uns, aber wir hielten es für richtiger, Sie in einem Klappbett zu transportieren und das passte nicht in die Kutsche hinein.«

»Was …?«

»Senhor, bitte regen Sie sich nicht auf, alles wird gut.«

»Aber was …?«

Laura wusste, dass sie ihm die Wahrheit sagen musste, die Ungewissheit würde ihn mehr aufregen als die Wahrheit, und so sagte sie: »Das Lager wurde überfallen und Banditen haben auf Sie geschossen. Sie haben eine Kugel im Rücken und ein Arzt wird sie auf der Fazenda entfernen. Sonst kam niemand zu Schaden.«

»Meine Frau …?«

»Die Senhora und die Kinder sind wohlauf. Aber die Kinder waren sehr erschrocken und so hat die Senhora beschlossen, mit den Kindern zusammen in der Kutsche zu fahren. Sie hat mich gebeten, Ihre Pflege zu übernehmen. Joe hilft mir dabei.«

»Ja, Feline kann keine Kranken ertragen.«

»Sie musste die Kinder beruhigen.«

»Ja, ja.«

Laura tupfte wieder den Schweiß aus seinem Gesicht. Er versuchte, einen Arm zu bewegen, aber mit Entsetzen sah er auf die Hand, die auf der Decke lag und sich nicht bewegte. Dann versuchte er, die andere Hand zu bewegen. Auch sie lag wie tot auf der Decke. Seine Lippen begannen zu zittern, Tränen traten in seine Augen und er starrte Laura zu Tode erschrocken an. »Ich kann mich nicht bewegen«, flüsterte er. »Meine Beine, ich fühle sie nicht. Meine Arme, sie sind wie tot. Laura, was ist passiert?«

Nun war also das eingetreten, was Laura im Stillen so sehr befürchtet hatte. »Senhor, die Kugel hat sie am Rückgrat getroffen. Alles wird gut, wenn der Arzt sie entfernt hat.«

Aber Albert schüttelte den Kopf. »Nichts wird gut«, meinte er tonlos, »ich bin gelähmt, nichts wird wieder gut.« Dann brach der starke Mann in Tränen aus und Laura ging nach vorn zu Joe, um ihn zu bitten, dem Verzweifelten eine Weile beizustehen. Joe verstand sofort und räumte den Kutschbock. »Hier, Senhorita«, mit diesen Worten drückte er Laura die Zügel in die Hand. »Einfach nur laufen lassen und bei Faulheit Peitsche nehmen.«

Aufgewühlt von der Pflege des Patrão und seinen verzweifelten Worten und ängstlich wegen der Verantwortung, dieses schwere Gespann sicher zu führen, saß Laura schließlich allein auf dem Kutschbock und lenkte die Pferde, so gut es ging. Ihre so hoffnungsvolle Zukunft hatte bereits mit einer Katastrophe begonnen und die Freude auf ein neues Leben war durch die Ungewissheit, was nun kommen sollte, erschüttert.

16

Mikael stand unschlüssig am Überseekai. Die meisten Schiffe hatten den Hafen verlassen. Die Passagiere waren entweder wieder an Deck ihrer auslaufenden Schiffe oder sie hatten den Kai verlassen und sich in ihre Häuser oder in die noblen Hotels an der Hauptstraße begeben. Auch die Händler waren verschwunden. Anscheinend wurden an diesem Tag keine Schiffe mehr erwartet. Vereinzelte Hafenarbeiter, mehrere betrunkene Matrosen und ein paar Schaulustige lungerten noch an den Anlegebrücken herum.

Einer der Arbeiter kam zu Mikael: »Suchste 'ne Unterkunft?«

»Ja, wenigstens für die erste Nacht.«

»Da drüben ist 'ne Hurenbleibe, da kannste auch übernachten, hinterher, meine ich.«

»Nein danke, ist nicht so mein Fall«, konterte Mikael und schulterte seinen Seesack. »Gibt's kein Seemannsheim hier?«

»Mensch, was willste denn im Seemannsheim? Da haste doch keinen Spaß und Schnaps ist da auch verboten.«

»Ich will nur schlafen, ohne Schnaps und Spaß.«

»Bist wohl einer von den Religiösen?«

»Was hat das damit zu tun?«

»Na, das Seemannsheim gehört doch 'ner religiösen Mission.«

»Na und? Hauptsache, die haben eine Koje für mich.«

»Kostet aber Geld.«

»Huren kosten auch Geld.«

»Nicht, wenn ich dich hinbringe und ein gutes Wort für dich einlege.«

»Lass mal gut sein. Gibt's hier nun ein Heim oder nicht?«

»Ja. Wenn du da am Wall langgehst, siehste bald 'ne weiße Fahne mit 'nem lila Kreuz wehen, da musste reingehen.«

»Danke, Kumpel.«

»Suchste 'ne Arbeit?«

»Mal sehen, was hier so los ist.«

»Ist beschissen, das sag ich dir. Ich heiße übrigens Luiz.«

»Hast du keine Arbeit, Luiz? Ich bin Mikael.«

»Doch, schon, aber immer nur Säcke schleppen ist verdammt schwer.«

»Kommt für mich nicht in Frage.«

»Bist wohl was Feineres?«

»Nein, aber ich such mir einfach was anderes.«

»Na, da kannste aber lange suchen.«

»Abwarten, Kumpel.«

»Also, wenn du was Besseres gefunden hast, kannste mir das sagen. Ich steh jeden Abend hier.«

»Ich werde es mir merken. Danke für die Auskunft übers Heim.«

Mikael fand seine Koje in dem Seemannsheim. Er musste ein wenig Geld im Voraus bezahlen, an der Abendandacht teilnehmen und bekam sogar ein sehr schlichtes Abendessen für sein Geld.

Er war zufrieden. Da er kein besseres Essen aus der Schiffskombüse gewohnt war, machten ihm der Haferbrei mit Reisbrot nichts aus und er ging danach gesättigt zu seiner Koje. Auf dem Flur traf er den Heimleiter, einen Pater in weißer Kutte, der ihm zuwinkte. »Bist du neu hier?«

»Ja, ich bin heute angekommen.«

»Und was hast du vor?«

»Ich werde mir Arbeit suchen und dann sehen, wie hier das Leben so ist.«

»Was kannst du denn?«

»So dies und das. Ich war Schiffsjunge und habe die Reise abgearbeitet.«

»Und warum bist du nach Recife gekommen?«

»Das war ein Zufall. Ich wollte in die Sonne. Ich bin Schwede und da ist es jetzt noch dunkel, während es hier eine schöne warme Sonne am Abend gibt.«

»Das kann ich verstehen. Aber du bist doch nicht einfach nur ein Schiffsjunge? Die reden anders, das weiß ich aus Erfahrung.«

»Na ja, ich habe zu Hause gute Schulen besucht und ein bisschen im Handel und beim Advokaten gearbeitet, und dann ging mir der Winter auf die Nerven. Und eines Tages wollte ich nur noch in die Sonne. Eigentlich sollte die Reise nach Indien gehen, aber da fand ich kein Schiff, so bin ich hier gelandet.«

»Ist überall das Gleiche. Wie heißt du eigentlich?«

»Mikael Lundborg.«

»Ich bin Pater Antonius. Wie lange willst du bleiben?«

»Ich möchte Arbeit finden und dann eine eigene Stube. Kann ich so lange hier wohnen?«

»Ja, wenn du dich einfügst.«

»Was heißt das?«

»Teilnahme an den Andachten, pünktliches Bezahlen, kein Alkohol und Sauberkeit.«

»Sauberkeit? Aber das ist doch selbstverständlich.«

»Nicht bei allen. Dreckskerle fliegen raus.« Der Pater zeigte auf den Seesack. »Deine Sachen kannst du im Spind verstauen, hier ist ein Schlüssel.« Er fingerte an einem Schlüsselbund herum, das er am Gürtel trug, und gab Mikael einen Schlüssel. »Hier, du hast die Nummer zwölf. Pass auf, dass du ihn nicht verlierst, kostet viel Geld, einen neuen zu besorgen. Aber im Spind sind deine Sachen sicher.«

»Danke, Pater Antonius.«

»Wenn du keine Arbeit findest, ich könnte einen ehrlichen Burschen gebrauchen.«

»Mal sehen, Pater, ich möchte eigentlich lieber was mit der Schifffahrt oder mit dem Handel zu tun haben.«

»Kann ich verstehen, wer weiterkommen will, muss sich draußen bewähren. Nur, wenn das nicht klappt, dann melde dich bei mir.«

»Mach ich, versprochen.«

»Und denk dran, da draußen schwirren eine Menge Banditen herum. Lass dich nicht übern Tisch ziehen.«

»Danke.«

Mikael räumte den Inhalt seines Seesackes in den Spind, verschloss ihn sorgfältig, wusch sich in dem großen Waschraum und ging zu seinem Bett. Er breitete die Decken darauf aus, die er vom Pförtner bekommen, hatte und legte sich hin. Langsam ließ er den vergangenen Tag Revue passieren. Er dachte an die Passagiere, von denen er sich verabschieden musste, an die kleine Nicole und ihre Sorge um die Kaninchen und an die hübsche junge Frau mit den schwarzen Locken und den großen Augen, die so ängstlich, wie er zu bemerken glaubte, in die Zukunft schauten.

Gegen Mitternacht füllte sich der Schlafsaal. Die Männer nahmen Rücksicht auf die bereits Schlafenden und langsam kehrte Stille ein. Mikael spürte, dass in diesem Heim Zucht und Ordnung herrschten, und er beschloss, so lange wie möglich hier zu wohnen. Nur das nötige Geld fehlte ihm dafür. Er brauchte also dringend Arbeit, wenn er in dieser Stadt Fuß fassen wollte.

So stand er bereits im Morgengrauen auf, trank im Speiseraum einen Becher Kaffee zu einer Scheibe trockenem Brot und verließ das Heim, als im Osten gerade die Sonne über dem Atlantischen Ozean aufging.

Im Hafen herrschte bereits hektischer Betrieb. Die Schiffe, die während der Nacht auf Reede gelegen hatten, fuhren ein, die meisten Händler hatten bereits ihre Plätze eingenommen und auch die Schauerleute waren wieder an den Landungsbrücken, bereit, die Schiffe zu entladen und zu beladen.

Langsam ging Mikael durch die hin und her laufenden Menschen, horchte auf die Stimmen, die einander Aufträge oder Befehle zuriefen, und beobachtete die Matrosen, die die Schiffe verließen, um an Land einzukaufen. Dabei sah er einen Seemann, der mit einer großen Karre unterwegs war und vergeblich nach einem Händler Ausschau hielt, der ihm einen zerbrochenen Ruderschaft ersetzen könnte. Aber so ein Händler war nicht aufzutreiben. Die Männer, die hier ihre Waren verkauften, handelten mit Lebensmitteln und Alkohol, mit Kleidung und Seifen und Andenken, nicht aber mit Schiffszubehör. Nachdem Mikael den Seemann eine Weile beobachtet hatte, ging er auf ihn zu. »He, Kumpel, kann ich dir helfen?«

»Ja, verdammt noch mal, ich brauch einen neuen Ruderschaft, und zwar sofort. Wir müssen heute Abend auslaufen und das geht nun mal nicht ohne Ruder.«

Mikael nickte verständnisvoll, »Klar, das geht nicht. Ich werde dir einen besorgen, kostet aber bares Geld.«

»Geht schon klar, Hauptsache, die Stange passt ans Blatt.«

»Gib mir das ganze Gestänge mit und ich bringe dir einen neuen maßgeschneiderten Ruderschaft aufs Schiff. Wo liegt ihr?«

»Mann, kann ich mich auf dich verlassen? Nachher stehen wir ganz und gar ohne Ruder da?«

»Na, vertrauen musst du mir schon.«

»Also gut. Da hinten der Dreimaster mit den braunen Segeln ist mein Schiff. Lass mich bloß nicht im Stich.«

»Nein, versprochen.«

Mikael sah sich auf den Landungsbrücken und auf den Kaianlagen um, aber er hatte bereits vorher festgestellt, dass hier keine Handwerker zu finden waren. Dann entdeckte er Luiz, der mit einem Stapel leerer Säcke ein Schiff verließ. »He, Luiz, ich brauche dich.«

»Was gibt's, feiner Mann?«, grinste der Arbeiter ihn an. »Haste gut geschlafen in dem feinen Bettchen bei den Patres?«

»Ja, bestens, aber jetzt könnte ich deine Hilfe brauchen.«

»Was gibt's? Und umsonst bin ich nicht.«

»Klar, weiß ich doch, aber zahlen kann ist erst heute Abend.«

»Ist okay.«

»Dann schmeiß deine Säcke weg und zeig mir eine Schmiede.«

»Komm mit.«

Luiz half Mikael, den großen Karren mit dem schweren Gestänge zu ziehen, führte ihn durch ein paar hafennahe Gassen und blieb schließlich vor einer offenen Schmiede stehen. »Da haste deinen Schmied.«

»Danke. Komm ruhig mit.« Die beiden Männer gingen durch das offene Tor und zum Amboss, wo ein schwergewichtiger Mann den Hammer auf einen Eisenstab niedersausen ließ, dass die Funken durch die ganze Halle flogen.

»Hallo, Meister, haben Sie einen Augenblick Zeit«, schrie Mikael dem Mann zu.

»Was gibt's«, schrie der Schmied zurück, hörte dann aber mit dem Hämmern auf.

»Ich habe da einen zerbrochenen Ruderschaft, könnten Sie einen neuen schmieden?«

»Zeig mal her.« Er ging zu dem Karren und besah sich den zerbrochenen Schaft. »Kann ich machen. Bis wann?«

»Sofort, das Schiff will heute noch ablegen.«

»Kostet 'ne Stange Geld und bezahlt wird sofort.«

Mikael schüttelte den Kopf. »Tut mir leid, aber der Käpt'n zahlt erst, wenn ich das Ding abliefere.«

»Und dann verdufteste mit dem Geld und ich kuck in die Röhre.«

»Ich bin ein ehrlicher Mann, Meister.«

»Das kann ich bezeugen«, mischte sich Luiz ein. »Der schläft im Seemannsheim und die lassen keine Diebe rein.«

»Und euch beiden soll ich glauben? Wer bist du überhaupt?«

»Ich bin sein Gehilfe, das sehen Sie doch.«

Mikael nickte. »Ich mache Ihnen einen Vorschlag: Ich besorge Ihnen eine Menge Aufträge direkt von den Schiffen und Sie schmieden jetzt einen neuen Ruderschaft.«

»Okay, ich mache das, aber danach komme ich mit zum Schiff und kassiere mein Geld.«

»Nein, Meister«, konterte Mikael, »ohne Geld neue Aufträge, mit Geld suche ich mir einen anderen Schmied.«

»Da kannste lange suchen.«

»Meister, Recife ist eine Weltstadt, da gibt es mehr als einen Schmied.«

»Und was für Aufträge willste mir verschaffen?«

»Hier kommen und gehen die Schiffe wie am Fließband und alle haben Schäden, ich habe feine Ohren und höre mich um. Und ich wette, an Arbeit wird's bei Ihnen in Zukunft nicht mehr fehlen.«

»Dein Wort in Gottes Ohr. Also gib das Gestell her, heute Abend kannste es abholen und wehe, du betrügst mich. Mit mir hat sich noch keiner angelegt.«

Zu dritt schleppten sie das schwere Gestänge mit dem riesigen Ruderblatt in die Schmiede, dann klopfte Mikael Luiz auf die Schulter. »Komm, Kumpel, wir wollen neue Aufträge besorgen, damit der Meister merkt, dass wir ehrliche Männer sind.«

»Mensch, was du dir so ausdenkst. Wie funktioniert eigentlich so ein Ruderschaft, ich habe so ein Ding noch nie gesehen.«

»Auf dem Achterdeck von jedem Schiff ist das Ruderrad. Das kennt doch jeder.«

»Ja, und dann?«

»Und unten im Wasser ist das Ruderblatt.«

»Ja, klar.«

»Und der Ruderschaft verbindet das Rad, das oben gedreht wird, mit dem Ruderblatt, das sich dann hin und her bewegt.«

»Aha. Wenn der Steuermann das Rad linksrum dreht, dann schwenkt das Blatt nach …? Wohin denn?«

»Ich glaube, nach links, genau weiß ich es auch nicht. Aber ich werde nachher fragen.«

»Ist schon 'ne interessante Angelegenheit, so ein Schiff«, bestätigte Luiz.

»Ja, und deshalb will ich genau Bescheid wissen.«

»Willste etwa so ein Schiff selbst lenken?«

»Nein, aber ich glaube, da ist dauernd was zu reparieren. Irgendetwas geht immer kaputt. Und ich habe auf der Reise hierher gesehen, dass viele Schiffe mit kaputten Teilen unterwegs sind und in jedem Hafen versuchen, Ersatz zu bekommen. Aber fast immer fehlen die nötigsten Sachen und die Skipper sind dann wochenlang mit kaputten Schiffen unterwegs.«

»Bis wohin denn?«

»Na ja, bis sie einen Hafen finden, der Ersatzteile hat. Mein Käpt'n hat zum Beispiel keinen gefunden und jetzt ist er unterwegs nach Chile. Meist müssen die Klipper dann mit ihren Schäden bis zum Heimathafen schippern und das ist oft lebensgefährlich.«

»Mann, was du alles weißt.«

»Ach, Luiz, wenn man die Augen und Ohren offen hält, erfährt man vieles, was man dann im Leben gebrauchen kann.«

»Auf so eine Idee bin ich noch nie gekommen. Kann ich nicht bei dir bleiben, vielleicht gewöhnen sich meine Augen und Ohren dann auch ans Offenhalten.«

Mikael lachte. »Mann, ich weiß doch selbst noch nicht, was aus mir wird.«

»Das ist mir egal.«

»Na ja, wir können's ja mal probieren. Aber wenn du mir zur Last wirst, fliegste.«

»Klar doch.«

17

Als Mikael kurz vor Einbruch der Dunkelheit zur Schmiede zurückkam, hatte er zwei neue Aufträge für den Meister. Bei einem unbeladenen Klipper, der so hoch aus dem Wasser ragte, dass man die Kupferverkleidung des Rumpfes sehen konnte, war festgestellt worden, dass diese Verkleidung an der Backbordseite einen langen Riss aufwies, der vor der Aufnahme einer neuen Ladung unbedingt verlötet werden musste. Da die Ladung aber für den nächsten Tag angesagt war, musste dieser Riss noch in der gerade beginnenden Nacht versiegelt werden. Der zweite Auftrag hatte Zeit bis zum nächsten Tag, denn die stählerne Halterung der Galionsfigur an einem Dreimaster hatte sich gelöst und musste neu befestigt werden.

Fernando, der Schmied, war begeistert. Er übergab Mikael den neuen, an das Ruderblatt geschmiedeten Ruderschaft, sie wuchteten zu dritt das Gerät auf einen Eselskarren, und während Mikael und Luiz den Wagen zum Klipper brachten, begab sich Fernando mit einem Handwagen voller Werkzeug und einem Gehilfen, der während der Nacht die Fackeln halten und die Arbeit am Außenbord beleuchten musste, zu dem Schiff mit dem Riss in der Kupferverkleidung. Mikael bekam für die Beschaffung der Aufträge zwanzig Prozent des Lohnes vom Schmied und beide waren zufrieden.

Drei Tage später – Mikael hatte dem Schreiner Jens Jonasson, einem ebenfalls ausgewanderten Schweden, zwei Aufträge besorgt, eine Reeperwerkstatt ausfindig gemacht, in der die verschlissenen Hanfseile mehrerer Schiffe repariert oder durch neue ersetzt wurden, und einem Kapitän einen neuen Kasten mit den gängigen Signalflaggen besorgt, der ihm gestohlen worden war – erklärte Luiz: »Mikael, du brauchst ein Büro. Du musst 'nen festen Platz haben, an dem dich die Leute finden. Es hat sich rumgesprochen, dass du für jedes Problem 'ne Lösung hast, du musst erreichbar sein.«

Mikael nickte zustimmend. Er hatte selbst schon daran gedacht, aber einfach keine Zeit gehabt, sich intensiv damit zu beschäftigen. Er hatte etwas Geld verdient, er musste es aber dauernd einsetzen, um Aufträge und Ausführungen zu überbrücken, doch dank der Gerissenheit von Luiz und dessen Aufmerksamkeit hatte er das Geld auch immer wieder zurückbekommen. Dennoch, große Sprünge konnte er sich nicht leisten und gerade am Hafen waren die Büros verdammt teuer.

Mikael sah seinen Gehilfen ratlos an. »Ich weiß, Luiz, aber wo und wovon?«

»Ich weiß da eine leere Holzbude, und wenn dir die ausreicht, spreche ich mit dem Händler, der sie früher mal genutzt hat.«

»Eine Holzbude?«, fragte er verdutzt. Er hatte an ein Büro in einem der Geschäftshäuser gedacht. Aber warum eigentlich nicht? Eine Holzbude entsprach seiner Situation eher als ein elegantes Büro, und wenn sie am Hafen stand, war das günstiger als ein feines Kontor in irgendeiner Hauptstraße, in die die Schiffer kaum gehen würden.

»Ja, steht am Rand vom Überseehafen und ist gut sichtbar, wenn wir ein großes Schild drauf anbringen.«

»Was denn für ein Schild?«

»Na, unser Schild natürlich.«

Mikael grinste über das »unser«, sagte aber nichts. »Und was steht auf dem Schild?«

»›Schiffsausrüster‹, was denn sonst?«

»Mann, Luiz, bist du übergeschnappt? Schiffsausrüster sind Leute, die rüsten ganze Schiffe aus, vom Anker bis zur Mastspitze.«

»Na und? Wir machen das doch auch. Wir rüsten die Schiffe mit neuen Teilen aus. Wir sind genauso wichtig, wer kann schon mit 'nem gebrochenen Ruderschaft weitersegeln oder mit 'nem gerissenen Hanfseil an der Landungsbrücke festmachen?«

Mikael lachte laut auf. »Recht haste! Besorg die Bude und das Schild, ich bin dabei.«

Zwei Tage später verabschiedete sich Mikael vom Pater Antonius im Seemannsheim. »Ich habe jetzt eine eigene Unterkunft, Pater. Vielen Dank für das Bett und die Verpflegung.«

»Und wo wirst du wohnen?«

»Ich habe eine kleine Holzbude gemietet. Zwei Räume, einen zum Schlafen und einen zum Arbeiten. Macht nicht viel her, ist aber wasserdicht, steht direkt am Hafen und ist gut zu sehen.«

»Du hast schnell Fuß gefasst, Mikael.«

»Ich hab die Augen offen gehalten und da kam die Arbeit ganz von selbst.«

»Hast du gut gemacht. Lass dich mal ab und zu sehen, damit ich weiß, wie's mit dir weitergeht.«

»Versprochen, Pater.«

Mikael schulterte seinen Seesack und ging über den langen Hafendamm zu der Bude, an der Luiz gerade zusammen mit dem Schreiner das Schild anbrachte. Auf dem weißen Brett stand in großer schwarzer Schrift: ›Schiffsausrüster‹ und etwas kleiner darunter: ›Mikael Lundborg und Luiz Fernandez‹.

»Donnerwetter«, lachte Mikael, »das Schild ist wirklich schon von Weitem zu sehen. Jetzt fehlt nur noch die Einrichtung.«

»Hab ich auch schon«, versicherte Luiz stolz. »Auf dem Trödelmarkt am Palmenplatz stehen zwei Betten, ein Tisch, zwei Stühle, ein Wandregal und ein Küchenherd. Du musst die Sachen nur noch bezahlen, dann hole ich sie her, der Schreiner leiht uns seinen Karren mit dem Esel.«

Mikael seufzte. Eigentlich geht mir das alles viel zu schnell, dachte er, aber der Luiz macht Druck. Der ist froh, eine Arbeit gefunden zu haben, die auch noch Erfolg verspricht. Aber im Grunde bin ich froh, den Jungen an meiner Seite zu haben, allein hätte ich die Arbeit in den letzten Tagen gar nicht geschafft. Für Luiz ist es sogar selbstverständlich, mit mir in der Hütte zu wohnen. Er hat nicht einmal darum gebeten. Andererseits, wenn ich unterwegs bin und Kunden kommen in die Bude, dann muss einer da sein, der sie bedient, egal ob mit Waren, die wir uns eines Tages auch noch anschaffen werden, oder mit Auskünften. Bei dieser Ankündigung auf dem Schild muss immer einer anwesend sein. Da hat der Junge recht.

Nur zwei Wochen später musste der Schreiner die Bude durch einen Anbau vergrößern. Wann immer er konnte, kaufte Mikael Ersatzteile und die mussten irgendwo gelagert werden. Einmal fragte ihn der Schreiner: »Woher weißt du so genau, was gebraucht wird? Du bist doch nicht mal ein Seemann.«

Mikael lachte. »Weißt du, Jens, ich bin einmal übern Atlantik geschippert und da habe ich mitgekriegt, wie schlecht die Schiffer dran sind, wenn was kaputtgeht. In Europa, da kannst du in den Häfen noch dies und das kaufen, wenn etwas fehlt, aber hinter Lissabon ist Schluss damit. Die ganze afrikanische Küste runter und dann die lange Strecke hier herüber kannst du Hilfe vergessen, wenn du irgendwo am Schiff einen Schaden hast und wenn dir was fehlt.«

»Du bist verdammt clever, Mikael.«

»Na, sagen wir mal so: Ich seh, was los ist. Mehr nicht.«

»Und du hast immer das richtige Zeug für die Rettung.«

»Nein, nicht immer. Mir machen die Segel zu schaffen. Segeltuch ist verdammt schwer zu kriegen. Ich seh die Matrosen auf den Schiffen, wie sie an Deck sitzen und ihre Segel mühsam flicken, aber ein geflicktes Segel ist kein sicheres Segel mehr.«

»Da haste recht. Was ist das eigentlich für'n Stoff, so ein Segel?«

»Das ist Leinwand.«

»Und Leinwand, woraus wird die gemacht?«

»Aus Flachsfasern.«

»Kann man denn keine neuen Segel weben?«

»Kennst du so eine Weberei? Dann bin ich morgen dort.«

»Keine, die Flachsfasern verarbeitet.«

»Und warum nicht?«

»Ich glaube, hier gibt es keinen Flachs.«

»Dann wird es höchste Zeit, dass man Flachs anbaut, damit wäre ein großes Geschäft zu machen.«

»Nun sag bloß, du wirst Flachs anpflanzen.«

»Jens, es lohnt sich, den Gedanken im Kopf zu haben.«

»Und wie stellst du dir das praktisch vor?«

»Ich müsste Land kaufen und Bauern mit dem Flachsanbau beauftragen.«

»Aber du wirst hier gebraucht.«

»Ich sage ja auch nicht, dass ich jetzt damit anfange. Aber irgendwann wird das nötig werden.«

Am Abend des gleichen Tages überraschte Luiz Mikael mit der Nachricht, dass seine Schwester aus Rio Largo gekommen sei und Unterkunft brauche. »Ich muss sie hier bei mir wohnen lassen, ich habe sonst keine Bleibe für sie«; erklärte er kleinlaut und sah Mikael Hilfe suchend an.

»Und wo ist sie jetzt?«

»Sie sitzt auf der Bank hinter der Bude und heult.«

«Und wie stellst du dir das vor? Die Hütte reicht kaum für uns beide.«

»Sie könnte im Anbau schlafen. Ich stelle ihr ein Klappbett rein und sie könnte für uns kochen und die Bude aufräumen. Alles eben, was eine Frau so macht.«

»Wie alt ist sie denn?«

»Neunzehn und sie war Hausmädchen in Rio Largo, sie versteht was vom Haushalt.«

»Du nennst unsere Bude einen Haushalt? Mann, Luiz, wir leben zu zweit in einer Bruchbude und du redest von einem Haushalt?«

»Na ja, wie soll ich unsere Unterkunft denn sonst nennen? Mikael, du würdest mir einen großen Gefallen tun.«

»Warum hat sie ihre Stelle aufgegeben?«

»Der Patrão war hinter ihr her.«

»Hol sie mal.«

Luiz kam wenig später wieder nach vorn. An seiner Seite eine junge, sehr schöne Frau, die ein Bündel Kleidung in der Hand hielt. Die Abstammung von Mestizen war bei ihr deutlicher zu sehen als bei Luiz, und diese Mischung machte sie besonders schön. Kein Wunder, dachte Mikael, dass die Männer hinter ihr her sind. Und dann spürte er, dass er selbst ein Mann war, ein Mann, der körperliche Neigungen bis jetzt konsequent unterdrückt hatte.

18

Zwei Tage später erreichte die Wagenkolonne der Baisansons die Fazenda ›Pitanga‹. Alle waren sehr erschöpft. Die Hitze, die feuchte Schwüle des Regenwaldes, die Angst, noch einmal überfallen zu werden, und der besorgniserregende Zustand des Patrão waren kaum noch zu ertragen. Dazu kam die entmutigende Haltung von Feline Baisanson, die ihre Furcht vor dem möglichen Tod des Mannes, vor dem Untergang ihrer Pflanzungen, vor dem Bankrott der Firma Baisanson auf die Kinder und dann auf das Personal übertrug.

Albert war während der beiden Tage fast immer bewusstlos. Eine Tatsache, die Laura als Gnade für ihn empfand, denn das Rütteln des ungefederten Wagens und die damit verbundenen Schmerzen hätte er kaum ertragen. Sie saß Tag und Nacht neben ihm, kühlte seinen Kopf, wischte den Schweiß aus seinem Gesicht und versuchte ihm tropfenweise Tee einzuflößen, wenn er für kurze Zeit bei Bewusstsein war.

Der Koch hatte endlich begriffen, was sie wollte, und hielt bei jeder Pause frischen Tee für sie bereit. Aber es war nicht zu übersehen, dass auch die Kutscher und die anderen Begleiter am Rande ihrer Kraft und am Ende ihrer Hoffnungen angekommen waren. Sie würden die Fazenda in wenigen Stunden erreichen, aber was geschah dann? Eine Fazenda ohne den Patrão, ohne die starke Hand des Hausherrn, ohne seine Befehle, denen sich niemand entziehen konnte, würde so nicht weiterexistieren können – und sie alle hingen von ihr ab. Ein paar beruhigende Worte, ein paar aufmunternde Sprüche, ein bisschen Optimismus und alles wäre leichter zu ertragen, dachte Laura, wagte aber nicht, diese Art von Führung persönlich zu übernehmen. Schließlich bin ich hier die Fremde, ich habe nichts zu sagen und was soll ich auch sagen, dachte sie und setzte sich nach einer kurzen Rast wieder neben den verletzten Patrão.

Es war am frühen Morgen des letzten Reisetages, als Albert Baisanson einmal für kurze Zeit bei Bewusstsein war und verhältnismäßig klar sprechen konnte. Er sah Laura eine Weile wortlos an, dann keuchte er schwer atmend: »Das wird ein schwerer Anfang für dich, aber es ist gut, dass du da bist«. Er machte eine Pause, um Luft zu holen, dann fuhr er fort: »Du wirst sehr viel mehr machen müssen, als man von einer Lehrerin erwartet.«

Laura versuchte, ihn zu beruhigen. »Aber ich helfe gern, wenn ich weiß, um was es geht.«

»Meine Frau«, stöhnte er, »mit ihr können wir nicht rechnen. Sie ist eine gute Ehefrau und Mutter, und manchmal hilft sie mir, die Arbeiter zu bewachen, aber sie versteht gar nichts von den Pflanzungen, von den Arbeitern, von der Bewirtschaftung und von den Geschäften.«

Laura spürte, dass er Schmerzen hatte und dass ihn das Reden sehr anstrengte. Sie wollte es eigentlich abbrechen, merkte aber, dass der Mann etwas loswerden wollte, was ihn bedrückte.

»Aber sie ist die Patroa, die Chefin.«

»Meine Frau ist eine sehr engagierte Frau, aber leider nicht auf der Fazenda.« Er stöhnte und dann fuhr er flüsternd fort: »Sie engagiert sich weltweit für unterdrückte Frauen, darin ist sie großartig, nur, uns nützt das wenig.« Er schloss erschöpft die Augen.

Laura kühlte sofort seine Stirn und tröpfelte ihm etwas Tee auf die trockenen Lippen. »Sie dürfen nicht so viel sprechen, Senhor Baisanson.«

»Ich möchte, dass du weißt, was los ist. Bitte verlass uns nicht, ich brauche dich.«

»Natürlich bleibe ich, ich wüsste doch auch gar nicht, wohin ich gehen sollte«, versuchte sie ihn zu beruhigen.

»Du musst mir helfen.« Sie sah, dass der große, starke Mann Tränen in den Augen hatte. »Sollte ich gelähmt sein, dann musst du – meine Hände und meine Füße ersetzen.«

»Aber bitte, Senhor Baisanson, Sie werden bestimmt wieder gesund. Sobald wir angekommen sind, wird Joe einen Boten zu einem Arzt schicken, und der wird Ihnen ganz schnell helfen.«

»Laura, eine Kugel im Rückgrat – da ist nichts mehr zu reparieren.« Jetzt liefen Tränen über die Wangen des sechzigjährigen Mannes bis in seinen grauen Bart. Laura tupfte sie behutsam weg.

Sie spürte, dass es ihm peinlich war, aber sie konnte in diesem Augenblick des Gespräches nicht aufstehen, um Joe noch einmal zu bitten, die Pflege zu übernehmen.

»Senhor, Sie dürfen die Hoffnung nicht aufgeben.«

»Versprichst du, an meiner Seite zu bleiben?«

»Ja, natürlich.« Und dann merkte Laura, dass der Patrão wieder eingeschlafen war. Oder war es wieder eine Ohnmacht? Dann spürt er wenigstens das Rumpeln des Wagens und die Schmerzen in seinem Rücken nicht, überlegte Laura und dachte über seine Worte nach. Sie hatte keine Ahnung, was da auf sie zukam, aber sie wusste, dass sich in diesen Tagen ihre ganze Lebensplanung veränderte.

Am späten Vormittag fuhren die Wagen durch einen großen hölzernen Torbogen mit der Aufschrift Fazenda ›Pitanga‹. Der Regenwald blieb zurück und vor den Augen Lauras breitete sich eine weite, grüne Hügellandschaft mit einer Mischbepflanzung aus großen und kleinen Bäumen aus. Joe, stolz, alles zu wissen, was die Pflanzen betraf, erklärte ihr leise, um den Patrão nicht zu stören, »die Kakaobäume wollen Schatten und Schutz vor Wind. Deshalb große Bäume über kleine Kakaobäume.«

»Und welches sind die Kakaobäume?«

»Die mit sechs Meter hoch und immer grün, und weil sie nicht hoch wachsen dürfen, wie sie wollen, kann man Früchte gut abschneiden.«

»Wie hoch wollen sie denn wachsen, wenn sie dürften?«, flüsterte Laura zurück.

»Hach, die wollen fünfzehn Meter hoch und kein Mann könnte Früchte ernten. Nicht mal mit Machete an Stange. Und wenn sie Mann auf den Kopf fallen, dann entweder Frucht kaputt oder Kopf.«

»So groß sind die Früchte?«

»Ja, Senhorita, Sie können sehen.«

»Ich sehe große grüne und gelbe und rote Gurken an den Baumstämmen hängen. Sie sehen wie aufgeblasene Gurken aus.«

Joe lachte leise, »Das nicht Gurken, Senhorita. Das hier viel dicker. Die schwer wie – wie –«, er überlegte, »na, wie Kessel mit Wasser.«

»Und ich dachte immer, Kakaobohnen sind klein und braun.«

»Die sind innen drin und grau. Und später nach viel Arbeit werden sie braun.«

»Und was für wunderschöne rote Büschel wachsen da an den Baumstämmen?«

»Die Büschel sind Blüten von Kakao.«

»Da blüht es und am selben Stamm hängen die Früchte?«

»Ja, das ganze Jahr über Erntezeit. Aber Patrão das nicht wollen.«

»Warum denn nicht?«

»Zu großes Durcheinander. Der Patrão erntet nur Herbst und Frühling. Und jetzt ist Herbst und es ist Zeit anzufangen.«

Herbst, dachte Laura, und dabei haben wir März. Dass hier alles umgekehrt ist, daran muss ich mich noch sehr gewöhnen.

Sie erreichten einen großen Hügel und in einiger Entfernung, ebenfalls auf einem Hügel angelegt, sah Laura ein großes Haus mit zahlreichen Nebengebäuden, ein Hüttendorf in einem Tal daneben und Weiden, auf den denen Pferde, Kühe und Schafe grasten. Aber bis dorthin gab es noch Tausende von Reihen mit Kakaobäumen, unterbrochen von kleinen Wasserläufen, die anscheinend für die Bewässerung sorgten. Laura war fasziniert von der Größe der Fazenda, denn ein Ende von dem sorgfältig geplanten Anbau war bis zum Horizont hin nicht zu erkennen. Da wurde an Wasser, an Schatten, an Windschutz gedacht, an geregelte Erntezeiten und, natürlich auch, an den Ertrag und an den Verkauf. Und mit Sorge dachte sie an den Wagen voller Jutesäcke, der jetzt hoffentlich schon auf dem Weg zur Fazenda war. Denn so viel wusste sie nun: Ohne Jutesäcke keine Ernte, kein Verkauf, keine Einnahme, kein Verdienst, weder für den Patrão noch für die Arbeiter.

Die Pferde spürten die Nähe des Stalls und wurden schneller. Während die Kutsche mit Feline und den Kindern jetzt in schnellem Galopp dem Haus zustrebte, hatte Joe alle Hände voll zu tun, sein Gespann zurückzuhalten. Zwar war der Weg jetzt gut ausgebaut und mit festem Sand bedeckt, aber der ungefederte Wagen rumpelte dennoch schwer über die Strecke und Joe wollte alle Unebenheiten vermeiden. Als sie näher kamen, sah Laura, dass das Haupthaus ein großes Viereck mit einem Innenhof bildete. Rund um die Außenseite säumte eine überdachte Veranda das Gebäude, der Innenhof war mit Schatten spendenden Palmen bepflanzt. Die Räume hatten keine Fenster, sondern nur Türen, die auf die Veranda führten, und das gesamte Gebäude stand auf kleinen Säulen aus Feldsteinen.

Während alle Gespanne zu irgendwelchen Nebengebäuden fuhren, hielten nur die Kutsche und Joes Wagen vor dem Haupteingang, wo ein paar Stufen hinauf zur Veranda führten. Die braunhäutigen Hausangestellten, fast alle Mischlinge zwischen Weißen und Indianern, kamen herausgelaufen, um die Herrschaften zu begrüßen. Sie lachten und klatschten zur Begrüßung in die Hände, aber Feline winkte ab. »Ruhe, bitte seid ruhig, der Patrão ist schwer krank.«

Bestürzt wurden alle still, ein paar Frauen hielten sich erschrocken die Hände vor den Mund und die Männer kamen näher, um ihren Patrão vom Wagen zu heben und ins Haus zu tragen. Feline nahm ihre verstörten Kinder an die Hand und winkte Laura zu: »Bitte kümmere dich um meinen Mann, ich muss jetzt bei den Kindern sein. Die Männer kennen seine Suite.«

Seine Suite, dachte Laura überrascht, haben denn die beiden nicht ein gemeinsames Schlafzimmer, so wie es bei uns in Hamburg üblich ist? Zu den Männern gesellte sich ein sehr distinguiert wirkender älterer Mann, der sich mit einem zurückhaltenden Nicken des Kopfes und auf Englisch vorstellte: »Ich bin Edward, der Butler des Patrão.«

Mit wenigen Worten berichtete Laura ihm von dem Überfall und der Verletzung des Hausherrn und fügte hinzu: »Der Patrão braucht dringend einen Arzt, den besten Arzt, der zu finden ist und der die Kugel entfernen kann. Bitte sorgen Sie dafür, dass der Arzt sofort geholt wird.«

»Das ist nicht meine Aufgabe, Senhorita. So eine Anordnung muss vom Herrn selbst ausgesprochen werden.«

»Aber ich bitte Sie, Mister Edward, wie kann ein bewusstloser Mann seine Anordnungen geben. Dann werde ich dafür sorgen, dass ein Arzt geholt wird.«

Joe beaufsichtigte alles und gab seine Anweisungen, da Lauras Portugiesisch noch nicht ausreichte, um so diffizile Anordnungen zu geben, wie es der Transport eines Schwerkranken erforderte. Sie folgte der Krankentrage bis in die Räumlichkeiten des Hausherrn. Hier aber verstellte ihr Edward, der englische Butler des Hausherrn, den Zutritt. »Senhorita, es geziemt sich nicht für eine junge Dame, die Räumlichkeiten eines Herrn zu betreten. Ich kümmere mich um den Senhor.«

Laura, wütend über das Getue dieses alten Mannes, erwiderte schroff: »Wissen Sie, Mister Edward, ich habe den Patrão ein paar Tage und Nächte lang gepflegt, ich weiß am besten, was gut für ihn ist und was sich für mich geziemt. Sie können gern seine Pflege übernehmen, aber im Übrigen werde ich Tag und Nacht an seiner Seite sein, so wie er es von mir erbeten hat. Also, kümmern Sie sich um sein körperliches Befinden, für alles andere bin ich da.«

»Hören Sie mal, Miss, erstens bin ich kein Pfleger und zweitens sind Sie anscheinend für die Kinder engagiert und nicht für den Hausherrn, also halten Sie sich zurück.«

Die Männer hatten die Trage auf dem Boden abgestellt und versuchten, den besinnungslosen Albert Baisanson hochzuheben und auf sein Bett zu legen. »Halt, so doch nicht«, rief Laura ihnen zu. »Wir dürfen ihn nicht bewegen, die Kugel kann verrutschen.« Und zu Joe gewandt: »Bitte, wir brauchen eine feste Decke, die rollen wir ganz vorsichtig unter seinen Körper und dann müssen alle zusammen die Decke anheben und straff halten, und so heben wir ihn dann auf sein Bett. Die Decke muss straff wie ein Brett sein, verstanden?«

Joe übersetzte ihre Worte, eine Decke wurde geholt und nach sehr behutsamen Bemühungen lag Albert Baisanson auf der Decke, die von allen gleichzeitig angehoben, straff gehalten und dann auf seinem Bett abgelegt wurde. Ein Hausdiener wurde geholt, um den Patrão zu entkleiden und zu waschen. Der Butler gab nur seine Anweisungen, aber Joe erklärte die Handgriffe, um Albert nicht unnötig zu bewegen. Als der Patient einigermaßen versorgt war, kam Joe zu Laura, die in einem Vorraum auf ihn wartete, und erklärte: »Senhorita Laura, ich reite nach Petrolina. Ich hole den besten Arzt. Jetzt sofort.«

»Aber Joe, Sie sind müde, kann nicht ein anderer nach Petrolina reiten. Es ist so ein weiter Weg, das haben Sie mir unterwegs erzählt.«

Aber der Farbige schüttelte den Kopf. »Ich holen besten Arzt und auch mit Gewalt. Ich komme mit Arzt, fest versprochen.«

Da Laura keinen anderen Ausweg wusste, nickte sie nur und flüsterte: »Danke, Joe.« Dann ging sie nach draußen, wo gerade sein großer Wagen ausgeladen wurde. Neben den schweren und mehrfach verriegelten Schrankkoffern der Familie, den spitzenverzierten Hutschachteln der Senhora Feline und Lauras eigenen kleinen Köfferchen wurden auch zahlreiche Kisten Hamburger Rotspon ins Haus gebracht, ein Rotwein, den Albert Baisanson besonders schätzte. Drinnen traf sie auf die Haushälterin, die sie mitleidig ansah und dann erklärte: »Da sich keiner um Sie zu kümmern scheint, zeige ich Ihnen Ihr Zimmer. Es liegt zwischen den Zimmern der Kinder in einem separaten Teil des Hauses. Als die Kinder klein waren, wollte niemand durch ihr Schreien belästigt werden.«

»Das ist sehr nett von Ihnen. Sie sprechen sehr gut Englisch, Madame.«

»Sagen Sie nicht Madame zu mir, ich bin Maria, das genügt. Als Kind durfte ich eine Schule besuchen, das ist hier auf der Fazenda so üblich, und deshalb kann ich etwas Englisch. Und nun kommen Sie mit, Sie wollen sich bestimmt erfrischen und umkleiden. Ein Badezimmer haben Sie ganz allein für sich.«

»Vielen Dank, ja, waschen und umziehen möchte ich mich wirklich. Die Reise war sehr anstrengend und die Kleider sind sehr schmutzig.«

»Wo ist denn Miss Claudine?«

»Sie hat unterwegs einen Verehrer gefunden und ist mit ihm weitergereist.«

»Was so eine Reise alles vermag?« Maria kicherte leise vor sich hin. »Und jetzt sind Sie die neue Gouvernante?«

»Nein, ich bin die Hauslehrerin. Aber ich selbst muss erst einmal Portugiesisch lernen, damit ich mich hier besser verständigen kann.«

Jetzt lachte Maria. »Wenn Sie wollen, helfe ich Ihnen.«

»Ja, das wäre sehr nett. Sie können gern Laura zu mir sagen.«

»Ein anmutiger Name, aber ich werde Sie nie so nennen, denn das darf ich nicht. Da gibt es strenge Regelungen, denn ich bin nur eine Latina, ein Mischling, aber Sie sind eine Europäerin.«

»Ich halte nichts von solchen Bestimmungen, Maria.«

»Aber ich bin dazu gezwungen und ich bin daran gewöhnt,

dass die Herrschaften etwas Besonderes sind, und Sie gehören zu den Herrschaften.«

»Na, so fühle ich mich wirklich nicht. Ich bin hier nur angestellt. Wo finde ich die Kinder eigentlich?«

»Die sind in der Suite ihrer Mama. Dona Feline wünscht sie heute Nacht bei sich zu haben. Die Kindermädchen kümmern sich um sie.«

»Na schön. Dann werde ich mich jetzt waschen und umziehen, und dann muss ich nach dem Patrão schauen, er will mich in seiner Nähe haben, wenn er aufwacht.«

»Das wird dem Herrn Butler aber gar nicht gefallen.«

»Das stört mich nicht. Senhor Albert hat mich gebeten, an seiner Seite zu sein, und das werde ich.«

»Das wird ihm guttun. Wird er bald wieder gesund?«

»Ich weiß es nicht. Joe ist unterwegs, um einen Arzt zu holen.«

»Joe ist ein guter Mann. Auf ihn kann man sich immer verlassen. Bei uns Latinos besitzt er ein großes Ansehen.«

»Er hat mir auf der Reise sehr geholfen.«

»Ja, er ist ein zuverlässiger Mann. Haben Sie Hunger?«

»Ja, auch, aber vor allem großen Durst.«

»Ich schicke ein Mädchen mit Limonade und dann kommen Sie in den Speiseraum, ich bitte die Köchin um ein Essen für Sie.«

»Aber doch nicht für mich allein.«

»Ich glaube nicht, dass heute noch jemand im Speiseraum essen wird. Die Patroa hat für sich und die Kinder das Essen in ihre Suite bestellt.«

»Danke, Maria, dann komme ich gleich in den Speiseraum.«

Seltsam, dachte Laura, viel Familiensinn scheint es hier nicht zu geben. Feline Baisanson hätte mich ja wenigstens in meine Pflichten einweisen können. Ich verstehe, dass sie erschöpft und traurig und ängstlich ist, aber ihr Platz wäre jetzt an der Seite ihres Mannes gewesen und nicht an der Seite ihrer Kinder.

19

Nachdem Laura ihre Mahlzeit allein im schattigen Innenhof zu sich genommen hatte, zeigte Maria ihr das Wohnhaus. »Die Patroa hat mich gebeten, Ihnen das Haus und die Wirtschaftsgebäude zu zeigen, wenn es Ihnen recht ist, können wir gleich damit beginnen. Sie müssen doch wissen, wo Sie hier leben.«

»Danke, Maria, es fällt mir wirklich schwer, mich zurechtzufinden.«

»Nun ja, das Haus ist ein großes Viereck, das haben Sie ja schon von Weitem gesehen. Vorn ist der Eingang mit den Salons und dem Esszimmer der Familie. Außerdem gibt es rechts und links die Empfangsräume für Gäste. Wissen Sie, früher haben hier öfter Feste stattgefunden, die dann mehrere Tage dauerten, weil die Gäste so weite Wege hatten.«

»Warum sagen Sie früher, hat sich das geändert?«

»Ja, leider, die Herrschaften haben in letzter Zeit sehr zurückgezogen gelebt.«

»Gibt es dafür Gründe?«

Maria zuckte mit den Schultern und schwieg. Nach einer Weile sagte sie: »Ich weiß es nicht.« Laura wollte sie nicht bedrängen und fragte nicht weiter. »Der Seitenflügel mit den Gästezimmern rechts vom Eingang ist jetzt der Trakt, in dem der Hausherr wohnt. Er hat auch seine Büros dorthin verlegt und meinte, es sei besser, alles unter einem Dach zu haben, ohne die Familie zu stören.«

»Nun, das kann man ja verstehen. Wo waren die Büros denn vorher?«

»Auf dem Wirtschaftshof, wo auch die Verwalter und die Angestellten wohnen.«

»Sie auch?«

»Ja, wir vom Hauspersonal haben dort auch ein Haus. Ehepaare bewohnen dort eine Wohnung, die ledigen Angestellten ein Zimmer.«

»Sind Sie verheiratet, Maria?«

»Aber nein«, sie lächelte, »für einen eigenen Mann hätte ich gar keine Zeit.«

»Und wie geht es hier im Haus weiter?«

»Links vom Eingang kommt man in den Teil des Hauses, den die Senhora bewohnt. Sie hat ja auch Büros, in denen sie arbeitet. Aber die haben nichts mit der Fazenda zu tun. Die Senhora ist sehr beschäftigt mit den Kämpfen um das Frauenrecht, ich weiß allerdings nicht, was das genau zu bedeuten hat.«

»Die Senhora kämpft um die Gleichberechtigung für die Frauen. Sie sollen in allen Dingen die gleichen Rechte haben wie die Männer. Hier ist das vielleicht nicht so bekannt, aber in England und in Amerika und auch schon in Hamburg gibt es viele Frauen, die auch darum kämpfen.«

»Ach ja? Mir gefällt es aber so, wie es ist. Es gibt jemanden, der einem sagt, was man tun soll, und das ist mir recht. Also«, fuhr sie fort, »der letzte Teil, in dem Sie mit den Kindern wohnen, liegt nach hinten hinaus und verbindet die drei Teile des Hauses. In der Mitte haben wir den großen Innenhof, den Sie ja schon kennen. In dem spielt sich ein großer Teil vom Leben der Herrschaften ab. Von allen Zimmern aus kann man dort hineingehen und auch auf die Veranda, die das Haus umschließt.«

»Ich finde, es ist ein sehr schönes, beeindruckendes Haus. Aber es ist sehr schlicht eingerichtet.«

»Das hängt mit der Hitze zusammen. Weiße Wände, ein paar weiße Möbel, weiße Gardinen, das täuscht eine kühle Atmosphäre vor.«

»Ach ja, ich verstehe. Und weshalb steht es auf Steinstützen?«

»Nun, man muss das Haus vor Ungeziefer und Feuchtigkeit schützen.«

»Was denn für Ungeziefer?« Laura spürte eine leichte Gänsehaut auf ihren Armen und wollte das genauer wissen.

»Hm, manchmal haben wir hier eine Ameisenplage und vor Schlangen ist man auch nie sicher.«

»Schlangen? Aber die sind doch gefährlich.«

»Man gewöhnt sich daran und mit der nötigen Vorsicht besteht auch keine Gefahr.«

»Und was muss man tun, um vorsichtig zu sein?«

»Na ja, man sollte genau schauen, wohin man tritt, und man sollte Stiefel tragen«, sie zeigte auf ihre eigenen Füße, »und die Stiefel immer ausschütteln, bevor man sie anzieht. Sie sollten auch Stiefel tragen.«

»Aber ich habe nur Reitstiefel dabei.«

»Oh, die sind viel zu warm, um sie den ganzen Tag zu tragen. Wir haben im Wirtschaftshaus eine Kammer, da stehen Stiefel in allen Größen, die sind aus Hanf geflochten und ziemlich luftig und leicht, aber fest genug, um einen Schlangenbiss abzuhalten.«

»O Gott!«

»Ach, Senhorita, man gewöhnt sich an alles. Wir gehen gleich in die Kammer und Sie suchen sich die Stiefel selbst aus.«

»Gibt es noch mehr Tiere, vor denen ich mich schützen muss?«

»Na ja, wir haben Fledermäuse, die nachts ganz schön aggressiv sein können, und wir haben giftige Frösche, die mit den roten Flecken sind gefährlicher als die mit den gelben, aber sie sind ängstlich und nicht angriffslustig. Die Schlangen übrigens auch, sie greifen nur an, wenn sie sich bedrängt fühlen.«

»Hm, ein großer Trost ist das nicht. Und womit muss ich noch rechnen?«

»Vorsicht mit den Moskitos. Aber da haben Sie ein Netz über dem Bett, das müssen sie abends herunterlassen und ganz fest unter die Matratze schieben, rundum, dann sind Sie sicher.«

»Und die Steinstützen schützen das Haus vor Schimmel?«

»Ja, es ist sehr feucht hier. Manchmal steigt das Wasser in den kleinen Kanälen, mit denen die Kakaobäume bewässert werden, dann lebt man hier wie mitten im See.«

»Und wann steigt das Wasser?«

»Na ja, wenn der Rio Puranero Hochwasser führt. Das ist meist in der Regenzeit, dann kann er nicht in den Rio São Francisco abfließen und dann staut sich das Wasser oft bis hierhin zurück.«

»Aber das Haus steht doch auf einem Hügel.«

»Auf einem kleinen Hügel, ein größerer war nicht da. Und was glauben Sie, wie viel Regen hier so herunterkommt? Na ja, und der Regenwald ist ja auch nicht weit.«

Mein Gott, dachte Laura, wenn ich das alles in Hamburg gewusst hätte! Schlangen und Regen und giftige Frösche und Ungeziefer und Hochwasser und angriffslustige Fledermäuse, wer weiß, was es noch alles gibt.

Aber nein, trotzte sie heimlich, ich wollte die Welt kennenlernen und die besteht nun einmal nicht nur aus schönen Straßen und Einkaufspassagen, aus Abenden im Freien ohne Moskitos. Maria sah sie skeptisch an. »Haben Sie Angst, hier zu leben?«

»Nein, ich werde mich schon an alles gewöhnen. Die Herrschaften leben ja auch hier und die Kinder sind sehr glücklich in dem schönen Haus, das haben sie mir auf der Reise immer wieder erzählt.«

»Sie werden sich schon eingewöhnen, Senhorita. Soll ich Ihnen noch mehr zeigen?«

»Das wäre nett. Wo ist denn die Küche?«

»Die Küche und die Wirtschaftsräume sind in dem Haus da drüben.«

«Aber das ist doch umständlich, so ein weiter Weg.«

»Das ist hier so üblich. In der Küche gibt es Gerüche, die die Herrschaften stören würden, und dann der Krach, wenn die Frauen kochen oder wenn andere Frauen die Wäsche waschen. Wissen Sie, die reden immerzu und sehr laut, und das würde auch sehr stören.«

Laura schüttelte den Kopf. Bei den Merlinius' war doch auch alles unter einem Dach und man hörte nie Geräusche aus der Küche im Souterrain.

Maria lächelte. »Wir Mestiços sind ein lautes und ein lustiges Volk, wir reden viel und wir lachen viel.«

Laura und Maria gingen hinaus auf die Veranda. Das tief heruntergezogene Dach schützte den Vorbau vor der Sonne und die mit Gaze verkleideten Türen wehrten die Insekten ab. Draußen war es warm und schwül und Laura spürte, dass die Steinmauern das Haus vor der Hitze schützten. Überall gab es bequeme Korbstühle und Tische, auf kleinen Kommoden standen exotische Blumensträuße und von den Dachbalken herunter hingen Körbe mit Orchideen.

Laura hätte sich die Pracht gern in Ruhe angesehen, aber Maria ging weiter und so folgte sie ihr über einen gepflasterten Weg zu den Wirtschaftsgebäuden. Sehr schnell merkte sie, dass Maria recht hatte mit ihrem Bericht über das Spektakel, das die Frauen verursachten. Außerdem zogen Schwaden genüsslicher Gerüche über den Vorplatz. Maria lächelte. »Wir kochen hier für die Vorarbeiter und die Angestellten und an jedem Wochenende gibt es Feijoada für alle, ein Festessen, auf das wir uns die ganze Woche freuen.«

»Feijoada? Was ist das?«

»Das sind schwarze Bohnen mit Reis, Fleisch, Wurst und verschiedenen Gemüsesorten. Alles in einem Topf, wunderbar.« Vor Genuss schloss Maria die Augen und atmete tief ein. Dann lachte sie und fuhr fort: »Aber in einer kleineren Küche wird für die Herrschaften gekocht. Die bevorzugen die französische Küche, und Alma, ihre Köchin, wurde vor zehn Jahren extra aus Frankreich geholt.«

»Und das am Rande des Urwaldes«, lachte Laura überrascht.

»Ja, Dona Feline legt großen Wert auf die Beibehaltung französischer Werte. Wir Angestellten sprechen Portugiesisch, auch mit den Kindern, aber die Gouvernante musste immer Französisch mit ihnen sprechen.«

»Es ist die Muttersprache und ich finde es schön, wenn sie auch in der Fremde erhalten bleibt.«

Sie hatten den Wirtschaftshof erreicht. Neben der Küche gab es ein Waschhaus, ein Gemeinschaftshaus mit Aufenthaltsraum und Speiseraum, eine kleine Schule mit zwei Klassenräumen und das Wohnhaus für die Angestellten. Ein paar Hundert Meter davon entfernt sah Laura Stallungen, Weiden und scheunenähnliche Gebäude.

»Das ist der Bauernhof«, erklärte Marie. »Wir sind Selbstversorger. Wir haben Rinder, Schweine und Geflügel. Hinter dem Hof liegen die Felder, die Gemüsegärten und die Weiden. Außerdem hat der Patrão eine Pferdezucht für den eigenen Gebrauch, denn ohne Pferde ist man hier aufgeschmissen, die Wege sind kilometerweit, das ist zu Fuß gar nicht zu schaffen.« Sie lächelte: »Und um das alles herum wachsen die Kakaobäume. Es gibt noch ein paar Kilometer von hier entfernt ein Dorf für die Erntearbeiter. Da sind dann auch die Schuppen und die Trocknungsanlagen für die Kakaoernte.«

»Gütiger Himmel«, sagte Laura laut und erschrocken, »so groß habe ich mir das alles wirklich nicht vorgestellt.«

Maria nickte stolz. »Wir haben die größte Fazenda hier im Westen von Pernambuco. Wir sind eine richtig große Gemeinde. Wenn man alle zusammenzählt, dann sind wir ein paar Hundert Leute.«

Und dann fragte sie mit ängstlicher Stimme: »Aber was soll werden, wenn der Patrão krank ist?«

»Hat er denn keine Verwalter?«

»Doch, wir haben zwei, einen für die Kakaopflanzung und einen für die Angestellten und den Bauernhof.« Und leise fügte sie hinzu: »Aber es gibt immer Auseinandersetzungen zwischen den beiden und dem Patrão. Einer traut dem anderen nicht.«

»Und woher wissen Sie das?«

»Es spricht sich rum. Sie glauben gar nicht, was die Leute so erzählen. Ich bin eine Mestiça, meine Mutter ist Indianerin und mein Vater Weißer, vor mir sind sie offen, dem Patráo gegenüber würden sie nie darüber reden. Aber er weiß Bescheid. Er ist ein kluger Mann und kämpft auf seine Art dagegen an.«

Laura fragte nicht weiter. Das war ein heikles Thema und sie durfte sich auch nicht durch Fragen und Antworten auf die eine oder andere Seite stellen. Sie war die Hauslehrerin und nichts weiter.

Maria schwieg einen Augenblick, dann sagte sie leise. »Der Patrão ist ein starker Mann, er ist groß, er hat eine dominante Stimme, er strömt Macht aus, das alles zwingt die Mestiços zum Gehorsam. Aber was wird, wenn er krank bleibt?«

Darauf hatte auch Laura keine Antwort. Dann bat Maria: »Kommen Sie, wir holen die Stiefel für Sie, die sind hier in einer Kammer.« Sie führte Laura zu einem Schuppen, schloss eine kleine Tür auf und forderte Laura auf, zwei Paar Stiefel anzuprobieren. »Warum gleich zwei Paar?«

»Sie werden im Laufe des Tages feuchte Füße bekommen, dann sollten sie wechseln. Der Hanf ist zwar luftdurchlässig, aber auf die Dauer wird es unangenehm.«

Als Laura zugreifen und den ersten Stiefel überstreifen wollte, rief Maria: »Halt, nicht so. Immer erst kontrollieren. Das dürfen Sie nie vergessen.« Sie nahm vorsichtig einen Stiefel hoch, fasste ihn an der Ferse an und schüttelte ihn aus. Mit dem Zweiten machte sie es ebenso. »Immer daran denken, es könnten Schlangen sich darin verkrochen haben oder auch Frösche. Machen Sie es jetzt mit dem zweiten Paar.«

Laura ekelte sich eigentlich, nahm dann aber tapfer die Stiefel einen nach dem anderen in die Hand, schüttelte sie und atmete auf, als sich nichts darin befand.

»Nun dürfen Sie ein Paar anprobieren. Trotzdem würde ich nach dem Schütteln auch noch mit der Hand prüfen, ob er wirklich leer ist.«

Laura probierte die Stiefel, und als sie vier passende Schuhe gefunden hatte, behielt sie ein Paar an und nahm das zweite Paar und ihre leichten Sommerschuhe in die Hand und ging mit Maria zurück zum Herrenhaus. Sie sind bequem, dachte sie, und federleicht, und war doch froh, dass die Mutter darauf bestanden hatte, auch dicke, von ihr selbst gestrickte Wollsocken mitzunehmen. Die sind jetzt ideal für diese Stiefel, überlegte sie und lächelte in Gedanken an die Mutter, die anscheinend mit winterlicher Kälte hier in Brasilien gerechnet hatte.

Ins Herrenhaus zurückgekehrt, erwartete der Butler Laura bereits auf der Veranda. Missmutig sagte er: »Der Patrão erwartet Sie in seinem Salon.« Das Wort »Schlafzimmer« auszusprechen widerstrebte ihm, denn eine junge Dame hatte im Schlafzimmer eines Herren nichts zu suchen. Laura schaute an sich herunter, mit den Hanfstiefeln und dem verschwitzten Kleid mochte sie dem Senhor nicht begegnen. »Ich werde mich schnell frisch machen, dann komme ich«, antwortete sie höflich, denn sie wollte den Butler nicht verärgern, sie würde vielleicht noch oft und lange mit ihm auskommen müssen, wenn der Senhor bei seinem Wunsch blieb, sie als »rechte Hand« zu gebrauchen.

Als sie das Krankenzimmer betrat, sah Albert sie mit großen besorgten Augen an. »Was ist los, Laura, ich bin zu Hause, aber wo sind die anderen, wo ist Feline, wo sind die Kinder?«

»Senhor Albert, Sie waren bewusstlos, wir wollten Sie nicht stören. Ich werde Senhora Feline gleich benachrichtigen und ihr sagen, dass Sie jetzt wach sind.«

»Nein, nein, lass sie nur, der Anblick kranker Menschen ist ein Horror für sie.«

»Aber nein, Senhor Albert, die Senhora ist sehr besorgt und fragt ständig nach Ihnen.«

»Laura, was ist los mit mir? Wann kommt der Arzt? Wann holt man die Kugel aus meinem Rückgrat?«

»Joe ist unterwegs, um den Arzt zu holen, aber Petrolina ist mindestens einen Tagesritt entfernt, hat man mir gesagt. Haben Sie starke Schmerzen?«

»Nein, überhaupt nicht, Laura, und das ist das Schrecklichste. Ich spüre gar nichts. Bitte, komm etwas näher, ich möchte dich um einen Gefallen bitten.« Er versuchte den Kopf zu drehen und sich im Zimmer umzusehen, aber auch das konnte er nicht. »Sind wir allein?«, flüsterte er.

»Nein, der Butler ist hier.«

»Edward, besorgen Sie mir Limonade und einen Strohhalm.«

»Senhor Albert, es ziemt sich nicht für eine junge Dame, sich mit einem Herrn allein in dessen Schlafzimmer aufzuhalten.«

»Was sich in diesem Hause ziemt und was nicht, bestimme immer noch ich. Holen Sie die Limonade, achten Sie darauf, dass sauberes Wasser und gesunde Limetten verarbeitet werden. Dann kommen Sie in einer Viertelstunde damit zurück.«

»Aber Senhor …«

»Kein Aber, bitte! Sie tun, was ich sage.«

Wortlos verließ der Butler das Zimmer. Laura war erschrocken, mit welcher Macht der schwer kranke Mann hier das Zepter führte. Gleichzeitig war sie froh, dass er diese Stärke noch hatte. Solange die Angestellten und Arbeiter spürten, dass dieser Patrão zwar seine körperliche Kraft verloren hatte, aber nicht seine Autorität, würde er Herr im Hause bleiben. Albert Baisanson lächelte zum ersten Mal seit Tagen und flüsterte: »Zum Glück habe ich meine Stimme nicht verloren. Bitte nimm den Stuhl und setz dich zu mir, was ich dir zu sagen habe, braucht niemand zu hören, und hier haben die Wände Ohren.«

Leicht verlegen setzte sich Laura neben sein Bett, nahm ein feuchtes Tuch und wischte ihm den Schweiß aus dem Gesicht.

»Danke. Kein Mensch kommt außer dir auf den Gedanken, mein Gesicht abzuwischen.«

»Aber das ist doch selbstverständlich.«

»Nicht für alle. Laura, ich möchte dich in meiner Nähe haben, aber ich möchte dich nicht in Verlegenheit bringen.«

»Das tun Sie nicht, Senhor.«

»Ich brauche deine Pflege nicht, es gibt genug Männer, die das erledigen können, Joe wird die entsprechenden aussuchen. Ich brauche deine Hilfe. Du bist eine kluge junge Frau, du bist engagiert und couragiert, du steckst nicht den Kopf in den Sand, wenn die Situation schwierig wird. Ich glaube, du bist die einzige Person hier auf der Fazenda, der ich hundertprozentig vertrauen kann, und so eine Person brauche ich jetzt.«

»Aber Senhor Albert, Sie kennen mich doch gar nicht.«

»Was ich bisher gesehen habe, genügt mir. Weißt du, ich bin nicht verwöhnt mit vertrauenswürdigen Menschen. Du hast nach dem Überfall als Einzige vernünftig reagiert, du hast den Mann nach Recife zurückgeschickt, um die Jutesäcke zu holen. Du hast keine Ahnung von der Pflanzung, aber du hast unsere Ernte gerettet. Siehst du, darauf kommt es an, im richtigen Augenblick das Richtige zu tun.«

»Senhor Albert, ich danke Ihnen für Ihr Vertrauen, aber ich denke, an erster Stelle sollten Sie mit Ihrer Frau dieses Vertrauen teilen. Verzeihen Sie, wenn ich so offen bin, aber ich möchte nicht einen Platz einnehmen, der mir gar nicht zusteht.«

»Laura, meine Frau ist ein wunderbarer Mensch, ich verehre sie und bewundere sie, nur ihre Interessen sind nicht die meinen. Dennoch, wir führen eine gute Ehe und ich bin dankbar, sie hier an meiner Seite zu haben. Mit dir aber möchte ich in Zukunft die Fazenda führen. Was immer das heißt – aber du weißt, dass ich nicht einmal die Hände gebrauchen kann, um irgendetwas zu tun.«

»Sie dürfen die Hoffnung auf eine Besserung nicht aufgeben, Senhor. Der Arzt wird Ihnen helfen können, da bin ich ganz sicher.«

»Laura, eine Kugel im Rückgrat, da kann man nichts mehr retten. Ich spüre nicht einmal mehr die Schmerzen, die ich zuerst hatte. Das bedeutet ...«

Der Butler klopfte, seine Viertelstunde war anscheinend um. Er brachte einen Krug mit Limonade, ein Glas und einen Strohhalm.

»Darf ich Ihnen jetzt die Limonade reichen, Senhor?«

»Danke, Edward. Geh bitte und hole die Patroa. Ich möchte meine Frau und meine Kinder begrüßen.« Und zu Laura gewandt: »Er hat nicht einmal begriffen, dass ich meine Hände nicht mehr gebrauchen kann.«

Laura nickte traurig, sie hatte es sehr wohl bemerkt, dann wollte sie aufstehen und das Zimmer verlassen, aber Albert bat sie zu bleiben. Wenig später betrat Feline das Zimmer.

»Hallo, wie geht es dir?«

»Liebste Feline, den Umständen entsprechend. Wo sind die Kinder?«

»Die Kinder sind in meinem Boudoir, ich halte es für besser, wenn sie ihren geliebten Vater nicht in dieser Situation sehen.«

»Sie werden sich daran gewöhnen müssen. Hol sie bitte her.«

»Albert, sie sind ängstlich und verstört, wir sollten ihnen nicht auch noch deinen, deinen ...«

»Meinen Anblick zumuten, das wolltest du sagen, nicht wahr?«

»Bitte, Albert, gib ihnen etwas Zeit. Sie sollen sich erst hier wieder eingewöhnen, dann ...«

»Feline, meine Töchter sind nicht aus Zuckerguss. Sie sind stärker, als du denkst. Hol sie jetzt bitte.«

Feline ging, ohne noch einmal zu widersprechen. Aber sie kam auch nicht zurück. Auch die Patroa hatte einen sehr eigenen Willen.

20

Fünf Wochen später schrieb Laura ihren ersten Brief an die Eltern in Hamburg. Ein großer Teil der Kakaoernte war abgeschlossen und sie hoffte, dass dieser Brief, zusammen mit der Geschäftspost und Hunderten von Jutesäcken voller Kakaobohnen, die Reise nach Hamburg antreten würde.

Sie schrieb:

»Geliebte Mama, verehrter Papa,

ich möchte Euch mitteilen, dass es mir gut geht. Ich hoffe, dass es Euch ebenfalls gut geht, und dass Ihr inzwischen eine neue Buchhandlung eröffnen konntet. Sicherlich habt Ihr sehr viel zu arbeiten, aber ich würde mich freuen, einmal von Euch zu hören. Madame Merlinius kann Euch sicherlich beraten, wie man einen Brief hierher schickt.

Ich habe die lange Reise mit dem Schiff und mit den Pferdewagen hierher auf die Fazenda ›Pitanga‹ gesund überstanden. Aber mein Leben hat sich vollständig geändert, nichts ist mehr so, wie ich es geplant hatte. Schuld an der Veränderung war ein …«

Nein, überlegte sie, von einem Überfall darf ich nichts erzählen. Die Eltern würden sich ängstigen und mich auffordern, sofort nach Hamburg zurückzukommen, und das will ich nicht. Also schrieb sie weiter:

»… war ein Unfall auf dem Weg durch den Urwald, bei dem Senhor Baisanson schwer verletzt wurde. Er ist gestürzt und ist nun vom Hals an gelähmt. Er kann atmen, essen und sprechen, aber das ist auch alles. Aber er hat Pfleger und einen Butler und ist gut versorgt. Aber so eine große Fazenda zu führen ist eine riesige Aufgabe. Deshalb hat er mich gebeten, ihm bei dieser Arbeit zur Seite zu stehen. Ich bin nun seine große Stütze und mit den Kindern habe ich kaum etwas zu tun. Sie bekommen von mir zwei Stunden Deutschunterricht am Tag, bevor dann Senhor Baisanson nach mir ruft. Mir macht die neue Arbeit an seiner Seite viel Freude und ich lerne viel über die Arbeit auf einer Kakaoplantage, eine Arbeit, die sehr intensiv und verantwortungsvoll ist.«

Laura dachte nach: Hoffentlich finden meine Eltern die neuen Aufgaben für mich angemessen und verbieten mir nicht den beruflichen Wechsel, denn eine Hauslehrerin bin ich nun nicht mehr, viel eher eine Sekretärin mit großer Verantwortung. Vielleicht sollte ich nicht so viel über mich persönlich schreiben, überlegte sie, sondern mehr über die Plantage. Und so fuhr sie fort:

»Die Fazenda ist riesengroß. Zu Fuß kann man da gar nicht unterwegs sein. Früher ist der Senhor geritten, jetzt hat er eine kleine Kutsche auf zwei Rädern bauen lassen, ein Dogcart, und damit sind wir täglich unterwegs. Ich fahre den Wagen, wohin er gefahren werden möchte, und er kommandiert von dem Dogcart aus die Arbeiter und beaufsichtigt sie. Es gibt zwei Verwalter neben Hunderten von Arbeitern mit vielen verschiedenen Hautfarben, aber auf diese Verwalter sei kein großer Verlass, sagt der Patrão – so wird hier der Patron genannt –, und deshalb macht der Senhor Baisanson die meiste Arbeit selbst und dazu braucht er mich. Neben den Fahrten bin ich seine rechte Hand im Büro. Er diktiert mir die Geschäftsbriefe und ich schreibe sie. Zum Glück habe ich eine sehr gute Schrift, die er immer wieder lobt. Und ich kann die Briefe in deutscher und englischer Sprache schreiben, was sehr wichtig ist. Da muss ich euch für meine gute Schulbildung sehr dankbar sein.

Wir haben jetzt den ersten großen Teil der Kakaoernte hinter uns und ich habe gelernt, wie viel Arbeit das bedeutet.

Erst werden die Früchte, die direkt am Baumstamm wachsen – nicht an Ästen, wie bei uns die Äpfel –, mit großen Messern abgeschnitten, dann werden sie aufgeschnitten und dann wird so eine glitschige, weiße, süße Masse, in der die grauen Kakaobohnen liegen, auf Bananenblättern ausgebreitet. Das Abschneiden ist Männerarbeit, das Ausbreiten ist Frauensache. Da arbeiten ganze Familien zusammen. Dann beginnt diese Masse zu schwitzen, was man Fermentation nennt und zehn Tage lang dauert. Dabei bekommen die Bohnen ihre Farbe und ihre Aromastoffe, was ich mir überhaupt nicht vorstellen kann. Danach werden die Bohnen zum Trocknen auf Holzplatten in die Sonne gelegt. Und wenn es regnet, werden sie ganz schnell zugedeckt. Aber wir hier auf der Fazenda sind sehr modern, wir haben Räder unter den Holzplatten, und wenn es regnet, werden sie in viele niedrige Hütten gerollt. Es gibt so viele Hütten, dass sie bei uns in Hamburg die Binnenalster bedecken würden. Hier ist eben alles so groß, dass man sich das in Hamburg gar nicht vorstellen kann.

Wenn die Bohnen trocken sind, werden sie in Jutesäcke geschaufelt und mit vielen Pferdewagen zum Hafen in Recife gefahren. Und mit dieser kostbaren Ladung – früher haben die Leute nicht mit Mil-Réis, so heißt hier das Geld, sondern mit Kakaobohnen bezahlt - und mit dieser Ladung und einem Karton voller Geschäftsbriefe soll nun auch mein Brief zu Euch reisen. Hier ist eben alles anders, aber es ist interessant und ich lerne viel.

Ich grüße euch von ganzem Herzen und wünsche Euch Gesundheit und viel Erfolg mit der neuen Buchhandlung, auf die ich schon sehr gespannt bin. Bitte schreibt doch auch einmal.

Eure Laura. Fazenda Pitanga im Mai 1848«

Laura hatte lange gezögert, diesen Brief zu schreiben. Sie wollte zwar die Eltern an ihrem Leben teilnehmen lassen und möglichst genau beschreiben, wie es ihr ging, aber sie musste vieles verschweigen, was die Eltern beunruhigt hätte. So erzählte sie nichts von den seltsamen Augenblicken, die sie bei Albert Baisanson verbrachte, in denen sie einfach nur neben ihm sitzen und ihm ihre Hände schenken sollte. Es waren eigenartige, bewegende und für sie auch erregende Minuten, in denen kaum gesprochen wurde. Sie erinnerte sich, wie es damit angefangen hatte:

Nach der Operation, bei der ein Arzt aus Petrolina die Kugel zwar entfernt hatte, der Zustand der Lähmung aber in keiner Weise behoben werden konnte, hatte Joe einen Rollstuhl für seinen Patrão gebaut. Mithilfe eines Pflegers konnte Albert im Haus und in der näheren Umgebung herumgefahren werden. Die Fahrten, die er halb liegend überstand, denn zum aufrechten Sitzen war er nicht in der Lage, strengten ihn sehr an, und wenn er wieder in seinem Salon war, bat er Laura zu sich, um ihr seine Beobachtungen zu diktieren oder auch Mitteilungen an Vorarbeiter, die dann weitergeleitet werden mussten.

Auch heute war es wieder so. Der Pfleger brachte seinen Patrão ins Haus zurück, wo Laura, wie immer, mit Kaffee und Gebäck auf ihn wartete. Sie hielt die Tasse, aus der er mit einem Strohhalm trank, reichte ihm die Plätzchen zwischen die Lippen und achtete darauf, dass ihm der Schweiß nicht in die Augen lief, denn trotz der angenehmen Temperatur im Haus war es die innere Anstrengung, die dem Mann den Schweiß auf die Stirn trieb.

Nachdem Albert den Kaffee getrunken und etwas von dem Gebäck zu sich genommen hatte, blickte er zu seinem Schreibtisch hinüber und Laura verstand, dass er etwas diktieren wollte. Sie holte sich einen Schreibblock und einen Graphitstift und setzte sich wieder neben den Rollstuhl. Albert diktierte ihr zwei Anweisungen für die Vorarbeiter, ein paar Zahlen für die Abrechnung, die er nicht vergessen wollte, und einen Brief an seinen Advokaten in Petrolina.

Danach schloss er für einen Augenblick erschöpft die Augen. Als Laura aufstehen wollte, bat er leise: »Bleib noch ein Weilchen bei mir.« Er sah sie mit großen Augen an und das war einer dieser Augenblicke, in denen Laura von einem unbekannten, wohligen Gefühl erfüllt wurde, das ihr die Röte in die Wangen trieb. Am liebsten wäre sie aufgesprungen und aus dem Salon gelaufen, aber seine Augen hielten sie fest und sie war nicht in der Lage, sich zu bewegen.

»Bitte, reich mir deine Hand.« Vorsichtig legte sie ihre Hand in die seine. Aber er schüttelte enttäuscht den Kopf. »Nicht einmal das kann ich fühlen.«

Behutsam streichelte Laura seine Hand, tastete über die Innenfläche und zeichnete die Furchen nach, die sich dort während eines sechzigjährigen Lebens gebildet hatten. Liebevoll berührte sie die Fingerspitzen, umrundete sie und strich mit der eigenen zitternden Hand über seinen Handrücken und die braun gegerbte, faltige Haut.

In seinen Augen las sie, wie sehr er um Gefühle und Zuneigung bettelte, und so legte sie schließlich ihre Hand auf seine Lippen und mit großer Zärtlichkeit begann er, ihre Hand zu küssen. Das waren die Augenblicke, die Laura fürchtete und liebte, Gefühle, die ihr Herz zum Klopfen brachten. Gefühle, denen sie nicht ausweichen konnte und die sie sogar herbeisehnte. Sie fühlte, wie auch ihr der Schweiß ausbrach, weil sie dieser Berührung ausgeliefert war.

Albert, der genau sah, was in Laura vor sich ging, atmete schwer. Sein Herz raste, aber sein Körper blieb tot. Tränen traten ihm in die Augen und er wusste, diese Qual war nicht länger zu ertragen, nicht für ihn und nicht für die bezaubernde junge Frau an seiner Seite, die zum ersten Mal in ihrem Leben so etwas erlebte und auch erlitt. So flüsterte er nach einer kurzen Ewigkeit: »Danke, meine liebe Laura.«

Sie fühlte eine seltsame Schwerfälligkeit, als sie aufstand und mit langsamen Schritten zur Tür ging. Tief atmend versuchte sie sich von dieser fremden Last zu befreien. Was ist das nur, dachte sie, noch nie habe ich mich so gut und so schlecht gefühlt. Mein

Herz klopft und ich weiß nicht, weshalb. Ist es die Nähe dieses gelähmten Mannes, die mich so fesselt? Er mag mich, das spüre ich, aber ich bin doch nur seine rechte Hand, wie er immer wieder sagt, wenn seine Frau missmutig unsere gemeinsamen Fahrten und diese Diktierstunden vermerkt. Dass es da zu zärtlichen Gefühlen kommt, ist doch kein Verbrechen. Wir sind so behutsam, wie kann man einem gelähmten Menschen diese kleinen Gefühle verwehren? Natürlich, es ist die Aufgabe der Ehefrau, den Mann zu verwöhnen, aber Feline ist nicht der Typ für Zärtlichkeiten. Sie ist so eine resolute, willensstarke Frau, sie hat gar keine Zeit für solche Augenblicke. Und ein Mann, noch dazu ein so kranker Mann, braucht hin und wieder eine liebevolle Zuneigung.

Auf der Veranda angekommen, setzte sich Laura für einen Augenblick in einen der Korbstühle und dachte nach. Tu ich etwas Unredliches, wenn ich ihm meine Hand gebe? Ich weiß es einfach nicht, ich weiß nur, dass ich ihm guttue, und das kann nicht schlecht sein. Auf dem Rasen vor dem Haus spielten die Kinder mit Kricketschlägern. Als sie Laura sahen, winkten sie ihr zu. »Kommen Sie, bitte, wir brauchen einen Schiedsrichter und außerdem läuft uns Bastian immer dazwischen und verändert die Abstände der Kugeln.«

Laura stand auf und ging hinunter auf den Rasen. »Warum bindet ihr den Hund nicht so lange fest, bis die Punkte ausgezählt sind?«

»Er bellt dann immer und das stört die Mama«, erklärte Nicole.

»Dann werde ich ihn halten und ihr spielt in Ruhe zu Ende.« Laura schaute den Kindern zu. Denise war ihr gegenüber wie immer reserviert, während Nicole, aufgeschlossen und fröhlich, keine Hemmungen ihr gegenüber hatte. Woran liegt das nur, überlegte Laura und hielt den großen Schäferhund am Halsband fest. Ist sie allen Fremden gegenüber so verschlossen oder nur mir gegenüber, weil ich Claudine abgelöst habe, die sie anscheinend sehr geliebt hat? Oder ist sie noch verstört, weil der geliebte Vater, an den Rollstuhl gefesselt, kaum noch Zeit für sie hat? Statt wie früher mit ihr über die Fazenda zu reiten, ist er nun mit mir unterwegs, statt wie früher mit ihr zu sprechen und zu spielen, ist er nun mit mir zusammen. Laura lächelte. Na ja, spielen tun wir eigentlich nicht, aber die meiste Zeit des Tages sind der Patrão und ich zusammen, das stimmt schon.

Maria, die als Haushälterin auf der Fazenda Baisanson ihre Aufgaben auch darin sah, die Ordnung im Hause zu überwachen, beobachtete die neue Hauslehrerin sehr genau.

Auf diesem abgelegenen Stückchen Erde, auf dem die wenigen weißen Bewohner so sehr aufeinander angewiesen waren, mussten Anstand und Toleranz oberste Priorität haben. Den immer größer werdenden Abstand zwischen den Eheleuten war sie gewohnt, auch wenn sie ihn überhaupt nicht tolerierte, aber der immer enger werdende Abstand zwischen dem Hausherrn und der Lehrerin war ihr neu. Sie verstand den Senhor, der sich vergeblich nach Zärtlichkeiten sehnte, aber sie konnte sich nicht in die Mentalität dieser fremden Hamburgerin versetzen, die ihm Gefühle schenkte, die eigentlich verboten waren.

Immer wieder beobachtete Maria die beiden Menschen in dem Salon des Hausherrn. Es war nicht schwierig, durch die Gittertüren, die die Zimmer von der Veranda trennten, die beiden Menschen in ihrer Intimität zu beobachten. Sie haben etwas sehr Vertrauliches miteinander, überlegte sie, aber ich kann nicht erkennen, was es ist. Sie berühren sich, aber wie? Der Patrão kann sich nicht bewegen, das ist gewiss, und Laura macht keine unziemlichen Gesten, denn die würde ich sehen. Was ist es also dann, was die beiden miteinander tun und was ich bis hier draußen spüren kann? Maria kam nicht hinter dieses vermeintliche Geheimnis, und da es ihr keine Ruhe ließ, versuchte sie, Laura auszuhorchen.

Als die junge Frau am nächsten Nachmittag den Salon des

Hausherrn verließ und sichtlich erregt wirkte, fing Maria sie im Innenhof ab. »Hallo, meine Liebe, sind die Diktate beim Senhor beendet?«

»Ja, ich muss sie jetzt in schöner Schrift auf die Papiere des Patrão übertragen.«

Maria nickte verständnisvoll. »Nur gut, dass ihm wenigstens die Stimme geblieben ist, der arme Mann.«

Laura lächelte. »Die Stimme und das Gehör und die Augen. Sie glauben gar nicht, was er alles sieht und hört, wenn wir unterwegs sind.«

»Er kann sehr dankbar sein, dass er Sie an seiner Seite hat. Sagt er Ihnen das auch?«

»Nicht so direkt, aber ich spüre seine Dankbarkeit.«

»Und wie zeigt die sich?« Laura errötete leicht und Maria sah das sehr genau. »Ich meine, zeigt er sich denn etwas dankbar?«

Laura, verwirrt über diese nachdrücklichen Fragen, schüttelte den Kopf. »Ich sehe es in seinen Augen.«

»Ach ja? Wie drückt man denn so etwas aus? Es muss doch schwierig sein, in den Augen eines fremden Mannes zu lesen, was er sagen will.«

»Ach nein, wenn man sich kennt, ist das ganz leicht.«

»Kennen Sie denn den Patrão so gut?«

»Wir arbeiten mehrere Stunden am Tag miteinander, da lernt man sich kennen.«

»Aber Sie sitzen oft beieinander, ohne zu arbeiten.« Im gleichen Augenblick wusste Maria, dass sie sich verraten hatte. Und Laura wusste es auch.

»Sie beobachten uns?«, fragte sie erschrocken und empört und Maria, die den Schrecken durchaus gespürt hatte, wusste, dass da etwas zwischen dem Hausherrn und der Lehrerin war, was noch keinem Menschen auf der Fazenda aufgefallen war.

»Ich bin viel im Haus unterwegs. Das gehört zu meinen Aufgaben«, versuchte sie, ihre Dummheit zu vertuschen. »Da fällt einem so dies und das auf.«

»Und was, bitte schön, ist Ihnen aufgefallen, wenn ich neben dem Rollstuhl des Patrão sitze und mit ihm die Arbeiten auf der Fazenda diskutiere?«

»Nun«, jetzt wurde Maria vermessen, »nun, mir fielen Diskussionen auf, in denen kein Wort gesprochen wurde.«

Aber Laura wurde jetzt ärgerlich. »Diskussionen, das bedeutet, dass Sie täglich auf der Veranda stehen und zuhören?«

»Wenn es etwas zu hören gäbe. Laura, Sie brauchen sich nicht zu erregen, ich bin die Haushälterin, ich halte dieses Haus in Ordnung und das heißt, ich beobachte alle Aktivitäten in diesen Räumen, auch wortlose Diskussionen, die sich über sehr lange Augenblicke hinziehen.«

»Dann sollte ich dafür sorgen, dass Sie von diesen Aufgaben befreit werden.«

»Das werden Sie nicht wagen, Miss.«

Laura, wütend, aber auch enttäuscht, versicherte: »Ich werde mir genau überlegen, was ich mir gefallen lasse und was nicht. Und ich denke, heimliche Beobachtungen muss ich mir nicht bieten lassen. Ich tue meine Pflicht und das sollten Sie akzeptieren. Und im Übrigen bin ich Ihnen keine Rechenschaft schuldig. Mein Arbeitgeber ist der Patrão und nach seinen Wünschen verhalte ich mich. Schade, Miss, ich hatte gedacht, in Ihnen eine Freundin gefunden zu haben, leider habe ich mich darin getäuscht.«

21

Lea, Luiz' Schwester, hatte sich sehr schnell in die Männerwirtschaft eingefügt. Sie war bescheiden, stellte keine Ansprüche und keine unnützen Fragen und hielt die Holzhütte so gut es ging in Ordnung. Nachts schlief sie auf einer Pritsche im Anbau und tagsüber putzte, kochte und wusch sie für die beiden Männer. Ja, sie übernahm sogar die Aufgabe, Bestellungen anzunehmen und Kunden zu informieren, wo man Mikael und Luiz gerade finden konnte, wenn sie auf den Schiffen unterwegs waren. Es dauerte gar nicht lange und sie war eine wichtige Mitarbeiterin geworden.

Mikael fühlte sich zu ihr hingezogen, wollte aber nicht den gleichen Fehler machen wie der Patrão, vor dem sie geflüchtet war.

Sie war eine zierliche Frau, ihre Bewegungen waren geschmeidig, voller Anmut und Mikael hätte ihr stundenlang zusehen können, wenn sie in der kleinen Hütte sauber machte. Sie besaß nur zwei Kleider, die sie abwechselnd wusch und trocknete, aber es waren Kleider, wie Mikael sie noch nie gesehen hatte. Da gab es keine Korseletts wie bei den europäischen Damen, keine Tournüren und keine Fischbeinstäbe. Sie waren aus weichem, fließendem Stoff in gedämpften Farben. Die Kleider schmiegten sich eng an den Körper an, sodass ein Mann kaum widerstehen konnte.

Mikael, der so voller Pläne und so voller Tatendrang war, stellte fest, dass er mitunter Umwege machte, nur um in der Hütte vorbeizuschauen und einen Blick auf Lea zu werfen. Luiz blieb das nicht verborgen. Und eines Abends sprach er Mikael darauf an. »Meine Schwester gefällt dir.«

»Ja, sie ist eine hübsche Person, kein Wunder, wenn Männer sich nach ihr umdrehen.«

»Mann, Mikael, rede doch nicht von Männern, wenn du dich selbst meinst.«

»Ich bin schließlich nicht blind«, konterte Mikael und nahm das Bestellbuch mit den neuesten Eintragungen zur Hand, um den Freund abzulenken. »Die Kakaoernte hat angefangen, wir müssen die Säcke für den Schiffstransport besorgen.«

»Und warum wollen die Patrãos immer nur Jutesäcke und keine Hanfsäcke?«

»Wenn die Säcke in den Schiffen gelagert werden, dann lassen sich die Jutesäcke besser stapeln, die Hanfsäcke mit ihrer glatten Oberfläche verrutschen zu leicht.«

»Was du alles weißt«, staunte Luiz wieder einmal. »Ach, ich weiß schon, das kommt davon, weil du alles mitbekommst, was um dich herum geschieht.«

»Die Jutesäcke werden knapp, wir brauchen Nachschub.«

»Und wo nehmen wir den her?«

»Schwierig zu sagen, Jute kommt vor allem aus Indien und China, würde aber auch hier wachsen.«

»Nun sag bloß nicht, du willst auch Jute anbauen, genau wie den Flachs für die Segel.«

»Träume, Luiz, nichts als Träume. Dazu braucht man Land und Leute und vor allem Geld, um die Saaten zu kaufen.«

»Du und deine Träume, Mikael, so wie ich dich kenne, sind aus den Träumen schon längst feste Pläne geworden.«

Lea kam und setzte sich zu den Männern. Es war dunkel geworden, nur einige Gaslaternen spendeten etwas Licht und Scharen von Fledermäusen umkreisten die Schiffsmasten, die Laternen, die Hütte und die Köpfe der drei. Wenn sie ihr zu nahe kamen, beugte sich Lea nach vorn, um den Kopf zu schützen, und Mikael hatte einen Anblick vor sich, der sein Herz schneller schlagen ließ. Die Brüste, die beim Vorbeugen zu sehen waren, und die herrliche bräunliche Haut trieben ihm die Röte ins Gesicht. Als er merkte, wie ihn das alles erregte, versuchte er, nicht hinzusehen, was sich unter dem geschmeidigen Stoff verbarg. Aber er konnte von diesem köstlichen Anblick nicht ablassen. Lea, die das spürte, faltete schließlich die Hände vor dem Ausschnitt und stand wenig später auf, um sich in den Anbau zurückzuziehen. Auch Luiz stand auf und holte eine Flasche Cachaça aus der Hütte, jenen Zuckerrohrschnaps, den Mikael verachtete, den er aber jetzt dringend brauchte.

»Mensch, Mikael«, grinste Luiz, »dich hat's aber ganz schön erwischt.«

»Ich bin ein Mann.«

»Na, als wenn ich das nicht wüsste. Aber eines sag ich dir, mit meiner Schwester gibt's keine Abenteuer. Entweder – oder, was anderes läuft da nicht. Wir sind Mestiços, aber wir sind verdammt stolze Mestiços, und wir sind hier zu Hause, das solltest du nicht vergessen.«

»Beruhige dich, ich weiß, was sich gehört.«

»Na, hoffentlich auch heute Nacht, wenn der Cachaça so richtig wirkt.«

Verärgert, weil er genau wusste, dass der Freund recht hatte, stand Mikael auf und warf die Flasche in weitem Bogen in das nächste Hafenbecken. »Es gibt keine Wirkung vom Cachaca, weder heute noch in einer anderen Nacht. Lass uns überlegen, woher wir Flachs und Jute bekommen.«

»Du willst wirklich unter die Bauern gehen?«

»Nein, ich will Bauern dafür anstellen.«

»Hast du mal an den Kaiser gedacht? Dom Pedro II. fördert doch solche Träume, wie du sie hast.«

»Luiz, das ist eine gute Idee, Mann, dass ich daran noch nicht selbst gedacht habe.«

»Na, da siehste mal, was du für einen Freund und Partner hast.«

»Schade, dass die Flasche nun im Hafen schwimmt, darauf müssten wir jetzt anstoßen.«

»Macht nichts, ich hab noch eine in der Kiste.«

»Du sammelst Vorräte?«

»Diesen Zuckerrohrschnaps hat jeder. Ist zwar verboten, aber ich kenne keinen Mann in ganz Brasilien, der ihn nicht im Hause hätte.«

»Nun, so schlimm wird es wohl nicht sein.«

»Na ja, die feinen Herrschaften von der Pflanzeraristokratie, die sich was Besseres leisten können, brauchen ihn nicht, aber für uns hier unten ist er lebensnotwenig. Man braucht ihn, wenn man sich freut, wenn man sich ärgert, wenn man Schmerzen hat und wenn man was vergessen will. Hm, und auch wenn man nachts so dies und das vorhat.« Er stand auf und holte eine neue Flasche aus seiner Kiste. Mikael sah ihn nachdenklich an. »Und woher kommt er, wenn er verboten ist?«

»Es gibt kaum einen Mann, der ihn nicht selber brennen könnte.«

»Du auch?«

»Natürlich kann ich das. Aber ich tu's nicht, ist mir zu riskant. Aber Quellen hab ich schon.«

»Dann bin ich beruhigt. Ich brauch dich nämlich noch, und zwar nicht hinter den Mauern vom Gefängnis.«

»Klar doch, versprochen.«

Am nächsten Morgen machte sich Mikael auf, um in der Geschäftsstelle des kaiserlichen Vertreters von Recife nach Möglichkeiten zu fragen, Land zu erwerben und Arbeiter zu bekommen, die dieses Land bewirtschaften könnten. Zuerst stieß er auf taube Ohren, ja, man lachte sogar über ihn, als er seine Pläne ausbreitete. Dann aber traf er auf Senhor Antonio, der sich intensiv um Agrarwirtschaft in jenen Küstenbereichen von Pernambuco kümmerte, wo kein Zuckerrohr gedieh und die Pflanzer keine Ländereien bewirtschafteten.

»Schauen Sie sich das Land nördlich von hier an. Es ist ein karges, von den Seewinden gepeitschtes, brachliegendes Land. Sie können es bewirtschaften, und wenn es eines Tages Erträge bringt, zahlen Sie uns eine Pacht.«

»Wie hoch wäre diese Pacht dann?«

»Darüber reden wir, wenn's so weit ist. Wichtiger als eine Pacht ist uns die Bewirtschaftung brachliegender Flächen durch Europäer, damit sich die Indianer nicht darauf ausbreiten.«

»Dann ist es Indianerland?«

»Es ist brasilianisches Land und es gehört Dom Pedro II.«

»Bekomme ich Ärger mit den Indianern?«

»Nicht, wenn Sie das Land kultivieren.«

»Ich möchte auf jeden Fall ein Vorkaufsrecht beantragen.«

»Das können Sie jederzeit haben. Es gibt hier weit und breit keinen, der sich Brachland aneignen möchte. Hier ist Zuckerrohr gefragt und das kann dort nicht angebaut werden.«

»Und woher bekomme ich die nötigen Arbeiter?«

»Gehen Sie an den Stadtrand, in die Armenviertel, da werden Sie Männer und Frauen finden, die zur Arbeit bereit sind, wenn die Mil-Réis stimmen.«

»Ich habe kein Geld für große Löhne, ich lebe von der Hand in den Mund und komme selbst gerade so zurecht mit meinem kleinen Geschäft für Schiffsausrüstungen. Von dem wenigen, was ich erspart habe, müsste ich Saatgut kaufen. Gibt es keine Unterstützung von der Regierung, wenn ich arbeitslose Menschen beschäftige?«

»Wir werden sehen. Wir wollen einerseits, dass die Menschen Arbeit finden, andererseits ist es sehr schwer, die Leute von der Wichtigkeit einer eigenen Arbeit zu überzeugen.«

Nach langem Hin und Her einigten sich Mikael und Senhor Antonio darauf, dass Mikael erst einmal das Land besichtigte und feststellte, ob es für den Flachs- und den Hanfanbau geeignet wäre und wie viele Arbeiter er brauchen würde.

Da das Geschäft mit dem Schiffszubehör im Augenblick gut lief und er sicher war, dass er Luiz und Lea für ein paar Tage allein lassen konnte, mietete Mikael sich ein Pferd, und bekam einen landeskundigen Führer, den ihm die Administration zuwies, und verließ zwei Tage später Recife in nördlicher Richtung, um sich an der Küste umzusehen.

Nach einem Zweitageritt fand er eine Gegend, die er für geeignet hielt. Das hügelige Land war unbesiedelt, von dichtem Gesträuch überwuchert und mit einem kargen Sandboden bedeckt. Der kräftige Wind vom Meer hatte großen Bäumen keine Chance gelassen, sich auszubreiten, und so würde es nicht allzu schwer werden, den Boden zu kultivieren. Die beiden Männer steckten eine Fläche von etwa hundert Hektar ab.

»Ist das nicht ein zu großes Gebiet?«, fragte der Begleiter und notierte die Eckpunkte, die als ferne Hügel die Grenzen markierten. Aber Mikael lächelte. »Wenn ich etwas anfange, dann im großen Maßstab, wer weiß, was aus diesem Sektor eines Tages wird, und dann will ich, dass er mir gehört.«

Der Mann nickte zustimmend. »Recht haben Sie, wir sind ein aufstrebendes Land, da sollte man beizeiten seine Visionen in Taten umsetzen.«

»Gut, dann wollen wir zurückreiten und die Grenzen eintragen lassen, damit alles seine Ordnung hat.«

Als die beiden Reiter eine Woche später Recife erreichten, hatte Luiz eine gute Nachricht für den Freund. »Ich habe eine Weberei gefunden, die bereit ist, Segeltuche herzustellen.«

»Mann, Luiz«, lachte Mikael, »ich habe noch nicht mal den Samen für den Flachs und du hast schon die Weberei für die Segel.«

»Das macht nichts, ich sorge eben vor. Soll ich dein Pferd zurückbringen?«

»Ja, das wäre gut. Ich möchte mich waschen und umziehen, so eine Woche in der Wildnis, da hat man das bitter nötig. Und sag dem Pferdeverleiher, ich war sehr zufrieden mit dem Hengst, er soll ihn für mich bereithalten, wenn ich wieder einmal ein Pferd brauche. Das wird jetzt öfter geschehen, denn ich habe ein gutes Stück Land gefunden und werde demnächst viel Zeit da draußen verbringen müssen.«

»Also wirst du doch ein Bauer?«

Mikael lachte: »So würde ich das nicht nennen. Sagen wir mal lieber, ich werde ein Unternehmer, da ist dann alles möglich.«

Lea stand in der Tür und beobachtete die beiden Männer. Als Luiz das Pferd bestieg und davonreiten wollte, rief sie hinterher: »Beeile dich, es ist Sonnabend und meine Feijoada ist fertig.«

»Bin gleich zurück, die lass ich mir nicht entgehen.«

Mikael freute sich auf das Essen. Feijoada, dieses typische brasilianische Reisgericht mit dem gepökelten Fleisch und den schwarzen Bohnen, gab es in jedem Haushalt an jedem Sonnabend und gehörte zu seinen Lieblingsessen. Lea hatte da ganz bestimmte Gewürze, die sie hinzufügte und die das Essen zu einer Delikatesse machten. Er ging an ihr vorbei in die Hütte, schüttete sich einen Eimer Wasser in den Waschbottich und begann sich auszuziehen. Lea blieb in der Tür stehen und sah ihm zu. Dann sagte sie leise: »Luiz ist sehr streng.«

Mikael zögerte kurz, dann versicherte er: »Luiz hat recht.«

»Luiz hat keine Ahnung von Gefühlen.«

»Er ist dein Bruder.«

»Er muss mich nicht bewachen. Gefalle ich dir?«

»Du bist sehr schön, Lea.«

»Ich möchte mehr für dich sein als schön.«

»Du bist die Schönste, die ich kenne.«

»Hast du irgendwo eine Frau, Mikael?«

»Nein, Lea, dazu hatte ich bisher keine Zeit.«

»Aber du hättest Lust auf eine Frau, das weiß ich.«

»Ich habe keine Zeit für eine Frau.«

»Jeder Mann braucht eine Frau.«

»Ja, vielleicht, aber was soll ich mit einer Frau, hier in dieser Holzhütte?«

»Sie könnte dich trösten, dich liebkosen, dich umarmen.«

»Lea, dazu ist es noch zu früh. Ich möchte erst einmal ein erfolgreicher Mann sein, bevor ich eine Familie gründe.«

»Hab ich von einer Familie gesprochen?«

»Nein, Lea.«

Sie kam herein und schloss die Tür hinter sich. »Bitte, Mikael, ich würde gern deine Frau sein – auch ohne Familie.«

Mikael wurde unsicher. Er stand, halb entkleidet, in dieser winzigen Hütte zwischen Ankerketten und Rudersprossen, Seilen und Segeltuchresten und spürte sehr genau, wie das Verlangen in ihm hochstieg, diese hübsche Frau in die Arme zu nehmen. Aber er wusste auch, wenn er diesem Verlangen nachgab, stand seine ganze Zukunft auf dem Spiel. Er wollte sich nicht binden, noch nicht, aber genau das würde Luiz verlangen, wenn er sich jetzt seinen Gefühlen hingab. Würde ein Augenblick höchster Wonne den Verlust seiner Existenz rechtfertigen?

Lea war hinter ihn getreten und begann mit einem feuchten Tuch seinen Rücken abzureiben, wobei sie versuchte, auch das letzte Kleidungsstück, seine Kniehose, herunterzustreifen.

»Nein, Lea, lass das.«

»Bin ich dir nicht gut genug?«

»Du bist eine wunderbare Frau, aber für mich ist das alles noch zu früh.«

»Und wie lange willst du warten?«

»Bis ich meine Pläne verwirklicht habe.«

»Und wann wird das sein?«

»Du wirst es erfahren, das verspreche ich dir.«

»Aber ein Versprechen tröstet mich nicht über meine Gefühle hinweg.«

»Es wird sie beruhigen, Lea, und jetzt lass mich allein.«

»Du nimmst meine Gefühle nicht ernst, Mikael.«

»Doch, aber der richtige Zeitpunkt muss erst kommen, Lea, und nun geh, Luiz wird jeden Augenblick zurück sein.«

»Hast du Angst vor ihm?«

»Nein, aber ich habe ihm ein Versprechen gegeben und das möchte ich halten.«

»Oh, verdammt, diese Männer«, halb weinte sie, halb lachte sie, aber sie verließ die Hütte und Mikael konnte sich endlich waschen und frische Kleidung anziehen. Und dabei dachte er, so geht das nicht weiter. Mit Lea müssen wir eine Lösung finden, sonst geht unsere Freundschaft in die Brüche.

22

Vier Wochen später trafen die ersten Wagenkolonnen aus dem fernen Westen von Pernambuco mit den Kakaoernten in Recife ein.

Unter ihnen auch Joe als Führer der Karawane von der Fazenda ›Pitanga‹, die mit acht Wagen voller hoch gestapelter Kakaosäcke und zehn bewaffneten Begleitern den Hafen unbeschadet erreichte.

Mikael beobachtete die ankommenden Gruppen sehr genau. Immer wenn er am Hafenrand die Hühnerhändler und den Kaninchenverkäufer sah, dachte er an die kleine Nicole und ihre hundert Kaninchen, die sie nicht mit auf die Fazenda nehmen konnte. Und dann sah er auch Laura vor sich, die junge Lehrerin der Kinder, die während der ganzen Schiffsreise so umsichtig und hilfsbereit gewesen war. Jetzt wollte er vom Führer der Pitanga-Gruppe auf jeden Fall wissen, wie es den Reisenden auf dem Weg zur Fazenda ergangen war.

So war er sehr erfreut, als er eines Tages Joe traf, der das Verladen der Kakaoernte auf ein Hamburger Schiff beaufsichtigte.

»He, Joe, kennst du mich noch?«, begrüßte er den Gespannfahrer, der zuerst nicht wusste, wer ihm gegenüberstand.

»Ich bin der ehemalige Schiffsjunge von der ›Marie-Fortuna‹, mit der deine Leute im März aus Hamburg angekommen sind.«

»Richtig!«, grinste der Indio. »Du bist der Mann mit den hundert Kaninchen.«

»Wie geht es euch, seid ihr gut auf der Fazenda angekommen?«

»Nein, eigentlich nein, aber das ist eine lange Geschichte, die ich jetzt nicht erzählen kann. Dafür habe ich keine Zeit.«

»Dann komm heute Abend zu mir.« Mikael zeigte auf seine Hütte.

»Du hast Geschäft?«

»Nun ja, ist auch eine längere Geschichte. Ist dein Patrão nicht mitgekommen?«

»Nein, ist auch lange Geschichte.«

»Wo übernachtest du?«

»Im leeren Wagen.«

»Und wo stehen die leeren Wagen?«

»Gleich neben Straße, großer Platz für Gespanne.«

»Dann komm, wenn du mit dem Verladen fertig bist.«

»Bei Abend fertig.«

»Gut, dann sehen wir uns später.«

Hm, dachte Mikael, irgendetwas ist da schiefgegangen. Hier im Hafen hört man immer wieder von rebellierenden Indianern, von Überfällen und Unfällen. Mich interessieren natürlich mehr die ein- und auslaufenden Schiffe, aber wenn man nun schon mal jemanden kennt, der im Landesinneren zu Hause ist, dann will man natürlich auch wissen, wie es solchen Leuten ergeht. Ich werde eine Flasche vom guten weißen Rum besorgen und dann wird er mir schon alles erzählen. Die Kakaoernte hat aber trotzdem stattgefunden, sonst wäre er nicht mit dieser wertvollen Fracht hier angekommen. So passte es Mikael gut, dass Luiz und Lea an diesem Abend Freunde in der Stadt besuchen wollten und er die Hütte für sich allein hatte. Er stellte zwei Stühle, einen kleinen Tisch mit einer Petroleumlampe, ein Körbchen voller frischer kleiner Maisbrote und die Flasche Rum vor die Hütte und dachte an Luiz und Lea, die immer häufiger abends in die Stadt gingen, um alte Freunde zu besuchen.

Lea weicht mir aus, dachte Mikael. Sie will mich bestrafen, weil ich es zweimal abgelehnt habe, sie mit zum Küstenland zu nehmen, wo ich jetzt immer häufiger zu tun habe. Ich will Luiz nicht verlieren und ich will mich nicht binden, und wenn sie das nicht versteht, kann ich ihr auch nicht helfen.

Endlich kam Joe. »Ein feiner Tisch und ein feiner Rum, und Hunger hab ich auch«, lachte der Indio und ließ sich müde auf den freien Stuhl fallen. Mikael ließ ihn essen und trinken und erst nach dem zweiten Glas Rum fragte er vorsichtig: »Sie wollten mir erzählen, wie es auf der Fazenda ›Pitanga‹ so geht?«

»Schlecht, sehr schlecht, Patrão beinahe tot.«

»Um Himmels willen. Und die Patroa, die Kinder, die ganze Familie?«

»Sind gesund, aber Patrão ganz schlecht. Körper ganz gelähmt. Nur noch sprechen.« Und er erzählte von dem Überfall, von der Rückgratverletzung und den Veränderungen auf der Fazenda. »Alles anders nun. Senhorita Laura jetzt rechte Hand von Patrão. Machen alle Arbeit.«

»Aber sie ist doch Lehrerin, was versteht sie denn von einer Kakaopflanzung?«

»Patrão sagen alles. Und ich helfen auch. Ich reden mit Arbeiter und zeigen Senhorita, was sie nicht wissen.«

»Wie gut, dass sie dich hat.«

»Wie gut, dass Fazenda sie hat. Gute rechte Hand von Patráo, beste Hand, viel besser als Hand von Patráo mit Peitsche, wenn Wut auf Arbeiter. Senhorita niemals Peitsche für Arbeiter, steigen aus Wagen, gehen hin und zeigen, wie richtig arbeiten. Arbeiter lieben Senhorita. Machen gute Arbeit.«

»Und was sagt der Patrão dazu.«

»Lieben Senhorita.«

»Er liebt sie?«

»Ja, sehr, mit Augen und vielleicht mit Worten, aber ich nicht hören. Aber ich wachen über Senhorita.«

»Und die Senhorita? Was sagt sie dazu?«

»Ist gut, aber still, nicht sagen viel. Denken an Senhora und Kinder. Und Anstand.«

»Und die Patroa?«

»Immer mit Kinder und schreiben viel Briefe, ganze Kiste voll für Schiff. Keine Zeit für Patrão. Ist nicht gut für Fazenda, das alles.«

»Aber ihr habt eine gute Ernte eingebracht.«

»Ja, gute Ernte, ja, Senhorita mit gute rechte Hand.«
»Würdest du ihr Grüße von mir bestellen?«
»Mach ich. Warum nicht schreiben Brief?«
»Würdest du ihn überbringen?«
»Klar, mach ich auch.«
»Wann fahrt ihr zurück?«
»Mittag, morgen.«
»Dann bringe ich dir den Brief morgen zum Gespannplatz.«
»Ist gut.«

Mitternacht war längst vorbei, als Joe mit schwankenden Schritten und einem Rumrest in der Flasche zurück zu seinem Gespann ging. Mikael sah ihm nach und schüttelte den Kopf. Wie das alles so anders verläuft, dachte er betroffen und holte einen Bogen Papier und einen Graphitstift aus der Hütte. So ein Brief muss bedachtsam geschrieben werden, überlegte er. Ich möchte eine Verbindung knüpfen, aber keine Verpflichtung. Ich möchte mein Mitgefühl aussprechen, aber keine Hoffnung wecken. Ich möchte diskret sein, aber doch Anteilnahme zeigen. Ach, verdammt, es ist wirklich schwer, einem fast fremden Menschen einen lieben Brief zu schreiben, der zeigen soll, dass man an ihn denkt und vielleicht sogar eine Antwort erwartet. Er sah Laura vor sich, wie sie auf dem Schiff immer freundlich und hilfsbereit war und erwartungsvoll in die Zukunft geschaut hatte, eine Zukunft, die nun so anders aussah, als sie erhofft hatte.

Er beschriftete den Umschlag und ließ zum Verschließen ein paar Tropfen vom roten Siegellackstift darauf fallen. Ein Siegel besaß er nicht – noch nicht, dachte er –, und so drückte er den Lack mit einem Knopf seiner Jacke fest. Dann ging er im Schein der frühen Morgensonne zum Gespannplatz, suchte Joe in seinem Wagen und übergab ihm den Brief.

Auf dem Rückweg überlegte er: Wo bekomme ich ein Siegel

her? Vater hatte einen dicken Goldring, da war sein Siegel mit den Buchstaben F und L eingraviert. So einen Ring kann ich mir natürlich nicht leisten, ich brauche einen Holzstempel mit meinen Initialen. Ich werde den Schmied fragen, wer so etwas herstellt. In Zukunft muss ich vielleicht öfter Geschäftsbriefe schreiben und dann ist es gut, wenn ich sie versiegeln kann.

Lea war verletzt, das spürten beide Männer. Sie verrichtete die Hausarbeit in der Hütte nur, weil sie Angst hatte, ihre Schlafstätte zu verlieren, half freiwillig überhaupt nicht mehr beim Verkauf oder bei eingehenden Bestellungen und vertrieb sich ihre Zeit auf den Kaianlagen, was Luiz überhaupt nicht gefiel.

»Kannst du mir sagen, was mit Lea los ist«, fragte er eines Tages Mikael, als er beobachtete, wie Lea sich mit zwei fremden Matrosen unterhielt.

»Hat sie es dir nicht erzählt?«

»Was soll sie mir erzählt haben? Hat sie ein Geheimnis? Oder steckst du dahinter?«

»Lea ist eine hübsche, kluge Frau. Sie will mehr sein als unsere Dienstmagd.«

»Was bildet sie sich ein? Sie kann froh sein, dass sie hier bei uns untergekommen ist.«

»Aber nicht nur als Haushälterin.«

»Was meinst du damit?«

»Sie würde gern als Hausfrau hier bei uns leben.«

»Als Hausfrau? Als eine verheiratete Hausfrau? Hat sie etwa einen Mann gefunden, der dann auch noch hier leben soll?«

»Ja, jedenfalls bildet sie sich das ein.«

»Was? Wer zum Teufel ist der Kerl, der ihr nachstellt. Ich bringe ihn um.«

»Nein, das lass lieber bleiben, Luiz.«

»Also raus mit der Sprache, was weißt du?«

»Lea möchte, dass ich mich für sie interessiere.«

»Du? Wie kommt sie denn auf diese Idee.«

»Sie mag mich, sagt sie jedenfalls.«

»Und du? Spielt sich da etwas hinter meinem Rücken ab, von dem ich nichts weiß?«

»Nein, Luiz, da spielt sich gar nichts ab.«

»Ist sie dir nicht gut genug? Du hast doch eben selbst gesagt, sie sei eine hübsche und kluge Frau. Willst du sie nicht, weil sie ein Mischling ist?«

»Nein, Luiz, das hat damit nichts zu tun.«

»Sondern?«

»Ich will mich noch nicht binden. Ich will beruflich etwas schaffen, bevor ich mir eine Frau suche und eine Familie gründe.«

»Ist doch Quatsch, eine gute Frau an der Seite kann doch einem Mann prima helfen. Da sind's dann vier Hände, die was schaffen können. Und Lea kann zupacken, das hast du doch gesehen.«

»Und sie kann sehr verletzt sein, wenn etwas nicht nach ihrem Willen geht. Das weißt du genauso wie ich.«

»Sie ist jung, sie muss noch vieles lernen. Und das könntest du ihr beibringen.«

»Aber ich will nicht der Erzieher meiner zukünftigen Frau sein. Dazu habe ich keine Geduld, keine Zeit und auch keine Lust.«

»Du bist ganz schön anspruchsvoll. Also, ich verspreche dir, die Erziehung übernehme ich, und zwar mit allen Konsequenzen, wobei ich auch nicht vor einer Tracht Prügel zurückschrecken werde. Abgemacht?«

»Was – abgemacht?«

»Ich erziehe Lea und du heiratest sie.«

»Nein. Ich habe gesagt, ich binde mich noch nicht, und dabei bleibt es.«

»Das ist doch Quatsch. Heirate, zeuge eine Handvoll Kinder und du hast ein Leben lang Menschen um dich, die dir helfen. So schnell kannst du gar nicht hinsehen, wie um dich herum deine Geschäfte erblühen.«

Mikael lachte laut auf und schüttelte den Kopf. »Du spinnst.«

Lea, die das Lachen gehört hatte, drehte sich um, betrachtete einen Augenblick lang den Bruder und seinen Freund, hakte sich bei einem der Matrosen ein und forderte die fremden Männer auf, mit ihr spazieren zu gehen. Dabei schaute sie heimlich zurück, um zu sehen, ob Mikael und Luiz das bemerkten.

Luiz, der seine Schwester sehr genau beobachtete, wurde rot vor Zorn und sagte mit erstickter Stimme: »Wenn sie zur Hure wird, bist du daran schuld.«

»Lass den Blödsinn, Luiz. Ich habe deiner Schwester ganz offen gesagt, wie ich zu ihr stehe.«

»Aber du hast Gefühle geweckt, die zwar von dir nicht erwidert werden, die in ihr etwas ausgelöst haben.«

»Das ist nicht meine Schuld. Ich habe sie nicht berührt und ich habe sie nicht zu diesen Gefühlen überredet. Im Gegenteil, ich habe ihr gesagt, dass ich mich nicht binde und dass ich meine Freundschaft zu dir nicht gefährde.«

»Aha, jetzt kommen wir der Sache schon näher. Du hast mit ihr über ihre Gefühle geredet und jetzt sagst du, du hast damit nichts zu tun? Na, wer denn dann, wenn nicht du?«

Mikael sah, dass Lea mit den beiden Matrosen eine Hafenkneipe ansteuerte und dass Luiz auf dem Sprung war, ihr zu folgen. Aber er wollte diesen Streit jetzt und hier beenden und so sagte er sehr energisch: »Luiz, jetzt hör mir mal gut zu und ich sage das nicht ein zweites Mal. Ich habe nichts mit den Empfindungen deiner Schwester zu tun. Jetzt nicht und auch nicht in Zukunft. Und wenn du das nicht begreifst, dann trennen sich jetzt und hier unsere Wege.«

Sprachlos starrte Luiz sein Gegenüber an. »Aber Lea steht mir doch ganz nah.«

»Dann kümmere dich um sie und verschone mich mit dem, was sie für mich empfindet.«

Ohne noch etwas zu sagen, rannte Luiz hinter den Matrosen und seiner Schwester her und erreichte sie gerade noch vor dem Eingang zur Kneipe. Ohne zu zögern, verpasste er den beiden Fremden zwei derbe Boxhiebe. Die Männer ließen Lea los und wehrten sich, bis Luiz blutend am Boden lag. Dann reichten sie sich gegenseitig die Hände, lachten laut und verschwanden in der Kneipe.

Mikael zögerte. Sollte er dem Freund helfen? Dann dachte er: Nein, ich mische mich nicht in eine Schlägerei ein, die mich nichts mehr angeht. Ich habe ihm gesagt, dass ich unsere Freundschaft beende, wenn er mich weiter mit den Gefühlen seiner Schwester in Verbindung bringt, und dabei bleibt es.

Zwei Hafenarbeiter kamen Luiz zu Hilfe, richteten ihn auf, wischten mit einem Lappen sein blutiges Gesicht ab und setzten ihn auf eine herumstehende Kiste. Lea stellte sich vor ihn und beschimpfte ihn. Was sie sagte, konnte Mikael nicht verstehen und wollte es auch gar nicht. Er drehte der Mole den Rücken zu und verschwand in der Hütte.

Eine Stunde später kam Lea mit einem leeren Sack in der Hand und begann, ihre Sachen und die Sachen ihres Bruders in den Sack zu packen.

»Was soll das werden?«, fragte Mikael kurz angebunden.

»Wir gehen. Luiz kriegt noch Geld von dir.«

Ohne ein Wort zu sagen, schüttete Mikael den gesamten Inhalt der Kasse in einen Beutel und reichte ihn Lea. Sie ging, ohne sich noch einmal umzudrehen.

Mikael wusste, dass er ohne Mitarbeiter den Laden schließen musste. Woher aber sollte er einen neuen und vor allem einen vertrauenswürdigen Mann nehmen? Er verschloss die Türen zur Hütte und zum Anbau und machte sich auf den Weg zum Schmied. Wenn ihm einer helfen konnte, dann Fernando.

Aber der Schmied schüttelte den Kopf. »Mannomann, da haste aber 'ne Geschichte am Hals. Der Luiz hat'n Haufen Freunde hier. Wenn du den verärgert hast, kannste Schwierigkeiten kriegen.«

»Er hatte die Wahl, entweder seine Schwester oder ich.«

»Aber Mikael, bei den Mestiços ist das Blut dicker als die engste Freundschaft.«

»Er wollte mir einreden, ich müsste seine Schwester heiraten, nur weil sie meint, sie hätte Gefühle für mich.«

»Ist doch klar, einen besseren Mann für die Schwester konnte der sich doch nicht wünschen. Vielleicht steckt er sogar hinter der ganzen Gefühlsduselei, 'nen angehenden Unternehmer, so ein Glück hat nicht einer unter tausend Mestiços.«

»Auf die Idee bin ich noch gar nicht gekommen. Was meinst du, hätte ich ihm bei der Prügelei helfen sollen? Irgendwie habe ich ein schlechtes Gewissen.«

»Quatsch, ich bin der Meinung, das ist ein abgekartetes Spiel von Bruder und Schwester. Du kennst eben die Mentalität dieser Leute nicht.«

»Du könntest recht haben.«

»Na ja, auf jeden Fall musste jetzt wachsam sein, sonst steht deine Hütte in Flammen, bevor du 'nen Eimer Wasser zum Löschen aus'm Hafen holen kannst.«

»Verdammt, daran habe ich noch gar nicht gedacht. Leihst du mir deinen Esel und den Karren, ich werde die Hütte noch heute räumen.«

»Und wo willste hin?«

»Ich stell den Karren erst mal auf deinem Hof ab und schlafe in der Seemannsmission. Und morgen sehen wir weiter.«

»Gut. Ich gebe dir zwei Leute von mir mit, die sollen dir helfen. Und beeilt euch.«

»Danke, Fernando.«

Nicht nur der Schmied und seine Männer halfen Mikael. Als es bekannt wurde, dass der junge Schwede Hilfe brauchte, fanden sich alle Handwerker ein, denen er in dem halben Jahr seiner Anwesenheit Aufträge und damit ständig gute Einnahmen vermittelt hatte, und boten ihre Hilfe an. Und nach einer guten Woche konnte Mikael ein Büro in einem soliden Gebäude in der Hauptstraße beziehen, im Erdgeschoss einen geräumigen Laden mit Schiffsersatzteilen eröffnen, einen italienischen Mitarbeiter, den ihm der Tischler vermittelt hatte, und eine junge Frau für die Büroarbeiten einstellen.

Mikael selbst wohnte weiterhin im Seemannsheim, denn er war jetzt sehr oft im Küstenland unterwegs, wo er mit staatlicher Unterstützung die ersten Familien in einfachen, selbst gebauten Hütten ansiedelte, ihnen Ochsen und Pflüge zur Verfügung stellte, um das Land urbar zu machen, Bewässerungsgräben zu ziehen und schließlich Flachs, Hanf und Jute zu säen.

23

Laura, im ersten Augenblick erschrocken und verärgert über das anmaßende Verhalten der Haushälterin, beruhigte sich langsam. Ich werde schweigen, dachte sie, denn jedes Wort würde diese Mulattin aggressiver und gefährlicher machen und sie würde auf der ganzen Fazenda erzählen, was sie angeblich vermutet, nämlich dass ich eine unerlaubte Beziehung zum Patrão unterhalte. Aber dass sie uns belauscht und beobachtet, muss unbedingt vermieden werden, nur wie? Das ganze Haus ist offen und alles ist einsehbar, damit die Luft zirkulieren kann. Wenn ich nun Vorhänge oder feste Türen anbringen lasse, bestätige ich nur ihre unsinnige Vermutung und alles würde schlimmer. Nein, das geht auf keinen Fall. Und wenn ich mich zurückhalte, das Alleinsein mit dem alten, kranken Mann vermeide? Dann nehme ich ihm die wenigen schönen Augenblicke, die ihm verblieben sind. Das geht auch nicht.

Laura war ganz einfach ratlos und zum ersten Mal fühlte sie sich dieser Frau überlegen, die sich anmaßte, wie eine Herrin im Haus zu herrschen.

Nein, dachte Laura, so geht das auch nicht. Wir Weißen sind die Eindringlinge, die Fremden, die, die glauben, hier bestimmen zu können.

Ich werde mit dem Senhor sprechen müssen. Während unserer nächsten Fahrt auf der Plantage werde ich ihm sagen, dass wir beobachtet werden. Aber dann wird er die Haushälterin entlassen, seinen Zorn kennen alle auf der Fazenda. Und wenn es dazu kommt, wird sie erst recht allen erzählen, was sie vermutet, wird es als Tatsache hinstellen und ausschmücken, und dann muss ich meinen Koffer packen und ›Pitanga‹ verlassen.

Laura ging unentschlossen in ihr Zimmer und sah aus der mit

Gaze verkleideten Tür. Mächtige Bäume säumten den Fahrweg, der vom Wirtschaftshof zur Casa führte. Zwischen den Stämmen wuchsen weiß und violett blühende Oleandersträucher.

Im Schatten angebunden, wartete das Pferd mit dem Dogcart, mit dem sie und der Patrão am Nachmittag noch einmal in die Pflanzungen fahren würden, um die Bewässerungsanlagen zu überprüfen. Zu gern vergaßen die Arbeiter die abendliche Bewässerung der Kakaobäume. Dann lockten der berauschende Cachaça und die Frauen, und die gemeinsame Mahlzeit am Lagerfeuer zwischen den Hütten lockte auch. Und vor allem die Nächte mit dem Gesang der Grillen und der Frösche, waren dazu da, sie mit den Mädchen zu verbringen.

Laura dachte an die beiden Reiter, die den Einspänner immer begleiteten, um abzusteigen und die Siele zu öffnen oder zu schließen, die gleichzeitig als Leibwächter dienten und immer sehr nahe bei der Kutsche blieben. Würde sie dann über so ein delikates Thema mit dem Patrão sprechen können?

Sie wollte sich gerade von der Tür abwenden, um sich hinter dem Paravent zu waschen und die Wäsche zu wechseln, als sie eine große Betriebsamkeit auf dem Wirtschaftshof feststellte. Und dann sah sie, dass die Planwagen, die vier Wochen zuvor mit der Kakaoernte nach Recife aufgebrochen waren, zurückkehrten. Jetzt waren sie mit neuen Vorräten für die Küche, die die Köchin bestellt hatte, mit Möbeln und Kisten, die Senhora Feline geordert hatte, und mit einem neuen Rollstuhl für den Patrão beladen. Außerdem würden sie Saatgut für die Felder, Pflanzen für die Gärten und Spielzeug, Bücher und Kleidung für die Kinder mitbringen, das hatte Nicole ihr erzählt. »Weißt du«, hatte sie gesagt, »zweimal im Jahr dürfen wir alles aufschreiben, was wir uns wünschen, und dann bringen uns die Wagen das mit. Die Mama macht es so, die Köchin, der Papa, und auch die Gärtner und die Verwalter und die Köche für die Arbeiter machen das so. Zweimal im Jahr ist es dann wie Weihnachten bei uns, wenn die Wagen zurückkommen.«

Ja, dachte Laura, schön muss das sein, so einfach Wünsche äußern zu dürfen und dann werden sie tatsächlich erfüllt. Leider habe ich kein Geld dafür. Mein Lohn wird in Hamburg an die Eltern ausbezahlt, für mich gibt es kein Wünschen und keine Erfüllung. Sie wendete sich leicht deprimiert vom Fenster ab und ging hinter den Paravent. Was soll's, ich habe alles, was ich brauche. Für meine leichte tropische Kleidung sorgt Senhora Feline, für meinen Hunger die Köchin und für die körperliche Pflege hat Frau Merlinius vorgesorgt. Die duftenden Seifen, die wohlriechenden Öle für das Waschwasser und die angenehmen Eau-de-Toilette-Flakons, die sie mir eingepackt hat, reichen fast für mein ganzes Leben.

Umso erstaunter war sie, als am Abend Joe mit einem Briefumschlag in der Hand vor ihr stand. Sie hatte sich in ihre Lieblingsecke auf der Veranda gesetzt und wollte in einem Wörterbuch lesen, weil sie immer noch Probleme mit der portugiesischen Sprache hatte, als Joe plötzlich da war.

Sie konnte ihn nicht zu sich heraufbitten, denn den Landarbeitern war es nicht gestattet, sich im Haus aufzuhalten oder sich neben einen Hausbewohner in einen Korbsessel zu setzen. Auf diese Regeln achtete Senhora Feline sehr streng und ebenso Maria.

So stand Laura schnell auf und ging zu Joe hinunter. »Wie schön, dass Sie zurück sind. Ist alles gut gegangen, keine Unfälle, kein Überfall?«, fragte sie besorgt.

»Kein Unfall, kein Überfall, alles bestens«, lachte Joe und hielt ihr einen versiegelten Umschlag hin. »Aber einen Gruß aus Recife für die Senhorita.«

»Ein Brief für mich?« Und als Joe nur nickte, zog sie ihn zu einer Bank unter einer Bananenstaude. »Erzählen Sie mir von Ihrer Reise und von der Hafenstadt. Und wer schickt mir einen Brief?«

Joe blieb neben der Bank stehen, denn es ziemte sich auch nicht, mit einem Mitglied der Herrschaftsfamilie auf derselben Bank zu sitzen. »Ist von junger Mann. Netter Mann.

»Aber ich kenne doch keinen Menschen in Recife.«

»Sollen erinnern an hundert Kaninchen.«

»Ach«, freute sich Laura, »Sie meinen den Schiffsjungen aus Schweden?«

Joe zuckte mit den Schultern. »Ist feiner Mann mit Geschäft und sehr beliebt. Hilft kaputte Schiffe.«

»Ja, ja, ich erinnere mich. Und der schreibt mir einfach einen Brief?«

»Viel fragen nach Reise und Senhorita und Leben auf Fazenda. Und dann schreiben Brief. Guter Mann.«

»Danke, Joe. Ich freue mich sehr. Ich wusste gar nicht, dass ich in Brasilien jemanden kenne.«

»Einsamer Mann, vielleicht auch nicht kennen andere Menschen?«

»Na ja, wenn man so eine weite Reise in ein fernes Land macht, dann ist es bestimmt schwierig, nette Leute kennenzulernen. Ich habe es gut, ich lebe hier in einer Familie, aber wenn jemand so ganz allein in ein fremdes Land reist, dann ist es bestimmt schwer, Freunde zu finden.«

»Dann lesen jetzt Brief.«

»Ja, danke Joe, dass Sie ihn mir gebracht haben.«

Joe nickte lächelnd und machte sich auf den Weg in seine Hütte. Er hatte jetzt Hunger und Lust auf einen wohltuenden Cachaça und vielleicht war Nena da und wartete schon auf ihn? Er hatte ihr eine Muschelkette mitgebracht, vielleicht weckte die endlich Nenas Gefühle für ihn.

Als sie zurück auf die Veranda kam, um den Brief in Ruhe in ihrem Zimmer zu lesen, trat ihr Maria entgegen. »Vertrauliche Gespräche mit Landarbeitern sind hier nicht gestattet. Was haben Sie da?«

Laura blieb verblüfft stehen. »Was erlauben Sie sich? Ich rede hier, mit wem es mir passt, und was ich in der Hand habe, geht Sie überhaupt nichts an.«

»Ich bin verantwortlich für die moralische Haltung in diesem Haus.«

»Sie irren sich gewaltig, Maria. Für die Moral in diesem Hause sind die Herrschaften Baisanson verantwortlich und kein Mensch sonst.«

»Aber sie haben mir die Verantwortung übertragen. Die Senhora ist beschäftigt, der Patrão ist krank, so bleibe nur ich. Und ich halte Augen und Ohren weit offen. Das ist meine Pflicht. Also, was hat Ihnen der Landarbeiter gegeben?«

Wütend starrte Laura die dunkelhäutige Frau an. »Was erlauben Sie sich? Was Sie als Moral bezeichnen, ist pure Neugier, und was Sie als Pflicht bezeichnen, ist pure Taktlosigkeit. Ich werde das zu ändern wissen, verlassen Sie sich drauf.«

Maria lachte laut. »Gehen Sie nur zu Ihrem Patrão und beschweren Sie sich. Hinter mir steht die Patroa und die weiß Bescheid.«

»Worüber weiß sie Bescheid? Über Ihre Neugier? Ihr Einmischen in geschäftliche Gespräche oder über Ihre Taktlosigkeiten? Hüten Sie sich, Maria, Sie könnten sich sonst ganz schnell in den Arbeiterhütten wiederfinden.«

»Sie drohen mir? Sie sind eine Fremde hier, man mag Sie nicht. Sie kommen in unser Land und wollen mir drohen? Senhorita, Sie sind hier ein Nichts, ein Niemand, wann begreifen Sie das?«

Sprachlos sah Laura die Mulattin an, dann drehte sie sich wortlos um und ging hinüber in ihr Zimmer. Was ist hier passiert, überlegte sie. Aus der Frau, die in den ersten Tagen freundlich und hilfsbereit gewesen war, ist eine hasserfüllte Person geworden. Wann hatte sie sich so verändert und warum? Seit wann hasst sie mich? Was ist anders geworden? Habe ich mich verändert?

Alles ist doch so wie am ersten Tag hier auf der Fazenda. Wir frühstücken gemeinsam, die Madame, die Kinder und ich. Dann unterrichte ich die Kinder zwei Stunden lang. Dann gehe ich in die Räume des Patrão, um ihm bei den Geschäften zu helfen. Dann fahren wir in die Plantage und zum Mittagessen bin ich wieder zurück, um mit den Kindern gemeinsam zu speisen, denn mittags isst Madame nicht mit uns, weil sie auf ihre Figur achten muss, wie sie sagt. Dann herrscht im ganzen Haus Zeit zum Ausruhen wegen der großen Mittagshitze und nachmittags bin ich wieder bei dem Patrão wegen der Geschäfte. Hm, das ist es. Sie verträgt meine Zeit mit Albert Baisanson nicht. Sie ist neidisch, eifersüchtig, neugierig und jetzt auch noch rachsüchtig. Sie will mich forthaben, raus aus ihrem sogenannten Wirkungskreis.

Laura wollte gerade ihren Brief öffnen, als der Butler an die Tür klopfte. »Senhorita, der Patrão möchte mit der Rundfahrt beginnen. Bitte kommen Sie.«

»Ja, danke.« Sie legte den Brief auf ihren Nachttisch, streifte rasch die Reithose und die Stiefel über, ohne die sie nie in die Plantage fuhr, und eilte zum Dogcart hinunter, in den die Diener den Patrão bereits gebettet hatten. Ich werde mit ihm über alles sprechen, nur den Namen dieser Frau werde ich nicht erwähnen, nahm sie sich vor. Aber dann kam alles anders.

»Wir werden heute andere Wege einschlagen, Wege, die du noch nicht kennst. Bitte fahr los und halte dich immer nach links, hinüber zum Wald.«

Die beiden Reiter blieben immer dicht neben der Kutsche. So kam sie nicht zum Reden, sondern folgte den Befehlen, die der Patrão ihr gab. Nach etwa einer Stunde ließen sie die Pflanzung hinter sich und bogen in einen sehr schlechten Fahrweg mitten hinein in den Regenwald ab. Löcher im Boden, herumliegende Äste, wilde Ranken, die von den Bäumen herabhingen, zwangen zu einem langsamen Tempo. Im schwülen Dämmerlicht der uralten Bäume umgaben Schwärme von Mücken den Dogcart. Der Boden war nass, mit faulendem Laub und verwesendem Aas bedeckt. Die Reiter hatten sich getrennt, einer ritt jetzt vor dem Einspänner, der andere hinter ihm. Hunderte von dreisten Affen bevölkerten die Bäume und bedrängten die Pferde. Nach einer geraumen Weile wurde der Weg etwas breiter und öffnete sich schließlich zu einer riesigen Lichtung, auf der unzählige, sehr verkommene Hütten standen. Die modrige, unbewegliche, von tausend unbekannten Gerüchen durchzogene Luft blieb zurück und Laura konnte wieder tief einatmen.

Zu ihrer Verwunderung wimmelte es hier von Schwarzafrikanern. Männer, Frauen und Kinder saßen oder standen zwischen den Hütten, einige Frauen kochten auf Feuern in Erdlöchern, ein paar Männer sangen zu leisen Trommelschlägen.

Als der Dogcart mit den Reitern eintraf, kamen die Menschen etwas näher, die Männer verstummten und alle warteten gespannt, was der Patrão zu sagen hatte. Auch Laura starrte wortlos auf die Ansammlung armselig gekleideter Menschen, die sich da vor ihnen aufgestellt hatten. Ein paar Hunde tollten weiterhin zwischen den Hütten herum und Hühner scharrten in der Nähe der Feuerstellen, irgendwo schrie ein Baby.

Die beiden Reiter hatten wieder rechts und links neben der Kutsche ihre Plätze eingenommen. Erst jetzt sah Laura, dass sie ihre Gewehre abgenommen hatten und in den Händen hielten. Fragend, aber auch ängstlich sah sie Albert Baisanson an. Der aber behielt nur die Afrikaner im Blick, nickte schließlich und sagte im Befehlston: »Morgen beginnt ihr mit der Rodung des abgesteckten Regenwaldes.« Einer der dunkelhäutigen Männer übersetzte seine Worte.

»Ihr bekommt jeden Morgen die Werkzeuge, abends gebt ihr sie wieder ab.« Der Mann übersetzte.

»Indios führen die Aufsicht. Sie sind bewaffnet. Ihnen müsst ihr gehorchen.« Es folgte die Übersetzung.

»Ihr bekommt von mir Nahrung, Kleidung, Lohn und bessere Hütten, wenn die Arbeit gut ist.« Während der Mann übersetzte, rang Albert um Atem, das laute Sprechen strengte ihn sehr an. »Wenn die Arbeit schlecht ist, werdet ihr bestraft.« Der Mann übersetzte widerwillig.

»Versucht nicht zu flüchten, hier gibt's nur Urwald.« Die Stimme des Übersetzers wurde immer leiser.

Der Patrão schloss seine Ansprache mit den Worten: »Gute Arbeit, gutes Leben, schlechte Arbeit, sehr schlechtes Leben.«

Mürrisch, mit den Schultern zuckend und kopfschüttelnd gingen die Menschen zu ihren Hütten und Albert befahl Laura: »Fahr nach Hause.«

Und Laura war entsetzt. Wortlos wendete sie das Pferd und fuhr zurück auf den Weg. Um Gottes willen, dachte sie, was ist das denn? Gibt es hier etwa noch Sklaven? Ich denke, das ist in Brasilien längst verboten. Die armen Menschen. Seit wann leben sie hier mitten im Urwald? Und in ein paar Wochen beginnt die Regenzeit.

Laura wusste nicht, was sie denken, was sie sagen sollte. Vergessen war der Ärger mit dieser Haushälterin, vergessen die paar Peinlichkeiten, die sie auf der Fazenda erlebte. Das hier war eine einzige Katastrophe und sie hatte keine Ahnung, wie sie ihr begegnen sollte.

Albert sah sie an, er spürte, was in ihr vorging. »Sie sind gestern hier angekommen. Wir reden später drüber«, erklärte er kurz angebunden und schloss die Augen. Wortlos fuhren sie durch den feuchtwarmen Urwald und später über die Pflanzung, wo die regelmäßige Abendarbeit noch verrichtet werden musste.

An diesem Abend reichte Laura dem Patrão ihre rechte Hand nicht mehr, und als sie in ihr Zimmer kam, sah sie, dass der Brief von ihrem Nachttisch verschwunden war.

Laura setzte sich. Sie war erschöpft und sie wollte nachdenken.

Albert Baisanson ein Sklavenhalter? Dieser zivilisierte, empfindsame Mann ein Menschenhändler? Einer, der seinen Reichtum mit der Ausbeutung anderer Menschen erworben hat? Das war doch längst verboten, das durfte es doch gar nicht mehr geben. Woher kamen diese Menschen, woher hatte er sie? Wie konnte er sie mitten in diesem halbdunklen Regenwald verstecken, in diesen Elendshütten leben lassen? Und ab morgen sollten sie für ihn arbeiten? Wie würden die Indios sie behandeln, sie, die sich als die Herren des Landes fühlten?

Am liebsten hätte Laura ihren Koffer gepackt und die Familie Baisanson, die Fazenda und das ganze Land sofort verlassen. Aber wohin sollte sie gehen? Und war es richtig, einfach die Flucht zu ergreifen? Musste sie nicht bleiben und zu helfen versuchen? Aber wie? Und was konnte sie, eine zwanzigjährige Hamburger Hauslehrerin schon tun?

Laura dachte lange, lange nach. Sie starrte in die beginnende Dunkelheit und träumte von kleinen, fröhlichen schwarzen Kindern, von gut genährten, bunt gekleideten schwarzen Frauen und von kräftigen, arbeitswilligen schwarzen Männern, die abends zufrieden von der Arbeit in gemütliche Hütten heimkamen. O Gott, dachte sie, Bilder, die ich in der Bücherstube meines Vaters gesehen habe und in denen betont wurde, dass die Zeit der Sklaverei längst vorbei sei. Welch ein Betrug, welch eine Falschinformation. Da will man die Weißen beruhigen und in Wirklichkeit leben sie nach wie vor von der Arbeit dieser armen, verschleppten, verkauften Menschen. Das kann ich nicht und das will ich nicht. Nein, dachte sie, Weglaufen nützt gar nichts. Ich muss ihnen helfen. Ich muss wenigstens versuchen, ihnen zu helfen.

Als die Köchin sie zum Abendessen rufen ließ, erklärte sie: »Ich fühle mich nicht wohl« und blieb in ihrem Zimmer, und als Nicole später kam und fragte: »Hast du Bauchweh, Laura?,« konnte sie schon wieder lächeln, denn sie hatte den Entschluss gefasst, um jeden Preis zu bleiben und sich für die Afrikaner einzusetzen.

Und dann ging sie in den Wirtschaftstrakt und ließ Maria rufen. Als die Frau vor ihr stand, fragte sie ohne Umschweife: »Wo ist mein Brief?«

»Welcher Brief?«, fragte die Frau frech und sah Laura herausfordernd an.

»Der Brief, der auf meinem Nachttisch gelegen hat.«

»Ich kenne keinen Brief, der auf Ihrem Nachttisch gelegen haben sollte, Senhorita.« Dann drehte sie sich plötzlich weinend zu den anderen Frauen um und erklärte schluchzend: »Man beschuldigt mich, eine Diebin zu sein. Bin ich etwa eine Diebin?

Ihr kennt mich doch, ich bin ein ehrlicher Mensch, die Patroa hat mich in ihr Haus geholt, weil ich ein ehrlicher Mensch bin. Das wisst ihr doch, sagt es dieser fremden Senhorita, damit sie weiß, wen sie hier so schrecklich beleidigt.«

Die Frauen, die ihre Küchenarbeit unterbrochen hatten, schüttelten die Köpfe. »Senhorita, die Hausdame Maria ist der ehrlichste Mensch, den wir kennen. Wir lieben und wir mögen sie und sie würde keinen Menschen bestehlen, das wissen wir«, riefen sie durcheinander und bildeten einen Kreis um Maria, bis Alma, die französische Köchin, dazwischentrat und erklärte: »Schluss jetzt mit dem Gerede. Maria, hast du einen Brief, der dir nicht gehört?«

»Aber nein, aber nein«, das Schluchzen ging langsam in ein Schreien über und Alma nahm Laura am Arm und bat: »Kommen Sie, die dreht sonst durch, ich kenne das.«

Kopfschüttelnd folgte ihr Laura zurück ins Haus. »Hatten Sie wirklich einen Brief und nun fehlt er?«

»Ja, natürlich, ich beschuldige doch nicht ohne Grund diese Frau. Joe hat ihn mir aus Recife mitgebracht, und als Maria das sah, wollte sie wissen, von wem der Brief sei, und wollte ihn lesen.«

»So eine Unverschämtheit, was bildet die sich ein?«

»Sie erklärte mir, dass sie für die Moral im Herrenhaus verantwortlich sei.«

Die korpulente Alma lachte schallend. »Ausgerechnet diese Frau, die jedem Mädchen den Freund wegschnappt, ist für die Moral im Herrenhaus verantwortlich? Ich fasse es nicht.«

»Sie hat mich bedroht.«

»Was? Da wird es aber Zeit, dass wir diese Zustände ändern.«

»Diese Zustände sind leider ernster, als Sie ahnen, Alma. Maria belauscht meine geschäftlichen Gespräche mit dem Patrão, und wenn wir schweigen, vermutet sie unsittliche Dinge.«

»Was?« Alma lachte laut heraus. »Was meint sie denn mit unsittlichen Dingen?«

»Nun, sie meint, wir haben unmoralische Gedanken und tun etwas, was sie nicht dulden kann.«

»Gütiger Gott, was es alles gibt. Der arme Patrão und unmoralische Gedanken! Ein Mann, der nicht einmal den kleinen Finger bewegen kann, warum sollte man ihm keine fröhlichen oder meinetwegen auch frivole Gedanken gönnen? Ich werde mit der Patroa reden, die muss der Maria die Meinung sagen.«

»Ich wollte eigentlich nicht darüber reden, es könnte alles nur noch schlimmer werden. Sie mag mich nicht und sie wird alles tun, um mich in ein schlechtes Licht zu rücken. Und dann diese blödsinnigen Vermutungen über unmoralisches Benehmen, ich habe Angst, dass sie mir den Aufenthalt unmöglich macht, indem sie Vermutungen in Tatsachen verdreht.«

»Unsinn, da passe ich schon auf. Aber vielleicht haben Sie recht und wir sollten lieber schweigen, die Angestellten warten nur auf solche angeblichen Geheimnisse aus dem Herrenhaus, sie würden sich wie eine süße, klebrige Masse verbreiten, wie das Fruchtmus aus den Kakaofrüchten, das die Eingeborenen mit Heißhunger verschlingen.«

Alma schwieg einen Augenblick, dann fragte sie:« Und was ist das für ein Brief, den Sie suchen?«

»Joe hat mir einen Brief aus Recife mitgebracht. Ein Schiffsjunge hat uns damals sehr geholfen, als Nicole hundert Kaninchen retten wollte. Jetzt hat Joe ihn getroffen und er hat mir einen Brief geschrieben, in dem er wissen wollte, wie es uns geht. Aber ich habe den Brief noch nicht einmal geöffnet, ich weiß also gar nicht, was darin steht.«

»So eine Gemeinheit. Und woher wusste Maria von diesem Brief?«

»Sie hat gesehen, dass Joe mir den Brief gab, und sie wollte sofort von mir wissen, was das für ein Brief sei. Und als ich ihr Neugier und Taktlosigkeit vorwarf, hat sie erklärt, sie sei für die Moral im Hause verantwortlich.«

»Senhorita Laura, wir haben es mit einer Größenwahnsinnigen zu tun. Ich kümmere mich um den Brief, verlassen Sie sich drauf.«

24

Albert Baisanson spürte die Veränderung sofort. Laura war zurückhaltender geworden, versuchte die gemeinsamen Stunden zu verkürzen und seinen Fragen auszuweichen. Sie hielt einen gewissen Abstand zwischen seinem Rollstuhl und ihrem Sitzplatz ein und wich seinem verlangenden Blick aus. Dabei war seine Sehnsucht nach etwas Zuneigung, nach einer zärtlichen Berührung, nach der Gewissheit, die junge Frau in äußerste Erregung versetzen zu können, für ihn zu einem lustvollen Gefühl geworden, auf das er nicht mehr verzichten konnte. Sein Körper verspürte nichts, aber sein Geist erregte sich auf das Äußerste und er fühlte das berauschende Pochen jeder Ader in seinem Kopf, wenn Laura und er wenigstens mit den Augen zueinander fanden.

Und plötzlich sollte das alles vorbei sein? Warum weicht sie mir aus, überlegte er, warum hält sie Abstand, warum entzieht sie mir diese kleinen Zärtlichkeiten, bei denen wenigstens meine Lippen ihre Hand berühren durften? Wann begann diese Zurückhaltung? Seit wann versagt sie sich meinem Verlangen?

Auf der Fahrt zu dem Sklavendorf habe ich sehr deutlich gespürt, dass sie in der Kutsche einen gewissen Abstand hielt, und auf der Rückfahrt sprach sie kein Wort. Nun ja, vielleicht hat sie der Anblick der Menschen dort geschockt, aber darüber kann man doch reden. Doch, wenn ich es mir recht überlege, der eigentliche Abstand hat schon vorher begonnen. Woran liegt das? Habe ich sie beleidigt? Habe ich etwas übersehen, was ihr wichtig ist?

Sie ist ein so sensibles Mädchen und so bescheiden und gepflegt. Ihre einfachen Kleider sind auf das Feinste gebügelt und die dunklen Locken immer glänzend gebürstet. Früher habe ich so etwas bei Frauen nie bemerkt, aber jetzt sind meine Sinne geschärft, weil ich auf meine Augen und Ohren angewiesen bin.

Für mich ist die junge Laura die angenehmste Frau, die ich mir vorstellen kann. Nie spricht sie laut, nicht einmal, wenn sie in meinem Auftrag Befehle erteilt. Immer ist ihre Stimme warm und sanft und freundlich, und immer fügt sie ein Bitte oder Danke ihren Anweisungen hinzu. Warum plötzlich diese Veränderung? Was habe ich falsch gemacht? So geht das nicht weiter, so kann ich nicht leben. Ich muss mit ihr sprechen. Heute noch.

Und Albert Baisanson nutzte die erste Gelegenheit, die sich ihm bot, als Laura mit den Papieren für die neue Saatgutbestellung zu ihm kam.

»Laura, wie geht es dir heute?«

»Danke, Senhor Albert, gut.«

»Du wirkst etwas traurig, was ist los?«

»Ich bin nicht traurig, ich bin nur enttäuscht.«

»Enttäuscht, aber weshalb denn? Habe ich etwas Falsches gesagt?«

»Nein, nein, ich hatte nur keine Ahnung, dass hier auf ›Pitanga‹ Sklaven gehalten werden. Das ist so unwürdig, eigentlich ist es doch verboten.«

»Nicht in Brasilien. Wir sind auf die Arbeit der Sklaven angewiesen, weil sich die Einheimischen weigern, für uns zu arbeiten. Der Kaiser verlangt aber von den Landbesitzern, das Land zu kultivieren, da sind wir gezwungen, auf Afrikaner zurückzugreifen.«

»Die Menschen sahen so traurig aus, so armselig und verhungert.«

»Sie sind erst vorgestern mit den Wagen aus Recife gekommen. Ich hatte sie vor unserer Reise nach Hamburg bestellt, ich brauche sie dringend, um weiteren Urwald zu roden.«

»Aber man bestellt doch nicht einfach Menschen wie Jutesäcke oder Saatgut.«

»Manchmal schon, Laura. Wir sind auf sie angewiesen. Sie werden arbeiten und ein besseres Leben haben als je zuvor, das verspreche ich dir.«

»Sie sagten: Gute Arbeit, gutes Leben, schlechte Arbeit, sehr schlechtes Leben, das ist nicht fair.«

»Laura, als Erstes werden sie neue Hütten bauen, ich sorge für die Werkzeuge und das Holz wurde heute bereits angeliefert, das versichere ich dir. Sie bekommen ein gutes Essen, aber die Beete für ihr Gemüse müssen sie selbst anlegen und Haustiere müssen sie ebenfalls selbst halten.«

»Aber wie sollen sie das schaffen, den Urwald für Sie zu roden und das Dorf für sich selbst aufzubauen?«

»Die Männer sind für die schwere Arbeit da, die Frauen für die leichte. Ich versichere dir, Laura, das funktioniert. Ich habe stets Familien genommen, weil sie als Familie zufriedener sind und weil sie sich ergänzen.«

»Und die Kinder?«

»Es gibt immer Frauen, die zeitweise nicht arbeiten können, die kümmern sich um die Kinder. Glaub mir, Laura, ich bin kein Unmensch, ich habe viele ehemalige Sklaven, die, nachdem ich sie entlassen habe, hier geblieben sind und weiter für mich arbeiten.«

»Weil sie nicht wissen, wohin in diesem fremden Land.«

»Nein, weil ich sie gerecht behandle und das wissen sie genau. Schau dir unsere Mestizen an, viele von ihnen kamen einst aus Afrika und dann sind sie geblieben.«

»Wohin sollten sie denn auch gehen?«

»In die Städte, auf andere Fazendas – ich will es nicht bestreiten, einige sind auch gegangen, aber die, die hier geblieben sind, wussten, dass sie gerecht behandelt werden. Eine Sicherheit, die es nicht überall gibt.«

»Ich möchte Ihnen ja gern glauben, aber es fällt mir schwer.«

»In einer Woche fahren wir wieder zu dem Dorf, dann wirst du feststellen, wie sehr es sich verändert hat.«

»Es ist schrecklich, daran zu denken, mit welchem Genuss wir diesen herrlichen Kakao trinken und wie viele Menschen unter seiner Herstellung leiden.«

»Aber, meine liebe Laura, es gibt keinen Genuss, dem nicht schwere Arbeit zugrunde liegt, und je köstlicher so ein Genuss ist, umso mehr Schweiß wurde für ihn vergossen.« Er sah sie einen Augenblick an, dann flüsterte er: »Und nun komm her, stell deinen Stuhl an meine Seite und gib mir deine Hand.«

Aber Laura schob ihren Stuhl nur wenige Zentimeter näher an den Rollstuhl heran und behielt ihre Hände im Schoß. Albert sah sie fragend an. »Was ist los, Laura?«

»Patrão, wir werden beobachtet.«

Verblüfft schaute Albert die junge Frau an. »Was sagst du da?«

»Man spricht über uns.«

»Wer spricht über uns? Und was um Himmels willen sagt man über uns?«

»Das wir uns unmoralisch verhalten.«

»O Gott«, stöhnte er, »wie kann man von mir sagen, ich verhalte mich unmoralisch? Ich kann nicht den kleinsten Finger rühren und verhalte mich unmoralisch? Wer zum Teufel sagt so einen Blödsinn?«

»Die Dienerschaft redet.«

»Namen, Laura, ich will Namen wissen.«

»Namen habe ich nicht.«

»Aber wie kommst du auf den Gedanken, dass man uns beobachtet und für unmoralisch hält?« Sein Gesicht war dunkelrot vor Zorn, aber seine Stimme war leise geworden.

»Man bedroht mich, weil ich mich angeblich anstößig verhalte, man droht mir, mich zu entfernen, weil ich unsittlich sei, und man hat mir einen Brief gestohlen, bevor ich ihn überhaupt öffnen konnte.«

»Das darf doch nicht wahr sein«, flüsterte Albert, aufs Äußerste erregt. »Wer bedroht dich, es muss doch einen Menschen geben, der so etwas sagt, und dessen Namen will ich haben, sofort, Laura.«

Aber Laura schüttelte den Kopf. »Die, die hier zu Hause sind, die Einheimischen, betrachten mich als Fremde, die sich in das harmonische Leben hier eingeschlichen hat. Ich gehöre nicht in dieses Haus, hat man mich wissen lassen.«

»So ein Blödsinn, so ein ungeheurer Blödsinn. Du bist die Freude in Person, wir mögen dich, wir brauchen dich – Gott im Himmel weiß, wie sehr ich dich brauche«, flüsterte Albert schockiert.

»Es ist Ihr Vertrauen, das man neidet, unsere Zusammenarbeit, der man misstraut, die stillen Minuten, die wir verbringen, erregen den Zorn der anderen.«

»Meinst du meine Frau, Laura?«

»Nein, Senhora Feline hat damit nichts zu tun, gar nichts. Wir plaudern miteinander, wenn wir uns sehen, wir tauschen Beobachtungen aus und die Senhora berät mich in allen Fragen, die ich habe. Sie ist es doch, die mir immer wieder rät, Ihnen zu helfen.«

»Und welcher Brief ist dir abhandengekommen?«

»Ich bekam einen Brief von dem Schiffsjungen, der in Recife Nicoles Kaninchen versorgt hat. Joe hat mir diesen Brief mitgebracht. Ich war sehr überrascht und auch erfreut, denn es war der erste Brief, den ich in meinem Leben bekommen habe. Aber ich habe keine Ahnung, weshalb er ihn geschrieben hat, denn ich konnte den Brief noch nicht lesen. Und dann war er von meinem Nachttisch verschwunden und niemand weiß, wo er geblieben ist.«

»Das ist ja unerhört. Das ist in diesem Hause überhaupt noch nicht vorgekommen. Wer weiß davon?«

»Ich habe mit Alma, der Köchin, darüber gesprochen, denn ich habe überall nach dem Brief gesucht und sie hat das beobachtet.«

»Ich werde das Haus auf den Kopf stellen lassen und ich werde ihn finden.«

»Bitte, Patrão, das hat Alma mir auch schon versprochen, aber ich möchte kein Aufsehen mehr erregen, mein Leben hier wird nicht einfacher, wenn die Dienstboten verdächtigt werden, etwas gestohlen zu haben, was mir gehört.«

»Laura, sag nicht immer Patrão zu mir.«

»Sie sind aber der Patrão und ich möchte mich korrekt verhalten.«

»Es klingt so fremd, so unpersönlich.«

»Aber es ist die korrekte Ansprache und ich möchte mich daran halten, gerade weil wir beobachtet werden.«

»Jetzt auch? Glaubst du, in diesem Augenblick verfolgen uns dumme, eifersüchtige, neidische Augen und Ohren?«

»Ganz bestimmt.«

»Ich kann es nicht glauben. Diese verdammte Krankheit ist schuld. Niemand würde es wagen, mich zu belauschen, wenn ich nicht so ein verfluchter Krüppel wäre.«

»O Gott, bitte sagen Sie so etwas nicht, Patrão. »Sie leben, das ist doch die Hauptsache.«

»Und was habe ich von diesem Leben? Nicht einmal die kleinen stillen Minuten unseres Zusammenseins sind mir geblieben. Das ist doch kein Leben mehr, Laura.«

»Aber ich bin doch nach wie vor für Sie da, ich bin doch Ihre rechte Hand, Patrão.«

»Eine schwache rechte Hand, Laura, eine rechte Hand, die nicht mal die Peitsche schwingt, wenn die Burschen sich widersetzen.«

»Eine Peitsche werde ich nie gebrauchen. Freundlichkeit, Verständnis und ein ›Bitte‹ an der richtigen Stelle sind viel wirksamer als eine Peitsche.«

Albert Baisanson schloss erschöpft die Augen. Sie hat ja recht, dachte er, seitdem sie die Befehle erteilt, arbeiten die Leute besser, schneller, weniger mürrisch. Ach, verdammt noch mal, das ist eben nicht mein Stil. Ich wäre nicht einer der größten Plantagenbesitzer im westlichen Pernambuco, wenn ich nicht die Peitsche geschwungen hätte. Das gehört hier in dieser Wildnis einfach dazu. Sie wird es auch noch merken.

Gut, die Afrikaner sollen ihre Hütten bekommen und Reis und Mais und Bohnen auch, und Leinenstoff für ihre Wickelkleidung, daran hat sie sich jetzt festgebissen, aber zu den Rodungsplätzen werde ich sie nicht kutschieren lassen. Das ist reine Männersache.

Er seufzte und schlug die Augen wieder auf. Aber er war allein. Laura war inzwischen gegangen. Verdammt, nun ist sie doch fort, dachte Albert enttäuscht, man darf sie einfach nicht aus den Augen lassen.

Er rief einen Diener. »Hol mir Joe, sofort.«

»Jawohl, Patrão.« Aber der Weg zum Wirtschaftshof war weit und es war heiß und der Diener war am Nachmittag immer müde. Und dann war Joe nicht am Wirtschaftshof und der Diener musste weiterlaufen bis hin zu den Hütten der Indios. Und dort war Joe auch nicht. Und bis er ihn schließlich bei den Pferden am Bewässerungsgraben fand, war es fast Abend.

»Joe, komm zum Patrão, aber schnell.«

»Was will er?« Der junge Mann zuckte mit den Schultern. »Ist verdammt wütend.«

»Worüber?«

»Keine Ahnung. Langes Gespräch mit fremder Senhorita.«

»Hm, dann muss ich da wohl hin.« Joe schwang sich auf eins der Pferde, ergriff den Halfterstrick und stieß ihm die Fersen in die Flanken. »Lauf, Bursche, sonst wird die Wut noch größer.«

Der müde Diener studierte den Stand der Sonne und überlegte, ob ein Feierabend in Sichtweite war. Dann schüttelte er den Kopf. War wohl noch zu früh für die Heimkehr in die Schlafbaracke. Schade, dachte er, wir Hausburschen haben keine eigenen Hütten, wir stehen Tag und Nacht unter Kontrolle, und jetzt, mit dem gelähmten Patrão, haben wir nicht einmal nachts unsere Ruhe. Müde schlurfte er zurück zum Herrenhaus. An Feierabend war noch nicht zu denken, denn wenn der Patrão mit Joe fertig war, musste der alte Mann gebadet und gefüttert werden, und wenn es ganz schlimm kam, musste er ihn auch noch im Rollstuhl spazieren fahren. Eine Arbeit, die er hasste, denn die anderen konnten dann bereits – heimlich natürlich, denn die Patroa hatte es streng verboten – den messerscharfen Cachaça schlürfen.

Joe indessen hatte das verschwitzte Pferd an einen schattigen Baum gebunden und einem der anderen Hausdiener gesagt:

»Melde dem Patrão, dass ich da bin.«

Wenig später rief der Junge: »Sollst kommen. Aber lass die Schuhe draußen, hast Dreck dran.«

Also ging Joe barfuß in das Büro des Patrão. »Ich bin da.«

»Das sehe ich«, der Senhor Albert war noch immer wütend. Einerseits wegen der Zustände im eigenen Haus und andererseits weil Laura gegangen war, obwohl er doch nur für einen winzigen Augenblick die Augen geschlossen hatte.

»Du hast der Senhorita einen Brief mitgebracht?«

»Ja, Patrão.«

»Was für einen Brief?«

»Kleiner Brief. Roter Klecks hinten.«

»Du hast ihn ihr persönlich in die Hand gegeben?«

»Ja, direkt in Hand.«

»Hat das jemand gesehen?«

»Weiß nicht.«

»Der Brief ist verschwunden. In meinem Haus wurde er gestohlen.«

»Nich möglich. Gutes Haus.«

»Das dachte ich auch. Geh und such den Brief. Irgendjemand hat ihn gestohlen, jemand, der die Senhorita nicht mag.«

»Aber Senhorita sehr fein, alle mögen Senhorita.«

»Ja, das dachte ich auch. Geh zur Köchin, sie soll dir beim Suchen helfen. Und rede mit keinem darüber.«

»Ja, schweigen und suchen.«

Joe verließ das Herrenhaus, zog sich seine Schuhe wieder an und ging hinüber zum Küchenhaus. Dort winkte er Alma nach draußen, denn das Kochhaus durfte nicht von den Arbeitern betreten werden.

»Was willst du, Joe?«

»Patrão sagen, ich soll Brief suchen mit Köchin.«

»Den gestohlenen Brief von der Senhorita?«

»Ja, den.«

Alma sah sich um. Niemand war zu sehen. »Komm mit.« Sie ging mit Joe zu den Schlafhütten der Hausangestellten. »Bleib hier draußen und pass auf. Ich suche drinnen.«

»Wo suchen?«

»Ich habe so eine Ahnung. Pass gut auf und lass niemanden rein.«

»Mach ich.«

Alma ging in den Schlafsaal. Sie musste ihn nicht mit den Eingeborenen teilen, ihre Kammer war am Küchenhaus angebaut, aber sie wusste sehr genau, wer auf welcher Holzpritsche schlief.

Zielstrebig ging sie zum Bett der Haushälterin und nach einer kurzen Kontrolle hatte sie Lauras Brief unter dem Strohsack, der als Matratze diente, gefunden. Er war noch ungeöffnet. Vermutlich hatte Maria noch keine Zeit gehabt, ihn zu öffnen und zu lesen. Alma strich die Decken wieder glatt, steckte den Umschlag in die Schürzentasche und lief schnell nach draußen. »Komm, Joe, ich habe ihn gefunden.«

»Gut, Senhora, sehr gut. Danke.«

»Willst du ihn der Senhorita geben oder soll ich es tun?«

»Muss geben Patrão.«

»Na schön, hoffentlich bekommt Laura ihn dann auch.«

»Ich sagen Senhorita: Brief da.«

»Gut, steck ihn ein, damit ihn keiner sieht, und bring ihn dem Patrão.«

Joe tat, was Alma ihm gesagt hatte. Er zog seine Schuhe wieder aus, ließ sich beim Patrão melden und legte den Umschlag neben ihn auf einen Tisch.

»Danke, Joe, du kannst gehen. Sag einem der Diener, er soll die Senhorita holen.«

Als Laura wenig später kam, lächelte er ihr entgegen. »Ich habe deinen Brief, freust du dich?«

»Ja, das ist ja wunderbar, danke, wo war er denn?«

»Joe hat ihn gebracht. Komm näher, mach ihn auf und lies ihn.«

Obwohl Laura den ersten Brief ihres Lebens gern allein und in Ruhe gelesen hätte, befolgte sie den Wunsch des Patrão, setzte sich neben ihn und öffnete das rote Siegel auf dem Umschlag.

»Ein seltsames Siegel«, stellte er fest. »Sieht aus wie der Abdruck eines Hosenknopfes.«

Laura zuckte nur mit den Schultern, mit der Form von Siegeln kannte sie sich nicht aus. Dann las sie:

»Verehrte Miss Laura!

Ich weiß nicht, ob Sie sich noch an mich erinnern. Ich war der Schiffsjunge auf der ›Marie-Fortuna‹, mit der Sie von Hamburg nach Recife gereist sind. Jener Schiffsjunge, der zum Schluss für hundert Kaninchen ein neues Zuhause gesucht hat. Jetzt bin ich hier in der Hafenstadt und habe eine kleine Handlung mit Ersatzteilen für Schiffe.

Heute habe ich Ihren Vorarbeiter Joe getroffen und er hat mir erzählt, wie es Ihnen und der Familie Baisanson ergangen ist. Sie haben ja wirklich schwere Zeiten hinter sich und es ist seltsam, wie das Schicksal mit uns Menschen so umgeht. Sie wollten Lehrerin in einem fremden Land werden und wurden eine Mitarbeiterin auf einer Kakaoplantage. Ich wollte eigentlich nur die warme Sonne von Indien genießen und bin zu einem Kleinunternehmer in Brasilien geworden. Denn in Zukunft werde ich auch unter die Bauern gehen und Flachs für Schiffssegel und Jute für die Säcke anbauen, in denen Sie dann Ihre Ernte nach Europa verschicken. So führt uns die Jute irgendwie zusammen: Sie brauchen die Jutesäcke demnächst nicht mehr in Indien oder China zu bestellen, weil ich Sie Ihnen liefern kann.

Das ›demnächst‹ wird sich allerdings noch mindestens ein Jahr hinziehen, trotzdem würde ich mich freuen, zwischendurch zu erfahren, wie es Ihnen geht.

Ihr ergebener Mikael Lundborg«

Laura sah den Mann an ihrer Seite an. »Das ist alles.«

»Du meine Güte, ist das wirklich alles? Und was ist es? Ein Geschäftsbrief, damit wir die nächsten Jutesäcke bei ihm kaufen?«

Laura wurde vor Verlegenheit ganz rot. »Ich kenne ihn doch gar nicht, was sollte er mir denn sonst schreiben?«

»Na, etwas herzlicher hätte der Brief schon ausfallen können. Obwohl«, Albert machte eine Pause, »obwohl, an dem Stil habe ich natürlich nichts auszusetzen. Du weißt schon, Laura, dass ich ein wachsames Auge auf dich haben muss. Deine Eltern haben dich uns anvertraut, da gehören wachsame Augen und Ohren dazu.«

Ja, dachte Laura, und was ist mit den bettelnden Augen, mit den zärtlichen Lippen, mit den begehrlichen Blicken, die mich so erregen. Dieses Gefühl, nach dem ich mich sehne und vor dem ich mich fürchte, weil ich nicht weiß, was mit mir passiert, dieses Gefühl gehört vermutlich nicht zu den Verantwortlichkeiten eines wachsamen Fazendabesitzers.

»Was ist los, Laura?«

»Ich weiß es nicht. Ich bin etwas verwirrt. Ich freue mich, dass ich einen Brief bekommen habe, und ich fürchte mich vor den Folgen. Wenn der Mensch, der ihn gestohlen hat, merkt, dass der Brief fort ist, werde ich Schwierigkeiten bekommen.«

»Du hast Angst? Aber Laura, du brauchst doch keine Angst zu haben. Wir sind hier alle um dich, wir meinen es gut mit dir, niemand kann dir etwas tun. Soll ich Joe sagen, er soll sich immer in deiner Nähe aufhalten?«

»Nein, nein, Joe ist Ihr wichtigster und zuverlässigster Vorarbeiter.«

»Aber Laura, du bist mir wichtiger als jeder Vorarbeiter. Ohne deine Hilfe wäre ich machtlos. Du weißt, ich habe Leibwächter, die Senhora hat ihre Leibwächter und die Kinder ebenfalls. Warum also solltest du keinen Mann an deiner Seite haben. Und da du Joe für verlässlich hältst, soll er sich in Zukunft um dich kümmern. Ich werde es ihm heute noch sagen.«

Laura stand auf. »Patrão, ich muss zum Abendessen mit den Kindern gehen. Brauchen Sie mich später noch?«

»Nein danke, Laura. Ich spreche noch mit Joe, dann ziehe ich mich auch zurück. Grüß die Kinder von mir.«

In dieser Nacht brannte die Hütte von Joe ab. Ein kläffender Hund weckte ihn und rettete ihm das Leben.

25

Feline Baisanson hatte Probleme. Nicht erst seit heute. Nein, die Probleme, mit denen sie zu kämpfen hatte, begleiteten sie seit ihrem Besuch in Hamburg. Sie, die erst mit über dreißig Jahren geheiratet hatte und vorher jahrelang in Sorge gewesen war, keinen passenden Mann mehr zu finden, war mit Albert, nichts ahnend von einem Leben jenseits aller Zivilisation, in die Wildnis gezogen, in der Hoffnung, hier ein angenehmes, erfülltes und wohlhabendes Leben führen zu können. Eben ein Leben, wie es in wundervollen Romanen geschildert wurde: mit viel Dienerschaft, reichen, kultivierten Freunden, mit großen Festen und ständigen Liebesbezeugungen ihres Gatten. Aber nichts von allem war eingetreten. Die Fazenda lag fernab von aller Kultur, von anderen Menschen, mit denen sie hätte Freundschaften schließen können, war weit entfernt von Reichtum und Festlichkeiten und die Diener, die sie hatten, waren unzufriedene, intolerante und unkultivierte Leute, mit denen sie kein Wort wechseln konnte. Auch die Liebesbekundungen ihres Gatten hielten sich in Grenzen. Sie hatten zwar zwei gemeinsame Töchter, aber die schränkten sie in ihren Bemühungen, sich in ihren Projekten zu engagieren, vollständig ein.

Feline hatte sich zwar im Laufe der Jahre mit ihrem begrenzten, bescheidenen Leben auf einer Kakaoplantage arrangiert, aber abgefunden hatte sie sich nie damit. Die Sehnsucht nach einem anderen, abwechslungsreicheren Leben war immer gegenwärtig. Ihr Engagement für den Feminismus, in Frankreich seinerzeit geweckt, verhalf ihr wenigstens per Post zu einigen Kontakten mit anderen Feministinnen und Emanzipationsinstitutionen, immer aber spürte sie die schmerzliche Trennung von einem vielseitigeren, interessanteren Leben in der Welt.

Und dann kam die Reise nach Hamburg und öffnete ihr die Augen. In einer Weltstadt florierte das wirkliche Leben. Hier öffneten sich die Tore der Zukunft, der Visionen und der Chancen von ganz allein. Plötzlich waren sie da, die Kontakte, die Freundschaften, die Gleichgesinnten, die Kämpferinnen, und ihre Träume wurden wahr. Aber dann kam der Abschied und das Leben in der Wildnis begann von Neuem. Der Mann verlangte seine Rechte, die Kinder mütterliche Gefühle, das Haus eine Herrin und die Dienerschaft eine Patroa.

Na ja, dachte Feline, mit dem Verlangen das Mannes hat es ja nun ein Ende. Und aus dem gebärfähigen Alter bin ich auch heraus. Trotzdem, er beharrt darauf, dass ich ihn regelmäßig mit den Kindern zusammen besuche, obwohl es für Denise und Nicole schwer ist, den Vater so zu erleben. Er beharrt darauf, dass ich ihm täglich eine Stunde widme, indem ich mich zu ihm in den Garten setze und aus der Wochenzeitung von Petrolina vorlese, weil er das selbst nicht mehr tun kann.

Und dabei hatte ich nach diesem Unfall so sehr gehofft, er gibt diese ganze Kakaowirtschaft auf. Aber nein, statt die Fazenda zu verkaufen und zurück in eine Stadt zu ziehen, bildet er nun die Hauslehrerin aus, die Geschäfte mit ihm zusammen zu führen.

Aber jetzt wird der Bogen der Toleranz überspannt. Die Dienerschaft meutert, keiner traut dem anderen, Hütten gehen in Flammen auf, hier im Haus werden Dinge gestohlen und einer beschuldigt den anderen. Das mache ich nicht mehr mit. Das kann ich meinen Kindern und mir nicht zumuten, das ist gefährlich und ich denke nicht daran, meine Kinder einer solchen Gefahr auszusetzen.

Und dann diese Idee, in Zukunft zweimal im Jahr Kakao zu ernten. Als hätten wir mit der einen Ernte nicht schon genug zu tun. Natürlich, Kakaobohnen kann man das ganze Jahr über ernten, aber muss das sein? Diese Arbeit, die zusätzlichen Aufregungen, die doppelten Kosten und kein Mensch weiß, ob sich das alles rentiert. Aber das hat diese Laura ihm eingeredet. Sie ist der Meinung, die Fazenda könne viel mehr Gewinn abwerfen als bisher. Und dabei hat mein geschäftstüchtiger Ehemann nicht einmal die eine Ernte pro Jahr gewinnbringend verkauft. Nein, Feline schüttelte den Kopf, nein, das mache ich nicht mehr mit. Ich gehe! Wir gehen! Die Kinder haben eine bessere Zukunft verdient. Eine zivilisierte Zukunft. Eine schöne, eine fröhliche, eine chancenreiche Zukunft, das bin ich ihnen schuldig. Noch heute Abend werde ich mit Albert sprechen. Und wenn er nicht mitkommt, gehen wir ohne ihn!

Nach dem Abendessen, das sie wie immer allein in ihrem Salon eingenommen hatte, weil sie die Redereien und Betteleien der Kinder, die ständig irgendwelche Wünsche äußerten, störten, ging sie hinüber in die Räume ihres Mannes, in der Hoffnung, er sei mit dem Abendessen schon fertig. Wie immer klopfte sie höflich an und betrat erst nach seinem »Herein« das Zimmer.

Albert saß in seinem Rollstuhl und schaute sehnsüchtig nach draußen. Als er seine Frau sah, freute er sich. »Wie schön, Feline, dass du mich einmal außerhalb deiner festgelegten Zeiten aufsuchst. Schau nur, wie die Hibiskussträucher sich entfaltet haben, es war eine gute Idee von dir, die Pergola mit ihnen zu schmücken.«

»Guten Abend, Albert, fein, dass du dich darüber freuen kannst, ich muss dagegen sagen, dass es hier kaum noch einen Grund gibt, mich an irgendwelchen Pflanzen zu erfreuen.«

»Aber Feline, du wirst erstaunt sein zu hören, welche Pflanzen wir in Zukunft anbauen werden.«

»Ich glaube kaum, dass mich in Zukunft noch irgendwelche Pflanzen hier auf der Fazenda interessieren werden.«

»Du weißt eben nicht, was wir vorhaben.«

»Wir?«

»In diesem Fall meine ich Laura und mich und ich muss immer wieder mit Erstaunen feststellen, welche vorzügliche Mitarbeiterin ich in Laura gefunden habe.« Und bevor Feline ihn unterbrechen konnte, fuhr er fort: »Stell dir vor, sie hat eine ganz neue Idee entwickelt. Bisher haben wir unsere Kakaobohnen immer irgendeinem Händler verkauft, der sie dann an irgendeinen Schokoladenfabrikanten weiterverkauft hat. Und jetzt meint Laura, wir suchen uns die Fabrikanten in Zukunft selbst aus. Dazu brauchen wir aber eine exquisite Kakaosorte, die besonders begehrt ist und mit der man dann wirklich das große Geld verdienen kann.«

»Ach, gibt es denn verschiedene Sorten?«, fragte Feline verblüfft.

»Ja, Laura hat sich sehr mit diesem Thema beschäftigt und in ihren Büchern, die sie aus Hamburg mitgebracht hat, gibt es tatsächlich eine ganz präzise Aufstellung. Die beste Sorte ist der Criollos-Kakao. In den Hamburger Sachbüchern wird er als der teuerste Kakao der Welt aufgeführt. Und sein Anbau ist in höchstem Grade gefährdet, weil immer mehr Farmer die Bäume abholzen und stattdessen Bananen und Orangen anbauen oder sich auf Viehzucht spezialisieren, weil sie nicht wissen, wie wertvoll diese Kakaosorte ist. Ich habe Laura heute einen Brief an eine Pflanzensamenbank in Venezuela diktiert, die nur diese Sorte züchtet, und ich hoffe, dass wir noch in diesem Jahr ausreichend Samenbohnen für eine neue Pflanzung bekommen.«

Feline stand auf und sah aus dem Fenster, sie wollte ihrem Mann nicht in die Augen schauen müssen, wenn sie ihm nun erklärte, dass sie das alles nicht mehr interessiere. Aber bevor sie das Wort ergreifen konnte, fuhr Albert fort: »Laura war ja zuerst entsetzt, als sie sah, dass Sklaven bei uns den Urwald roden müssen, aber als ich ihr erzählte, dass wir auf dem neu gewonnenen Land die begehrten Criollos anbauen werden, war sie ganz begeistert und zeigte mir sofort in ihrem Buch, welche Fabrikanten diese kostbaren Bohnen verarbeiten würden. Da gibt es ein traditionsreiches Familienunternehmen in Genua, das ganz besonders auf die Criollo-Bohnen spezialisiert ist. Vor Kurzem brachten sie eine hundertprozentige Schokolade auf den Markt – Kakao pur, das muss man sich doch auf der Zunge zergehen lassen. Meine liebe Feline, diese Firma beliefern zu dürfen, das wäre mein Traum.«

»Du und deine Träume, Albert. Schau doch mal an, was daraus geworden ist. Ein Leben in der hintersten Ecke der Welt, ein Leben von Einsamkeit und Wünschen geprägt, von Wünschen, die nie in Erfüllung gehen. Ich habe genug von deinen Wünschen, ich kann dieses Leben hier nicht mehr ertragen. Ich gehe mit den Kindern zurück in eine Welt, in der es sich lohnt zu leben.«

Fassungslos starrte Albert seine Frau an. Sie will mich und die Fazenda verlassen, dachte er entsetzt, sie will mich der Kinder berauben. Sie will mich alleinlassen, jetzt, in einer Zeit, in der ich sie am dringendsten brauche, in der meine neuen Pläne Reichtum und Wohlstand versprechen, in einer Zeit, in der wir neues Land gewinnen, die Fazenda vergrößern und die Ernte verdoppeln können. Jetzt, wo es endlich bergauf geht, weil da eine energische, vorausblickende, kluge Laura an meiner Seite steht und uns uneigennützig hilft. Ach, Laura, dachte er, du ahnst nicht einmal, wie wichtig deine Arbeit für uns alle ist. Du tust das alles selbstverständlich, weil es deinem Wesen und deiner Erziehung entspricht, anzupacken und zu helfen, wo es nötig ist.

Eine Träne rann über seine Wange und er konnte sie nicht fortwischen. Feline, die ihn jetzt doch ansah, weil er nicht antwortete, sah sie. »Du weinst? Hast du Schmerzen?«

»Wie kann ein Körper ohne Gefühle Schmerzen haben?«

Er versuchte, die Träne seitlich am Kissen abzustreifen, aber es gelang ihm nicht. Hilfe suchend sah er sich um, aber da war keiner, der sie abgewischt hätte. Dann endlich versickerte die Träne in seinem Bart. »Lass mich bitte allein.«

Aber Feline schüttelte den Kopf. »Nein, Albert, jetzt und hier werden wir die Frage, wie wir in der Zukunft leben wollen, regeln.«

»Welche Zukunft denn? Ich sehe keine Zukunft mehr, wenn du mit den Kindern die Fazenda verlässt.«

»Du kannst mit uns kommen.«

»Und wohin?«

»Ich beabsichtige, nach Recife zu ziehen. Das ist eine zivilisierte, moderne Stadt mit angesehenen Einwohnern und vielen Europäern, einem reichen kulturellen Leben, mit großen Chancen für unsere Kinder, mit einem regen Geschäftsleben, in dem du deine Interessen verwirklichen kannst, und es ist eine weltoffene Stadt mit Tausenden von Möglichkeiten, um Träume zu erfüllen.«

»Gütiger Gott«, Albert versuchte, seiner Frau und der schnellen Aufzählung all ihrer Ideen zu folgen, »wie stellst du dir denn das alles vor?«

»Wir verkaufen ›Pitanga‹ und die beiden Zuckerrohrplantagen im Norden und fangen ein neues Leben in Recife an.«

»Niemals! Die drei Plantagen sind das Lebenswerk meiner Familie und niemals verkaufe ich ›Pitanga‹.«

»Dann setze einen Verwalter ein, einen Mann deines Vertrauens, und konzentriere dich auf die Geschäfte, die du vom Rollstuhl aus in Recife tätigen kannst.«

»Wie kannst du so grausam sein, Feline? Du zerstörst unsere Zukunft.«

»Nein, ich baue die Zukunft für uns auf, Albert. Du musst dich umorientieren, du musst anders zu denken lernen. Du musst deinem Zustand entsprechend deine Pläne schmieden. Dabei will ich dir helfen.«

»Und ›Pitanga‹, was soll aus dem Erbe meiner Vorfahren werden?«

»Such dir einen verlässlichen Verwalter.«

»Ich wüsste niemanden, dem ich die Fazenda anvertrauen könnte.«

Doch, dachte er, einen Menschen gibt es, dem ich absolut vertraue, der mich nie betrügen oder verraten würde. Laura! Aber kann ich ihr diese Verantwortung schon zumuten? Sie ist eine Frau, sie hat noch Schwierigkeiten mit der Sprache, sie hat sich kaum an das Klima gewöhnt, sie ist doch noch so fremd hier. Und dann dachte er: Aber sie ist stark, sie ist ehrlich und sie ist kompetent. Sie hat sich bei den Arbeitern durchgesetzt, man vertraut ihr, auch, weil sie nie verraten hat, wer ihr den Brief gestohlen und wer sie bedroht hat. Diese Toleranz öffnet ihr bei den Arbeitern Tür und Tor. Und dennoch, kann ich sie hier allein lassen? Würde sie meine Bitte überhaupt anhören, in Erwägung ziehen und dann auch noch akzeptieren? Sie wäre verdammt allein unter lauter Fremden, kann ich das überhaupt zulassen? Aber welch eine Wahl habe ich? Keine! Entweder ich verliere meine Familie oder ich verliere ›Pitanga‹ und ich würde weder das eine noch das andere überleben.

Albert sah seine Frau an. »Du meinst es ehrlich mit mir?«

»Selbstverständlich. Du bist mein Mann, wir gehören zusammen. Es sei denn, du lehnst dieses Zusammensein mit mir und den Kindern ab. Aber das kann ich mir nicht vorstellen. Albert, du bist ein kluger Mann, wenn du ehrlich zu dir selbst bist, erkennst du, dass ich recht habe. Ich will wirklich nur das Beste für die Kinder und für uns beide.«

»Hast du schon mit den Kindern gesprochen? Sie hängen an ›Pitanga‹, an der Freiheit, die sie hier haben, an diesem fast unbegrenzten Leben auf der Fazenda.«

»Ich habe noch nicht mit ihnen gesprochen, aber sie werden ein anderes, ein schöneres Leben in Recife haben. Sie bekommen Freundinnen, sie erleben Kultur, sie können Tennis und Kricket und Golf spielen lernen, und wenn es eine exquisite Schule gibt, dürfen sie die besuchen. Glaub mir, sie werden den Schlangen und Reptilien, den Mücken und den Fröschen nicht nachweinen. Und Pferde zum Reiten gibt es in Recife schließlich auch.«

»Und wo werden wir wohnen? Ich denke, die Frage nach unserer Unterkunft ist wichtiger als der Sport der Kinder.«

»Ich reise in den nächsten Tagen nach Recife und werde mich umsehen. Natürlich kommt nur ein Anwesen in der besten Wohngegend in Frage, groß genug für ein herrschaftliches Auftreten. Wir wollen schließlich nicht unter unserer Würde leben. Und dem Ansehen deiner Vorfahren, die immerhin einen bekannten Namen haben, muss unser Lebensstandard auch entsprechen.«

Albert hörte sprachlos zu. Die Ansprüche seiner Frau gerieten ins Uferlose. »Und wer, meine liebe Feline, soll das alles finanzieren? Du weißt, dass die Fazenda gerade das abwirft, was wir unbedingt zum Leben brauchen. Und den Gewinn aus den Zuckerrohrplantagen muss ich immer wieder in die Anlagen investieren, das weißt du auch. Wie willst du ein solches Anwesen und diesen Lebensstil bezahlen?«

»Nichts leichter als das, Albert. Wir verkaufen die Zuckerrohrplantagen, denn sie sind nur eine Belastung, der du jetzt kaum noch gewachsen bist. Du kannst sie nicht mehr aufsuchen und nicht mehr kontrollieren, also stoßen wir sie meistbietend ab. Und wenn du dann endlich deine kostbaren Criollos-Bohnen erntest, wird der Reichtum nicht mehr auf sich warten lassen.«

Albert fühlte sich vollkommen übergangen. Er wusste kaum noch, was er sagen sollte. So stotterte er schließlich nur noch: »Und wie kommst du nach Recife?«

»Ich reise nach Petrolina und von dort mit dem Flussschiff auf dem Rio São Francisco nach Piacabucu. Von dort gibt es eine tägliche Kutschenverbindung nach Recife.«

»Und das weißt du alles schon?«

»Ich habe mich erkundigt. Albert, ich bin eine Frau, die nichts dem Zufall überlässt. Zufälle kann man sich in diesem Land und in unserer Situation nicht erlauben. Wir leben lange genug hier, um die Vorteile und die Nachteile zu kennen. Ich reise mit kleinem Gepäck und nur einer Dienerin, so bin ich flexibel und kann, wenn alles nach meinen Wünschen verläuft, in vier bis sechs Wochen zurück sein.«

Draußen war die Nacht hereingebrochen. Das Zirpen Tausender Grillen und das Quaken der Frösche erfüllte die Dunkelheit mit ihrem Lärm. Vögel begannen mit ihrem Pfeifkonzert und eine Horde von Affen suchte kreischend ihr Nachtlager auf. Im Hüttendorf heulten zwei Hunde um ein Weibchen und ein Kakadu verteidigte seinen Platz auf dem Dach des Küchenhauses. Alles bekannte nächtliche Geräusche, an die sich die Menschen längst gewöhnt hatten.

Auf der Veranda warteten die mürrischen Diener, die ihren Patrão noch umkleiden, waschen und zu Bett bringen mussten. Nahm denn dieses Gespräch da in seinem Salon überhaupt kein Ende? Musste die Patroa nachts ihre Pläne verkünden und endlose Diskussionen heraufbeschwören? Hatten denn diese Gespräche nicht Zeit bis zum nächsten Tag? Solche nächtlichen Debatten schürten nur die schlechte Laune des Patrão und sie, die armen wartenden Diener, mussten sie dann ertragen.

26

Laura wunderte sich sehr über die schlechte Laune des Patrão in den nächsten Tagen. Stundenlang saß er am Fenster, blickte nach draußen und sprach kaum mit ihr. Auch die gemeinsamen Fahrten im Dogcart fielen aus und Laura sah sich gezwungen, allein hinaus in die Wildnis zu fahren, um die Arbeit im Sklavendorf zu beaufsichtigen. Dabei ging es ihr nicht so sehr um die Fortschritte bei der Rodung des Regenwaldes, als vielmehr um den Aufbau des Dorfes. Nur begleitet von Joe und von den beiden Reitern, die zu ihrem Schutz immer neben ihr waren, kontrollierte sie, ob ihre Forderungen eingehalten wurden. Sie prüfte, ob genug Baumaterial für wetterfeste Hütten geliefert wurde, ob die benötigten Lebensmittel regelmäßig von der Fazenda eintrafen, ob die neu angelegte Pumpe nach wie vor sauberes Wasser lieferte, und vor allem beaufsichtigte sie das Verhalten der einheimischen Vorarbeiter, die nur zu gern ihre Macht den Afrikanern gegenüber spüren ließen. Sie hatte die Anwendung von Gewalt strengstens verboten und prüfte bei jedem Besuch, ob die Sklaven Zeichen von Misshandlungen zeigten. Aber Laura hatte sich durch ihr tolerantes Auftreten, ihr Verständnis für die Probleme aller Mitarbeiter sowie durch ihr vorbildhaftes Handeln den Respekt aller Arbeiter erworben. Man befolgte ihre Anweisungen, denn auf Befehle verzichtete sie.

Da es bei der schweren Arbeit im Dickicht des Regenwaldes immer wieder zu Unfällen kam, hatte sie eine Hütte des Dorfes als Krankenstation eingerichtet und zwei Frauen in der Behandlung von Knochenbrüchen und Hautquetschungen, von Schlangenbissen und Affenattacken ausgebildet. Medikamente und Verbandsmaterial entnahm sie der Apotheke im Herrenhaus. Um Erlaubnis dafür bat sie nicht, denn für sie war es selbstverständlich, kranken oder verwundeten Menschen zu helfen. Die Kenntnisse der Behandlung entnahm sie selbst den Büchern, die sie aus Hamburg mitgebracht hatte, und war froh, so umsichtig in der Wahl ihrer Lektüre gewesen zu sein.

Später, so nahm sie sich vor, werde ich versuchen, die Kinder zu unterrichten. Ich muss zwar zuerst die Sprache der Afrikaner lernen, dann aber werde ich mir in Petrolina die entsprechenden Bücher besorgen. Und wenn die Mütter es wollen, dann können sie gern an dem Unterricht teilnehmen. Denn eines Tage werden sie frei sein und dann müssen sie mit dem Leben in Brasilien zurechtkommen.

Nach den Kontrollfahrten in das Hüttendorf im Urwald begann ihre eigentliche Arbeit auf der Plantage. Der Patrão und sie hatten sich zu einer zweiten Ernte entschlossen und die Arbeiter waren im Augenblick damit beschäftigt, die reifen Früchte von den Stämmen zu schneiden und zur Verarbeitung an die Frauen weiterzugeben. Früher, so hatte sie erfahren, fielen die Früchte irgendwann auf den Boden, zerplatzten und vermoderten. Diese Verschwendung wollte Laura nicht dulden. So war eine gewisse Hektik auf ›Pitanga‹ zu spüren, denn die sonstigen Arbeiten wie die Pflege der Kakaobäume, der Bewässerungsanlagen, der Böden und die Ernten der Schatten spendenden Bananenbäume mussten weitergehen.

Da die Regenzeit bald beginnen würde, drängte Laura zur Eile, denn die wertvollen Kakaobohnen mussten vor dem Beginn der nassen Jahreszeit fermentiert, getrocknet, eingesackt und nach Recife transportiert werden. Schaffte sie das nicht, war die Ernte verdorben und der Gewinn verloren. Wenn sie abends müde und total erschöpft zurück auf die Fazenda kam, zog sie sich meist sofort in ihr Zimmer zurück, wohin Alma ihr inzwischen das Abendessen servierte. Nicht einmal zu einem Gespräch mit der Köchin reichte ihre Kraft. So war sie sehr überrascht, als Alma ihr an diesem Abend mitteilte: »Der Patrão möchte mit dir sprechen. Du sollst gleich in seinen Salon kommen.«

Laura war enttäuscht. Morgen in aller Frühe würden die Wagen mit der zweiten Ernte nach Recife aufbrechen und sie hatte sich vorgenommen, diesem Mikael Lundborg für seinen netten Gruß zu danken und Joe einen Brief für ihn mitzugeben. Wann sollte sie den nun schreiben, wenn der Patrão sie jetzt noch sehen wollte?

»Reicht meine Zeit noch zum Umziehen, ich kann ihn in dieser staubigen Kleidung unmöglich aufsuchen.«

»Ja, ich denke schon, aber beeile dich, es scheint wichtig zu sein.«

Und während Laura sich hinter dem Paravent wusch und umkleidete, fragte sie: »Was ist denn eigentlich los? Es ist so unruhig im Haus geworden.«

»Ach, weißt du, ich glaube, hier gibt es große Veränderungen, aber etwas Genaues weiß ich auch nicht.«

»Na, dann werde ich mich umhören. Von allem, was hier im Haus vor sich geht, weiß ich überhaupt nichts.« Sie kam frisch gewaschen und frisiert in einem weißen Leinenkleid aus der Waschecke und verließ mit Alma zusammen ihr Zimmer. »Ich werde dir alles berichten, wenn ich weiß, um was es geht.«

»Du warst länger nicht mehr mit dem Patrão so zusammen wie früher.«

»Er war über irgendetwas verärgert, aber ich wollte ihn nicht fragen. Wenn er mich braucht, ruft er mich schon, habe ich gedacht, und genauso ist es jetzt ja auch gekommen.«

Die beiden Frauen hatten den Gebäudeteil mit den Gemächern des Hausherrn erreicht, und während Alma hinüber zum Küchenhaus ging, klopfte Laura höflich, wie sie es immer tat, bei Albert Baisanson an.

Und dann stand sie ihm erschrocken gegenüber. Sie hatte ihn fast zwei Wochen lang nicht gesehen und er kam ihr sehr verändert vor. Er war dünner geworden, sein Haar war jetzt völlig ergraut und seine großen Augen, die sie immer so verlangend angesehen hatten, waren tief in ihre Höhlen gesunken.

»Setz dich zu mir«, bat er leise und blickte auf den Stuhl, der direkt neben ihm stand. »Wie geht es dir?«

»Ich habe viel zu tun, Patrão.«

»Und, schaffst du die Arbeit? Kommst du zurecht?«

Laura lächelte ihn an. »Ich muss wohl, die Regenzeit steht vor der Tür.«

»Ich bin sehr froh, dass ich in dir so eine verlässliche Mitarbeiterin gefunden habe, Laura.«

»Ich versuche, die Arbeit in Ihrem Sinne zu machen, Sie haben mich gut eingeführt.«

»Du magst diese Arbeit?«

Laura nickte. »Ja, sehr, sie ist interessant und am Abend sieht man, was man tagsüber geschafft hat. Das ist sehr befriedigend.«

Albert nickte und lächelte. »Mit dem Unterricht von Kindern ist das anders, da merkt man erst nach Jahren, ob die Arbeit Erfolg hatte.«

»Ja, wenn morgen früh die zehn Planwagen mit der zweiten Kakaoernte aufbrechen, dann weiß ich, dass wir etwas Gutes geleistet haben.«

»Kommst du mit den Arbeitern zurecht?«

»Mit fast allen.«

»Gibt es welche, die nicht gehorchen?«

»Ja, schon, hin und wieder, aber ich schaffe das.«

»Ich wusste, dass ich mich auf dich verlassen kann, und ich wusste auch, dass ich dir das alles zutrauen kann.«

Laura sah ihn ernsthaft an. Er hatte sie doch nicht wegen eines solchen Geplänkels in sein Zimmer bestellt. Was wollte er wirklich? Sie wartete nicht auf seine nächsten Worte, sondern fragte geradeheraus: »Bitte, Patrão, was geht hier vor? Es ist so unruhig im Hause, irgendetwas hat sich verändert?«

»Darüber wollte ich mit dir sprechen. Laura, wir werden ›Pitanga‹ verlassen.«

»Wer? Wer ist wir? Es läuft doch alles so gut, wir können doch sehr zufrieden sein«, fragte sie erschrocken.

»Meine Frau will nach Recife umsiedeln. Sie verlässt ›Pitanga‹, und wenn ich sie und meine Kinder nicht verlieren will, muss ich ›Pitanga‹ aufgeben und mit ihnen ziehen.«

»Aber das geht doch nicht. Die Plantage ist doch Ihr Leben.«

»Laura, entweder ich verliere meine Familie oder ich verliere mein geliebtes ›Pitanga‹. Einen Teil meines Lebens verliere ich auf jeden Fall. Ich muss mich entscheiden.«

»Aber das ist so ungerecht.«

»Laura, mit deiner Hilfe könnte ich ›Pitanga‹ behalten.«

»Mit meiner Hilfe?«

»Du bist doch meine rechte Hand. Ohne dich hätte ich ›Pitanga‹ längst verloren. Ich möchte, dass du hierbleibst und an meiner Stelle ›Pitanga‹ bewirtschaftest.«

»Aber ich ... ich allein ... ich kann das doch gar nicht. Ich werde das nicht können, Senhor Baisanson, ich bin doch keine Farmerin, ich habe doch keine Ahnung ... ich ...«

»Laura, du kannst es. Ich weiß das. Ich habe dich in den letzten Wochen allein gelassen, aber ich habe dich beobachtet und ich habe mir von den Arbeitern erzählen lassen, was du so machst. Du bist eine perfekte Farmerin, eine bessere kann ich mir gar nicht denken, vor allem keine verlässlichere. Es gibt keinen Menschen, dem ich ›Pitanga‹ übergeben würde, aber dir vertraue ich vollkommen.«

»Ach, Patrão, es ehrt mich, was Sie da sagen, aber wie soll das denn praktisch gehen? Ich hier ganz allein und mit lauter Fremden um mich herum. Was werden die Arbeiter sagen, wenn sie einer Frau gehorchen sollen? Bis jetzt waren Sie der Patrão und standen fest im Hintergrund. Aber wenn Sie jetzt gehen, gibt es diesen Hintergrund nicht mehr.«

»Laura, ich sorge dafür, dass du nur gute, vertrauenswürdige und ehrliche Arbeiter hier hast. Ich werde alle, die dir nicht behagen oder die dir Schwierigkeiten machen würden, mit nach Recife nehmen und sie dort irgendwo unterbringen. Du sollst nur die behalten, mit denen du zufrieden bist. Und wenn die nicht ausreichen, stellen wir neue ein, Arbeiter, die uns empfohlen werden oder die hier sowieso schon Freunde haben. Du glaubst gar nicht, wie sehr diese Menschen hier innerlich und familiär verzweigt sind. Du wirst keine Probleme mit genügend Arbeitern haben, das verspreche ich dir.«

»Na ja, das sind die Probleme mit den Arbeitern. Aber was ist mit dem Geschäftlichen?«

»Du kennst die Geschäftsbücher, du hast sie selbst geführt. Du machst das genauso weiter. Ich richte in Recife ein Büro ein und über dieses Büro gehen dann die Einnahmen und Ausgaben. Ich habe ja noch zwei Plantagen im Norden, auch die Geschäfte dieser Plantagen werden dann von dort aus verwaltet. Ich weiß, Laura, es hört sich alles verwirrend und beängstigend an, aber wenn man keinen anderen Ausweg sieht, muss man mit den Wirren und mit den Ängsten umzugehen versuchen. Bitte, Laura, ich habe keine andere Wahl. Ich würde so gern hierbleiben. Es ist mein Zuhause und es ist verdammt schwer, diesen Abschied zu ertragen.«

Und wieder rann eine Träne über seine Wange. Aber diesmal war Laura da und tupfte sie behutsam fort. »Ist schon gut, Patrão, wenn Sie meinen, ich könnte an Ihrer Stelle hier leben und arbeiten, dann will ich das tun.«

»Danke, Laura, ich wusste, dass ich mich auf dich verlassen kann.«

»Wann wollen Sie denn ›Pitanga‹ verlassen?«

»Sobald die Wagen, die morgen nach Recife fahren, zurück sind. Ich denke, in vier Wochen werden wir aufbrechen.«

»Das wäre dann Ende Oktober.«

»Ja, aber du solltest schon vorher die Liste fertig haben. Schreib genau auf, mit wem du hier Schwierigkeiten hast, damit ich neue Leute besorge und die anderen darauf vorbereite, mit uns nach Recife zu fahren.«

Laura stand auf. Sie wollte auf keinen Fall, dass es noch einmal zu diesen kleinen Intimitäten mit dem Patrão kam. Sie war aufgewühlt und bestürzt und kaum in der Lage, mit den eigenen Gefühlen ins Reine zu kommen, sie hätte dem Mann im Rollstuhl nur Angst und Mitleid vermitteln können. Und ihre Angst war das Letzte, was er jetzt brauchte.

»Gute Nacht, Patrão.« Beinahe fluchtartig verließ sie seinen Salon.

Und draußen seufzten die Diener dankbar und machten sich an die Arbeit, ihren Herrn ins Bett zu bringen.

Laura ging zurück in ihr Zimmer. Auf dem Tisch brannte die Petroleumlampe, die Alma angezündet hatte. Wenn ich doch Alma hierbehalten könnte, dachte sie. Sie ist meine einzige Vertraute, aber Senhora Baisanson wird sie bestimmt mit nach Recife nehmen, sie hat sie extra aus Frankreich kommen lassen, um ihre heimische Küche nicht zu verlieren. Aber wenn ich eine Liste aufstelle mit Leuten, die ich nicht um mich haben möchte, weil ich mich vor ihnen fürchte oder weil ich weiß, sie werden nicht gehorchen und andere gegen mich aufwiegeln, dann kann ich auch eine Liste aufstellen mit Leuten, die ich unbedingt hierbehalten möchte. Ja, ich werde diese zweite Liste sogar zu meiner Bedingung machen. Da steht dann an erster Stelle Alma und an zweiter Stelle steht Joe. Ach ja, Joe, dachte sie erschrocken, er soll ja einen Brief für mich mitnehmen und den muss ich erst noch schreiben.

Sie setzte sich an den Tisch, auf dem in letzter Zeit immer mehr Geschäftsbücher lagen, räumte den Stapel zur Seite, nahm einen Stift und begann:

»Fazenda ›Pitanga‹, am 30. September 1848

Sehr geehrter Mister Mikael Lundborg!

Ich habe mich sehr über Ihren Brief gefreut. Zuerst wurde er mir gestohlen, bevor ich ihn lesen konnte, und ich war sehr traurig darüber, denn es war der erste Brief in meinem Leben, den ich bekommen hatte, aber dann hat man ihn mir zurückgegeben und ich habe mich sehr über Ihre Nachricht gefreut. Wie ich Ihren Worten entnehme, haben Sie einen guten Erfolg in Recife und in den Küstenländern. Das freut mich für Sie und ich wünsche Ihnen, dass es weiter so gut mit Ihrem Erfolg und mit Ihren Plänen geht.

Von mir kann ich das leider nicht berichten. Statt Kinder zu unterrichten, musste ich lernen, eine Fazenda zu führen. Dass das eine riesengroße Umstellung ist, werden Sie verstehen. Aber mir blieb nichts anderes übrig, weil sich der Patrão wegen seiner Lähmung ganz auf mich verlassen musste. Aber wie Sie sehen, hatte ich auch etwas Erfolg damit, denn jetzt kommt zum ersten Mal eine zweite Kakaoernte in diesem Jahr nach Recife. Und da Joe morgen damit aufbricht, habe ich die Möglichkeit, Ihnen einen Brief schicken zu können.

Ich muss aber leider auch berichten, dass sich hier in vier Wochen alles ändert. Die Familie Baisanson zieht nach Recife und man erwartet, dass ich dann die Fazenda allein bewirtschafte. Das ist eine riesengroße Aufgabe und ich habe Angst davor. Ich fürchte mich nicht vor dem Leben als einzige Europäerin hier in der abgelegenen Gegend, aber ich habe Angst, den Erwartungen nicht gewachsen zu sein. Leider gibt es keine andere Möglichkeit für mich, denn meine Eltern in Hamburg sind auf meinen Lohn angewiesen, der ihnen von Mister Baisanson geschickt wird, und ich wüsste auch nicht, was ich sonst tun könnte. Ich habe mich zwar gut eingelebt, aber die Verantwortung ist beinahe zu groß für mich. Hier leben mehr als hundert Arbeiter mit ihren Familien und sie alle sind von mir abhängig, das ist ein schrecklicher Gedanke.

Ich würde mich sehr freuen, wenn Sie Joe wieder einen Brief mitgeben könnten, und ich bedanke mich schon jetzt dafür.

Mit vielen Grüßen und guten Wünschen für Sie,

Laura Bredenstedt«

Laura beschriftete den Umschlag und versiegelte ihn mit dem Siegel der Fazenda. Dann schaute sie auf die Uhr. Es war weit nach Mitternacht, denn sie hatte während des Schreibens immer wieder Pausen gemacht, um zu überlegen, was durfte sie schreiben und was nicht. Ich will mich ja nicht beklagen, dachte sie, aber ich will ihm die Situation schon so beschreiben, wie sie ist. Natürlich, zu vertraulich darf ich auch nicht werden, denn ich kenne diesen Mann wirklich kaum. Andererseits wäre es schön, er würde mir antworten, denn er ist der einzige Mensch, dem ich erzählen kann, wie es mir wirklich geht.

Sie sah nach draußen. Es wurde schon hell und auf dem Wirtschaftshof wurde das Frühstück vorbereitet. Die Wagen sollten im Morgengrauen aufbrechen, da wurde es Zeit, Joe zu suchen und ihm den Brief zu übergeben.

Laura stand auf, kontrollierte ihre Stiefel wegen eventueller Reptilien, die sich darin verkrochen haben könnten, und zog sich die Reitkleidung an. Dann ging sie hinüber zum Hof, wo die zehn Planwagen mit ihrer kostbaren Ladung abfahrbereit standen.

Hier herrschte bereits reges Leben. Die Pferde wurden noch einmal getränkt, dann begannen die Kutscher, sie anzuspannen. Frauen liefen umher und versorgten ihre Männer mit Proviant, Kinder rannten herum und spielten Versteck zwischen Pferdebeinen, Hütten und Lagerfeuern, Hunde bellten und Hühner flüchteten vor dem Durcheinander. Laura fand Joe neben dem ersten Wagen.

Als er sie sah, lächelte er. »Bin ich Briefbringer?«

»Ja, Joe, bitte. Sie wissen schon, an wen der Brief gerichtet ist?«

»Ja, netter Mann, ich weiß.«

»Danke, Joe, und kommen Sie gesund wieder.«

»Werde machen und bringen neuen Brief. Und wenn nicht, ich bringen um.«

»Nein, nein, Joe, lieber nicht«, lachte Laura und plötzlich war alle Angst vor der Zukunft verschwunden. Sie hatte Joe und sie hatte Mikael als Vertrauten, was konnte da noch passieren?

27

Mikaels Geschäfte liefen gut. Den Laden mit den Schiffsausrüstungen hatte er um zwei Räume und einen weiteren Mitarbeiter vergrößern müssen und neben dem Büro in der darüber liegenden Etage hatte er einen zweiten Raum hinzugemietet, in dem er jetzt wohnte, wenn er in Recife anwesend war. Aber das war in letzter Zeit selten der Fall, denn vor allem kümmerte er sich derzeit um das Küstenland, dem er noch einmal einen Streifen von fünfhundert Hektar hinzugefügt hatte. Da er hier mit staatlicher Unterstützung rechnen konnte, hatte er sich vorgenommen, das Maximale aus diesen Ländereien herauszuholen. Dabei legte er den Schwerpunkt jetzt auf den Anbau von Hanf, denn er hatte sich intensiv mit den Pflanzen beschäftigt und festgestellt, dass man, neben der Herstellung von dringend benötigten Seilen auf den Schiffen, sehr viel mehr mit den Pflanzen erzielen konnte und dass man gleichzeitig aus den Fasern Nähgarn, Bindfäden, Gurte, Matten und Teppiche herstellen konnte. Außerdem erfuhr er aus entsprechenden Büchern, die er in der Stadtbibliothek von Recife intensiv studierte, dass man aus dem Hanfsamen Öle zur Seifenherstellung und aus den Rückständen der Ölgewinnung Kraftfutter für Tiere gewinnen konnte. Außerdem waren die Apotheker an den betäubenden Wirkungen der harzigen Ausscheidungen der weiblichen Pflanzen interessiert. Das alles machte den Anbau von Hanf zu dem wichtigsten Faktor in seinen Berechnungen.

Die Arbeiter, die er aus den Armenvierteln der Stadt holte, hatten während der vergangenen Monate gute Arbeit geleistet, denn er war ein gerechter Arbeitgeber. Zehn Stunden am Tag mussten sie das Land urbar machen, Bewässerungsgräben anlegen und mit dem Ansäen beginnen, sechs Stunden mussten sie an ihren eigenen Häusern bauen und acht Stunden hatten sie frei. Sie wohnten in einem Lager, bekamen einen angemessenen Lohn, eine gute Verpflegung und Arbeitskittel. Fast alle Arbeiter hatten Familien, die sie, als ihre kleinen Häuser fertig waren, nachkommen ließen, sodass sich jetzt auch die Frauen an der allgemeinen Arbeit beteiligen konnten.

Für das Dorf hatte Mikael eine Landfläche in Küstennähe gewählt. Dort, wo ein kleiner Fluss ins Meer mündete, das Land aber erhöht auf einer Klippe lag und vor Überflutungen geschützt war, ließ er nicht nur das Dorf entstehen, sondern baute mit kirchlicher Hilfe eine Kapelle und mit staatlicher Hilfe eine Krankenstation und eine Hütte für den Schulunterricht der Kinder. Außerdem plante er für die Zukunft ein Geschäft, in dem die Dorfbewohner alles kaufen konnten, was sie zum Leben brauchten. Und das in der Hoffnung, auch dieses Geschäft eines Tages mit selbst erzeugten Waren beliefern zu können. Außerdem hatte er eine schöne Landfläche für sein eigenes Haus vorgesehen, denn irgendwann wollte er sesshaft werden, und dafür eignete sich die Gegend am Meer und in der Nähe von Recife hervorragend.

Ja, Mikael Lundborg hatte Träume und er hatte die Kraft, aus Träumen Wirklichkeiten zu schaffen.

Sobald er neue Anträge auf staatliche Hilfe stellte, kamen Kontrolleure, um seine Arbeit zu begutachten, und es dauerte gar nicht lange, da wurde die Nutzung des Küstenlandes als Beispiel vorbildlicher Zusammenarbeit zwischen Staat und Privatmann angesehen. Mit dieser Unterstützung und mit seinem eigenen Engagement wurde Mikael zu einem anerkannten und in Recife sehr geschätzten Geschäftsmann, dem sich überall Türen und Tore öffneten.

Dennoch blieb der erst Zweiundzwanzigjährige ein bescheidener Mann, der die Schwierigkeiten des Anfangs und die Freunde, die ihm damals geholfen hatten, nicht vergaß.

Es war ein Zufall, dass Mikael in Recife war, als die Wagenkolonne der Baisansons mit der zweiten großen Kakaobohnenladung des Jahres in der Hafenstadt eintraf. Wie immer, wenn er in der Stadt war, besuchte er den Hafen, erkundigte sich nach ein- und auslaufenden Schiffen, nach besonderen Wünschen der Schiffer, die er zu erfüllen versuchte, und hielt den Kontakt zwischen den Handwerkern und den Kapitänen, den er damals, als er in Recife angekommen war, sehr schnell und für alle vorteilhaft geknüpft hatte. Selbstverständlich verdiente er an den Vermittlungen zwischen Schiffern und Handwerkern und konnte den Verdienst dann wiederum in seine Vorhaben einbringen. So war er einer der ersten Unternehmer, der Dampfmaschinen kaufte und an Webereien, Seilereien und Schreinereien vermietete.

Die Handwerker, die den neuen Errungenschaften, mit denen neuerdings auch Schiffe fuhren, noch nicht so recht trauten, waren dankbar für die Anmietung der Maschinen, denn sie konnten in Ruhe damit experimentieren, ohne große Verluste zu erzeugen, falls ihnen die Maschinen nicht zusagten.

An diesem Nachmittag hatte Mikael mit Freude festgestellt, dass wieder ein Schiff aus Hamburg eingelaufen war. Es war zwar nicht die ›Marie-Fortuna‹, auf der er damals gearbeitet hatte, aber es gehörte der gleichen Reederei. Er kam sehr schnell mit dem Obermaat ins Gespräch, und als er sich mit einer Liste voller Gebrauchsgegenstände für das Schiff verabschiedete, lief er auf dem Kai diesem Kutscher Joe von der Fazenda im fernen Westen von Pernambuco direkt in die Arme.

»Hallo, Mister Joe«, winkte er ihm zu, »wie geht es Ihnen?«

»Wir mit zweite Kakaoernte hier. Ich haben einen Brief.«

»Einen Brief? Für mich? Eine Antwort von der Miss aus Hamburg?«

»Feinen Brief, aber traurige Senhorita.«

»Traurig? Warum denn das?«

»Alles anders, alles schlecht, alles traurig.« Joe holte den Umschlag aus der Tasche seiner Leinenjoppe und gab ihn Mikael. »Lesen, dann sehen.«

»Danke, Joe. Wollen wir ein Bier trinken? Da drüben in der kleinen Kneipe? Meine Hafenhütte habe ich nicht mehr.«

»Danke. Jetzt Arbeit, Abend Bier.«

»Gut, ich warte um zehn Uhr dort. Dann ist es dunkel und ihr könnt nichts mehr verladen.«

»Ganze Nacht arbeiten, beeilen und zurück. Aber ich komme.«

Irgendetwas stimmt da nicht, dachte Mikael und ging zurück in das Geschäftshaus, um die Bestellungen für das Schiff weiterzugeben. Zum Glück habe ich Mitarbeiter, die sich jetzt um alles kümmern, dachte er, gab die Liste ab und lief nach oben in sein Zimmer, um sich in Ruhe mit dem Brief zu beschäftigen. Warum machte der Joe so einen deprimierten Eindruck? Er kam doch mit einer großen Ladung frischer Kakaobohnen hier an, demnach muss es eine gute zweite Ernte gegeben haben.

Ungeduldig öffnete er den Umschlag, und während er las, stieg die Zornesröte in sein Gesicht und zum Schluss schlug er mit der Faust auf den Tisch und rief laut: »Das gibt es doch gar nicht. Was machen die da mit dem Mädchen. Das ist ja unerhört, so eine Unverschämtheit. Da verlassen die feinen Pinkel ihre Fazenda, um hier ein gemütliches Leben zu genießen, und lassen Laura dort in der Wildnis allein. Das kommt ja überhaupt nicht in Frage. Das werde ich aber zu verhindern wissen.«

Das Büromädchen von nebenan klopfte verstört an die Tür. »Senhor Lundborg, was ist denn passiert? Kann ich helfen?«

Mikael, noch immer rot vor Zorn, schüttelte den Kopf. »Ich rege mich über die Unverschämtheit mancher Leute auf. Da holen sie sich eine Lehrerin aus Hamburg, um mit den Kindern zu arbeiten, und dann stellen sie die junge Frau als Erntehelferin an, und jetzt lassen sie sie auch noch mit der ganzen Arbeit am Rande der Wildnis allein.«

»O Gott, wie furchtbar.«

»Aber ich werde das nicht dulden. Sie ist eine Hamburgerin, ich bin ein Schwede, wir sind sozusagen engste Nachbarn, wir sind beide Hanseaten, ich fühle mich verantwortlich, ich werde das verhindern.«

»Das ist gut, Senhor Lundborg. Kennt die junge Dame denn hier irgendjemanden?«

»Nein, sie ist genauso allein hier angekommen wie ich. Da ist es doch meine Pflicht, mich um sie zu kümmern, oder?«

»Selbstverständlich, Senhor Lundborg.« Und im Stillen dachte die kleine Klara, Nichte vom Schmied Fernando: Wie ärgerlich, ich hatte gehofft, er merkt eines Tages, dass ich eine tüchtige, attraktive Frau und nicht nur ein einfaches Büromädchen bin.

Leise und leicht entmutigt verließ sie das Zimmer ihres Chefs und machte sich wieder an die Arbeit, denn da warteten die Abrechnungen mit dem staatlichen Büro über besondere Zuschüsse bei der Familienzusammenführung von Landarbeitern, die mit größter Genauigkeit aufgelistet werden mussten. Wenn er sieht, was für eine gute und gründliche Mitarbeiterin ich bin, entwickelt er vielleicht doch noch Interesse an mir. Und sie beschloss außerdem, vom nächsten Tag an mit einer besonders feinen Kleidung und einer neuen Frisur im Büro zu erscheinen.

Mikael hingegen beschloss, zunächst einen Brief an Laura zu schreiben, um ihr mitzuteilen, dass er sich um ihre Situation kümmern werde. Was aber kann ich wirklich tun?, überlegte er und griff nach Papier und dem Graphitstift.

Er begann: »Liebe, verehrte Miss Laura«, dann strich er das Wort »Liebe« wieder aus. Nein, dachte er, das ist zu vertraulich, das wird sie nicht mögen. Ihr Brief ist schließlich, trotz aller Angst, die sie hat, eher sachlich als vertraulich. Danach muss ich mich richten. Und so schrieb er dann:

»Sehr verehrte Miss Laura!

Ich habe mich über Ihren Brief sehr gefreut und ich war entsetzt über den Inhalt. Sie machen da eine sehr schwere Zeit durch und es wäre mein größter Wunsch, Ihnen beistehen zu können.

Sie sind eine gebildete, kluge Dame, wie kann man Sie mit der Bewirtschaftung einer Fazenda belasten? Es ist die Pflicht des Besitzers, für geordnete Verhältnisse zu sorgen und die Verantwortung für seine Arbeiter zu tragen – ganz gleich, unter welchen Umständen.

Aber auf ›Pitanga‹ wälzt man nun diese ganzen Lasten einfach auf Sie ab und damit bin ich ganz und gar nicht einverstanden. Sie brauchen diese Arbeit und diese Verantwortung nicht zu übernehmen, denn wenn Sie sie nicht bewältigen, müssten Sie auch die ganze Schuld dafür tragen, das geht auf gar keinen Fall.

Ich bewundere Ihren Mut, mit dem Sie bisher bewiesen haben, dass Sie die Fazenda bewirtschaften können. Das beweist diese zweite Kakaoernte. Aber Ihre Arbeit geschah im Beisein und unter der Aufsicht des Patrão, jetzt aber will man Sie damit allein lassen und das ist nicht richtig.

Sie schreiben, dass Sie keinen anderen Ausweg sehen, da Ihre Eltern auf Ihren Lohn, den Ihnen Senhor Baisanson schickt, angewiesen sind. So eine Abmachung kann widerrufen werden, wenn sich die Arbeitsverhältnisse ändern, und ich glaube, das ist jetzt der Fall. Ich möchte Ihnen vorschlagen, zusammen mit der Familie des Patrão die Fazenda zu verlassen und nach Recife zu kommen. Ich bin in der Lage, Ihnen eine Unterkunft zu bieten, und ich bin sicher, wir finden hier eine angemessene Tätigkeit für Sie, eine Tätigkeit, die einer klugen Frau entspricht. Recife ist eine große, kultivierte, elegante und interessante Stadt mit vielen Möglichkeiten für eine Dame, die eine neue Tätigkeit sucht. Packen Sie Ihre Reisetasche und kommen Sie her.

Hochachtungsvoll und mit großem Respekt,

Ihr Mikael Lundborg«

Ohne noch lange nachzudenken, verschloss Mikael den Umschlag und versiegelte ihn. Seit ein paar Wochen besaß er einen kleinen Holzstempel mit seinen Initialen und musste nicht mehr einen Hosenknopf benutzen, um das Siegel aufzudrücken.

Im Büro nebenan war es dunkel, Klara hatte ihre Arbeit beendet. Aber unten in den Geschäftsräumen herrschte noch Hochbetrieb. Da wurden bestellte Waren zusammengepackt, Boten zu Handwerkern geschickt, um fehlende Teile zu holen, und Eselskarren mit Produkten beladen, die noch am Abend zu auslaufenden Schiffen transportiert werden mussten, denn Mikael legte größten Wert auf eine pünktliche und gründliche Lieferung der Bestellungen. Die Gründlichkeit war ein Merkmal seiner Arbeit, dafür war er bekannt und geschätzt. Man konnte sich auf den jungen Schweden verlassen. Tag und Nacht.

Jetzt aber brach die Nacht an, in der sich Mikael und Joe treffen wollten, und als der Schwede die Kneipe auf dem Kai erreichte, stand Joe bereits davor und wartete auf ihn, denn hineingehen mochte er nicht, er konnte sich kein Bier bestellen, denn Mil-Réis für die Bezahlung besaß er nicht.

»Gut, dass Sie kommen, große Arbeit, großer Durst«, empfing er Mikael erfreut.

»Komm rein, Joe, und erzähl mir, wie es der Miss auf der Fazenda geht.«

»Geht nicht gut. Viel Arbeit, viel schwere Arbeit, viel Arbeit mit Worte, nicht mit Peitsche. Nie Peitsche.«

»Das ist gut. Wie verhalten sich die Arbeiter?«

»Mal so, mal so.«

»Was heißt das? Besteht Gefahr für die Senhorita?«

»Männer wollen keine Patroa als Patrão.«

»Das kann ich verstehen. Und doch will der Senhor die Miss allein auf der Fazenda lassen.«

»Senhora will mit Kinder nach Recife. Wahl zwischen Familie und Fazenda. Gelähmter Mann will Familie und Fazenda. Geht nur mit Miss Laura.«

»Das kommt nicht in Frage, das dulde ich nicht.«

»Patrão nix fragen. Patrão sagen und machen.«

»Wann soll der Umzug sein?«

»Wenn Wagen zurück, sofort.«

»Und wohin?«

»Patroa suchen großes Haus, jetzt, hier.«

»Wo wohnt sie, kann ich mit ihr reden?«

Aber Joe zuckte nur die Schultern. »Geht mit Schiff und Kutsche.«

Aha, dachte Mikael, sie kommt über den Rio São Francisco. Sehr geschickt und viel sicherer als die Fahrt über Land. Aber mit kleinem Gepäck ist das natürlich möglich, mit voll beladenen Planwagen nicht. Er zog den Brief aus der Tasche. »Ich habe der Miss Laura geschrieben. Wirst du ihn mitnehmen?«

Joe strahlte ihn an. »Große Freude bei Miss. Danke.«

»Ich habe ihr geschrieben, dass sie herkommen soll. Sie darf nicht allein auf ›Pitanga‹ bleiben.«

Aber Joe schüttelte den Kopf. »Geht nicht. ›Pitanga‹ verloren ohne Miss.«

»Joe, Miss Laura ist verloren auf ›Pitanga‹. Wenn du dort bist, kannst du dann wenigstens auf sie aufpassen, bis sie herkommt?«

»Ich nix auf ›Pitanga‹, ich fahren Wagen mit Familie und Möbel nach Stadt.«

»Das darfst du nicht. Du kannst sie nicht allein zurücklassen. Sorge dafür, dass sie mitkommt.«

»Geht nicht. Patrão mit Peitsche.«

»Aber ich denke, er ist gelähmt.«

»Hat Mann mit Peitsche, wenn Miss nicht dabei.«

»Himmel, was sind denn das für Zustände. Ich denke, ich habe es mit modernen, toleranten Pflanzern zu tun, wir sind doch nicht mehr im Mittelalter.«

»Nix Mittelalt, aber wilder Urwald, ist Ende von Welt.«

Mikael sah den Indio fest an. »Joe, wenn du sie nicht mitbringst, reite ich hin und hole sie.«

»Gut. Besser als Peitsche.«

»Wird sie denn mit mir kommen?«

»Nix wissen, ich reden, reden, reden.«

»Joe, im Augenblick kann ich hier nicht fort. Ich baue ein Dorf im Küstenland und das muss vor der großen Hitze im Dezember fertig sein. Aber wenn du die Miss nicht mitbringst, hole ich sie, das sag ihr bitte ganz ausdrücklich.«

»Ja, mach ich.«

Mikael sah, dass Joe am Ende seiner Kräfte war. Die zwei Wochen lange Fahrt durch den Urwald und über schlechte Straßen, dann hier das Abladen der Waren, das Schleppen der schweren Säcke, und nun das Bier und morgen sollte es schon wieder zurückgehen, er musste das Gespräch beenden. »Komm, Joe, ich bringe dich zu deinem Wagen. Du musst morgen frühzeitig aufstehen und dann hast du eine lange Fahrt vor dir.«

»Ja, müde Kopf und müde Knochen.«

Mikael legte ein paar Mil-Réis auf den Tisch und half Joe auf die Beine. Dann legte er ihm den Arm um die Schulter und führte ihn hinaus. Der Weg zum Gespannplatz mit den Wagen war zum Glück nicht weit. Er half Joe beim Hinaufklettern und zog ihm sogar die Sandalen aus, bevor sich der müde Mann auf sein Lager legte. »Und nicht den Brief vergessen«, rief er Joe noch zu, als er zurück auf die Erde sprang.

»Nix vergessen Brief für frohe Miss.«

»Danke, Joe.«

28

Als Joe vierzehn Tage später auf der Fazenda eintraf, hatte er zwei Briefe für Laura in seiner Tasche. Er übergab sie ihr heimlich, als sie mit dem Patrão von einer Besichtigungsfahrt kam und den Dogcart auf dem Wirtschaftshof abstellte. Klug geworden nach dem Diebstahl des ersten Briefes, wartete Joe, bis sie das Pferd dem Stallknecht übergeben hatte und sich auf den Weg zum Herrenhaus machte. Er winkte sie in die Auffahrt einer Scheune und sagte leise: »Wände haben Ohren.«

»Oh, Joe, bist du zurück? Wie schön, wie war die Fahrt, hat alles geklappt? Sind die Säcke gut verladen worden?«

»Alles gut, Senhorita, alles gut. Und Freude in der Tasche.« Dabei klopfte er auf seine Hosentasche und zog, nach einem Blick in die Scheune und zurück auf den Hof, zwei Umschläge aus seiner Hosentasche. »Gut aufpassen, nix stehlen.«

»Nein, natürlich nicht«, flüsterte Laura aufgeregt und steckte beide Umschläge tief in ihr Mieder. Sie würde sie abends, wenn sie allein wäre und Ruhe hätte, in ihrem Zimmer lesen. Die Handschrift von Mikael hatte sie sofort erkannt, die andere war ihr fremd. »Wie war es in Recife, Joe? War das Schiff pünktlich und hast du mit dem Mann aus Schweden etwas reden können?«

»Ja, alles gut. Schiff im Hafen, Mann am Hafen. Netter Mann, böse auf Patrão.«

»Aber warum denn, er kennt den Patrão doch gar nicht.«

»Schreiben Brief. Sagen, alles falsch.«

»Was ist falsch?«

»Verlassen ›Pitanga‹ ohne Senhorita.«

»Ach, Joe«, Laura sah den Indio traurig an, »bleibst du denn wenigstens bei mir?«

»Nix wissen. Erst fahren mit viele Wagen Möbel in Stadt.«

»Ja, ich weiß, ihr müsst den Umzug machen, die Familie fährt aber mit dem Schiff und dann auf der neuen Straße an der Küste entlang nach Recife. Die Senhora hat alles vorbereitet.«

»Nix gut, alle weg, Senhorita allein, netter Mann mit viel Wut.«

»Na ja, Joe, wir müssen sehen, wie das alles wird. Hoffentlich kommst du zurück. Ich wollte ja auch gern, dass Alma hierbleibt, aber die Patroa will sie mitnehmen, sie habe sie extra aus Frankreich kommen lassen, damit sie für die Familie und nicht für die Arbeiter in der Wildnis kocht.«

»Alles schlecht, verdammt!«, fluchte Joe und sah sich erschrocken um, denn das ›verdammt‹ hatte er nun doch laut herausgebrüllt.

»Ist gut«, beruhigte Laura ihn. »Wir werden sehen, aber jetzt muss ich gehen, ich will endlich meine Briefe lesen. Von wem ist eigentlich der zweite Umschlag?«

»Kam mit Schiff nach Recife, soll ich dir geben.«

»Oh, dann kommt er aus Hamburg, dann hat meine Mutter mir geschrieben. Danke, Joe.«

Aber nicht die Mutter hatte ihr geschrieben, sondern der Vater. Da es der erste Brief war, den sie von ihm bekam, hatte sie die Schrift auf dem Umschlag nicht erkannt. Jetzt, endlich in ihrem Zimmer, öffnete sie den Umschlag als Erstes, sie wollte doch wissen, wie es den Eltern ging und wie sich der neue Buchladen entwickelte.

Aber förmlich wie die steife Schrift war auch der Inhalt des Briefes. Der Vater schrieb:

»Hamburg im September.

Laura, wir haben Deinen Brief bekommen!

Das sind ja erstaunliche Neuigkeiten, die Du uns mitteilst. Du bist also gar keine Hauslehrerin, sondern eine Geschäftsführerin auf der Farm der Baisansons. Dementsprechend sollte sich das aber auf Deinen Lohn auswirken, wovon wir hier noch nichts bemerkt haben. Wie Du Dich erinnerst, haben wir eine Abmachung mit Herrn Baisanson getroffen, sorge also dafür, dass Dein Lohn den Gegebenheiten entsprechend erhöht wird. Wir sind darauf angewiesen, andernfalls müssten wir Deine sofortige Rückkehr einleiten, denn Geschäftsführerinnen werden auch in Hamburg gebraucht und gut entlohnt.

Unser Buchladen geht sehr schlecht. In dieser Gegend zum Hafen hin leben nur arme Menschen, die kein Geld für Bücher haben und meistens nicht einmal lesen können. Gute Läden entwickeln sich oben in der Stadtmitte, wo jetzt breite Straßen mit vielen eleganten Geschäften angelegt werden. Da flanieren die Reichen, während hier unten meist nur die Armen leben. Wir müssen den Laden verlegen und das können wir nur, wenn wir genügend Geld dafür haben. Du siehst also, Dein Einkommen wird gebraucht. Deine Mutter lässt Dich grüßen. Sie sitzt hier im Laden und muss weiterhin Hemden nähen.

Dein Vater Heinrich Bredenstedt«

Erschrocken und bestürzt legte Laura den Brief auf den Tisch. Sie kannte den spröden Vater, der nie aus sich herauskam, aber dass dieser erste Brief, den er ihr schrieb, nicht ein einziges liebevolles Wort enthielt, verletzte sie zutiefst. Ihm geht es nur um meinen Lohn, dachte sie gekränkt. Er fragt nicht einmal, wie es mir geht. Und dann die versteckte Drohung, mich nach Hamburg zurückzuholen.

Mir gefällt es hier, ganz gleich, wie die Bedingungen sich geändert haben, und egal, was die Zukunft bringt, ich fühle mich in diesem Land wohl, ich will nicht wieder zurück in die Enge der elterlichen Wohnung und der beschränkten Freiheit, die sie mir lassen. Brötchen austragen, Kinder unterrichten und den ganzen Haushalt der Eltern besorgen, nein, die Zeit ist jetzt für immer vorbei.

Müde und von der Arbeit erschöpft starrte sie in die Dunkelheit vor dem Fenster. Es waren die letzten Fahrten, die sie mit dem Patrão unternahm. Seine Abreise stand unmittelbar bevor und er wollte ihr noch so viel wie möglich zeigen, erklären und erläutern.

Während sie nachmittags auf der Fazenda unterwegs waren, wo er die Vorarbeiter eindringlich auf die kommenden Veränderungen hinwies und auf sie als neue Patroa einstimmte, gehörten die Vormittage der Büroarbeit. Sie musste sich nun daran gewöhnen, dass alle Abrechnungen, Käufe, Verkäufe, Einkünfte und Ausgaben über den Patrão in Recife liefen. Sie hatte zwar freie Hand, denn Albert Baisanson vertraute ihr vollständig, den letzten Überblick und die entsprechenden Entscheidungen wollte er aber selbst in der Hand behalten. Dabei ging es ihm von Tag zu Tag schlechter, wie sie mit Erschrecken feststellte. Er war sehr dünn geworden und aß kaum noch. Anscheinend hat er Beschwerden beim Schlucken, dachte Laura traurig, und auch das Atmen fällt ihm manchmal schwer. Vor allem wenn die Hitze am Nachmittag ihr Höchstmaß erreicht, kämpft er um jeden Atemzug. Es wird ihm guttun, in die Nähe des Meeres zu ziehen, überlegte sie, aber mir wird er fehlen. Trotz aller Behinderungen ist er der Herr der Fazenda, ihm gehorchen die Arbeiter, ihn respektieren sie, aber wie wird man mir begegnen, wenn er fort ist?

Ich weiß es nicht, dachte sie, ich muss es einfach darauf ankommen lassen.

Und jetzt soll ich auch noch um einen höheren Lohn betteln? Nur damit Vater in ein anderes Geschäft umziehen kann? Wenn die Leute nicht zu ihm kommen, muss er eben wieder mit seinem Karren von Haus zu Haus ziehen, überlegte sie trotzig. Ich werde hier nicht betteln gehen. Wenn unsere Geschäfte mit der neuen Kakaosorte besser laufen, dann werde ich einmal nach etwas mehr Lohn fragen, aber ob ich den dann nach Hamburg schicke, muss ich mir sehr überlegen. Ich könnte auch einmal ein paar Mil-Réis gebrauchen. Meine Vorräte an Seife und kleinen Luxusartikeln sind fast aufgebraucht. Hier gibt es keine Frau Merlinius, die mit mir in ein feines Parfumgeschäft geht und mich nach meinen Wünschen fragt. Und ein hübsches Kleid hätte ich auch gern einmal. Immer nur die kühlenden, sackähnlichen Leinenkleider, mit denen mich Madame Baisanson versorgt, sind zwar sehr praktisch, aber so ein Seidenkleid mit Rüschen und Bändchen und Spitzen im Schrank zu haben, müsste auch sehr schön sein.

Sie träumte ein wenig vor sich hin, sah sich in duftigen Roben und breitrandigen Hüten auf einer fernen Flaniermeile und dann dachte sie plötzlich an den versiegelten Umschlag, der noch in ihrem Mieder steckte.

Aber auch dieser Brief gab nicht viel Anlass zur Freude. Sie war zwar froh, dass Mikael Lundborg ihr geantwortet hatte, aber eigentlich enthielt auch dieser Brief nur Vorwürfe und Ermahnungen. Nicht direkt gegen mich, dachte sie, aber so ganz im Allgemeinen war er unerfreulich. Alle reden auf mich ein, alle wissen alles besser, alle wollen irgendetwas bestimmen, nur was ich will und denke, danach fragt keiner. Enttäuscht und traurig blies sie die Petroleumlampe aus, entkleidete sich im Dunkeln und schlüpfte ins Bett.

Als sie das Moskitonetz rundherum festgesteckt hatte, verschränkte sie die Arme unter dem Kopf und hörte in die Nacht, die wieder voller Geräusche war. Geräusche, an die sie sich längst gewöhnt hatte und die sie vermissen würde, wenn sie eines Tages nicht mehr in ihrer Nähe wären. Ja, dachte sie, ich bin gern hier, ich liebe dieses Land, ich liebe die Tage und ich liebe die Nächte, auch wenn ich mich erst langsam daran gewöhnen musste. Aber jetzt möchte ich nicht mehr tauschen. Morgen bringt mir der Patrão das Schießen bei. Mit Worten, dachte sie, zeigen kann er es ja nicht. Aber er meint, wir schaffen das, erst mit der Pistole und danach mit dem großen Gewehr. »Du musst schießen können, wenn du allein unterwegs bist«, hatte er gesagt. »Hier gibt es Pumas und Jaguare und angriffslustige Affen – und böse Menschen unter Umständen auch, wie du an mir siehst. Also, wenn du demnächst allein unterwegs bist, immer mit der Schusswaffe im Wagen, auch wenn die beiden Reiter dich begleiten. Sicher ist sicher.«

Nun ja, überlegte Laura verträumt, Waffen hin oder her, sie gehören zum Leben in der Wildnis, das ist nun einmal so. Und sie dachte an die vielen Geschichten, die sie heimlich gelesen hatte, in denen Frauen ihr Leben, ihr Haus und Hof gegen Indianer und fremde Krieger und gegen Diebe und Ungeheuer verteidigt hatten. Ich werde das schon schaffen, ich werde lieber schießen, als Bücher verkaufen, das steht für mich fest.

Wie armselig doch dieses Leben in einer Stadt mit ihren Geräuschen war, erinnerte sie sich und dachte an Hamburg, wo man allenfalls nachts einen Windstoß im Schornstein, eine knarrende Holzstiege oder eine Flurtür quietschen hörte.

Nein, sagte sie sich im Stillen: Hier bin ich, hier bleibe ich, und wenn es noch so schwer wird, ich schaffe das. Und mit den Gedanken an die nächste Ernte, an den wundervollen Duft der getrockneten Kakaobohnen, an das köstliche Getränk, das sie auch morgen wieder zum Frühstück trinken würde, und an den treuen alten Joe, der hoffentlich bei ihr blieb, schlief sie ein.

Aber so einfach, wie sie sich das mit dem Schießen vorgestellt hatte, war es dann doch nicht. Edward, der alte Butler, wurde mit dem Unterricht betraut. Er hatte, nachdem der Patrão nicht mehr dazu in der Lage war, die Schlüssel für den Gewehrschrank übernommen und war zuständig für die Pflege der Waffen. Jetzt befahl Albert dem Mann: »Hol den Revolver mit der entsprechenden Munition und das Repetiergewehr mit den Magazinen aus dem Schrank und komm mit. Die Senhorita muss schießen lernen.«

»Aber Senhor, wäre es nicht besser, die Senhorita lernt erst einmal, mit einem Luftgewehr zu schießen?«

»Nein, dazu haben wir keine Zeit. Sie soll sich von vornherein an die schwere Büchse gewöhnen.«

»Jawohl, wie Sie meinen.« Edward ging hinüber zu dem schweren Holzschrank, in dem der Patrão seine Waffen unter Verschluss hielt, und suchte die entsprechenden Stücke heraus. Ihm war es gleichgültig, ob und mit welchen Waffen hier in Zukunft geschossen wurde. Er verließ die Fazenda in wenigen Tagen zusammen mit den Herrschaften, blieb dann aber nicht in Recife, sondern reiste weiter nach England. Man brauchte ihn nicht mehr, er war überflüssig geworden. Auf der einen Seite schmerzte ihn der Abschied, auf der anderen Seite wusste er, dass der Herr jetzt Krankenpfleger statt Butler brauchte. Nur er allein sah, wie hinfällig der Herr geworden war, wie die wenigen Kräfte, über die er noch verfügte, täglich geringer wurden, und wenn schon niemand in der Familie die abnehmenden Kräfte erkennen wollte, er wusste, dass der Herr keine lange Lebenszeit mehr vor sich hatte.

Von diesem Tag an übten Albert, Laura und Edward an jedem Vormittag das Schießen. Albert gab die mündlichen Anweisungen, Edward übte die entsprechenden Handgriffe mit der Senhorita und Laura schoss – meist in die Luft, aber nach und nach verbesserte sich ihr Schießen, sie begann den Bogen zwischen Kimme und Korn zu spannen und eines Tages hatte sie es raus. Sie wurde eine schnelle, sichere und mutige Schützin, die nur noch ganz selten ihr Ziel verfehlte.

Am Abend des letzten Übungstages schrieb Laura an Mikael, denn sie wusste, die Abreise der Familie stand unmittelbar bevor.

»Geehrter Mikael Lundborg,

ich habe Ihren Brief bekommen und ich habe mich sehr darüber gefreut. So eine nette Korrespondenz hilft einem Menschen am Rande der Zivilisation, die weiten Entfernungen und die Einsamkeit zu vergessen. Trotzdem liebe ich die Einsamkeit hier. Das Land ist so schön, mit den Menschen habe ich ein gutes Verhältnis und an jedem Morgen, wenn ich wach werde, freue ich mich über den Sonnenschein, die Vogelstimmen, das Rauschen des nahen Waldes, das Kichern der Geckos, die es hier auch gibt, und das Keifen der Affen. Das gibt mir ein Gefühl von Freiheit und Freude auf das Leben. Und deshalb muss ich Ihnen schreiben, dass ich ›Pitanga‹ nicht verlassen werde.

Sie machen sich Sorgen um mein Wohlergehen und ich bedanke mich auf das Herzlichste dafür, aber ich fühle mich hier wohl und ich denke, dass ich mit den Arbeitern, die ich mit Respekt, Strenge und Dankbarkeit behandele, auskommen werde. Vielleicht hört es sich etwas ungewöhnlich an, wie ich mit den Arbeitern umgehe, aber sie sind Menschen wie ich und ich weiß, wie ich selbst behandelt werden möchte. Also richte ich mich auch danach.

Im Übrigen habe ich jetzt das Schießen gelernt. Es war schwierig, aber jetzt kann ich mit einem Repetiergewehr und mit einem Revolver umgehen. Hier gibt es Jaguare und Pumas und große Anakondaschlangen. Ich habe sie zwar noch nicht gesehen, aber der Patrão sagte, man müsse auf alles vorbereitet sein, und so habe ich das Schießen erlernt.

Die Familie und ein großer Teil der Hausangestellten reisen in den nächsten Tagen nach Recife ab. Das Haus ist bis auf einen kleinen Teil, den ich bewohnen werde, geschlossen. Aber mir wird die Gesellschaft der Familie nicht fehlen. Ich bin den ganzen Tag mit dem Dogcart oder mit dem Reitpferd unterwegs, da ist es gleichgültig, ob das Haus leer oder bewohnt ist. Vor allem kümmere ich mich um eine Sklavensiedlung im Urwald, die zu ›Pitanga‹ gehört. Ich habe gar nicht gewusst, dass es hier noch Sklaven gibt, aber Senhor Baisanson sagte mir, dass das hier in Brasilien noch ganz legal sei.

Zuerst war ich entsetzt, da ich es aber nicht ändern kann, werde ich alles tun, damit diese Menschen ein würdiges Leben führen können. Eine Siedlung am Rande des Urwaldes haben sie inzwischen gebaut, für die Verpflegung und die Kleidung sorge ich. Nun müssen sie den Wald roden, damit wir eine ganz bestimmte Kakaosorte dort anpflanzen können. Eigentlich ist es traurig zu sehen, wie Menschen arbeiten müssen, damit andere Menschen genießen können. Aber ich glaube, es ist der Lauf der Dinge und im Grunde kann man daran nichts ändern.

Nun ist das ein sehr langer Brief geworden, aber ich bin froh, meine Gedanken mit einem anderen Menschen teilen zu können. Ich werde Joe, diesem verlässlichen Freund, den Brief mitgeben. Ich hoffe, er kommt nach dem Umzug zurück nach ›Pitanga‹, darum habe ich ausdrücklich gebeten. Ich würde mich freuen, wieder von Ihnen zu hören. *Ihre Laura Bredenstedt*«

Am Ende dieser Woche reiste die Familie nach Recife ab. Die Möbel waren auf die Planwagen verladen worden und standen zur Abfahrt bereit, die Menschen versammelten sich auf dem Rasen vor dem Haus, um Abschied von den Herrschaften zu nehmen. Die einen weinten, die anderen riefen ihnen gute Wünsche zu und die, die mitreisen durften, hatten auf den Pferdewagen Platz genommen und winkten den Zurückbleibenden zu. Es war eine seltsame, aber vor allem eine von Trauer geprägte Stimmung. Zu den Frauen, die mit nach Recife umsiedelten, gehörten Maria, die Haushälterin, über deren Abreise Laura sehr froh war, und Alma, die Köchin, deren Abreise Laura sehr bedauerte.

Das große Haus war bis auf den Flügel, in dem Laura wohnte und in dem nun auch die Büroräume der Fazenda untergebracht waren, leer und verschlossen. Auf Wunsch von Laura durfte einer der großen Schäferhunde, die Albert Baisanson vor Jahren angeschafft hatte, zu ihr in die Wohnung ziehen. Mit diesen Hunden, die sehr scharf, sehr wachsam und sehr treu waren, hatte er vor Jahren eine Zucht beginnen wollen, sie dann aber vernachlässigt, sodass nur noch ein paar der kostbaren Tiere als Wachhunde auf dem Wirtschaftshof lebten.

»Ich fühle mich einfach sicherer in dem großen, leeren Haus«, hatte sie erklärt und darauf bestanden, den Rüden ›Basko‹ zu sich zu nehmen.

Jetzt stand sie, den Hund am Halsband, auf der untersten Verandastufe und winkte den abfahrenden Wagen nach. Die Kutsche mit dem bequemen Lager für den Hausherrn und den Sitzen für die Kinder und Madame Baisanson fuhr in Richtung Petrolina nach Südwesten davon. Ihr folgte ein zweiter Wagen mit Dienstpersonal und Krankenpflegern. Die Kolonne der Pferdewagen mit den Möbeln, dem Gepäck und den restlichen mitreisenden Angestellten fuhr in Richtung Recife nach Nordosten.

Abschied genommen hatten Laura und die Familie am Abend zuvor. Die Kinder freuten sich auf die Stadt, auf andere Kinder, auf Abwechslungen und neue Eindrücke. Die Senhora war glücklich, endlich der Einsamkeit zu entfliehen und das Kulturleben der Stadt, die Eleganz der Geschäfte und interessante, wohlhabende Menschen kennenzulernen. Und Albert Baisanson sehnte sich nach Ruhe und einem Arzt, der ihm helfen konnte, die größer werdende Atemnot, die zunehmenden Schluckbeschwerden zu lindern. Er wusste, dass sich sein Leben dem Ende näherte, und aus diesem Grunde hatte er noch einmal ausführlich und eindringlich mit Laura gesprochen, nachdem sich Feline und die Kinder zurückgezogen hatten.

»Ich weiß, dass ich dir eine große Verantwortung übergebe, Laura, aber ich wüsste keinen Menschen, dem ich so sehr vertraue wie dir«, hatte er gesagt.

»Ich werde alles tun, um Sie zufriedenzustellen, Patrão.«

»Ich habe die Vorarbeiter eindringlich ermahnt, deinen Befehlen zu gehorchen, sonst verlieren sie ihre Arbeit und ihre Heimat, denn ›Pitanga‹ ist für viele von ihnen zur Heimat geworden.«

»Ich weiß, ich werde die Arbeiter mit der nötigen Strenge, aber auch mit der entsprechenden Toleranz behandeln. Wir sind alle aufeinander angewiesen, das werde ich immer wieder betonen.«

»Laura, ›Pitanga‹ ist alles, was ich vom Erbe meiner Vorfahren noch habe. Ich möchte es für meine Kinder erhalten. Denise interessiert sich nicht so sehr dafür, aber Nicole liebt dieses Stück Land, sie soll eines Tages wenigstens die Wahl haben, hier zu leben. Ich habe das alles, auch deine Tätigkeit als Kakaohändlerin, testamentarisch festgelegt. Du bekommst ab sofort einen angemessenen Lohn, der auf ein Konto für dich in Recife überwiesen wird und über den du in Zukunft selbst verfügen kannst. Ob du deine Eltern weiterhin unterstützt, ist deine Angelegenheit.«

»Danke, Patrão, und ich verspreche Ihnen, ich werde alles tun, um Ihnen und Nicole ›Pitanga‹ zu erhalten. Sie können sich auf mich verlassen. Darf ich noch eine Bitte äußern?«

»Selbstverständlich.«

»Bitte schicken Sie Joe zurück, ich brauche ihn.«

»Warum gerade Joe?«

»Er ist ein verlässlicher Mann, ich kann ihm vertrauen und die Indios sehen in ihm einen heimlichen Führer. Die Leute akzeptieren und gehorchen ihm.«

»Sie sollen den Vorarbeitern gehorchen und nicht heimlichen Führern.«

»Ich habe diese unterschwelligen Abhängigkeiten beobachtet, Senhor Albert, Stammeszugehörigkeit und Blut sind gewichtiger als Befehle und Gehorsam oder Peitschen.«

»Ich schicke dir Joe und Raoul, seinen Bruder, zurück.«

»Danke, Patrão.«

»Du sollst mich nicht immer Patrão nennen.«

»Sie sind der Patrão, Senhor Albert.«

»Ich wünschte, ich könnte etwas anderes für dich sein, Laura. Komm, gib mir noch einmal deine Hand.«

Laura setzte sich, wie früher, neben ihn und legte ihm ihre Hand an den Mund. Mit Schrecken spürte sie, wie eingefallen, wie faltig sein Gesicht geworden war. Vorsichtig strich sie mit den Fingern über die trockenen Lippen. Er küsste zärtlich ihre Hand und dieses wohlige Gefühl, das sie einmal so sehr beunruhigt hatte, durchströmte wieder ihren Körper. Sie wusste, dass dies ein Abschied für immer war, und sie konnte die Tränen nicht mehr zurückhalten.

»Ich wünschte, jetzt, in diesem Augenblick, könnte ich sterben«, flüsterte Albert Baisanson. Dann drehte er sein Gesicht zur Seite und sie nahm ihre Hand zurück.

29

Lauras Leben auf ›Pitanga‹ änderte sich ab sofort vollkommen. Sie verzichtete morgens auf das Frühstück, das ihr und den Kindern bisher im Herrenhaus serviert wurde, und frühstückte ab sofort neben dem Kochhaus, wo ein Schatten spendendes Vordach aus Bananenblättern Platz für einen kleinen Tisch und zwei Stühle bot.

Nur auf den köstlichen Kakao, der ihr nach wie vor von einer Hamburger Schokoladenfabrik geschickt wurde, die die Fazenda mit Kakaobohnen belieferte, verzichtete sie nicht.

Das Mittagessen nahm sie zusammen mit den Arbeiterfrauen und ihren Kindern an langen Tischen neben dem Kochhaus ein und auch abends aß sie gemeinsam mit den Leuten. Nur wenn sie tagsüber auf der Pflanzung unterwegs und der Weg zurück zum Wirtschaftshof zu weit war, teilte sie mit den Arbeitern draußen auf der Plantage das Essen. Sie versäumte nie zu helfen, wenn Hilfe gebraucht wurde. Sie stand mit den Stiefeln im Schlamm eines Wassergrabens, wenn ein Siel verstopft war und die Arbeiter nicht genügend Hände hatten, um den Schaden zu beheben. Sie half, wenn die Früchte nicht schnell genug geerntet werden konnten, abzufallen und auf dem Boden zu zerplatzen drohten, und sie half, die Trocknungsgestelle unter die Dächer zu schieben, wenn ein Platzregen die Kakaobohnen zu zerstören drohte. Dabei respektierte sie die Arbeiter und erntete dafür Anerkennung und Dank.

Das einfache Leben gefiel ihr. Da sie nun fast immer mit dem Pferd und nicht mit dem bequemen Dogcart unterwegs war, ritt sie wie ein Mann, und doch wurde sie mehr und mehr zu einer sehr anziehenden jungen Frau. Sie nahm keine Rücksicht darauf, dass ihre Hautfarbe wie bei den Damen der Gesellschaft blass blieb, noch wollte sie in einem Damensattel reiten. So hatte Laura die ersten Reitstunden hinter sich gebracht, aber das lag jetzt weit zurück. Sie ließ sich in Petrolina neue Reitstiefel und neue Reithosen anfertigen. Zu dieser nächstgelegenen Stadt gab es seit ein paar Wochen einen regelmäßigen Kurierdienst, sodass es möglich war, Post und Besorgungen über diese Kuriere abzuwickeln.

Als sie sich sicher und fähig fühlte, der Arbeit und den Aufgaben gewachsen zu sein, bat sie Joe, einen kräftigen, mutigen Hengst aus dem Pferdebestand für sie auszuwählen, und taufte ihn auf den Namen ›Wotan‹. Mit der kleinen, zaghaften Stute in der Hamburger Schweineverkaufshalle, auf der sie noch vor einem Jahr mühsam Sprünge lernen musste, hatte dieser kräftige Hengst keine Ähnlichkeit mehr. Er war groß, schneeweiß, mit schwarzem Schweif und schwarzer Mähne, und er war mutig, denn das musste ein Pferd in der Wildnis sein, wo immer wieder Schlangen plötzlich auf dem Weg waren. Und mit einem Schimmel, und das war wichtig, konnte man sie immer erkennen, wenn sie unterwegs war.

Und eines Tages bat sie Joe: »Ich möchte, dass dein Bruder Raoul mich in Zukunft begleitet.«

»Senhora, nicht zufrieden mit zwei Reiter?«

»Joe, die Männer sind mir fremd. Ich möchte einen Mann neben mir haben, mit dem ich reden, Pläne machen, Ratschläge einholen kann. Einen, der hier zu Hause ist, der die Probleme der Fazenda kennt und nicht nur den Umgang mit Waffen. Wenn du jünger wärst, würde ich mich über deine Begleitung freuen, Joe, aber ich möchte dir die stundenlangen Ritte in der Hitze nicht zumuten. Außerdem brauche ich einen Mann, der hier im Zentrum die Fazenda in Ordnung hält.«

»Raoul reden viel und reiten wie Teufel. Was machen mit zwei Reiter?«

»Sie sollen in Zukunft allein reiten und die Grenzen der Fazenda kontrollieren. Ich höre immer wieder von Arbeitern, dass Fremde in die Plantage eindringen und Früchte stehlen oder

Wasser aus den Gräben ableiten. Das muss kontrolliert und vermieden werden.«

»Und Raoul reiten mit Senhora?«

»Ja, so bald wie möglich.«

»Gut, ich reden mit Bruder.«

Raoul fiel aus allen Wolken, als er hörte, dass er die Patroa begleiten sollte. »Was will sie denn von mir?«, fragte er den Bruder immer wieder.

»Sie will Schutz.«

»Von mir?«

»Ja, das ist eine große Ehre. Such dir ein Pferd und dann reitest du morgen mit ihr los.«

»Na schön, wenn du meinst.«

Vom nächsten Tag an begleitete Raoul die neue Patroa auf ihren Ritten. Er trug einen Revolver, was ihn sehr stolz machte, suchte sich eine schnelle, wendige Stute aus und lernte auf einem Sattel und mit geordnetem Zaumzeug zu reiten, was ihm zuerst nicht ganz leicht fiel.

Mitte Dezember erreichte Laura ein Brief von Feline Baisanson, in dem sie ihr mitteilte, dass ihr Ehemann, Albert Baisanson, verstorben sei. Sie gedenke, mit den Kindern nach Frankreich zurückzukehren und die zwei Zuckerrohrplantagen im Norden von Pernambuco jetzt endgültig zu verkaufen. Mit dem Erlös wolle sie sich in Frankreich etablieren.

Der Fortbestand der Fazenda ›Pitanga‹ sei durch ein Testament ihres Mannes geregelt. Sie schrieb:

»Liebe Laura, hierdurch teile ich Ihnen mit, dass ›Pitanga‹ ab sofort zur Hälfte in Ihren Besitz übergeht. Die andere Hälfte gehört Nicole. Mein Mann wünscht, mit dieser Übergabe an Sie seinen Dank für Ihre Pflege, für Ihre Arbeit und für Ihren Einsatz auszusprechen. Ich respektiere diesen Wunsch, denn ich habe mich auf ›Pitanga‹ nie wohlgefühlt. Die Übergabepapiere und das Testament im Wortlaut liegen im Büro des Advokaten Doktor Rodrigo Armedoro in der Rua da Praia von Recife für Sie bereit. Sollten Sie einmal nach Recife kommen, könnten Sie die Papiere dort einsehen und an sich nehmen. Ich halte es aber für ratsamer, die Schriftstücke im Tresor des Advokaten zu belassen. Zur Übergabe von ›Pitanga‹ gehört auch die Bankverbindung mit dem Konto für Ihren Lohn in Recife, das jetzt auf Ihren Namen läuft und über das Ihre geschäftlichen Einnahmen und Ausgaben geführt werden sollten. Die Bank besitzt eine Filiale in Petrolina, wie Ihnen bekannt sein dürfte. Da Sie selbst die Geschäftsbücher geführt haben, werden Sie über die finanzielle Lage informiert sein.«

Der Brief endete ohne ein Wort der Trauer oder des Bedauerns mit den nüchternen Worten: »Wir können den Weg des Schicksals nicht ändern. Es grüßen Sie

Madame Baisanson mit Denise und Nicole«

Bestürzt, traurig und unsicher nahm Laura die Veränderungen zur Kenntnis. Vor allem aber war sie erschrocken über die Tatsache, dass ›Pitanga‹ plötzlich zur Hälfte ihr gehörte. Was sollte sie mit einer halben Kakaoplantage? Wer weiß, wann und ob die kleine Nicole ihren Anteil abfordert? Sie dachte ein paar Minuten an den Verstorbenen und an die gemeinsame Arbeit. Sie hatte viel von ihm gelernt, immer aber war er trotz aller Behinderungen der Patrão, der die Bürde des Besitzes getragen hatte. Denn eine schwere Last war ›Pitanga‹ auf jeden Fall. Allein der Gedanke an die Verantwortung für die vielen Menschen, deren Leben von der Fazenda abhing, war eine Aufgabe, die sie eigentlich nicht übernehmen wollte.

Nachdenklich starrte sie auf das Blatt Papier in ihrer Hand. Was soll ich nun machen, dachte sie ratlos. Wenn ich wenigstens einen Menschen hätte, mit dem ich darüber reden könnte. Eine solche Plantage zu führen habe ich gelernt, aber was es heißt, eine solche Plantage zu besitzen, davon habe ich keine Ahnung. Gut, über die Arbeit weiß ich Bescheid und über die Geschäftsbücher ebenfalls, und die Anschriften der Käufer habe ich auch, schließlich führe ich diese Bücher ja schon fast seit einem Jahr, aber die persönlichen Kontakte, die Bankverbindungen, die rechtlichen Schritte, damit kenne ich mich überhaupt nicht aus. Was hat sich Albert nur dabei gedacht, mir die Hälfte von ›Pitanga‹ zu schenken? Mit Trauer dachte sie an den Mann im Rollstuhl und viele Nächte hindurch sah sie die Augen des Mannes vor sich, die sie so verlangend und doch so traurig angeschaut hatten.

Weihnachten stand vor der Tür und zum ersten Mal in all den Monaten fühlte sich Laura alleingelassen und einsam. Sie fragte Joe, wie auf der Fazenda das Fest gefeiert würde, aber Joe lachte nur. »Einen Tag nix Arbeit, feines Essen, viel Cachaça.«

Nun ja, dachte Laura, ich werde dafür sorgen, dass ein besonders gutes Essen auf den Tisch kommt, und beschloss, dass genügend Kühe geschlachtet werden sollten, damit wirklich alle Arbeiter und ihre Familien reichlich und festlich speisen konnten. Dabei musste sie bei aller Planung auf die Hitze Rücksicht nehmen, die lange Vorbereitungen und Lagerungen nicht zuließ. Sie besprach ihre Pläne mit den einheimischen Köchinnen und bat Joe, mit dem Verwalter vom Wirtschaftshof alles zu klären.

Dann aber bestellte sie sich die Kutsche für den nächsten Tag, denn zum ersten Mal in all den Monaten wollte sie die Fazenda verlassen und nach Petrolina fahren, um einzukaufen. Sie wollte für alle Kinder Spielzeug besorgen, für die Frauen feine Umschlagtücher und für die Männer neue Hüte gegen die Sonne. Da sie jeweils zwei Tage für die Hin- und Rückfahrt brauchte und einen Tag zum Einkaufen benötigte, bat sie Raoul: »Du musst meine Arbeit übernehmen. Die Arbeiter müssen gar nicht merken, dass ich nicht hier bin. Kontrolliere vor allem die Rodung im Urwald. Die Schattenbäume müssen gepflanzt werden und ich möchte, dass ihr Paradiesfeigen, Bananenbäume und Kokospalmen dorthin umpflanzt. Später füllen wir die Lücken mit Mahagonibäumen, und wenn das nicht reicht, mit Regenbäumen, aber die haben Zeit.«

»Wann kommt der Samen für die Criollos?«

»Man hat mir versprochen, dass nicht der Samen, sondern kleine fertige Pflanzen geschickt werden. Sie kommen in den nächsten Tagen. Sollten sie eintreffen, während ich noch fort bin, müssen sie kühl und etwas feucht gelagert werden, sie dürfen nicht austrocknen. Die Vorarbeiter wissen Bescheid.«

»Ich kümmere mich darum.«

Laura genoss die Fahrt mit der Kutsche nach Petrolina. Joe hatte ihr einen Kutscher ausgesucht, mit dem sie sich verständigen konnte, und abends, auf der halben Strecke in der neu errichteten Poststation, lud sie den jungen Mann zum Essen ein. Der Wirt rümpfte zwar die Nase, weil er einen Kutscher bedienen musste, wies ihnen aber widerspruchslos einen Tisch im hinteren Teil der Wirtsstube zu.

Am nächsten Tag gegen Mittag erreichten sie Petrolina. Laura war überrascht von der farbenfrohen, sonnendurchfluteten Stadt am Rio São Francisco. Die Blumenpracht, die breiten Straßen, die offen gebauten Häuser, die Schatten spendenden Bäume, in denen Tausende von Orchideen rankten – Laura fühlte sich wie in einem Märchen und konnte kaum glauben, was sie sah. Sie dachte an das wintergraue Hamburg am kalten Elbufer, die einzige Stadt, die sie kannte und von der sie vor knapp zehn Monaten Abschied genommen hatte.

Vor einem gepflegt aussehenden Hotel ließ sie den Kutscher halten und stieg aus, um nach einem Zimmer zu fragen. Sie kam gar nicht auf die Idee, den Kutscher um diesen Dienst zu bitten. So sah sie der Portier am Eingang auch etwas skeptisch an, zeigte ihr aber dann den Weg zur Rezeption in der großen Halle. Bevor sie um ein Zimmer für sich selbst bat, fragte sie nach der Unterbringung der Pferde und nach einer Kammer für den Kutscher, dann erst akzeptierte sie das Zimmer, das ihr ein Page zeigte.

Verblüfft von der Eleganz und von der Größe, setzte sie sich zuerst einmal in einen Sessel und ließ die Schönheit des Raumes auf sich wirken. Da gab es wunderschöne Bilder an den Wänden, Blumen in Vasen auf den Tischchen, einen Korb mit Früchten und ein Tablett mit Getränken, und das alles nur für sie ganz allein. Dann besann sie sich und trat vor einen Spiegel. Hm, überlegte sie, zuerst muss ich ein neues Kleid haben. Diese Leinenkittel von ›Pitanga‹ passen ja nun wirklich nicht hierher. Kaum verwunderlich, dass mich der Portier und der Mann an der Rezeption so skeptisch angesehen haben. Aber zuallererst muss ich wissen, wo die Bank von Recife hier ihre Filiale hat, denn ohne Geld kann ich nichts kaufen.

Sie nahm ihre Tasche und verließ das Zimmer. Unten traf sie den Kutscher, der noch immer wartete und gab ihm für den Rest des Tages frei. Die Pferde waren weite Strecken gelaufen, sie sollten ihre Ruhe haben und für sie selbst würde so ein Spaziergang durch die Stadt die reinste Erholung sein.

Sie erkundigte sich beim Portier nach dem Bankinstitut, das sie aufsuchen wollte, und nach einer Straße mit Geschäften, in denen sie ihre Besorgungen machen konnte. An den wachsamen Augen des Portiers erkannte sie, dass man bei der Nachfrage nach dem Geldinstitut nun zufrieden mit dem neuen Gast schien.

In der Bank fragte sie nach dem Konto von Albert Baisanson und erfuhr, dass es bereits auf ihren Namen überschrieben worden war. So konnte sie ohne Verzögerung den gewünschten Betrag von Mil-Réis in Empfang nehmen. Zum ersten Mal eigenes Geld, dachte sie glücklich. Vielleicht ist es sogar schön, die halbe Herrin von ›Pitanga‹ zu sein. Und mit einem dankbaren Lächeln verließ sie das Gebäude der Bank.

In Erinnerung an ihr Spiegelbild suchte Laura zunächst einen Laden mit Damenbekleidung auf. »Ich möchte ein passendes Kleid für mich, in dem ich einer Stadt entsprechend gekleidet bin«, erklärte sie der Verkäuferin, die bei ihrem Anblick etwas zögerlich nach ihren Wünschen fragte.

»Selbstverständlich, Senhora. An was haben Sie gedacht?«

»Ich weiß nicht, was trägt man denn hier in Petrolina? Ich lebe auf einer Fazenda, da kommt man leicht aus der Übung, was Modefragen betrifft.«

»Wo wollen Sie das Kleid denn tragen, Senhora? Soll es ein Tageskleid sein oder ein Abendkleid, ein Gewand fürs Flanieren oder für den Besuch in einem Kaffeehaus? Möchten Sie Besuche damit machen oder Einkäufe?«

»Meine Güte, so viele verschiedene Kleider gibt es?«

»Selbstverständlich, Senhora, die Damen möchten immer gern den Ereignissen entsprechend auftreten und angepasst wirken, da müssen wir schon eine große Auswahl anbieten können.«

Laura schüttelte lächelnd den Kopf. »Also, ich möchte ein Kleid, mit dem ich einkaufen gehen, einen Kaffee trinken und im Hotel zu Abend essen und in dem ich auf der Fazenda Besuch empfangen kann – aber das nur am Rande, zu uns nach ›Pitanga‹ verirrt sich sowieso niemand.«

»Dann brauchen Sie ein Tageskleid, Senhora. Kommen Sie bitte mit. Dort hinter dem Paravent können Sie Ihr Kleid ablegen, ich bringe Ihnen dann eine Reihe neuer Kleider zur Auswahl.«

Nach wenigen Minuten kam die Verkäuferin mit einem Gestell zurück, an dem zahlreiche Kleider hingen. Da gab es welche aus Leinen, aus Baumwolle, aus Seide und aus Mousseline, da gab es welche, die mit Spitzen, mit Rüschen, mit Bändchen und mit Ziersteinen besetzt waren, und es gab welche, die beinahe durchsichtig, heftig gerüscht, luftig, leicht fallend und auf das Engste tailliert waren. Da zierten Seidenblumen und Samtbuketts den Ausschnitt, den Gürtel oder den Saum und es gab auch welche, die sahen aus wie die Uniform eines Mannes mit silbernen Knöpfen, Litzen und Gürtelschnallen.

»Meine Güte«, stöhnte Laura, »das alles trägt man am Tag, um damit einkaufen zu gehen oder Kaffee zu trinken?«

»Die Damen sind heute sehr modebewusst, Senhora. Vielleicht sollten Sie auch eine Auswahl in Betracht ziehen, ein oder zwei Kleider zum Wechseln sind immer angebracht.«

»Aber doch nicht auf einer Fazenda«, lachte Laura und dachte an ihre Reithosen, an die weiten, hemdähnlichen Blusen mit den bauschigen Ärmeln, die sie darüber trug, und an die bunten Gürtel, die sie sich aus Bast geflochten hatte, und die die Bluse in der Taille beim Galopp zusammenhielten.

Schließlich entschloss sie sich für den Kauf von zwei Kleidern. Eines zum Wechseln kann nicht schaden, dachte sie und wählte die beiden schlichtesten Kleider, die sie fand. Das eine in Beige, das andere in Altrosa, und als sie sich in den Kleidern im Spiegel betrachtete, stellte sie fest, dass dazu auch eine feinere Unterwäsche gehörte. Die plumpen, steifen Unterröcke und Hemden passten so gar nicht zur Feinheit der Kleiderstoffe und so kaufte Laura zu den Kleidern auch noch die passende Wäsche.

»Ich werde eines der Kleider gleich tragen, bitte packen Sie meine Sachen in eine Tüte, auf der Fazenda erfüllen sie noch lange ihren Dienst.« Als sie schließlich vor dem Spiegel stand, schaute sie die Verkäuferin fragend an, die heute einen guten Verkauf getätigt hatte. »Madame, wenn ich offen zu Ihnen sein darf: Sie sehen bezaubernd aus. Nur die Schuhe, die Sie da tragen, passen so gar nicht zu Ihrem eleganten Aussehen.«

Laura sah auf ihre Füße. Es waren die Schnürstiefel, die sie aus Hamburg mitgebracht hatte, und es waren ihre einzigen Schuhe neben den Reitstiefeln, die sie besaß.

»Ja, da haben Sie recht. Was mache ich denn nun?«

»Senhora, auf der anderen Straßenseite gibt es ein Geschäft für Damen- und Herrenschuhe, ich begleite Sie gern hinüber und helfe Ihnen bei der Auswahl.«

»Ja, das wird wohl nötig sein. Außerdem brauche ich ein zweites Paar Reitstiefel, die muss ich sowieso kaufen, dann sollten ein paar passende Halbschuhe für mich auch zu finden sein.«

Nach mehreren Anproben der Reitstiefel fand Laura mithilfe

der Verkäuferin auch zwei Paar Halbschuhe, die in Form und Farbe zu den neuen Kleidern passten. Beladen mit großen Tüten, in denen die neuen und die alten Sachen Platz gefunden hatten, verließ Laura die Geschäfte. Eigentlich hatte sie wegen der Einkäufe ein schlechtes Gewissen, andererseits dachte sie: Was soll's, ich habe so viele Monate ohne Lohn gearbeitet und ich habe keine unnützen Sachen gekauft, ich kann schließlich nicht immer nur wie eine Magd oder wie ein Reitknecht herumlaufen.

Später fand Laura ein Kaufhaus, in dem sie den gesamten Bestand an bunten Bällen, an farbenfrohen Holzreifen, an Stoffpuppen mit Porzellanköpfen und an kleinen Steckenpferden aus Holz aufkaufte. Als sie schließlich etwas ratlos vor den zahlreichen Paketen stand, bot ihr der Geschäftsführer an, die Waren in das Hotel bringen zu lassen. »Wir machen das gern, gnädige Frau, es ist selbstverständlich, dass wir für einen guten Service sorgen.«

Laura wusste zwar, dass solch ein Dienst in Hamburg geläufig war, hatte aber in der kleinen Stadt am Rande der Wildnis nicht damit gerechnet. »Danke, das ist sehr liebenswürdig«, sagte sie eher zaghaft, innerlich aber frohlockte sie, denn zum ersten Mal in ihrem Leben war sie als »gnädige Frau« angesprochen worden.

Hängt die Titulierung nur vom Geld ab, dachte sie zweifelnd, hätte man mich nicht so angesprochen, wenn ich nur einen Ball oder ein Steckenpferd gekauft hätte und nicht in einem stadtbekannten Hotel abgestiegen wäre? Sie lächelte über das Wort abgestiegen, ich gewöhne mir hier Gepflogenheiten an, die ich mir gar nicht leisten kann. Andererseits, überlegte sie, ist abgestiegen eigentlich das richtige Wort, ich bin schließlich von einer Kutsche heruntergestiegen. Also, was soll's, ich werde für ein paar Stunden eine reiche, vornehme, gnädige Frau sein und dann geht es wieder zurück in die Wildnis. Und zum ersten Mal spürte Laura, wie schön es ist, über etwas eigenes Geld zu verfügen.

30

Während Laura Weihnachtsgeschenke für die Arbeiterkinder und die Angestellten kaufte, ritt Mikael Lundborg vom Küstenland zurück nach Recife. Er war außerordentlich zufrieden mit seiner Arbeit, mit seinen Plänen und mit seinen Erfolgen. Auf seinen Feldern wuchsen Hanf, Flachs, Jute und Raps und die Anmietung neuer, mit Dampf betriebener Webstühle schien sich bereits in den ersten Wochen auszuzahlen. Noch musste er die Garne kaufen, mit denen die Frauen seiner Arbeiter Säcke und Segel webten, aber in einem Jahr würden seine Felder das Material liefern und dann war er unabhängig von den Einfuhren aus Asien, von den Preisen auf dem Weltmarkt und von den Wetterverhältnissen, die für die Schiffer und für die Händler ein ständiges Risiko bildeten.

Gut gelaunt stieg er vor seinem Geschäft in der Rua da Praia ab, übergab seinen beiden Begleitern den Hengst, den sie zum Stall bringen und versorgen sollten, und betrat den Laden mit den Waren für die Schiffe.

Wie immer, seitdem es sich herumgesprochen hatte, dass Recife über ein solches Geschäft verfügte, gingen die Kunden aus und ein. Manche kannten Mikael bereits und andere waren zum ersten Mal da. War er in Recife, versäumte er es nie, mit allen zu sprechen, nach ihren Wünschen zu fragen, mit Rat und Tat zur Seite zu stehen und ganz spezielle oder außergewöhnliche Wünsche zu erfüllen. Mit altbekannten Kunden trank er einen Kaffee oder einen Cachaça und schwedische Schiffer lud er auch schon einmal nach oben in seine Wohnung ein.

Auch heute war ein bekannter Kapitän in seinem Laden, als er vom Pferd stieg und die Tür öffnete. »He, Mister Lundborg, gut, dass ich Sie treffe«, wurde er empfangen, »ich habe Post für Sie.«

»Post aus Schweden?«, fragte Mikael interessiert. Noch nie hatte er einen Brief aus Schweden bekommen. Er hatte zwar jedem Schiff, das in Richtung Heimat unterwegs war, Briefe für seine Eltern mitgegeben, aber nie ein Antwort erhalten. »Kommen Sie mit nach oben, Käpt'n, das muss gefeiert werden. Ich habe da einen feinen Rum, der nur darauf wartet, gekostet zu werden.«

Aber der Kapitän schüttelte den Kopf. »Wir haben Probleme mit dem Verladen von Rindern für São Paulo, ich muss zurück zum Hafen, aber hier ist der Brief, und wenn's eine gute Nachricht ist, dann wird Ihnen der Rum auch allein schmecken.«

An der Handschrift erkannte Mikael, dass der Brief von seiner Mutter kam. »Danke, da drin stecken bestimmt gute Nachrichten, meine Mutter hat mir den geschrieben, sie wird sich über meinen Erfolg hier freuen, das weiß ich ganz bestimmt.«

»Dann lesen Sie aber mal schnell«, lachte der Kapitän und verabschiedete sich.

Aber Mikael irrte sich. Es gab weder Glückwünsche für seine Erfolge noch gute Nachrichten. Die Mutter schrieb ihm:

»Lieber Mikael, heute muss ich Dich bitten, sofort zurück nach Schweden zu kommen, denn ich habe sehr schlechte Nachrichten für Dich. Dein Vater ist schwer verunglückt und wir müssen mit seinem baldigen Ableben rechnen.

Beim Verladen schwerer Baumstämme oben in den Gruben von Västerbotten, Du weißt ja, wo unsere Erzlager sind, ist Dein Vater zwischen zwei rollende Stämme geraten, die ihm die Brust zerquetscht haben. Wie immer hat er die schwere Arbeit nicht allein seinen Arbeitern überlassen wollen, sondern beim Abladen geholfen, und so ist es passiert. Man hat ihn in das Krankenhaus von Umeå gebracht und dort bin ich jetzt.

Dein Vater wünscht, dass Du sofort zurückkommst. Du musst die Geschäfte übernehmen und für die vielen Arbeiter sorgen, die von unserer Firma abhängig sind. Deine Pläne von einem Leben in einem sonnigen Land musst Du aufgeben, das sei Deine Pflicht, hat er gesagt, als er noch sprechen konnte.

Mit unserem Advokaten hat Dein Vater ein Testament aufgesetzt, in dem Du als alleiniger Erbe genannt bist. Also auch ich, Deine Mutter, bin davon abhängig, dass Du die Geschäfte so schnell wie möglich übernimmst.

Unsere Firma hat aber nicht nur Verpflichtungen den Arbeitern, sondern auch den Kunden gegenüber. Wir beliefern die Marine im Norden, die Fabriken im Süden und den Straßenbau im Westen hinüber zu unseren Nachbarn in Norwegen. Diese Lieferungen dürfen auf keinen Fall versiegen, denn dann übernimmt die Konkurrenz den Handel und wir erleiden undenkbare Verluste. Du siehst, es ist Eile geboten. Und ich denke, es wäre auch wünschenswert, wenn Du persönlich Abschied von Deinem Vater nehmen könntest. Den Streit über Deine Abreise vergessen wir ganz einfach und dann versuchen wir beide, Deinen Vater auf seinem letzten Weg zu begleiten.

Er ist jetzt ein gebrochener Mann. Nicht nur körperlich durch den schrecklichen Unfall, sondern auch seelisch, denn er hatte noch so viel vor in seinem Leben. Und dass Du ihn und seine Pläne damals einfach so im Stich gelassen hast, kann er bis heute nicht verwinden. Aber ich weiß jetzt, dass er zum Verzeihen bereit ist, wichtig ist nur, Du kommst noch früh genug hier an.

Es grüßt Dich Deine zutiefst traurige Mutter Martha Lundborg«

Entsetzt ließ Mikael den Brief sinken. Was soll ich denn jetzt machen, dachte er erschüttert. Ich kann doch hier nicht alles stehen und liegen lassen, um meinen Vater zu verabschieden und seine Erzgruben zu übernehmen. Verdammt, ich habe doch hier meine eigenen Verpflichtungen – Männer, Frauen, Kinder, für die ich jetzt die Verantwortung trage. Haben die Eltern denn meine Briefe nicht bekommen oder nicht gelesen? Dem Vater traue ich es ja zu, dass er in seinem Zorn die Umschläge ungeöffnet vernichtet hat, aber Mutter wollte doch bestimmt wissen, wie es mir geht. Und sie hat ja auch meine Anschrift hier in Recife, also muss sie doch wissen, wo ich bin und was ich mache. Andererseits, den Vater zu verlieren, ohne Abschied zu nehmen, das ist furchtbar. Wir haben uns doch früher so gut verstanden.

Mikael dachte an die abenteuerlichen Reisen zu den Menschen hoch im Norden, die sie dann auf ihren Rentierwanderungen begleitet hatten, an die Lagerfeuer und das gemeinsame Schlafen in den Iglus der Eskimos. Er erinnerte sich an die Schlittenhundrennen, bei denen der Vater wie ein übermütiger Junge mit den anderen um die Wette fuhr. Damals waren wir die besten Freunde. Mikael kämpfte mit den Tränen – »Ein Mann weint nicht«, würde der Vater jetzt in genau diesem Augenblick zu ihm sagen. Und so wischte er sich die feuchten Spuren aus dem Gesicht.

Aber dann kam meine Sehnsucht nach der weiten, unbekannten Welt, eine Sehnsucht, die er so gar nicht verstehen konnte, dachte Mikael. Da entstanden zuerst Risse in unserer Freundschaft, dann Spalten und dann Brüche. Ach, Vater, was machst du aber auch für Sachen. Ich kann nicht kommen und deine Arbeit weiterführen. Ich kann dieses Erbe nicht antreten, ich kann doch meine eigenen Projekte nicht einfach im Stich lassen. Nein, Vater, das kannst du nicht von mir erwarten.

O Gott, und was mache ich mit Mutter. Sie braucht mich, sie ist so unselbstständig, weil Vater immer die Zügel in der Hand hatte.

Mikael dachte an die geradlinige, ehrenhafte Dame aus der feinen Gesellschaft von Stockholm, die nichts gelernt hatte außer eben Geradlinigkeit und Treue. Schon der Gedanke, dass sie ihre geliebte Hauptstadt verlassen und nach Umeå reisen musste, wird sie aus der Bahn geworfen haben. Und nun steht sie da an dem Krankenbett ihres Mannes und hat seinen Tod vor Augen, wie entsetzlich.

Es klopfte. Mikael stand auf und öffnete die Tür, die von seinem Büro in die kleine Wohnung führte.

»He, Mikael, wo bleibst du denn?« Im Türrahmen stand Jens Jonasson, der Schreiner.

»Waren wir verabredet?«

»Du wolltest mit mir zum schwedischen Dreimaster gehen und die Reparatur vom Bratspill mit dem Käpt'n besprechen. Wenn die übermorgen auslaufen wollen, muss ich die Nacht durcharbeiten, aber das wolltest du vermitteln.«

»Mann, tut mir leid.«

»Was ist denn los? Du verbummelst doch sonst keine Termine, die einen hübschen Batzen Mil-Réis auch für dich abwerfen.«

»Ich habe schlechte Nachrichten.«

»Was ist passiert?«

»Der Schwede hat mir Post von zu Hause mitgebracht.«

»Um was geht's denn?«

»Mein Vater hatte einen Unfall, er liegt im Sterben. Meine Mutter will, dass ich zurückkomme, mich mit meinem Vater versöhne und die Firma übernehme.«

»Mannomann, das hört sich ja gar nicht gut an. Aber wenn ihr euch im Streit getrennt habt, musst du natürlich zurück und dich mit dem Vater versöhnen. Tust du's nicht, wirst du's dir dein ganzes Leben lang vorwerfen.«

»Ich weiß, aber ich kann doch hier nicht weg, gerade jetzt. Und seine Firma in Schweden, was soll ich damit? Mein Leben spielt sich hier ab.«

»Das ist verdammt schwierig, was willst du denn jetzt nur machen?«

»Ich weiß es einfach nicht.«

»Und deine Mutter, kann die nicht alles regeln? Ich meine das mit der Firma, die Versöhnung natürlich nicht, das musst du schon selber machen.«

»Sie kann das nicht. Sie hat keine Ahnung von der Arbeit. Sie lebte immer nur in der Villa im feinen Stockholm, die Firma ist oben am Rande nach Lappland hin, da war es ihr viel zu unbequem.«

»Was ist das denn für eine Auffassung von Ehe?«

»Ach, mit der Ehe, das stimmte schon. Vater kam oft zu Besuch.«

»Und nun ist er todkrank!«

»Ja, sie ist ins Krankenhaus nach Umeå gereist und ist bei ihm.«

»Und dann hat sie dir den Brief geschrieben. Wann war denn das?«

»Na ja, ein paar Wochen ist das schon her. Erst musste der Brief zum Hafen nach Sundsvall, wo der Frachter Ladung aufnahm, dann die lange Seefahrt hierher ...«

»Mann, das sind ja Wochen, wer weiß, ob dein Vater überhaupt noch lebt.«

»Ja, und mich trennt auch noch eine mehrwöchige Rückreise vom nördlichen Schweden.«

»Trotzdem, hin musst du. Du musst es wenigstens versucht haben, schon um dein eigenes Gewissen zu beruhigen.«

»Ich weiß ja, dass du recht hast. Aber was soll hier werden? Meine Geschäfte in Recife laufen nicht ohne mich und im Küstenland beginnt im März die erste Ernte. Mann, ich kann doch hier nicht alles einfach liegen lassen oder, was Mutter von mir verlangt, alles aufgeben.«

»Ne, das kannste wirklich nicht. Aber könntest du nicht einen guten Verwalter einstellen? Wir könnten dir bei der Suche helfen, Fernando und ich.«

»Ach, Jens, was versteht Fernando schon vom Hanfanbau und vom Flachs.«

»Na ja, viel wohl nicht, aber es gibt gute Leute in Recife, die Arbeit suchen und die ein bisschen Selbstständigkeit bei der Arbeit erwarten.«

»Und dann muss ich noch unbedingt nach ›Pitanga‹ reiten.«

»Was und wo ist ›Pitanga‹?«

»Na, die Fazenda, auf der die Hamburger Lehrerin jetzt so ausgenutzt wird.«

»He, davon weiß ich ja gar nichts. Hast du Geheimnisse? Romantische Geheimnisse?«

»Quatsch. Da ist nur eine junge Frau, die ich vom Schiff her kenne, die ist hier fremd und ohne Verwandtschaft und die wird da ziemlich ausgebeutet. Manchmal schreibt sie mir und fragt mich um Rat.«

»So, so, na ja, die Romantik sucht sich schon seltsame Wege.«

»Mensch, Jens, sehr hilfreich sind deine Redensarten auch nicht gerade.«

»Ich weiß, tut mir leid, was soll ich schon sagen? Kommst du nun mit zum Dreimaster wegen dem Bratspill? Dann bringen wir wenigstens das erst einmal hinter uns. Und wohin fährt der Frachter von hier aus?«

»Übermorgen runter nach São Paulo. In vier Wochen dann zurück nach Schweden.«

»Dann könntest du doch in vier Wochen mitfahren.«

»Ja, verdammt noch mal, könnte ich, will ich aber überhaupt nicht.«

»Du musst! Mach's und mach's schnell, dann haste alles hinter dir.«

»Du hast gut reden.«

Die beiden Männer gingen hinüber zum Hafen. Der Frachter lag ganz hinten am Kai und sie brauchten fast eine halbe Stunde, um ihn zu erreichen. Schuld an dem fernen Liegeplatz war die große Rinderherde, die in einem Gatter eingepfercht war und von dort aus über eine Rampe in das Schiff verladen werden sollte. Den Gestank, den die Rinder verbreiteten, den Krach, den die ängstlichen Tiere machten, und den vielen Mist, den sie hinterließen, wollte kein Reeder vor seinem Anlegeplatz haben.

Mikael machte den Schreiner mit dem Obermaat bekannt, und als die beiden Männer sich entfernten, um den zersplitterten Bratspill zu besichtigen, ging Mikael zurück in sein Büro.

Jens hat ja recht, überlegte er. Fahre ich nicht nach Hause, mache ich mir ein Leben lang Vorwürfe. Komme ich zu spät, ärgere ich mich, dass ich überhaupt gefahren bin, fahre ich nicht, habe ich wegen Mutter ein schlechtes Gewissen. Dabei weiß ich ganz genau, sie wird in ihre geliebte Familie zurückkehren und dort mit offenen Armen empfangen werden. Und was aus der Firma wird, entscheiden letzten Endes ihre Verwandten, die haben schließlich geschäftliche Verbindungen in ganz Schweden. Eigentlich braucht mich dort kein Mensch, während mir hier die erste Ernte verdirbt, die Konkurrenz mich einholt, und Laura auf ihrer Plantage kann ich auch nicht helfen.

In seiner Wohnung angekommen, warf er sich aufs Bett und starrte in die Dunkelheit. Verdammt, ich sage dem Kapitän, dass er mich auf der Rückreise abholen soll, dann fahre ich und spreche mit Mutter, und dann komme ich so schnell wie möglich zurück. Jens muss mir einen Verwalter suchen. Aber vorher reite ich nach ›Pitanga‹ und sehe da nach dem Rechten. Ich kann nicht zulassen, dass Laura so ausgenutzt wird. Und in vier Wochen geht's dann nach Schweden. Vielleicht kommt die junge Dame sogar mit zurück nach Hamburg. Da ist sie in Sicherheit und ich habe ein gutes Werk getan. Er lächelte in die Dunkelheit hinein. Als Schiffsjunge reise ich aber nicht mehr. Jetzt kann ich mir eine Kabine leisten und das Geld für eine zweite Kabine für Laura kann ich auch bezahlen. Alles kein Problem mehr.

Zwei Tage später brach Mikael auf, um im fernen Westen von Pernambuco die Fazenda ›Pitanga‹ aufzusuchen. Ohne die schweren Planwagen, mit denen die Baisansons gereist waren, und mithilfe eingerichteter Poststationen mit Pferdewechsel brauchte er nur eine Woche für die Reise. Als geübter Reiter, der die meiste Zeit seiner Tage auf dem Pferderücken zubrachte, hatte Mikael keine Probleme mit dem weiten Ritt. Oft war er in Gesellschaft anderer Reiter unterwegs, streckenweise begleiteten auch Soldaten des Kaisers die kleinen Reitkolonnen, wenn sie durch Gegenden kamen, in denen Rebellen oder Banditen die Wege unsicher machten, aber meist war er allein unterwegs, weil er es eilig hatte und die besten Pferde in den Wechselstationen für sich beanspruchte.

Mikael war fasziniert von der Schönheit der Landschaft, die er da kennenlernte. Farmerland löste sich mit Brachland ab, graugrüne Weideflächen wichen Flussniederungen, aber am vielfältigsten an Farben und Formen war der Regenwald, der ihn auf dem ganzen Weg begleitete. Die mehr als fünfzig Meter hohen Bäume spendeten Schatten. Mannshohe Farne versperrten oft die Sicht und stark riechende Moose in den verschiedensten Farben bedeckten den Boden. Armdicke Lianen schlängelten sich von den Ästen bis zur Erde und Mikael hatte Mühe, sie von Schlangen zu unterscheiden. Zum Glück waren die Wege ausgefahren und breit genug, um beiden, den Lianen wie den Schlangen, auszuweichen. Aber vor allem bewunderte er die Farbenpracht der unzähligen Orchideen, die in ihren grazilen Formen und Färbungen ständig wechselten.

Mikael dachte an seine Mutter, die zu ihrem Geburtstag immer einen Orchideenzweig vom Vater bekommen hatte. Eine seltene Kostbarkeit im fernen Schweden, dachte er und erinnerte sich gleichzeitig an den Brief, den sie ihm geschickt hatte, und dass er sich beeilen musste, um nach Hause zu kommen. So gab er dem Pferd die Sporen, galoppierte einige Kilometer weit und vergaß ganz, die Schönheit des Landes rechts und links wahrzunehmen.

Am frühen Nachmittag des siebenten Tages erreichte er das Herrenhaus von ›Pitanga‹. Schon seit dem frühen Morgen, kaum hatte er die letzte Station verlassen, fielen ihm die gepflegten, akkurat gepflanzten Baumreihen mit ihren dunkelroten Blütenbüscheln an den Stämmen auf. Wie mit dem Lineal gezogen reihten sich Bäume aneinander, nur durchbrochen von Wegen und Wassergräben und von Schatten spendenden Bananenstauden. Hin und wieder sah er Menschen bei der Arbeit, aber der Hauptweg führte ihn weit entfernt an ihnen vorbei. Überrascht von der Größe der Fazenda, ritt er Kilometer um Kilometer durch die Pflanzungen, die sich nur durch die Größe der Bäume und die Art der Früchte, die einmal graugrün, dann wieder orangerot oder dunkelrot, einmal klein, ein andermal sehr groß an den Stämmen hingen, unterschieden.

Erst gegen Mittag sah er weit entfernt das von schattigen Bäumen umgebene Herrenhaus auf dem Hügel stehen.

Mikael war sehr beeindruckt von der Größe der Fazenda. Meine Güte, dachte er, um so einen Besitz aufzubauen, braucht man Jahrzehnte und ich bin bereits jetzt schon stolz auf meine Landflächen an der Küste, die hier mehrfach hineinpassen würden.

Er ritt vor das Herrenhaus und stieg neben den Stufen, die zum Eingang führten, ab. Komisch, dachte er, es sieht so verlassen aus. Die Jalousien vor den Fenstern sind geschlossen, auf der Veranda stehen keine Möbel, was sonst üblich ist, und Menschen gehen hier anscheinend auch nicht ein und aus.

Er sah sich um. Abseits und tiefer gelegen als das Herrenhaus sah er mehrere Gebäude, aus einem stieg eine leichte Rauchwolke in die flirrende Mittagshitze. Das wird der Wirtschaftshof sein, überlegte er, nahm sein Pferd an den Zügel und ging den von Blumen gesäumten Weg hinunter. Je näher er den Gebäuden kam, umso deutlicher hörte er Stimmen, Kindergeschrei, Hundegebell und das Klirren von Ketten. Aber er hatte den Wirtschaftshof noch nicht betreten, als ihm ein groß gewachsener, älterer Indio gegenübertrat, der ihm bekannt vorkam.

»Was wollen hier?«

Na, dachte Mikael, mit der Gastfreundschaft ist es hier ja nicht weit her. Höflich sagte er: »Guten Tag, mein Name ist Mikael Lundborg, ich möchte zu Senhorita Laura Bredenstedt. Sie haben ihr zwei Briefe mitgenommen, die ich in Recife geschrieben habe.«

»Was wollen?«

»Ich bin ein Freund, ich möchte sie besuchen.«

»Nix Freund in Brasilien.«

»Doch. Wir sind zusammen mit dem Schiff gereist, die Senhorita und die Familie Baisanson.«

»Nix hier Familie.«

Langsam wurde Mikael ärgerlich. Was fiel diesem Mann ein, ihm so unhöflich zu begegnen? Er müsste ihn doch wiedererkannt haben. Er versuchte es noch einmal: »Wo finde ich die Senhorita?«

»Arbeiten.«

»Dann bringen Sie mich bitte zu ihr. Ich habe einen langen Weg hinter mir, ich möchte hier nicht unnütz herumstehen.«

»Nix da, weiter Weg, warten hier.« Ohne Mikael zu fragen, nahm er ihm die Zügel aus der Hand, »Wasser für Pferd«, und führte das Tier in den Schatten einer Palme, die ihre Wedel über einem Wassertrog ausbreitete.

Mikael folgte ihm, und während das Pferd das Wasser schlürfte, wusch Mikael sich Hände, Arme und Gesicht und trocknete sich mit seinem Halstuch ab. Dann sah er sich um. In verschiedenen Ecken des Hofes standen ein paar Leute herum und beobachteten ihn. Neben dem Haus mit dem Rauch standen ein Tisch und zwei Stühle unter einem Vordach. Mikael ging hinüber und setzte sich in den Schatten, während der Indio sein Pferd in einen Stall brachte und absattelte. Na, dachte Mikael, wenigstens dem Pferd gegenüber zeigt dieser Bursche etwas Gastfreundschaft.

Aber als er vorsichtig auf einem der Stühle Platz genommen hatte, denn das Sitzen auf einem harten Stuhl bereitete ihm nach dem tagelangen Ritt einige Probleme, kam der Mann aus dem Stall zu ihm herüber, reichte ihm die Hand und sagte: »Ich bin Joe, Wächter von hier. Nix gleich kennen Fremden. Jetzt ja.«

»Hallo, Joe, danke, dass Sie das Pferd versorgt haben.«

»Erst Pferd, dann Mann.« Dabei rief er zu einer offen stehenden Tür hinüber: »Wasser für Gast.«

Mikael sah den hochgewachsenen, älteren Mann an, der nur

bruchstückhaft Englisch sprach. »Wann kommt die Senhorita zurück, Joe?«

»Nix wissen. Fazenda sehr groß.«

»Ja, das habe ich gesehen. Ich bin den ganzen Vormittag hindurch geritten und habe jetzt erst die Mitte erreicht.«

»Beste Fazenda für Kakao in Land.«

»Ja, es sieht alles sehr sauber und gepflegt aus. Wo ist der Besitzer? Ich kenne ihn und würde ihn gern begrüßen.«

»Nix da. Patrão tot, Patroa Senhorita.«

»Was? Der Patrão ist tot?« Erschrocken sah Mikael den Mann an. »Und die Familie, wo sind die Kinder und die Frau?«

»Nix da. Keiner.«

»Dann ist die Senhorita ganz allein hier?«

»Nix allein, ich da, Bruder da und viele, viele Menschen da.«

»Aber, aber ...«, stotterte Mikael, er wusste nicht, wie er sich ausdrücken sollte, er konnte doch nicht sagen: »Dann ist ja kein Weißer hier.« »Ich meine«, fing er noch einmal an, »dann ist hier niemand aus Europa?«

»Nix Europa«, Joe hatte sehr gut verstanden, was Mikael sagen wollte, hielt sich aber zurück. »Nix Europa, alles gut ohne Europa.«

Mikael schwieg verwirrt. Er kannte den Stolz der hiesigen Menschen, er wollte ihnen auf keinen Fall zu nahe treten, aber was diese Laura jetzt noch hier und ganz allein machte, das verstand er einfach nicht.

»Wo ist die Senhora Baisanson und wo sind die Kinder?«

»Europa.«

»Aber was macht die Senhorita dann noch hier?«

»Senhorita ist Patroa.«

»Die Senhorita ist jetzt die Herrin von ›Pitanga‹?«

Joe strahlte plötzlich über das ganze Gesicht und nickte hocherfreut, weil dieser Fremde ihn endlich verstanden hatte. »Große Patroa, gute Patroa, beste Patroa.«

»Donnerwetter«, entfuhr es Mikael.

31

Laura war müde. Im Schritt, um ihr Pferd zu schonen, und mit Raoul an ihrer Seite, ritt sie zurück zur Zentrale der Fazenda, denn für alle war der Wirtschaftshof seit der Abreise der Baisansons zum Zentrum der riesigen Plantage geworden. Das Haus benutzte Laura nur noch zum Schlafen und für die Eintragungen in die Geschäftsbücher, die sie nach wie vor mit größter Sorgfalt führte. Sie war nun zwar Mitbesitzerin von ›Pitanga‹, sie wollte aber genauso sorgfältig und vorsichtig mit den Einnahmen und Ausgaben umgehen, wie sie es bei Albert Baisanson gelernt und gehandhabt hatte.

Ein heißer Tag lag hinter ihr. Mehrmals hatte in der Ferne der Donner gegrollt, doch ein Gewitter war nicht aufgezogen und die Kakaobohnen, die seit vierzehn Tagen zum Trocknen auf den Gestellen lagen, konnten morgen von den Arbeitern eingesackt und im Backsteinschuppen eingelagert werden. Dieser Schuppen war ihre erste Neuanschaffung gewesen. Ein Bauunternehmer aus Petrolina hatte die Steine und die Dachziegel geliefert und ihre Arbeiter hatten den Mörtel gemischt und die Mauern hochgezogen, denn Laura hatte erkannt, dass die sorgfältige Lagerung der für den Europatransport vorgesehenen Säcke von größter Wichtigkeit war. Eine zusätzliche Notwendigkeit, die Albert Baisanson missachtet und vernachlässigt hatte.

So waren in den vergangenen Jahren, wie sie erfahren hatte, zahlreiche Säcke verschimmelt. Unkontrolliert und leichtsinnig waren die jeweiligen Ernten bis zum Abtransport in Erdlöchern mit provisorischen Blätterdächern gelagert worden und oft zum großen Teil verrottet. Jetzt wurden die Säcke in dem luftigen Schuppen so umsichtig gestapelt, dass die Bohnen trotz langer Lagerungszeiten atmen konnten. Der Bau des Schuppens hatte ein großes Loch in ihre noch wenig gefüllte Einnahmekasse gerissen, doch Laura wusste, dass die Einnahmen steigen würden, sobald sie die Criollo-Bohnen ernten, sachgemäß lagern und verkaufen würde.

Laura stieg ab und übergab die Zügel von ›Wotan‹ einem Knecht, der sich um das müde Tier kümmern würde. Sie selbst ging zur Pferdetränke, krempelte die Ärmel ihrer weißen Bluse hoch und legte die Arme bis zu den Ellenbogen in das kühle Wasser. Dann schöpfte sie sich mit beiden Händen Wasser ins Gesicht und strich ein paar vorwitzige Locken zurück, die sich aus dem Band, das ihre Haare zusammenhielt, gelöst hatten. Lächelnd spürte sie, wie ein paar Wassertropfen an ihrem Hals entlang bis hinunter zur Brust liefen. Auf dieses bescheidene kleine Bad an der Pferdetränke freute sie sich immer, wenn sie verschwitzt und müde von den Pflanzungen zurückkam.

Laura holte tief Luft und sah sich zufrieden um. Auf dem Hof herrschte Frieden, Gott sei Dank, dachte sie, denn es war nicht immer so. Ein paar Arbeiter, die sich beklagten, gab es immer, aber die Mehrzahl war mit dem Leben auf der Fazenda zufrieden und hielt die anderen in Schach. Sie alle bekamen pünktlich ihren Lohn, sie hatten Dächer über ihren Köpfen, ein reichliches Essen und anständige Arbeitskleidung, und die meisten lebten mit ihren Familien in eigenen Hütten.

Hinten am Ausgang sah sie sie letzten Männer von der Arbeit zurückkommen. Ein paar trugen Körbe mit Gemüse, Süßkartoffeln und Früchten, die die Frauen am nächsten Tag zum Kochen brauchten, andere trugen die Arbeitsgeräte in den dafür bestimmten Schuppen, die meisten waren mit den langen Macheten unterwegs gewesen, die sie zum Abschneiden der hoch hängenden Früchte brauchten. Alles hat seine Ordnung, dachte Laura zufrieden und sah sich um. Im Kochhaus rauchte der Schornstein, vor dem Haus deckten ein paar Frauen die langen Tische, an denen nachher gegessen würde. Unter dem Vordach entdeckte sie jemand, der da zu warten schien.

Langsam ging sie den Weg hinauf. Ein weißer Mann, dachte sie und ging näher. Den großen Sombrero auf dem Kopf, ein leeres Wasserglas in der Hand, das Kinn auf der Brust, so saß da ein Fremder und schlief tief und fest. Eine Weile sah sie ihn sprachlos an, dann setzte sie sich auf den zweiten Stuhl. Wer war dieser Fremde und was wollte er? Ein Mann auf der Durchreise oder ein Händler, der Waren loswerden wollte, oder nur einer, der einem das Paradies auf Erden versprach und dann nur leere Hände hatte? Kenne ich ihn?, überlegte sie, aber der große Hut verbirgt das Gesicht und nur die Hände verraten, dass sie bei aller Bräune die Hände eines weißen Mannes sind. Seine Hosen, sein Hemd sind voller Staub, dachte sie. Joe hätte ihm wenigstens einen Kaffee anbieten können. Soll ich ihn nun wecken oder schlafen lassen? Dann sah Laura Joe über den Hof kommen. Schnell stand sie auf und ging zu ihm hinüber. »He, Joe, wir haben Besuch? Wer ist das?«

»Ist netter Mann von Briefe.«

»Was für Briefe?«

»Briefe von Recife.«

»Mikael Lundborg? Wie kommt der denn hierher?«

»Mit Pferd«, grinste Joe und zeigte auf den Stall.

Laura lachte zurück. »Das habe ich mir fast gedacht, Joe. Und was will er hier?«

Der Mann zuckte mit den Schultern. »Will sehen neue Patroa?«

»Ach, Joe, so ein weiter Weg. Der kommt doch nicht, um mich zu sehen.«

»Fragen nach Patroa.«

»Sollen wir ihn wecken?«

Aber Joe zuckte nur wieder mit den Schultern und ging hinunter zum Wirtschaftshof. Laura drehte sich um und dann stellte sie fest, dass Mikael Lundborg wach war und sie anstarrte.

Mikael wischte sich über die Augen. Was er da sah, konnte er kaum glauben. Da stand eine junge Frau auf dem Hof, die er als dünnes, blasses, schmalbrüstiges Mädchen in Erinnerung hatte, und nun begegnete er einer braun gebrannten, hübschen jungen Frau mit aufgekrempelten Ärmeln, Revolvergurt mit Waffe, Männerhosen und mit Schlamm und Staub bedeckten Reitstiefeln, die lachend auf ihn zukam. »Mein lieber Mister Lundborg«, empfing sie ihn. »Ich freue mich, Sie zu sehen. Wie kommen Sie denn in unsere abgelegene Gegend?«

Sein Herz machte einen Sprung und das Blut schoss ihm in den Kopf. »Ver – zeih – ung«, stotterte Mikael, nahm seinen Hut ab und sprang auf, »ich glaube, ich suche jemand anderen?«

Lachend schüttelte Laura den Kopf. »Wenn Sie zu mir wollten, dann sind Sie genau richtig. Ich bin Laura, die Sie auf dem Schiff getroffen haben.« Gelassen winkte sie eine der Köchinnen heran. »Bitte, Mellie, machen Sie uns einen guten Kaffee.«

Dann wandte sie sich wieder ihrem Gast zu. »Möchten Sie sich frisch machen? Ich lasse gleich ein Zimmer für Sie herrichten.«

»Danke, das ist sehr nett, aber erst einmal muss ich mich von meinem Schrecken erholen.« Er setzte sich wieder.

»Von Ihrem Schrecken? Was hat Sie denn erschreckt?« Laura setzte sich ihm gegenüber.

»Nun, ich dachte, ich finde hier eine junge, überarbeitete Dame vor, der ich meine Hilfe anbieten wollte.«

»Aber Mister Lundborg, so ein Geschöpf gibt es hier nun wirklich nicht.«

»Ja, das begreife ich inzwischen auch. Joe sagte mir, Sie sind jetzt die Herrin von ›Pitanga‹?«

»Sagen wir lieber so, ich bin eine begeisterte Kakaohändlerin. Das heißt, die Arbeit mit den Pflanzen macht mir Spaß, ob es dann mit dem Handel klappt, wird sich herausstellen, wenn ich die ersten Ernten selbst verkaufen muss.«

Mikael schüttelte noch immer ungläubig den Kopf. »Sie haben sich total verändert, Miss Laura.«

»Könnten wir nicht die Miss und den Mister weglassen? Ich bin Laura.«

»Dann bin ich Mikael. Und ich freue mich über Ihre Verwandlung, das muss ich ehrlich gestehen.«

»Na ja«, lachte Laura, »meine Eltern dürften mich so nicht sehen.«

»Die sind weit fort.«

»Ja, und in diesem Fall sage ich Gott sei Dank.«

»Und in anderen Fällen?«

»Nun, die Baisansons hätten bleiben sollen. Sie haben sich überraschend schnell von ›Pitanga‹ verabschiedet.«

»Warum eigentlich?«

»Albert Baisanson war schwer krank, alle wussten, dass er nicht mehr lange leben würde. Da wollte Frau Baisanson in eine Stadt ziehen, wo Ärzte zur Verfügung standen. Und nach seinem Tod ist sie mit den Kindern nach Frankreich zurückgekehrt.«

»Und sie haben Ihnen ›Pitanga‹ geschenkt?«

»Ich habe die Hälfte der Plantage geerbt, die andere Hälfte gehört der kleinen Nicole, Sie wissen schon, die mit den hundert Kaninchen.«

Mikael lachte. »Ich weiß. Ein sympathisches Kind, schon wegen der Tierliebe.«

»Sie war die Einzige neben ihrem Vater, die die Fazenda wirklich liebte. Ihr fielen die Trennung und der Umzug in die Stadt recht schwer, aber die Mutter konnte sie mit den Vorzügen des Lebens in der Zivilisation beruhigen.«

»Sind Sie unglücklich über den Wechsel?«, fragte Mikael besorgt.

»Eigentlich nicht, ich habe mich auch als Angestellte hier sehr wohlgefühlt, aber ich wurde nicht gefragt. Irgendwie war es plötzlich ganz selbstverständlich, dass ich hierbleibe.«

»In Ihren beiden Briefen hatten Sie Fragen und Probleme.«

»Wer hat die nicht, wenn er in ein fremdes Land zieht und ein neues Leben beginnt.«

»Das stimmt. Ich habe auch meine Fragen und Probleme gehabt.«

»Gehabt? Dann haben Sie nun alle Probleme überwunden?«

»Sagen wir besser, ich habe mich mit ihnen auseinandergesetzt, nach Lösungen gesucht und die meisten auch gefunden.«

»Das freut mich für Sie, Mikael.«

»Ich hatte gute Ideen und ich hatte großes Glück.«

»Ich denke, ohne Fleiß werden Ihnen weder die Ideen noch das Glück genützt haben.«

Er lächelte und sah sie fröhlich an. »Ja, das stimmt natürlich. Aber wenn ich Sie hier so sehe, dann glaube ich, dass Sie mit sehr viel Fleiß das Gleiche erreicht haben, nur auf einem anderen Gebiet.«

Laura nickte ernsthaft. »Es war nicht immer leicht. Ich musste lernen, mich durchzusetzen, ohne mir Feinde zu schaffen.«

»Ja, das trifft wohl auf alle zu, die fremd hierherkommen und etwas erreichen wollen.«

Mellie kam mit einem Tablett voller Kaffeegeschirr und süßen Maisfladen nach draußen und stellte alles auf den Tisch. Laura bedankte sich. »Bitte, Mellie, sagen Sie doch einer der Frauen, sie möchte das Gästezimmer im rechten Flügel herrichten, wir haben einen Gast, der hoffentlich lange bleibt. Und am Tisch legen Sie bitte ein Gedeck mehr auf.«

»Jawohl, Patroa.«

»Sie sind sehr höflich zu den Angestellten«, staunte Mikael.

»Ich möchte ja auch höflich behandelt werden«, erklärte Laura. »Ich finde, man sollte immer als Vorbild handeln, dann klappt es auch mit dem Gegenüber.«

»Betrifft das auch mich?«

»Selbstverständlich«, lachte Laura und Mikaels Herz machte einen weiteren Sprung.

»Eigentlich bin ich hergekommen, um Sie abzuholen«, erklärte er ihr.

»Sie wollen mich abholen? Aber wohin denn?«

»Zuerst wollte ich Sie nur nach Recife holen, in Sicherheit sozusagen, aber jetzt möchte ich Sie eigentlich gleich mitnehmen bis nach Hamburg.«

»Wie bitte?«

»Laura, ich hatte Angst um Sie. Ich dachte, Sie werden hier von dem Fazendabesitzer ausgebeutet.«

»Aber nein, Sie sehen doch, es geht mir gut«, sie schüttelte den Kopf.

»Aber so ganz allein in der Wildnis!« Mikael wollte nach ihrer Hand greifen, aber Laura zog sie zurück.

»Das ist gar nicht mehr so schlimm. Ich habe Schießen gelernt und ich habe viele Freunde unter der einheimischen Bevölkerung. Da gibt es Leute, die würden für mich durchs Feuer gehen. Und Raoul ist immer an meiner Seite.«

»Das ist ja alles gut und schön, aber als Frau, so ganz allein hier, es wäre unverantwortlich, wenn ich Sie nicht schützen würde. Und wer ist Raoul überhaupt?«

»Ich bitte Sie. Raoul ist Joes Bruder und die beiden sind die besten Beschützer, die ich mir wünschen könnte. Mikael, Sie brauchen keine Angst um mich haben und überhaupt, was soll ich denn in Hamburg?«

»Dort leben Sie in der Geborgenheit Ihrer Eltern.«

»Mikael, ein Leben in der Geborgenheit meiner Eltern ist das Letzte, was ich mir wünsche. Ich liebe das Leben hier, ich liebe die Freiheit, die Verantwortung, das Auf und Ab der Situationen. Ich genieße sogar die Gefahr, denn sie zeigt mir meine Grenzen.«

»O Gott, Laura, Sie machen mir Angst, eine riesige Angst. Ich muss nach Schweden, aber wie soll ich in Ruhe reisen, wenn Sie hier von Gefahren reden und von Grenzen, die Sie erfahren wollen oder müssen. Bitte, tun Sie mir das nicht an. Kommen Sie mit.«

»Mikael, Sie verstehen mich nicht. Oder Sie wollen mich nicht verstehen. Ich bin dem engen Leben in einer hanseatischen Familie endlich entkommen, ich lass mich doch da nicht wieder hineinpressen.«

»Aber Laura, ich möchte Sie doch nur beschützen, aber das kann ich nicht, wenn ich nach Schweden reise und Sie allein zurücklasse. Bitte, begleiten Sie mich wenigstens auf der Reise, in Hamburg können Sie sich immer noch entscheiden. Aber vorher hätten wir eine wunderschöne Schiffsreise.«

»Mikael, zum Beispiel eine Reise mit hundert Kaninchen, die in der Küche für die Passagiere zubereitet werden, eine Reise, die in die Kälte des Nordens geht?«, versuchte sie dem Gespräch die Ernsthaftigkeit zu nehmen.

»Nein, nicht mit hundert Kaninchen und nicht als Schiffsjunge und Hauslehrerin. Ich kann zwei wunderbare Passagierkabinen buchen, wir könnten sehr angenehm reisen, und die Kälte im Norden weicht spätestens im April und dann wird es auch da oben warm und gemütlich.«

Laura war eigentlich verärgert. Sie hatte sich über den Besuch gefreut, aber diese Beharrlichkeit, mit der dieser eigentlich fremde Mann auf sie einredete, gefiel ihr nicht. Konnte oder wollte er sie nicht verstehen? Und überhaupt, warum reiste er fort, obwohl es ihm anscheinend gut ging und er doch so erfolgreich in seinem neuen Leben war?

»Warum reisen Sie nach Schweden, Mikael? Gefällt es Ihnen nun doch nicht mehr hier in der Sonne, die Sie genießen wollten, wie Sie auf dem Schiff erzählt hatten.«

Mikael berichtete ihr von dem Brief der Mutter, von seinem Wunsch nach einer Versöhnung mit dem Vater, die ihm so wichtig war, von der Erbschaft, die er ablehnen wollte, und von dem eigenen Zweifel an der Richtigkeit dieser Reise. »Ich möchte nicht reisen, aber ich muss. Und da dachte ich, es wäre gut, mit Ihnen zusammen zu fahren. Laura, ich habe ein ungutes Gefühl, Sie hier allein zu lassen.«

»Mikael, ich bin hier nicht mehr in der Wildnis. In zwei Tagen kann ich in Petrolina sein. Es gibt dort Geschäfte, Hotels und nette Leute, die ich schon kennengelernt habe.« Dass es sich bei den »netten Leuten« nur um eine Verkäuferin, einen Bankangestellten und zwei Hotelmitarbeiter handelte, erzählte sie natürlich nicht.

»Und warum reiten Sie dann mit einem umgeschnallten Revolver auf der Plantage herum?«

»Der Urwald ist nahe und wir rechnen hier immer mit Überraschungen, mit vierbeinigen Überraschungen, meine ich«, korrigierte sie sich schnell.

Mikael griff nach ihrer Hand, die sie diesmal nicht schnell genug zurückziehen konnte. »Bitte, Laura, wenn Sie schon nicht mit nach Europa reisen wollen, dann kommen Sie wenigstens mit nach Recife, dort wüsste ich Sie in der Sicherheit meiner Freunde, ich habe einfach Angst um Sie, verstehen Sie mich nicht?«

»Nein, Mikael, ich verstehe Sie wirklich nicht.« Sie sah ihn lange an und sie sah den Kummer in seinen Augen. Langsam wurde ihr das Gespräch lästig. Sie hatte sich so über den Besuch gefreut, sie hatte eine angenehme Begegnung erwartet und nun kam dieser Gast mit Bitten und Vorwürfen und Ängsten, die sie nicht verstand. Das alles ging ihn doch eigentlich gar nichts an.

Mikael schwieg einen Augenblick. Sein Gesicht war ernst, als er sagte: »Laura, ich mag Sie, bitte kommen Sie mit nach Recife. Sie können in meiner Wohnung wohnen. Ich möchte, dass Sie noch da sind, wenn ich zurückkomme.« Seine Augen sahen sie bittend und eindringlich an. Sie entzog ihm ihre Hand und bemühte sich, diesem Mann ganz ernst und verständlich klarzumachen, dass sie nicht daran dachte, seiner Gefühle wegen ihr Leben zu ändern.

»Bitte, Mikael, Sie müssen mich verstehen. Ich habe mir hier ein Leben aufgebaut, das ich liebe, in dem ich zufrieden und glücklich bin, ein Leben, das ich nicht zu ändern gedenke. Es ehrt mich, dass Sie sich um mich sorgen, aber das brauchen Sie nicht. Ich verspreche Ihnen, auf mich achtzugeben und vorsichtig zu sein. Ich bin nicht leichtsinnig, das war ich noch nie, aber die hier gewonnene Freiheit ist zurzeit das Wichtigste in meinem Leben. Und ich erwarte, wenn Sie etwas für mich empfinden, dass Sie meine Art zu leben respektieren.«

»Das kann ich nicht, Laura. Meine Angst um Sie ist zu groß.«

Genau diese Antwort hatte sie befürchtet. Der Mann hegte Gefühle für sie, die sie nicht erwidern konnte. Was sollte sie dazu sagen? Ich kann ihn doch nicht einfach abweisen. Da hat er diesen weiten Ritt gemacht, um mir, wie er meint, zu helfen, da verzögert er die Reise zu seinem sterbenden Vater, nur um mich zu schützen, da macht er sich Sorgen um mich, obwohl er mich doch kaum kennt, und dann glaubt er auch noch, mich gern zu haben. Mein Gott, dachte sie, wie kann ich diese Situation auf eine erträgliche Weise beenden?

Sie stand auf. »Kommen Sie, drüben ist das Essen fertig, gehen wir und stärken wir uns erst einmal.« Sie ging mit ihm zu den Tischen, setzte sich zwischen die Arbeiter und die Frauen und wies ihm den Platz neben sich zu. »Heute ist Sonnabend, da gibt es Feijoada, das brasilianische Nationalessen. Kennen Sie das Reisgericht mit den Bohnen und dem gepökelten Fleisch?«

Mikael, der bei der flirrenden Hitze alles andere lieber gegessen hätte als gepökeltes Fleisch mit Reis und schwarzen Bohnen, nickte höflich. »Ich habe Freunde in Recife, bei denen kommt das auch sonnabends auf den Tisch.« Aber dann konnte er sich doch nicht zurückhalten und sagte: »In Hamburg muss das ein wunderbares Winteressen sein.«

Laura hatte sofort verstanden und lächelte ihn an. »Ich verstehe, was Sie meinen, aber ich akzeptiere die Gebräuche meiner Tischnachbarn, sie müssen sich ja auch nach mir richten, und ich kann Ihnen versichern, meine Kartoffelsuppenrezepte mögen sie ganz und gar nicht.«

Mikael lächelte und dachte, sie weiß genau, was ich meine. Wir verstehen uns und haben die gleichen Gedanken. Das kann doch kein Zufall sein.

Das Essen verlief mit lauten Gesprächen und es wurde viel gelacht. Manieren hatten die Arbeiter keine. Zuerst war Mikael etwas schockiert, aber dann redete und lachte er mit, schob die Schüsseln hin und her wie die anderen und nahm auch schon mal ein Stück Fleisch in die Hand, um den Knochen abzunagen. Und dann warf er den Knochen, wie die anderen es auch machten, einfach nach hinten, wo ein paar Hunde darum kämpften. Zum Nachtisch gab es Bananen, Ananas, Papayas und Melonen. Man schälte sie mit dem gleichen Messer, mit dem man vorher das Fleisch zerteilt hatte, und wenn der Saft über die Finger lief, dann leckte man sie ab. Mikael sah zu Laura hinüber. Sie benutzte zwar ein anderes Messer, aber den Saft leckte auch sie sich von den Fingern. Als sie sich beobachtet sah, lachte sie Mikael einfach an. »Man kann doch diesen köstlichen Saft nicht einfach auf die Erde tropfen lassen. Aber kommen Sie, wenn Sie fertig sind, ich zeige Ihnen jetzt Ihr Zimmer und dann können Sie von Kopf bis Fuß in eine Wasserwanne steigen. Die Mädchen haben sie gefüllt. Nur kalt ist das Wasser. Früher, als die Baisansons hier wohnten, gab es immer heißes Badewasser, aber für mich allein lohnt sich das nicht.«

»Wohnen Sie denn nicht in dem Herrenhaus?«

»Doch, aber ich benutze nur ein Zimmer, das übrige Haus ist geschlossen. Was soll ich damit?«

»Sie führen ein sehr bescheidenes Leben hier, vermissen Sie denn nicht den Luxus einer Stadt? Schließlich kommen Sie aus einer Weltstadt.«

»Auch mein Leben in Hamburg war sehr bescheiden, Mikael. Ich stamme aus einer einfachen Familie, mein Vater ist Buchhändler, und nachdem der Große Brand unseren Laden vernichtet hat, musste mein Vater mit einem Karren durch die Straßen ziehen, um wenigstens hin und wieder ein Buch zu verkaufen. Mein Leben hatte mit Luxus nichts zu tun.«

»Ich würde Ihnen gern ...«

»Bitte, Mikael«, unterbrach sie ihn schnell, »ich brauche keinen Luxus, ich brauche meine Freiheit, die ist mir viel, viel mehr wert als feine Kleider und schicke Hüte.« Sie sah ihn lächelnd an. »Aber ich verspreche Ihnen, heute Abend, wenn wir beide unseren Tagesschmutz abgewaschen haben, denn setze ich mich in einem hochanständigen Kleid zu Ihnen auf die Veranda und dann genießen wir bei einem feinen Hamburger Rotspon, den Senhor Baisanson im Keller vergessen hat, den Sternenhimmel über ›Pitanga‹, der ist nämlich einmalig hier.«

»Das hört sich sehr gut an.«

Mikael schöpfte wieder etwas Hoffnung, vielleicht lässt sie sich doch zu einem anderen Leben überreden, dachte er und überlegte, ob er wenigstens noch ein sauberes Hemd in den Satteltaschen hatte, das nicht nach Pferdeschweiß und Sattelseife roch.

32

Laura freute sich auf den Abend. Endlich hatte sie Gelegenheit, eines ihrer beiden neuen Kleider anzuziehen. Sie wählte das Hellbeigefarbene, zu dem sie ein passendes Haarband und gleichfarbige Schuhe gekauft hatte. Außerdem musste sie kein Korselett darunter tragen, denn die Passform war so zugeschnitten, dass ihre Figur auch ohne Fischbeinstäbchen gut zur Geltung kam. Rasch zog sie ihre Reitkleidung aus, entledigte sich des Hemdchens und der Leinenunterhose und stieg mit einem leisen Stöhnen wegen der Kälte in die Wasserwanne. Die duftende Seife, die sie sich in Petrolina gekauft hatte, versöhnte sie etwas mit dem eisigen Brunnenwasser, aber sie beeilte sich dennoch, das Bad schnell hinter sich zu bringen.

Erfrischt und noch ganz nass trat sie hinter den Paravent und rubbelte sich trocken. Ihr Anblick in dem großen Spiegel erfreute sie. Ich kann zufrieden sein, dachte Laura, als sie die durchtrainierte Figur betrachtete, ich bin nicht zu dick und nicht zu dünn. Die Proportionen stimmen und meine Rundungen sitzen an den richtigen Stellen. Dann schüttelte sie leise lachend den Kopf. Blödsinn, wer sieht schon meine Rundungen, die hinter Rüschen und Falten verborgen sind. Wir trinken ein Glas Wein, wir sprechen über die Zukunft und über Arbeitspläne und wir denken an einen Abschied, der uns monatelang trennen wird. Hoffentlich, überlegte sie, lässt er diese dummen Pläne mit der gemeinsamen Reise fallen. Ich kann hier nicht fort und ich will hier nicht fort. Das muss er verstehen, und wenn nicht, dann muss er sich eben trotzdem damit zufriedengeben.

Laura kleidete sich an, bürstete ihr Haar, bis die dunklen Locken glänzten, dann band sie sie zusammen. Nur ein paar Locken rechts und links ließ sie herunterhängen, sie fand, dass diese verspielten Strähnchen ihr Gesicht weicher machten und die Strenge verbargen, die sie sonst am Tag oft zeigen musste. Ganz zum Schluss tröpfelte sie sich einen Hauch Lavendelöl auf den Hals und nickte sich lächelnd zu. Hoffentlich gefalle ich ihm, dachte sie etwas eitel und etwas unsicher. Ich habe noch nie einen Herrn hier empfangen, und wenn schon unsere Tischmanieren zu wünschen übrig lassen, dann soll wenigstens dieser Abend ein kleiner Erfolg werden.

Laura ging nach draußen, winkte einen der Knechte herbei und bat ihn, zwei Korbstühle mit Kissen und den passenden Tisch aus dem Haus zu holen und auf der Veranda aufzustellen. Sie selbst ging in das sonst verschlossene Speisezimmer und holte aus einer Vitrine Gläser und danach aus dem Keller eine Flasche Hamburger Rotspon. Einen Korkenzieher legte sie daneben und zündete dann Kerzen an. Als alles vorbereitet war, setzte sie sich hin und beobachtete, wie die Dunkelheit hereinbrach und wie mit ihr die Stimmen der Nacht erwachten. Viel zu selten nehme ich mir die Zeit hierfür, dachte sie und schloss die Augen. Immer bin ich müde oder die Geschäftsbücher lassen mir keine Ruhe oder bei den Arbeitern gibt es Probleme, die ich lösen muss. Sie dachte an die kleinen Streitereien unter eifersüchtigen Männern oder an die Zankereien bei den Frauen oder auch an Schmerzen bei Kindern, die sich verletzt hatten oder krank waren. Der Umgang mit den Kindern liegt mir, meist genügen ein paar beruhigende Worte oder ein Lied und die Kleinen hören sofort auf zu weinen. Aber den Zankereien der Frauen und dem Streit zwischen Männern war ich lange Zeit nicht gewachsen. Dabei waren mir Joe und Raoul nie eine große Hilfe. Sie ergriffen immer die Partei des einen oder des anderen und der Ärger wurde eher noch größer als kleiner. Erst in den letzten Wochen, eigentlich seitdem die Baisansons fort sind, habe ich gelernt, mich durchzusetzen und mit den Sreitenden umzugehen. Schön ist es, so einen friedlichen Abend zu genießen.

Verblüfft blieb Mikael stehen und schaute auf das Bild, das sich ihm bot, als er um die Verandaecke kam. Ein Tisch, zwei Korbstühle, Kerzenschein und eine schlafende Prinzessin – war er in einem Märchen gelandet? Ganz leise ging er weiter und verfluchte im Stillen jedes knarrende Holzbrett unter seinen Stiefeln. Vorsichtig ging er näher und genoss die Schönheit dieses Anblicks. Laura wirkte in ihrem Kleid auf einmal so zart und so atemberaubend weiblich, wie er noch niemals eine Frau gesehen hatte. Sein Herz klopfte wild und trieb den Pulsschlag bis in die Schläfen.

Er ballte die Fäuste, um sich zu beherrschen und um zu verhindern, diese friedlich schlummernde Frau an sich zu reißen. Noch nie hatte er einen solchen Drang nach Hingabe gespürt wie bei diesem Anblick. Aber leise, um sich nicht zu verraten, ging er schließlich ein paar Schritte zurück. Er musste sich beruhigen, denn wenn sie plötzlich erwachte und ihn sah, wusste sie, dass er nicht mehr in der Lage war, sich zurückzuhalten. Sie würde erschrecken, ihn fürchten und das durfte auf keinen Fall passieren. Ein Mädchen wie Laura musste man umwerben, mit Sanftmut behandeln, mit Liebe verwöhnen. Ein Wesen wie das, was da vor ihm im Korbstuhl schlief, auf jeden Fall. Anders war es vielleicht mit ihr, wenn sie auf dem Pferd saß, mit dem Revolvergurt an der Hüfte und den Sporen an den Stiefeln. Aber welche von den beiden war es nun, zu der er sich hingezogen fühlte? War es die sanfte, die schöne, die zarte junge Frau? Oder war es die wilde, die eigensinnige, die spröde Herrin von ›Pitanga‹?

Mikael zweifelte an seinen eigenen Gefühlen, er wusste nur, dass sein Verlangen, diese Frau in seine Arme zu nehmen und nie wieder loszulassen, übermächtig war.

Leise ging er wieder zu dem Tisch und setzte sich vorsichtig, um jedes Knarren des Korbstuhles zu vermeiden. Den Anblick der schlafenden Laura wollte er so lange wie möglich genießen.

Vorsichtig löste er den Wachsverschluss vom Flaschenhals und zog den Korken heraus. Dann goss er den dunklen, duftenden Wein in die beiden Gläser und trank ein paar Schlucke auf das Wohl der Frau, die ihm schlafend gegenübersaß und nicht spürte, dass sich der laue Abendwind hoch oben in den Bäumen zu einem heftigen Sturm entwickelte. Beunruhigt beobachtete Mikael den Himmel.

Von den Sternen, die sie eigentlich betrachten wollten, fehlte jede Spur. Dunkle Wolken zogen von Westen heran. Außer dem Wind war nichts mehr zu hören. Die Töne der Nacht waren verstummt.

Plötzlich zerriss ein greller Blitz die Dunkelheit, ihm folgte ein krachender Donner und im gleichen Augenblick ging ein Sturzregen nieder, wie Mikael ihn noch nie erlebt hatte. Laura war aufgesprungen und lief die Verandastufen hinunter in die Nacht. Jetzt folgten Blitze und Donner in kürzesten Abständen und Mikael sah im grellen Schein, wie Laura zum Wirtschaftshof rannte. Er sprang über die Verandabrüstung und folgte ihr.

Wie ein grauer Vorhang stürzte der Regen herab und verbarg alles hinter seiner Wasserflut. Vom kleinen Türmchen auf dem Kapellendach läutete die Alarmglocke, fluchende Männer, kreischende Frauen, weinende Kinder, bellende Hunde und herumflatterndes, aufgescheuchtes Federvieh bildeten ein Chaos auf dem Wirtschaftshof. Dann sah Mikael Laura in der Menge. Sie teilte die Männer in Gruppen ein und schrie immer wieder: »Zuerst die Siele öffnen, dann die Gestelle hochschrauben, hört ihr? Erst die Siele, dann die Gestelle. Alle Siele, keins vergessen.«

Die Männer stürmten in die eine Richtung, die Frauen in die andere. Mikael folgte Laura, die so schnell rannte, dass er große Mühe hatte, sie nicht in dem Regenschleier aus den Augen zu verlieren.

Dann erkannte Mikael, was Laura mit ihren Befehlen meinte. Der Sturzregen füllte die Bewässerungsgräben rasend schnell. Um eine Überschwemmung der unteren Plantagengebiete zu vermeiden, mussten die Siele der einzelnen Gräben geöffnet werden, damit das Wasser, das sonst der Bewässerung diente, abfließen konnte.

Die Frau, die er noch vor wenigen Augenblicken schlafend erlebt hatte, stand regenüberströmt bis zu den Knien im Wasser und schraubte die einzelnen Siele auf. Mikael folgte ihr und den Männern und sprang wie sie von Graben zu Graben, um die Brettertore zu öffnen. Aber gegen den Regen waren sie machtlos. Das Wasser stieg und nach wenigen Augenblicken glich das tiefer liegende Farmland einem einzigen See, in dem sich die Blitze spiegelten. Keuchend vor Anstrengung richtete Laura sich schließlich auf. »Wir schaffen es nicht, wir kommen gegen diese furchtbaren Wassermassen nicht an. Wir müssen rauf zu den Trocknungsgestellen und die Bretter höher einsetzen, sonst schwimmt die ganze Ernte fort.«

Sie drehte sich um und rief den Männern zu: »Lauft rauf, die Bohnen retten«, und schon lief sie los, barfuß, wie Mikael jetzt sah, denn die Schuhe hatte sie wohl im Schlamm verloren. Er hetzte hinterher, auch die meisten Männer folgten ihr. Etwas höher gelegen reihten sich winzige Hütten aneinander. Die Frauen waren dabei, die Gestelle mit den getrockneten Bohnen in höhere Schienen zu verschieben, damit das Wasser, das nun auch hier hereinsickerte, sie nicht erreichte. Laura half und auch die Männer packten mit an.

Mikael sah sich um, Hunderte solcher kleinen Verschläge reihten sich hier aneinander. In jedem einzelnen lagerten die grauen Kakaobohnen auf einem Brettgestell, das man tagsüber hinaus in die Sonne zum Trocknen der Bohnen schieben und abends als Schutz vor der Feuchtigkeit der Nacht wieder hineinschieben konnte. Keuchend half er mit und bewunderte die Frauen, die immer zu zweit die schweren Bretter packten und nach oben verstellten. Meist verlor Mikael Laura aus den Augen, dann hörte er nur noch ihre Stimme, mit denen sie die Männer antrieb, schneller zu arbeiten.

Nach Stunden ließ der Regen etwas nach, die Blitze wurden seltener und das Donnergrollen verzog sich in die Ferne. Als das Tageslicht die Dunkelheit besiegte, wurde das ganze Ausmaß der Verwüstung deutlich. Große Teile der Plantage, die von hier aus zu übersehen waren, lagen unter Wasser, viele Kakaobäume waren reihenweise umgestürzt. Auch von der Trocknungsanlage waren nur noch die Dächer zu sehen. Den Wirtschaftshof und das Herrenhaus hatte die Überschwemmung nicht erreicht, aber auch hier hatte der lang anhaltende Sturzregen erhebliche Schäden verursacht.

Mikael suchte nach Laura. Schließlich entdeckte er sie unter einer Bananenstaude, die das Unwetter überstanden hatte. Weinend kauerte sie unter den Blättern. Mikael bückte sich. »Komm, Laura, ich bringe dich nach Hause.« Dann nahm er sie auf die Arme und trug sie den ganzen weiten Weg zurück in ihr Zimmer, wo er sie, nass und barfuß, wie sie war, auf ihr Bett legte und zudeckte.

Mellie, die ihn gesehen hatte, kam ihm nach und flüsterte: »Ich kümmere mich um sie«, dann drängte sie den fremden Mann aus dem Zimmer und entkleidete die immer noch weinende Herrin von ›Pitanga‹, rieb sie mit Handtüchern trocken und legte die Bettdecke über sie. »Alles wird gut, Patroa, alles wird wieder gut«, flüsterte sie ihr zu. »Ich hole jetzt heißen Kakao und dann geht es wieder besser.«

Mikael ging in sein Zimmer zurück, zog seine nassen Sachen aus, schüttete das Wasser aus seinen Stiefeln und legte sich ebenfalls ins Bett. Aber an Schlaf war nicht zu denken, er war viel zu aufgewühlt und die wildesten Gedanken schwirrten durch seinen Kopf. Konnte er nach dieser Katastrophe Laura endlich überreden, mit ihm zu kommen? Würde sie ›Pitanga‹ verlassen und einsehen, dass sie diesen Naturgewalten nicht gewachsen war?

Am Rande der Zivilisation zu leben bedeutet immer, Rückschläge hinzunehmen und zu überstehen, das muss sie doch endlich begreifen. Er dachte an das Desaster draußen vor der Tür, wo die wertvollen Kakaobäume reihenweise entwurzelt und umgestürzt waren, an die mühsam geernteten und getrockneten Kakaobohnen, die zentnerweise fortgeschwemmt worden waren, und an die verwüsteten Böden, die von Grund auf neu kultiviert werden mussten.

Sie kann sich diesem Unglück nicht allein stellen, sie ist eine Frau, eine in diesen Dingen völlig unerfahrene Frau. Meinetwegen suche ich ihr einen Verwalter, aber mit dieser Katastrophe muss ein Mann fertig werden, nicht eine junge Frau von nicht einmal einundzwanzig Jahren, die hier vollkommen fremd ist. Ich werde sie überreden, ich muss sie überreden, nahm er sich vor und stand wieder auf. Er kramte die letzten sauberen Sachen aus seinen Satteltaschen, zog sich wieder an und nur mit Mühe gelang es ihm, seine nassen Reitstiefel wieder über die Füße zu ziehen. Dann ging er nach draußen. Unten im Wirtschaftshof waren Männer und Frauen dabei, abgedeckte Hütten neu zu bedecken, herumliegende Äste und riesige Bananenblätter und Palmenwedel zusammenzufegen und die Kleidungsstücke zu trocknen, die sie in der Nacht getragen hatten. Die Sonne schien wieder mit unverminderter Kraft und der Himmel verriet nichts von der Katastrophe in der Nacht.

Der Wirtschaftshof war von der Überschwemmung nicht betroffen. Im Kochhaus rauchte der Schornstein und ein paar Frauen waren damit beschäftigt, die umgekippten Tische und Stühle wieder aufzustellen.

Mikael setzte sich an den kleinen Tisch unter dem Vordach, dessen Schatten spendende Blätter allerdings vom Wind davongetragen waren. Mellie brachte ihm heißen Kaffee und ein paar knusprige Weizenfladen und Joe stellte sich neben den Tisch und erklärte in seinem seltsamen Englisch: »Große Scheiße!«

»Ja«, nickte Mikael ihm zu, »und nun?«

»Viel, viel Arbeit. Arme Patroa.«

Mikael schüttelte den Kopf. »Keine Arbeit für Patroa, ich nehme sie mit.«

»Wohin?«

»Nach Europa, wo sie hingehört.«

»Nix Reise«, sagte Joe, »niemals.«

»O doch. Das hier ist kein Platz für eine europäische Lady. Miss Laura wird mit mir kommen, das muss sie jetzt endlich erkennen.«

Aber Joe meinte noch einmal: »Nix Reise!« Dann drehte er sich um und ging zurück zu den Arbeitern, die jetzt damit begannen, die Zäune auf den verschlammten Weiden zu reparieren, um die Pferde, die Kühe, die Schafe und die Schweine nach draußen zu treiben. Mit Erstaunen sah Mikael den Arbeitern zu. Die sind ja reine Selbstversorger hier, dachte er und bewunderte die Umsicht und die Vielfalt, mit der die Fazenda einst aufgebaut worden war.

Er hatte gerade sein Frühstück beendet, als Laura neben ihm Platz nahm. »Guten Morgen, Mikael, danke, dass Sie mich heute Morgen nach Hause gebracht haben.«

»Aber das war doch selbstverständlich. Wie geht es Ihnen jetzt?«

»Danke, müde bin ich, aber die Arbeit wartet nicht. Ich will die anderen Teile der Fazenda besichtigen, ich muss mir ein Bild über die Schäden machen.« Laura schnallte den Revolvergürtel ab, hängte ihn über die Stuhllehne und setzte sich.

»Sie wollen schon wieder ins Gelände?«

»Die Fazenda ist sehr groß, ich muss wissen, wie es in anderen Teilen aussieht. Vor allem will ich das Urwalddorf besuchen und sehen, wie die Menschen dort das Unwetter überstanden haben.«

»Ein Urwalddorf?«

»Senhor Baisanson beschäftigte auch Afrikaner, die ich übernehmen musste und um die ich mich jetzt kümmern muss. Sie sind noch nicht lange hier.«

»Sie beschäftigen Sklaven?«

»Ja, und man hat mir geraten, sie zu behalten. Bei mir haben sie Arbeit und Lohn und ein Dach über dem Kopf, woanders könnte das Leben sehr hart für sie sein – wurde mir gesagt.«

»Ich weiß, die Sklavenarbeit ist hier noch erlaubt. Auch in Recife kommen Schiffe aus Afrika an, aber in der Stadt selbst merkt man davon nichts mehr.«

»Ich bemühe mich, ihnen trotz aller Arbeit das Leben angenehm zu machen. Dazu gehört, dass ich die einheimischen Vorarbeiter unter strenger Kontrolle halte.«

»Dazu der Revolver?«

»Aber nein«, lachte Laura zum ersten Mal an diesem Morgen. »Den Revolver brauche ich für ungebetene Gäste. Die Wildkatzen und Affen muss man im Auge behalten und die Schlangen werden bei Regen zur wahren Plage. Dann suchen sie sich trockene Plätze in den Hütten, und wenn wir Pech haben, auch in unseren Betten.«

»Sie können tatsächlich schießen?«

»Senhor Baisanson hat mich mehr oder weniger gezwungen, es zu lernen. Aber unter uns, ich habe noch nie Gebrauch vom Revolver machen müssen.«

»Das beruhigt mich.«

»Mich auch«, sagte Laura und bat Mellie, ihr Kaffee und Maisfladen zu bringen. »Aber bitte mit Honig«, fügte sie hinzu.

Dann winkte sie Raoul heran, der in der Nähe stand: »Bitte, mach die Pferde fertig. Wir reiten in zehn Minuten. Nimm Proviant mit, vor dem Abend sind wir nicht zurück.«

»Jawohl, Patroa.«

Mikael sah sie überrascht an. »Sie wollen schon ausreiten?«

»Ja, natürlich, ich darf keine Zeit verlieren. Wenn ich noch etwas retten will, dann muss das sofort geschehen. Wollen Sie mitkommen?«

»Ich dachte eher an einen Heimritt in Richtung Recife. Mit Ihnen zusammen.«

»Mein Heim ist hier und nicht in Recife, Mikael.«

»Aber nach dieser Katastrophe sollten Sie sich gut überlegen, wie Ihre Zukunft aussehen sollte.«

»Vor allem muss ich wissen, wie meine Fazenda aussieht, und wenn ich das weiß, kann ich frühestens an mich selbst denken.«

»Dann verschiebe ich meinen Ritt und begleite Sie.«

»Ja, natürlich, gern.« Dann rief sie Raoul zu: »Proviant für drei Personen, bitte«, und verzehrte ihren Maisfladen, von dem goldgelber Honig auf den Teller tropfte.

»Wollen Sie mit Ihrem eigenen Pferd reiten oder lieber eins von unseren nehmen?«

»Das Pferd, mit dem ich hergekommen bin, gehört der Wechselstation. Ich würde lieber eines Ihrer Pferde nehmen, um das fremde Tier zu schonen. Es muss mich morgen dann sehr weit zurückbringen.«

Laura winkte Raoul noch einmal zu sich. »Bitte, mach auch ein Pferd für den Senhor fertig, er wird mit uns reiten.«

Raoul nickte missmutig, fremde männliche Begleitung mochte er gar nicht.

Mikael beobachtete Laura heimlich beim Essen. Von der anmutigen jungen Frau in dem schönen Kleid von gestern Abend war nichts mehr zu erkennen. Hier saß ihm eine selbstbewusste, wenn auch müde junge Frau gegenüber, die den ganzen Tag über arbeiten würde. Wollte er mit ihr zusammen sein, dann musste er mitkommen und sie unterstützen.

33

Laura und Raoul ritten nebeneinander, um die Lage zu besprechen und nach Lösungen zu suchen, Mikael folgte ihnen. Sie ritten an einem Hügel entlang, von dem aus man das weite Tal, in dem das Unwetter besonders stark gewütet hatte, übersehen konnte. Das Wasser lief langsam ab oder versickerte im Boden und machte die Zerstörung sehr deutlich. Laura zeigte auf die Trockengestelle. »Die neuen Hütten für das Trocknen werden hier oben auf den Hügel gesetzt«, erklärte sie Raoul.

»Aber dann müssen die großen, nassen Früchte hier heraufgeschleppt werden, das ist eine schwere zusätzliche Arbeit.«

»Die wir in Kauf nehmen werden, um so eine Katastrophe wie in der letzten Nacht zu vermeiden. Wir haben praktisch die gesamte Herbsternte verloren.«

»Die Arbeiter werden streiken, Patroa.«

»Dann streike ich mit dem Lohn, Raoul.«

Mikael mischte sich ein. »Man könnte eine Winde vom Tal hier herauf verlegen, mit der die Körbe hochgedreht werden.«

»So etwas gibt es?«, fragte Laura überrascht.

»Ja, die Winzer in den Weinbergen benutzen solche Winden.«

»Hast du gehört, Raoul, wir werden eine Winde anlegen, dann braucht niemand die Körbe heraufzuschleppen.«

»Und wer bewegt diese Winde?«

»Es gibt neue Dampfmaschinen, die das machen«, erklärte Mikael und freute sich, dass Laura so modern und aufgeschlossen auf seinen Vorschlag reagierte. Gleichzeitig dachte er: Wieso ermuntere ich sie zu modernen Maschinen, anstatt ihr die Arbeit hier zu vermiesen? Aber dann wiederum freute er sich, dass er nach wie vor neue Ideen hatte, mit denen er, wie immer erfolgreich, in die Zukunft schauen konnte.

»Also«, erklärte Laura abschließend und wendete ihr Pferd: »Wir bauen eine Winde, mal sehen, wer in Petrolina so etwas machen kann, dann werden die Trocknungshütten hier oben aufgestellt. Mit dem Bau fangen wir morgen an, denn die nächsten Früchte müssen geerntet werden, bevor sie auf die Erde fallen und zerplatzen, und dann wird das Tal aufgeräumt.«

»Was meinen Sie damit, Patroa?«

»Die Siele und die Abflussgräben müssen vergrößert werden. Dieser Kleinkram nützt uns gar nichts, das haben wir in der Nacht gesehen. Der erste schwere Regen und alles ist übergelaufen oder verstopft.«

»Wir hatten noch nie so einen großen Regen, Patroa.«

»Aber irgendwann kommt er und dann ist es zu spät, darauf zu reagieren. Wir müssen an die Zukunft denken und nicht an die Vergangenheit.«

»Aber wer soll all die Arbeit machen? Wir haben nicht genug Arbeiter.«

»Dann werden wir Arbeiter aus Petrolina kommen lassen. Saisonarbeiter nennt man die. Sie kommen für eine Saison, machen die notwendigen Arbeiten und gehen wieder.«

»Und wo sollen sie wohnen?« Raoul war skeptisch und um seinen Einfluss bei der Patroa besorgt.

»In Zelten. Wie Soldaten, wenn sie im Einsatz sind.«

»Aha. Und wer bestimmt über ihre Arbeit und passt auf sie auf?«

»Sie haben ihre eigenen Vorarbeiter und denen sage ich, um was es geht.«

Mikael sah dem Mann an Lauras Seite deutlich an, wie unzufrieden und missmutig er über all die neuen Ideen seiner Patroa war. Mit dem wird sie ihre Schwierigkeiten bekommen, dachte Mikael und schwieg. Aber heute Abend werde ich ihr das ganz deutlich sagen. Ich will sie wenigstens gewarnt haben, wenn ich schon sonst keinen Einfluss auf sie habe.

Laura wendete ihr Pferd und ritt jetzt auf einem kaum erkennbaren Weg direkt nach Süden. Als sie wenig später den Regenwald erreichten, übernahm Raoul die Spitze und schlug mit einer langen Stange gegen die herunterhängenden Lianen, bevor sie unten durchritten. Dabei fiel so manche wunderschöne Orchideenrispe dem Schlag zum Opfer.

»Warum tut er das?«, fragte Mikael, der am Schluss ritt.

»Es könnten Schlangen sein, die genauso aussehen wie die Lianen, die als Schmarotzer die Bäume nutzen, und die Schlangen könnten sich auf uns fallen lassen, wenn wir sie berühren.«

»Laura, müssen Sie so gefährlich leben?«

»Ach, Mikael, es gehört dazu. Ich habe mich daran gewöhnt, und wenn man die Gefahren kennt, kann man sie meiden.«

»Und woher wissen Sie so genau Bescheid?«

»Ich lerne jeden Tag ein bisschen dazu und Senhor Baisanson ist monatelang mit mir im Dogcart über die Fazenda gefahren und hat mir alles erklärt. Außerdem ist Raoul ein guter Führer, er ist hier groß geworden.«

»Sie vertrauen ihm Ihr Leben an?«

»Er ist Joes Bruder und Joe ist mein bester Freund hier draußen.«

»Laura, ich würde gern Ihr bester Freund sein, aber Sie machen es mir verdammt schwer.« Mikael kam neben sie, der schmale Weg erlaubte es für eine kurze Zeit, und sah sie an. »Sie wollen mich nicht verstehen, nicht wahr?«

»Mikael, ich verstehe Sie sehr gut. Aber Ihre Pläne haben nichts mit meinen Plänen zu tun. Wenn Sie morgen zurückreiten, trennen sich unsere Wege für viele Monate. Ich weiß nicht, ob eine Freundschaft eine solche Trennung überlebt.«

Der Weg wurde wieder schmal und Mikael musste zurückbleiben. Eine Antwort hätte er ihr jetzt zurufen müssen und das wollte er nicht im Beisein dieses Indios, der schon jetzt und ohne jeden Grund eifersüchtig war.

Gegen Mittag erreichten die drei Reiter das Sklavendorf.

Das Gewitter und der gewaltige Sturzregen hatten hier nichts angerichtet. Die Männer und Frauen arbeiteten am Rande des Waldes und hatten bereits große Strecken des abgesteckten Geländes gerodet. Sie waren jetzt dabei, die Erde einzuebnen und Gräben anzulegen, in die dann die neuen Setzlinge gepflanzt werden konnten.

»Raoul, wir werden morgen mit dem Pflanzen beginnen. Sprich bitte mit dem Vorarbeiter, der wohl auch ihr Häuptling ist, und erkläre ihm, wo die Kakaopflanzen hinkommen und wo die Schattenbäume Platz finden müssen.«

»Wer übernimmt die Arbeit und wer hat das Kommando?«

»Ich schicke Rodriges hierher, er versteht etwas von der Sprache und ist zuverlässig.«

»Gut.«

Während Raoul mit dem Afrikaner sprach, ritten Laura und Mikael zum Dorf zurück. »Das sieht alles sehr sauber und ordentlich aus. Ich habe schon andere Sklavendörfer gesehen, in denen nicht einmal ein Hund leben wollte.«

»Ich achte auf eine anständige Behandlung. Wenn diese Leute schon für mich arbeiten, dann sollen sie wenigstens ein ordentliches Zuhause haben.«

»Sie haben sehr kostspielige Prinzipien. Laura.«

»Ich brauche nicht viel für mich selbst. Das, was ich durch die Fazenda verdiene, wenn es überhaupt einmal dazu kommt, stecke ich auch wieder hinein. Das habe ich von meinem Vater gelernt. Sobald er ein paar gute Bücher verkauft hat, hat er neue besorgt, so war sein Laden immer gut bestückt und die Leute honorierten das. Bis es zum Brand kam, danach ging es nur noch bergab.«

»Damals der Brand in Hamburg, heute die Katastrophe auf ›Pitanga‹, hoffentlich erleben Sie nicht das gleiche Schicksal wie Ihr Vater.«

»Ich arbeite mit der lebenden Natur und nicht mit Büchern. Was ich in den Händen halte, erneuert sich von selbst, es wächst ständig nach. Das ist ein großer Vorteil. Und ich stehe am Anfang meines Lebens und nicht am Ende wie mein Vater.«

Raoul war zu ihnen zurückgekommen. Sie banden die Pferde am Waldrand an ein paar Bäume, die Raoul vorher mit der Stange abgeklopft hatte, sattelten die verschwitzten Tiere ab und setzten sich im Schatten auf die Satteldecken zum Picknick. Die Köchin hatte ihnen Maisfladen, kalten Braten und Flaschen mit Zitronenlimonade eingepackt.

Mikael beobachtete das Dorf. Ein paar alte Frauen, die für die Wald- und Feldarbeit zu schwach waren, beaufsichtigten die Kinder, eine kochte am offenen Feuer irgendeinen Brei, eine andere rupfte ein paar tote Wildenten. Wahrscheinlich das Abendessen für die Arbeiter, dachte Mikael und genoss die Stille. Nach dem Essen streckte er sich auf der Satteldecke aus, denn Laura hatte eine Stunde Pause angeordnet, damit die Pferde sich erholen konnten. Raoul suchte Gras und Laub zusammen, mit dem er die Pferde fütterte, dann tränkte er sie und streckte sich ebenfalls zu einer kurzen Siesta aus. Nur Laura blieb im Schatten sitzen. Sie hatte sich einen Papierblock und einen Stift aus der Satteltasche geholt und machte sich Notizen.

»Was notieren Sie sich?«, fragte Mikael und rieb sich die müden Augen.

»Ich schreibe das Datum auf, den Beginn der Pflanzung, die Sorte der Kakaobäume, die Größe und die Dauer der Rodung und die Anzahl der Arbeiter. Dann weiß ich später, was wann hier gemacht wurde, und kann mich bei anderen Gelegenheiten nach diesen Notizen richten.«

»Sie sind sehr genau in Ihren Planungen.«

»Das muss ich. Die Fazenda ist zu groß, um ohne Notizen den Überblick zu behalten.«

»Wie viele Hektar umfasst sie denn?«

»Ich weiß es nicht. Ich weiß nur, dass ich in all den Monaten und bei meinen vielen Ritten noch nirgends an ihre Grenzen gelangt bin. Der einzige Zaun, den ich kenne, ist der am Eingang, wenn man von Recife aus herkommt.«

»Sie könnten sich verirren?«

»Ich nehme immer Begleiter mit, die sich auskennen, weil sie hier aufgewachsen sind.«

»So wie Raoul.«

»Ja, so wie Raoul.«

Der Mann, der seinen Namen hörte, richtete sich auf. »Weiterreiten?«

»Ja, Raoul, nach Hause reiten.«

Die drei sattelten ihre Pferde, Laura winkte den zurückbleibenden Frauen zu und dann tauchten sie wieder ein in die feuchte Schwüle des Regenwaldes: Raoul mit seiner langen Stange vorn, Mikael zum Schluss und in der Mitte Laura, die sich freute, genügend Bälle, Puppen, Steckenpferde und Reifen gekauft zu haben, um auch diese Kinder hier mitten im Urwald zu Weihnachten beschenken zu können.

Auf dem Wirtschaftshof angekommen, übergaben sie die Pferde einem Knecht, Raoul wusch sich in der Pferdetränke und Mikael und Laura gingen zum Herrenhaus, um sich umzuziehen.

»Treffen wir uns nachher wieder auf der Veranda?« Mikael sah Laura fragend an. »Wir wollten doch die Sterne betrachten.«

»Gern. In einer Stunde bin ich fertig. Ich muss die Notizen, die ich mir unterwegs gemacht habe, ergänzen, sonst vergesse ich die Hälfte, und dann bitte ich Mellie, uns das Abendessen hier oben zu servieren. Ausnahmen bestätigen die Regel, nicht wahr?«

»Ausnahmen?«

Laura lachte, »Sind Sie etwa keine Ausnahme? Ich ziehe es vor, mit den Arbeitern zu essen, ich möchte nicht gern die Patroa sein, die sich als Herrin aufspielt, ich möchte gute und enge Kontakte zu den Leuten und ihren Frauen, und dazu gehört für mich, mit ihnen an einem Tisch zu sitzen und zu essen.«

»Ich bewundere Ihre Methoden, Laura, wir stimmen in vielen Dingen überein.«

»Nur in vielen Dingen? Wobei fehlt's denn noch?«, Laura lachte und sah ihn herausfordernd an.

»Natürlich meine ich unsere gemeinsamen Reise zurück nach Europa, einen Plan, den ich allerdings noch nicht aufgegeben habe.«

»Können wir später darüber reden?«

»Natürlich.«

Sie hatten die Veranda erreicht und gingen in ihre Zimmer. Laura freute sich auf den Abend, sie hatte nie Besuch und sie wollte diesen vermutlich letzten Abend mit ihrem Gast genießen. Als eines der Mädchen kam, um das Badewasser einzulassen, bat Laura: »Bitte sagen Sie Mellie, ich würde heute ausnahmsweise gern auf der Veranda zu Abend essen, sie möchte doch heraufkommen und das mit mir besprechen.«

»Gern, Patroa.«

Als Laura allein war, zog sie sich aus und stieg in die Wanne. Das kalte Wasser versetzte ihr einen leichten Schock, aber dann tat es gut, die Hitze, den Staub des Tages und auch die Angst um die Plantage, die zum Glück nicht überall verwüstet war, abzustreifen. Sie seifte sich genussvoll mit der duftenden Seife aus Petrolina ein, genoss den Geruch nach Veilchen und Jasmin für einen Augenblick, wusch alles ab und stieg aus dem Wasser. Eine Stunde war schnell vorbei und sie wollte sich in Ruhe für das Zusammensein mit ihrem Gast fertig machen.

So schrieb sie rasch ihre Notizen über die Fazenda in eines ihrer Geschäftsbücher und sah sich dann im Zimmer um. Eine Auswahl an Garderobe hatte sie nicht mehr. Nachdem das Kleid von gestern im Schlamm verschmutzt und vom regennassen Gestrüpp zerrissen worden war, blieb ihr nur noch das altrosa Kleid mit dem dunkelroten Samtband als Gürtel und dazu das gleiche Haarband. Auch hierfür hatte sie die passenden Schuhe. Hm, dachte sie, die Schuhe gestern sind irgendwo im Schlamm stecken geblieben. Vielleicht finden die Arbeiter sie, wenn das Wasser abgelaufen ist, aber ob ich sie jemals wieder anziehen kann, ist danach fraglich.

Sie lächelte sich im Spiegel an und zuckte mit den Schultern. Macht nichts, dachte sie, bis ich wieder einmal Besuch von irgendwem bekomme, kann ich mir bestimmt in Petrolina ein neues Kleid und passende Schuhe dazu kaufen. Gott sei Dank wird jetzt an einer schnellen Straße dorthin gebaut. Dann erreichen wir die Stadt mit der Kutsche an einem Tag und müssen nicht übernachten.

Laura kleidete sich fertig an. Mit Vergnügen besah sie sich nochmals im Spiegel. Die Farbe passt zu meinen Haaren, die durch die viele Sonne einen rötlichen Schimmer bekommen haben, überlegte sie und drehte sich nach allen Seiten. Und dann war sie doch ein ganz klein wenig traurig, weil, wenn Mikael bald abreiste, kein anderer Mensch käme, der sie vielleicht bewundern würde.

Männer, überlegte sie, in den Romanen wird so viel von Gefühlen, von Zuneigung und von Liebe erzählt, aber was ist das alles? Mit Albert Baisanson verbanden mich Gefühle, aber die hatten nichts mit Liebe und Zuneigung zu tun. Viel eher habe ich immer Mitleid mit ihm gehabt, wenn er mich mit seinen Augen anbettelte und meine Hände küsste. Dann geriet auch mein Blut in Wallung.

Aber das war doch nicht die Liebe, die in den Romanen so verlockend ausführlich beschrieben wird. Zur Liebe zwischen Mann und Frau gehört eben auch Leidenschaft. Und welche Männer kenne ich? Nur den verheirateten, todkranken Albert kannte ich und nun Mikael, der morgen wieder abreist. Ob ich ihn jemals wiedersehe, ist eine große Frage. Vielleicht bleibt er ganz in Schweden und übernimmt die Erzgruben von seinem Vater? Nicht einmal er selbst weiß das.

Mellie klopfte an die Tür. »Komm herein, Mellie, es ist offen.«

»Sie wollten mich sprechen, Patroa?«

»Ja, Mellie. Unser Gast reist morgen wieder ab und da wollte ich mit ihm ein Abendessen hier oben auf der Veranda einnehmen. So mit Wein und Kerzenschein und hoffentlich dieses Mal ohne ein Unwetter. Was könntest du uns zubereiten?«

»Wir mussten ein paar Hühner schlachten, die sich gestern in dem Chaos verletzt hatten. Ich könnte ein Huhn braten, das mit gehacktem Fleisch, Zwiebeln und verschiedenen Kräutern gefüllt wird. Ich könnte das in einer Stunde servieren. Und dazu würde ich überbackene Auberginen machen. Die beiden Gerichte habe ich von der französischen Köchin gelernt.«

»Das hört sich wunderbar an. Lauf und mach uns dein köstliches Abendessen. Und schon mal vielen Dank, Mellie.«

»Aber gern, Patroa. Darf ich noch etwas sagen?«

»Ja, natürlich.«

»Sie sehen wunderschön aus, noch schöner als gestern, und das war schon wunderschön. Gefällt Ihnen der Senhor?«

Laura lächelte und schüttelte den Kopf. »Er ist ein Gast und für Gäste muss man sich immer gut kleiden. Doch, er gefällt mir, aber morgen reist er vielleicht für immer ab. Da bin ich lieber vorsichtig mit meinen Gefühlen.«

»Ach, wie schade. Aber mir gefällt er, das darf ich doch sagen?«

»Natürlich, Mellie, und nun kümmere dich um das Essen.«

»Jawohl, Patroa.«

Auch Mikael hatte sich auf diesen letzten Abend gut vorbereitet. Bei der Auswahl der Garderobe hatte er keine großen Möglichkeiten, aber da eine der Wäscherinnen seine Reisekleidung, mit der er hier angekommen war, inzwischen gewaschen und mit dem Kohleeisen gebügelt hatte, konnte er wenigstens ein frisches Hemd und eine saubere Reithose anziehen. Dann polierte er die immer noch feuchten Reitstiefel, bis sie glänzten, und zog dicke Socken an, damit er die Nässe nicht so spürte. Statt einer Krawatte trug er ein buntes Halstuch und die Manschetten des Hemdes schloss er nicht mit den primitiven Messinghaken wie sonst, sondern mit goldenen Manschettenknöpfen. Ein Luxus, den er sich gegönnt hatte, als die Verträge mit dem Staat für das Vorkaufsrecht im Küstenland unterzeichnet waren. Er hatte sein Familienwappen eingravieren lassen und gebrauchte sie aus Angst, sie zu verlieren, nur ganz selten. Aber für die Reise nach ›Pitanga‹ hatte er sie eingesteckt und gestern einfach vergessen. Gott sei Dank, dachte er jetzt, in dem Unwetter hätte ich sie bestimmt auch noch verloren.

Der groß gewachsene, kräftige Mikael war nicht eitel, aber er war mit sich und seiner Erscheinung zufrieden. Sein Körper war von der schweren Arbeit, die er nie scheute, durchtrainiert. Er nickte wohlwollend seinem Spiegelbild zu. Heute Abend muss ich einen guten Eindruck machen. Schließlich geht es um meine und Lauras Zukunft. Ich möchte ihr die Reise mit mir so verlockend machen wie möglich. Und nicht nur die Reise.

34

Das Essen war vorzüglich, Mellie hatte sich selbst übertroffen und war sehr glücklich, die Patroa von ihren Kochkünsten überzeugt zu haben. Auch Laura genoss den Abend. Die Strapazen der vergangenen Stunden hatte sie verdrängt, die Pläne für die Wiederherstellung der zerstörten Flächen hatte sie im Kopf und nun freute sie sich einfach, als junge hübsche Frau dem Mann gegenüberzusitzen, der für lange Zeit ihr einziger Gast gewesen sein würde.

Für Mikael verlief der Abend nicht so, wie er ihn sich vorgestellt hatte. Er saß in seinem Korbstuhl, war aber an diesem schön gedeckten großen Tisch von seinem Gegenüber zu weit weg – von der Frau, die er heute, an seinem letzten Abend auf ›Pitanga‹, von sich, seinen Plänen und vor allen Dingen von seinen Gefühlen überzeugen wollte.

Laura, die als Abschluss des Abendessens wieder eine Flasche vom feinen Hamburger Rotspon auf den Tisch gestellt hatte, bat ihn: »Bitte, Mikael, würden Sie die Flasche öffnen?«

»Natürlich, gern.« Mikael ergriff die Flasche, löste den Wachsverschluss und nahm den Korkenzieher in die Hand. Dann zögerte er und sah Laura nachdenklich an.

Laura lachte. »Was ist los? Erinnert Sie die verschlossene Flasche an Ihr schlafendes Gegenüber von gestern Abend?«

Mikael sah zu den Bäumen hinauf, die das Haus umgaben. »Nicht nur an mein schlafendes Gegenüber, sondern an den Wind in den Kronen der Bäume, der dann zu einem Sturm wurde und dann zur Katastrophe.«

Nachdenklich geworden, schaute Laura nun auch hinauf. »Es ist alles still, ich höre nur die Grillen, die Eulen und die Frösche. Da ist kein Wind, kein Sturm und kein drohendes Unheil.«

Mikael, noch immer die verschlossene Flasche in der Hand, sah sie nachdenklich an. »Gestern wollten Sie mir die Sterne über ›Pitanga‹ zeigen, da kam der Sturm dazwischen, heute würde ich sie mir gern ansehen, aber hier haben wir das Verandadach dazwischen. Wäre es nicht schöner, mit der Flasche und den Gläsern hinunter zur Rasenbank zu gehen, wo der Himmel frei zu sehen ist und nichts den Anblick der Sterne verhindert?« Mikael hoffte inständig, dass Laura seine Bitte akzeptieren würde, denn auf einer Bank saß man nebeneinander, konnte sich vorsichtig oder auch versehentlich berühren.

»Das ist eine gute Idee«, stimmte Laura sofort zu, denn die Sterne wollte sie ihm wirklich gern zeigen. Sie liebte das leuchtende Kreuz des Südens und die vielen anderen Himmelsbilder, sie hatte in einem alten Atlas nachgelesen, was sie bedeuteten, und fühlte sich ihnen, die den Himmel so nahebrachten, eng verbunden.

Mikael öffnete die Flasche, füllte die Gläser und nahm sie vorsichtig in eine Hand. Die andere reichte er Laura, um sie die Stufen hinab zu geleiten und zur Bank zu führen. Dann setzten sie sich und Mikael reichte ihr eines der Gläser. »Ich möchte mich ganz herzlich für Ihre Gastfreundschaft bedanken, liebe Laura«, versuchte er ein Gespräch zu beginnen, von dem er sich eine weitere Annäherung erhoffte.

»Aber ich bitte Sie«, erklärte Laura bescheiden, »von Gastfreundschaft kann kaum die Rede sein. Wir haben uns etwas besser kennengelernt und dann hat der Spuk der vergangenen Nacht uns ganz schnell von jeder höflichen Floskel befreit.«

»Wir könnten das Kennenlernen noch etwas nachholen.«

»Wie meinen Sie das?«

»Laura, ich würde mich überaus glücklich schätzen, wenn ich Sie mit dem ›Du‹ anreden dürfte.«

»Ach, Mikael, meinen Sie etwa dieses Brüderschafttrinken, bei dem wir dann beide mit verschlungenen Armen an unseren Gläsern nippen?«

»Auf die verschlungenen Arme könnte ich verzichten«, Mikael sah ihr in die Augen, die ihm so nah und doch so fern waren, »auf den Kuss, der dann folgt, würde ich nicht gern verzichten.«

»Ach – ein Kuss gehört auch dazu?«

»Bitte, Laura.« Er griff nach ihrer Hand, aber Laura versuchte, sie ihm zu entziehen. Sie musste sofort an Albert denken, der immer ihre Hände küssen wollte. Mikael, der die Abweisung sofort begriffen hatte, versuchte einen Fehler, von dem er gar nicht wusste, dass er ihn begangen hatte, zu berichtigen. »Bitte, Laura, ich wollte doch nur Ihre Nähe spüren.«

»Sie müssen nicht meine Hand küssen, um ein ›Du‹ zu besiegeln.«

»Dann darf ich, bitte, Laura, Sie auf den Mund küssen?«, fragte er sehr höflich, denn von Etikette verstand Mikael eine Menge, darin hatte seine Mutter ihn bestens erzogen.

»Ja, gern.«

Behutsam, um sie nicht wieder zu erschrecken, legte Mikael ihr den Arm um die Schulter, zog sie ein klein wenig zu sich heran und berührte mit seinem Mund ihre leicht geöffneten Lippen.

Aus einem ihr selbst nicht erklärlichen Impuls heraus hatte Laura beschlossen, einen Kuss zu erlauben, sie wollte endlich wissen, wie er sich anfühlte und welche Gefühle er weckte. Sie spürte die zärtlichen Bewegungen seiner Zungenspitze und erwiderte sie sehr vorsichtig. Schön ist das, dachte sie, schön und leicht und sehr eigenartig.

Dann fühlte sie seine Hand auf ihrer Schulter, die ein wenig energischer wurden, und fragte sich, ob dieser Mann spürte, was er damit auslöste. Ihr Herz pochte stark und trieb den Pulsschlag an, der plötzlich ihr Blut in Wallung brachte. Sie schloss die Augen, denn sie ertrug es plötzlich nicht mehr, in seine Augen zu schauen, die sie so verlangend anblickten. Das waren Augen, die nicht bettelten, das waren Blicke, die verlangten und die bereits Zeichen des Sieges zeigten. Nein, dachte sie, in diese Augen kann ich nicht schauen, ich würde mich verraten, meine Augen würden bestätigen, was seine bereits wussten, dass ich – ach, mein Gott –, dass ich bereit zu allem bin. Es ist wunderschön, geküsst zu werden, es ist wie ein Traum, wie die Erfüllung einer Sehnsucht, von der ich gar nicht wusste, dass es sie gibt.

Dann spürte sie, dass sich sein Mund von ihren Lippen löste. Nein, dachte sie, das ist zu früh, es fing doch gerade erst an, es war so köstlich, ihn zu spüren.

Mikael fühlte sehr genau, was in Laura vorging. Auch er war unerfahren im zärtlichen Umgang mit einer geliebten Frau, aber er wusste instinktiv, was richtig war und was folgen musste. Er unterdrückte seine aufkommende Lust, die verlangend in ihm hochstieg. Dann stellte er die beiden Weingläser neben sich auf den Erdboden. Behutsam nahm er Lauras Gesicht in seine beiden Hände, schaute ihr tief in die Augen und sagte lächelnd: »Danke für das wunderschönste ›Du‹ auf der ganzen Welt.«

Laura, noch immer erregt und wartend, wollte, dass dieses innige Gefühl der Gemeinsamkeit erhalten blieb, und zögerte nicht, seine Hände, die noch immer ihr Gesicht hielten, festzuhalten, die Lippen begehrlich zu öffnen. Dieser Mann hatte Gefühle in ihr geweckt, die sie nun nicht einfach unterdrücken konnte. Und ihre Augen, die ihn erwartend anschauten, fragten: »War das alles?«

Mikael verstand sie sofort und zögerte nicht mit der Antwort. Seine Hände umschlossen immer noch ihr Gesicht. Und jetzt neigten sich seine Lippen dem wartenden Mund entgegen und beide verloren sich in einem endlosen, die Liebe, das Glück, die Gewissheit der Gemeinsamkeit umfassenden Kuss.

Dann lösten sich Mikaels Hände von Lauras Gesicht, umarmten ihre Schultern und zogen sie ganz eng an sich. Endlich spürte er ihren Körper, diese verlockenden Rundungen ihrer Brüste, ihre festen Schultern und Schenkel – und endlich – das heftige Klopfen ihres Herzens an seiner Brust. Da wusste er, ich habe es geschafft. Ich habe sie überzeugt, ich habe sie gewonnen und ich werde sie für immer festhalten. Mit dem Klopfen ihres Herzens an meinem Herzen und mit der Wärme ihres Körpers an meinem Leib habe ich sie gewonnen.

Aber Mikael irrte sich. Gewonnen hatte er Lauras Gefühle für den Mann an ihrer Seite. Das bedeutete aber nicht, dass sie dafür die Fazenda aufgeben würde. Laura war eine typische Hanseatin mit Pflichtgefühl. Sie hatte die Fazenda übernommen und mit ihr die Aufgabe, für Hunderte von Menschen zu sorgen, und dieser Verpflichtung konnte und wollte sie sich nicht entziehen.

Doch auch diese Gedanken spürte Mikael, und bevor sie in Worte gefasst wurden, ließ er die Liebe sprechen. Er öffnete zärtlich die feinen kleinen Knöpfe ihres Kleides, entblößte den Hals, später die Schultern, streichelte, küsste und liebkoste die Haut, die sich ihm darbot, stand schließlich auf und reichte Laura beide Hände. »Komm, mein Liebling, lass uns nicht warten, lass uns nicht zögern, lass uns diese wunderbare Zuneigung, die uns verbindet, besiegeln, mit dem besiegeln, was uns verbindet, mit der Liebe unseres Lebens.« Und Hand in Hand gingen Mikael und Laura hinauf auf die Veranda und dann hinein in das Zimmer, in dem es zart nach Lauras Parfum duftete. Und vergessen waren die Gläser mit dem feinen Hamburger Rotspon unten auf dem Rasen.

Als das Licht des Tages die Dunkelheit der Nacht vertrieb und die ersten Sonnenstrahlen durch das Grün des nahen Dschungels brachen, als die Eulen, Aras und Frösche ihre Nachtmusik beendeten und die Kolibris den Tag begrüßten, stand Mikael auf und zog sich an. Dann setzte er sich auf den Bettrand neben Laura, nahm ihre Hand und sagte leise: »Komm, mein Liebling, wir müssen aufstehen.«

Laura, noch ganz verschlafen, sah den Mann neben sich an. Sie hatte ihn so geliebt, sie hatte sich ihm hingegeben und seinen Dank gespürt, sie hatte ihn besiegt und er hatte sie erstürmt, sie hatte ihn bezwungen und er hatte sie überwältigt, sie waren eins geworden und sie waren glücklich gewesen. Aber warum weckte er sie jetzt, warum störte er die beglückenden Nachwirkungen, die überströmenden Empfindungen, die Schwere der Gefühle, die ihren Körper noch beherrschten?

»Was meinst du? Warum müssen wir aufstehen?«

»Liebling, wir müssen aufbrechen. Wir können keinen Tag länger warten, sonst verpassen wir unser Schiff.«

Mit einem Schlag war Laura hellwach und setzte sich im Bett auf. »Welches Schiff?«

»Hast du die Reise nach Europa vergessen? Ich muss mich um meinen Vater kümmern, wir müssen zu deinen Eltern fahren, ich will um deine Hand anhalten und ihren Segen erbitten. Hast du das alles vergessen?«

»Was willst du?« Laura war fassungslos. »Mikael, wir haben nichts dergleichen besprochen, ich habe in keine gemeinsame Reise eingewilligt und zu meinen Eltern will ich schon gar nicht. Sie würden mich als billige Arbeitskraft in Hamburg festhalten und jeden meiner Pläne für eine eigene Zukunft zunichte machen. Nein, Mikael, hier liegt ein Missverständnis vor, ein riesengroßes Missverständnis, denn mein Leben spielt sich hier auf ›Pitanga‹ ab und daran wird sich nichts ändern.«

Mikael, zunächst fassungslos, dann sehr schnell konzentriert, nahm Laura fest in die Arme. »Liebling, wir haben in dieser Nacht unsere wunderbare Liebe besiegelt. Ich will dich heiraten, ich will dich an meiner Seite haben, ich will, dass nichts und niemand uns trennt, ich will …«

»Halt«, Laura löste sich aus seinen Armen. »Du willst und willst und willst. Und du fragst nicht einmal, was ich will. Aber das kann ich dir sehr genau sagen: Ich würde gern deine Frau werden wollen, aber nur, wenn ich auch in aller Bescheidenheit sagen darf, was ich will.«

»Und was wäre das?«

»Ich will glücklich sein mit dir, ich will dich lieben und achten dürfen und ich will, dass du Rücksicht auf meine Bitten nimmst. Fahr du nach Schweden und dann komm so schnell wie möglich zurück, zurück zu mir, in meine Arme und in dieses Bett. Ich warte hier auf dich, das verspreche ich dir von ganzem Herzen.«

Bestürzt sah Mikael die Frau an seiner Seite an. Hatte er sie mit seiner Liebe nicht überzeugt? Waren sein Begehren und die gemeinsame Erfüllung nicht stark genug gewesen? Hatte sein Verlangen nicht gereicht, ihren Widerstand zu brechen, ihr klarzumachen, dass es von diesem Augenblick an nur noch eine gemeinsame Zukunft geben konnte?

»Laura, wir sind eins geworden in dieser Nacht, unsere Körper haben die Erfüllung gefunden, die wir ersehnt und gesucht haben. Wir lieben uns, wir können uns nicht mehr trennen, wir gehören ganz einfach und ganz fest zusammen.«

Aber Laura ließ sich nicht umstimmen. Sie begehrte diesen Mann, wie er sie begehrte, aber sie konnte dieses Begehren nicht vor ihre Verpflichtungen stellen, das ging einfach nicht und das musste er einsehen. Wenn er sie wirklich so liebte, wie er behauptete, dann musste er ihre Wünsche respektieren und das eigene Begehren zurückstellen. Einen Menschen zu lieben bedeutet auch, eigene Wünsche aufzugeben und auf persönliche Vorlieben zu verzichten. Es muss ein Geben und Nehmen, ein Schenken und ein Loslassen geben, sonst kann es keine Zweisamkeit geben, dachte sie und stand auf. Sie musste ihm jetzt aufrecht gegenüberstehen, um ihre Wünsche durchzusetzen.

So zog sie ihren Morgenmantel über und stellte sich vor ihn, freundlich lächelnd, aber bestimmt im Ton, und erklärte: »Mikael, ich danke dir für deine Liebe, für deine Zuneigung und für die wundervollste Nacht in meinem ganzen Leben. Aber jetzt werden wir Abschied nehmen. Du fährst nach Schweden und ich warte hier auf dich. Und wenn du zurückkommst, überlegen wir gemeinsam, wie unser Leben in Zukunft aussehen wird.«

Aber Mikael sah sie ernst an und in seiner Stimme lag eine nicht zu überhörende Anspannung: »Laura, ich kann nicht ohne dich reisen, ich weiß noch gar nicht, wie sich mein Leben und meine Zukunft in Schweden entwickeln. Ich möchte zurückkommen, ich möchte meine Arbeit, die ich mit wirklich gutem Erfolg hier begonnen habe, fortsetzen, aber die Ungewissheit begleitet mich und wird mich zermürben, wenn ich nicht weiß, dass du für immer an meiner Seite bist. Du bist eine starke Frau, das habe ich vom ersten Augenblick an gewusst, deine Stärke und Unterstützung brauche ich, um meinen Willen meinen Eltern gegenüber und den Pflichten, die ich in Schweden habe und von denen sie mich überzeugen werden, durchzusetzen. Du musst verstehen, ich fühle mich zerrissen zwischen meiner Vergangenheit mit den Verpflichtungen und meiner Zukunft mit den wunderbaren Plänen, die ich habe. Auch ich bin nur ein Mensch, der noch Träume hat.«

»Mikael«, unterbrach ihn Laura, »wir sind beide jung, das Leben liegt vor uns, wir dürfen Pläne und Träume und Wünsche haben, aber wir dürfen nichts überstürzen. Du hast deine Verantwortung in Schweden, ich habe sie hier. Lass uns daran arbeiten, und wenn wir uns mit gutem Gewissen davon lösen können, dann lass uns eine gemeinsame Zukunft planen. Vorher nicht.«

»Du bist sehr konsequent, Laura, hast du denn gar keine Angst, dass wir uns verlieren könnten.« Seine Stimme bebte vor verhaltener Erregung. »Meine Reise wird lange dauern, vielleicht ein halbes Jahr, vielleicht ein ganzes Jahr, das ist viel zu lange für eine junge Liebe, die gerade erst begonnen hat, unser Leben zu verändern.«

»Es wäre keine große Liebe, wenn sie ein Jahr nicht überdauern würde, Mikael.« Laura bemühte sich, den Mann, der ihr nun so viel bedeutete und dem sie sich doch widersetzen musste, von der Richtigkeit ihrer Entscheidung zu überzeugen. »Wir haben beide unsere Arbeit, die uns beschäftigen wird, wir haben aber auch beide unsere Erinnerung an die vergangene Nacht, die uns antreiben wird, schnell und konsequent aufeinander zuzugehen. Nichts und niemand wird uns aufhalten können, Mikael, davon bin ich aus tiefstem Herzen überzeugt. Geh jetzt und komm ganz schnell zurück. Deine Geschäfte warten auf dich, schließlich musst du sie selbst wieder in die Hand nehmen.«

Mikael wusste, dass er den Kampf um die gemeinsame Reise verloren hatte. Hatte er auch den Kampf um die gemeinsame Zukunft verloren?

Als er Ende Januar in Schweden eintraf, war sein Vater verstorben. Mikael musste sich mit seiner Mutter, ihrer Familie und einer Schar von Advokaten auseinandersetzen, mit der Konkurrenz kämpfen und mit dem eigenen Gewissen, denn es fiel ihm nicht leicht, der Heimat und seinen Pflichten endgültig den Rücken zu kehren. Erst als er wusste, dass seine Mutter in der gesicherten Obhut ihrer väterlichen Familie gut aufgehoben und die Geschäfte des verstorbenen Vaters in den versierten Händen eines Konsortiums sichergestellt waren, konnte er an einen Abschied für immer denken. Aber gleichzeitig spürte er auch, wie die Sehnsucht nach Laura geringer wurde, wie die Erinnerung an die wenigen gemeinsamen Stunden verblasste, wie die Freude auf eine unbekannte Zukunft von den heimatlichen Verpflichtungen beinahe erstickt wurde. Sind das die Voraussetzungen für ein neues Leben, sind das ausreichende Bedingungen, dachte er ernüchtert. Ich hatte Angst vor der langen Zeit der Trennung und meine Angst ist begründet, wie ich nun merke. Und meine Arbeit in Recife? Habe ich noch den nötigen Schwung, mit dem ich vor einem Jahr begonnen habe, ein neues Leben aufzubauen, Träume zu verwirklichen, Visionen nachzujagen? Die Reise nach Schweden hat mich ernüchtert. Die Sehnsucht nach Sonne, die mich vor einem Jahr in den Süden getrieben hat, habe ich den Sorgen um erfolgreiche Geschäfte und menschliche Verpflichtungen geopfert.

Was ist eigentlich geblieben? Lohnt es sich überhaupt noch, Träumen nachzujagen?

Mikael war sehr verunsichert. Er versuchte, Laura einen Brief zu schreiben, aber mitten im Schreiben hielt er inne und überlegte, wie er seine Zweifel und Fragen begründen könne. Ihm fiel keine Lösung ein und so schickte er keine Post los, nahm stattdessen an zwei Schlittenhundrennen am Nordpolarkreis teil, Rennen, die er früher mit seinem Vater bestritten hatte und die ihm immer sehr großen Spaß gemacht hatten.

Dass seine Mutter inständig hoffte, ihn in Schweden halten zu können, wusste er, wollte aber ihren Wünschen nicht so einfach nachgeben. Dann erhielt er ein Schreiben des schwedischen Außenamtes, in dem angefragt wurde, ob er bereit sei, den Posten eines diplomatischen Vertreters in Brasilien anzunehmen. Kapitäne, Geschäftsleute und Reeder hatten seine Tatkraft, seine Hilfsbereitschaft, seine Umsicht und seine Kenntnisse der brasilianischen Verhältnisse gerühmt und ihn als Vertreter vorgeschlagen. Und Mikael, gerade zweiundzwanzig Jahre alt, fühlte sich hochgelobt und sehr geehrt. Konnte er eine solche Aufforderung ablehnen? War er nicht geradezu verpflichtet, dieses Angebot anzunehmen?

So waren letztendlich nicht die Liebe oder die Sehnsucht nach Laura die treibende Kraft, nach Brasilien zurückzukehren, sondern sein Ehrgeiz und sein Prestigedenken, die ihn schließlich veranlassten, die Rückreise nach Brasilien zu planen.

35

Für Laura begann eine schwierige Zeit. Der Abschied von Mikael fiel ihr sehr schwer, das spürte sie erst, als er fort war. Er war die einzige Bezugsperson zur Vergangenheit und er war der Mann, der sie zur Frau gemacht hatte. Sie hatte die Macht der Liebe unterschätzt. Sie hatte die Gewalt der Gefühle nicht erkannt.

Sie hatte nicht bemerkt, was ein Mann im Leben einer Frau bewirken kann – einer jungen, unerfahrenen Frau, die zum ersten Mal in ihrem Leben mit der Liebe konfrontiert wird.

Auch die hochsommerliche Hitze der Dezembertage machte ihr schwer zu schaffen. Die gemäßigteren Temperaturen der vergangenen Monate in Brasilien waren ihr erträglich erschienen, jetzt aber und fern von den kühlenden Winden des Meeres litt sie unter der Glut der Hochsommerhitze am Rande des Urwaldes, in dem oft tagelang nicht der geringste Luftzug zu spüren war. Sie schränkte die weiten Ritte mit ihrem Pferd ein, um es zu schonen, spürte aber gleichzeitig, dass dort, wo sie selten hinkam, die Arbeitsmoral sofort nachließ. Eine Tatsache, die sie nicht dulden konnte, um ihre Autorität nicht zu verlieren. So ließ sie sich nach einigen Rücksprachen mit Vorarbeitern den Dogcart, mit dem sie die Fahrten an der Seite von Albert Baisanson unternommen hatte, wieder herrichten. Die Arbeiter mussten den Liegesitz, der für den gelähmten Patron angefertigt worden war, entfernen und für sie eine bequeme Sitzbank einbauen. Außerdem bestand sie auf einem Verdeck als Sonnenschutz und täglichem Pferdewechsel, um die Tiere zu schonen. Raoul, der sich weigerte, die Patroa im Wagen sitzend zu begleiten, ritt nach wie vor neben ihr als Beschützer und Ratgeber.

Laura weinte oft in den ersten Tagen nach Mikaels Abreise. Sie weinte still und heimlich, und schließlich verbot sie sich die Trauer um einen Abschied, den sie selbst verschuldet hatte.

Mit doppelter Kraft und Energie versuchte sie ihre tägliche Arbeit zu erledigen. Arbeit, die sie ablenkte, hatte sie mehr als genug. Große Teile der Fazenda mussten nach dem Unwetter aufgeräumt, neu kultiviert und wieder bepflanzt werden. Gleichzeitig reifte die nächste Ernte heran und musste termingerecht gepflückt, fermentiert, getrocknet und versandfertig gemacht werden, bevor sie durch eine Verzögerung der Zeitabläufe verdarb. Das alles war mit den vorhandenen Arbeitern nicht zu schaffen. Und so reiste Laura innerhalb kurzer Zeit ein zweites Mal nach Petrolina, um Saisonarbeiter zu engagieren.

Joe und Raoul begleiteten sie diesmal, denn Laura musste sich auf die Menschenkenntnis und die Erfahrung der beiden Männer verlassen, sie selbst hatte keine Ahnung von den arbeitsmäßigen Voraussetzungen, die Saisonarbeiter mitbringen sollten. Außerdem mussten die Fremden mit den einheimischen Arbeitern gut auskommen, Streitigkeiten, Eifersüchteleien und falscher Ehrgeiz störten nur.

Und dann kam Weihnachten, das Fest der Liebe, das Laura zum ersten Mal in ihrem Leben ohne Eltern und vertraute Traditionen erleben würde. Wie wollen sie hier feiern? Haben die Indiofamilien und die Mestiços ihre eigenen Rituale, sind die christlich geprägt oder heidnisch? Gibt es hier einen Weihnachtsbaum oder einen Weihnachtsmann, der die Kinder beschenkt, überlegte sie. Gott sei Dank habe ich die Reifen und die Bälle, die Steckenpferde und die Puppen besorgt. Auch die hübschen Tücher für die Frauen und die Sonnenhüte für die Männer liegen im alten Büro vom Herrn Baisanson bereit, aber wann und wie schenkt man die Sachen? Wir zu Hause haben die Gaben unter den Weihnachtsbaum gelegt, aber hier einen Tannenbaum zu finden dürfte unmöglich sein, und die Kerzen würden innerhalb von Minuten schmelzen. Ich werde mit Mellie und mit ihrer Mutter sprechen, die müssen mir helfen, dachte sie und ging sofort hinaus, um diese Fragen zu klären.

Mellies Mutter, die alte Carola, saß vor dem Küchenhaus und schälte Süßkartoffeln. Laura setzte sich zu ihr. »Ich müsste Sie etwas fragen, Mutter Carola, haben Sie einen Augenblick Zeit für mich?«

Die alte Frau lächelte mit ihrem zahnlosen Mund. »Hast du Sorgen, Patroa, oder hast du Angst?«

»Nein, nein, weder Sorgen noch Angst, es geht um das Weihnachtsfest, Mutter Carola. Wie feiert ihr hier Weihnachten? Gibt es einen Pfarrer, der zu euch kommt, oder einen Medizinmann oder einen heiligen Mann, der euch zu Weihnachten aufsucht?«

»Wir sind Christen, Patroa, das weißt du doch. Wir haben die kleine Kapelle und zwei oder drei Mal im Jahr kommt ein Kirchenmann aus Petrolina und tauft die Kinder, redet ganz streng mit uns, wenn wir gesündigt haben, und ermahnt uns, bessere Menschen zu werden. Ob er zu Weihnachten kommt, weiß man nie vorher. Der hat viel zu tun, der ist viel unterwegs.«

»Ich würde gern Weihnachten mit euch feiern, aber ich weiß nicht, wie.«

»Ist ganz einfach. Wir essen zusammen, wir singen ein paar Lieder, und wenn du uns etwas schenken willst, kannst du das dann tun. Und dann machen wir Musik und wir tanzen, und einen guten Cachaça gibt's dann auch.«

»Kannst du mir die Lieder beibringen, die ihr singt?«

»Ja, fangen wir gleich an, viel Zeit haben wir ja nicht mehr.«

Und so klangen von nun an jeden Abend portugiesische Weihnachtslieder durch die Dunkelheit. Mellie und die Küchenmädchen gesellten sich dazu und bald waren auch Kinder dabei und alte Frauen, die ihre Arbeit in den Hütten erledigt hatten.

Und dann war es so weit. Die Frauen schmückten ihr Dorf und den Platz rund um das Küchenhaus mit bunten Bändern, die Tische wurden mit Orchideenrispen und Kakaoblüten verziert und die Menschen zogen ihre Festtagsgewänder an. Da ein Pfarrer anscheinend den weiten Weg zu ihnen heraus nicht machen würde, holte Laura ihre Konfirmationsbibel aus ihrer Kleiderkiste und las vor dem Essen die Weihnachtsgeschichte, dann wurde gesungen und gegessen. Nach der Mahlzeit bat Laura ein paar Männer, sie ins Haupthaus zu begleiten, um die Geschenke zu holen, und unter dem Jubel der Kinder wurden Steckenpferde und Hüte und Bälle und Reifen und Tücher und Puppen verteilt.

Und während im Dorf die Musik aufspielte und der Cachaça seine ersten Wirkungen zeigte, fuhren Laura, Joe und Raoul mit einem Wagen voller Geschenke in das Urwalddorf zu den Afrikanern, um auch diese Menschen zu beschenken.

Für Laura war es ein seltsames Weihnachtsfest, fremdartig und und so anders wie zu Hause. Doch sie war die Patroa, sie musste dieses Fest gestalten und hatte im Grunde fast keine Ahnung von dem, was erwartet wurde und was sie wirklich vermitteln konnte. Und wieder einmal spürte Laura, wie einsam sie war und wie fremd.

Sie dachte an ihre Eltern und an die nette Familie Merlinius im winterkalten Hamburg, an die grauen Tage in dieser Zeit und die zugefrorene Alster, auf der sie noch vor einem Jahr mit der kleinen Marie mit Schlittschuhen über die weite blanke Fläche geglitten war.

Lauras Sehnsucht nach der Heimat wurde größer und intensiver.

Die Eltern hatten nie wieder geschrieben und auch von Mikael bekam sie keine Post. Oft, wenn die Postreiter die Fazenda durchritten und Geschäftspost ablieferten, kam ein Funken der Hoffnung auf, aber die Hoffnung, aus Schweden einen Brief zu bekommen, versiegte bald danach.

Aber dann, Ende Januar, kam doch noch ein Brief aus Hamburg. Ein verspäteter Weihnachtsbrief, den die Mutter ihr geschrieben hatte.

Sein Ton war nicht so hart wie der des Vaters, aber die Mutter schilderte, wenn auch in liebevollerer Form, ihre Wünsche und auch ihre Nöte. So schrieb Florine Bredenstedt:

»Geliebtes Kind, Du fehlst uns sehr. Wir werden älter und wir brauchen Deine Unterstützung. Mithilfe Deines Lohnes konnten wir im Herbst den Laden im Kontorhaus der Merlinius Reederei schließen und in der Poststraße ein neueres Geschäft eröffnen. Die Poststraße hinter dem Jungfernstieg gehört zu den angesehenen Einkaufsstraßen unserer Stadt und wir waren sehr glücklich, nicht mehr nur am Rande der Innenstadt ein Geschäft betreiben zu müssen. Leider aber kam dann ein zweiter Buchladen in diese Straße und eröffnete schräg gegenüber von uns seine Räume mit großen Schaufenstern, verlockenden Angeboten und mit einer Ausstattung, die wir uns nicht leisten können. Und was noch schlimmer ist, schön gekleidete, junge Damen verkaufen die Bücher und die Herren stehen an, um sich von ihnen bedienen zu lassen.

Da können dein alter Vater – du kennst ihn ja –und ich nicht mithalten. Ich darf sowieso nicht beim Verkauf helfen, weil Dein Vater meint, ich sei unbegabt und nicht klug genug für die moderne Literatur und könne nur die Ladenkasse bedienen. Eine Kasse, die fast immer leer ist. Die reizende Frau Merlinius kommt zwar hin und wieder vorbei, oft in Begleitung von befreundeten Damen, und kauft ihre Bücher bei uns, aber das ist dann auch so ziemlich die ganze Kundschaft, die uns besucht.

Du siehst, liebste Laura, es geht uns nicht gut, und wenn unser Laden erhalten bleiben soll, und das will Dein Vater unbedingt, denn Du sollst ihn eines Tages übernehmen, dann musst Du zurückkommen und uns unterstützen. Ich schreibe Dir das, um Dich darauf vorzubereiten, dass Dein Vater gewillt ist, Schritte zu unternehmen, die Dich bewegen zurückzukommen. Wie diese Schritte aussehen, weiß ich nicht, ich weiß aber, dass er sich hin und wieder mit einem Anwalt trifft, um sich wegen seiner Pläne beraten zu lassen.

Ich wünsche Dir gesegnete Weihnachtstage und ich hoffe, Du verstehst unsere Sorgen und Probleme und die Angst, die wir vor der Zukunft haben. Ich wäre Dir dankbar, wenn Du Deinem Vater gegenüber diesen Brief von mir nicht erwähnen würdest.

Deine Dich liebende Mutter Florine Bredenstadt«

Erschüttert ließ Laura den Brief sinken. Sie wollen, dass ich zurückkomme. Gütiger Himmel, Vater will mich sogar zwingen heimzukehren. Kann er das überhaupt? Natürlich kann er das, er ist mein Vater, mein Vormund, er bestimmt über mich und meine Zukunft, bis ich die Volljährigkeit erlangt habe. O Gott, was kann ich dagegen tun? Ich bin ja noch nicht einundzwanzig Jahre alt.

Entsetzt dachte sie an das Leben in Hamburg, an die kleine, dunkle Wohnung im Schopenstehl mit dem Klosett im Treppenhaus und dem ewigen Kohlgeruch, an die langen Wintermonate, die kalten Füße, den strengen Vater und die staubigen Folianten in seinem Laden. Du lieber Himmel, wer bewahrt mich vor diesem tristen Leben. Wer kann mir helfen?

Vielleicht steht eines Tages ein Polizist hier vor meinem Stuhl und sagt: »Komm mit, du gehörst nach Hamburg?« Und dann bringt er mich auf einen Frachter und ich werde nach Europa verschifft und niemand kann etwas daran ändern? Tatsache ist, dass ich mich nicht verstecken kann. Solange ich auf der Fazenda lebe und arbeite, findet mich jeder. In Petrolina habe ich einen Namen, weil ich ein Konto auf der Sparkasse habe, in Recife kennt man mich, weil die Baisansons mich damals dort anmelden mussten, als ich nach Brasilien einreiste, na, und hier, in der Nachbarschaft, bin ich auch nicht unbekannt. Die Pflanzungen liegen zwar weit verstreut, aber die Nachrichten verbreiten sich überaus schnell, wenn es Neuigkeiten zu vermelden gibt. Und außerdem gibt es Leute, die mich nicht mögen, weil ich mit meinem Kakaohandel erfolgreich bin. Das sind dann die Neider, die mich gern loswerden würden.

Laura spürte, wie Unlust und Missstimmung Besitz von ihr ergriffen. Die Freude an den Aufgaben, am Erfolg verblasste und machte depressiven Gedanken Platz. Die heimlichen Tränen kamen häufiger und die gute, zuversichtliche Stimmung, die doch oft so voller Erwartung war, ging verloren. Hinzu kamen körperliche Beschwerden. Mitte Februar begann eine morgendliche Übelkeit, die ihr sehr zusetzte. Laura blieb länger im Bett in der Hoffnung, dass das Unwohlsein vorüber wäre, bevor sie aufstand, aber der Körper rebellierte jeden Tag ein bisschen mehr und machte sie matt und lustlos.

Eines Morgens, als sie sich wieder nicht entschließen konnte aufzustehen, kam Carola in ihr Zimmer. Sie setzte sich zu ihr auf den Bettrand und reichte ihr eine Tasse mit heißem Tee. »Trink das, danach geht es dir besser«, bestimmte die alte Frau und reichte ihr die Tasse. Als Laura das übel riechende grünliche Getränk geschluckt hatte, stellte die Alte die Tasse zur Seite, zog die Bettdecke fort und streifte das Nachthemd hoch. Dann legte sie ihre Hand auf Lauras Leib und murmelte ein paar unverständliche Worte. Laura wollte sie wegstoßen und aus dem Zimmer schicken, aber die Alte behielt ihre Hand auf Lauras Bauch, sah sie ernsthaft an und sagte: »Du wirst ein Kind haben, und es wird ein Sohn sein und du musst ihn Frederico nennen, den Beschützer.«

Entsetzt wollte sich Laura aufrichten, aber Carola drückte sie nieder. »Bleib liegen, der Tee hilft deinem Magen. Er wird ihn beruhigen und dann kannst du aufstehen. Und ich werde nun jeden Morgen kommen und dir diesen Tee bringen, und du wirst wieder lachen und glücklich sein, denn dieser Knabe, der in dir heranwächst, wird die Erfüllung deines Lebens werden.«

Fassungslos starrte Laura die alte Frau an. »Woher weißt du das, wie kannst du so etwas behaupten? Ich will doch gar kein Kind, ich habe meine Arbeit und meine Aufgaben und eine Menge Probleme, und die genügen mir vollkommen. Und überhaupt, wieso soll ich ein Kind bekommen?«

»Du hast dich dem Glück geöffnet und das Glück schenkt dir nun eine reiche Ernte.«

Laura spürte, wie Angst und Ärger Besitz von ihr ergreifen wollten. Ein Kind? Um Himmels willen, was soll ich mit einem Kind? Hier, allein inmitten der Tropen, kann ich doch kein Kind bekommen? Nein, dachte sie, das darf nicht passieren. Die Alte irrt sich. Wie kann sie durch das Auflegen ihrer Hand feststellen, dass ich ein Kind erwarte. So ein Unsinn! Ein Kind würde meine Arbeit, meinen Einsatz und alle Pläne zunichte machen, das darf nicht sein. Ich habe mich nicht abgemüht, um das alles für ein Kind aufzugeben, ich will nicht meine Arbeit auf der Plantage für etwas opfern, was ich nicht wollte.

Aber noch während Laura grübelnd in ihrem Bett lag, spürte sie, dass es ihr besser ging. Die Übelkeit wurde erträglicher und war nach wenigen Minuten ganz verschwunden. Ihre Angst verwandelte sich in Hoffnung und ihre Sorge in Courage.

Ich habe gelernt zu kämpfen und ich werde kämpfen, egal, ob mit oder ohne Kind. Ich werde meinen Eltern schreiben, dass ich sie unterstütze, viel mehr und viel besser, als wenn ich in ihrem Laden stehe. Aber sie müssen mich in Ruhe lassen. Nur wenn ich hier arbeite, kann ich Geld nach Hamburg schicken, das müssen sie einsehen. Und wenn Vater uneinsichtig bleibt, dann werde ich von hier verschwinden. Ich kann auch von der Siedlung im Urwald aus meine Arbeit tun. Die Afrikaner sind meine Freunde geworden, sie würden mich nie verraten.

Noch bevor Laura etwas unternehmen konnte, traf ein Brief von Mikael ein.

»Liebe Laura, verzeih, dass ich erst jetzt schreibe. Aber ich hatte viel zu regeln, zu organisieren und zu entscheiden. Vor allem in der Frage: Bleibe ich in Schweden oder kehre ich nach Brasilien zurück? Nun wurde mir die Entscheidung abgenommen. Ich habe ein sehr interessantes Angebot der Regierung bekommen und ich werde als diplomatischer Vertreter der schwedischen Staatsmacht nach Brasilien zurückkehren. Ich werde meine Geschäfte weiterhin betreiben und meine Pläne auch in Zukunft verwirklichen können, aber ich bin dann ein Mann mit zusätzlichen diplomatischen Aufgaben, was mich sehr fordern wird.

Ich reise in vier Wochen hier ab und ich hoffe, dich dann sehr bald besuchen zu können. Meine Liebe zu dir hat nicht nachgelassen, an unserer Zukunft jedoch wird sich vieles ändern müssen. Aber du bist eine wandlungsfähige Frau, die mit Veränderungen umzugehen weiß, und deshalb bin ich so sicher, dass du die richtige Frau in meinem Leben sein wirst.

Ich freue mich auf das Wiedersehen, Dein Mikael Lundborg«

Laura war enttäuscht. Kein Wort der Sehnsucht, des Verlangens, dachte sie. Stattdessen schreibt er von den Veränderungen in seinem Leben, von seinen Geschäften und von meinem Verständnis. Erwartet er von mir, dass ich alles aufgebe, um nur die Frau an seiner Seite zu sein?

Warum sind Männer so egoistisch? Verstehen sie nicht, dass auch eine Frau das Recht auf ein Leben nach ihren Wünschen hat? Nein, dachte Laura, dafür habe ich nicht gekämpft und geschuftet und Angst gehabt. Ich liebe Mikael, aber nicht diesen ichsüchtigen Mann. Wenn wir überhaupt eine gemeinsame Zukunft haben, dann muss sie auf gegenseitigem Verständnis beruhen und auf gemeinsamen Aufgaben. Und Laura beschloss, ohne Rücksicht auf die Pläne von Vater und Freund, ihre Geschäfte weiter auszubauen. Jetzt, im winterkalten Januar Nordeuropas werden kaum Schiffe von Norden nach Süden fahren, überlegte sie, mindestens bis März habe ich Ruhe, und die Zeit sollte genügen, meine Situation hier so zu festigen, dass mich niemand mehr stören kann.

So nahm Laura mit neuem Mut ihr verändertes Leben in die Hand. Sie würde ein Kind bekommen und der grüne Tee, den Carola ihr jeden Morgen brachte, half ihr, über körperliche Beschwerden hinwegzukommen. Sie wurde fülliger, ihre Bewegungen wurden langsamer und auf das Reiten musste sie bald ganz verzichten. In der alte Kutsche des Albert Baisanson durchfuhr sie ohne Beschwerden jeden Tag die Plantage und beaufsichtigte die Arbeiten und die korrekte Behandlung der Arbeiter gründlicher als je zuvor. Und als sie die ersten Bewegungen des Kindes in sich spürte, strich sie lächelnd mit der Hand über ihren Bauch und sagte ihrem noch ungeborenen Sohn: »Und eines Tages werden wir gemeinsam unterwegs sein, du und ich, und dann werde ich dir alles zeigen, die wundervollen Blüten, die reifenden Früchte und vor allem den Himmel weit über uns, der mit Regen und Sonnenschein unser Leben bestimmt.«

So erntete Laura die neuen Früchte, verarbeitete sie und brachte sie zum Verladen nach Recife. Sie stellte neue Vorarbeiter ein, kaufte neue Fuhrwerke und baute neue Hütten. Sie ließ Fließwasser für die Arbeiterwohnungen anlegen und schickte Geld an die Eltern nach Hamburg. Viel Geld und der Vater blieb schweigsam und führte seinen Laden allein weiter.

Und dann kam Mikael nach ›Pitanga‹. Und als er vor Laura stand, sah sie, dass aus dem Schiffsjungen ein Mann geworden war. Ein Mann, den sie liebte und der seine Arme ausbreitete, um sie zu umarmen und an sein Herz zu drücken. Und alle Ängste und Zweifel waren vergessen, denn mit diesem Mann an ihrer Seite und dem Kind in ihrer Mitte wollte und konnte sie glücklich werden – und nur das zählte.

esestoff
… zum Träumen schön

Eine junge Frau geht ihren Weg

Anne-Sophie tritt eine Stelle als Gesellschafterin bei Lady MacAdleston an. Die Erben dieser zerstrittenen Familie lehnen sie ab. Welche Pläne verfolgt Dylan, der jüngste Sohn, zu dem sie sich hingezogen fühlt?

Christa Canetta: Schottische Stürme
352 Seiten · ISBN 978-3-7844-3223-6

Maries wildromantischer Weg zum Glück

Die Hamburger Angestellte Marie erbt zu ihrer Überraschung ein großes Anwesen in Schottland. Marie nimmt die Herausforderung an und findet dort ihre Bestimmung.

Christa Canetta: Ein Haus in Schottland
336 Seiten · ISBN 978-3-7844-3182-6

Kann Claires Traum in Irland wahr werden?

Claire flüchtet vor ihrer Hochzeit mit Victor nach Galway. Als sie ein altes Steinhaus zu einem Hotel umbauen will, lernt sie den sympathischen Architekten Ben kennen.. Jetzt muss Claire entscheiden, was sie wirklich will.

Dagmar Clemens: Das irische Erbe
336 Seiten · ISBN 978-3-7844-3242-7

Lisa erliegt dem Zauber des Tessins

Geologin Lisa möchte Weinbauern vor drohenden Felsabbrüchen warnen. Leonardo, jüngster Sohn der Familie D'Amareni, unterschätzt die Gefahr. Als es zur Katastrophe kommt, müssen er und Lisa gemeinsam handeln – und entdecken dabei ihre Gefühle füreinander.

Christa Canetta: Kastanienmond
336 Seiten · ISBN 978-3-7844-3241-0